मोहनदास करमचन्द गांधी

2 अक्टूबर, 1869—30 जनवरी, 1948

बीसवीं सदी के सबसे प्रभावी राजनीतिक चिन्तकों और जननेताओं में से एक। राजनीतिक जीवन की शुरुआत दक्षिण अफ्रीका से। 1915 ई. में भारत आए और भारतीय राष्ट्रीय कांग्रेस में शामिल हुए। देश के हालात को समझने के लिए भारत भ्रमण। असहयोग आन्दोलन, सविनय अवज्ञा आन्दोलन और भारत छोड़ो आन्दोलन का नेतृत्व। भारतीय स्वतंत्रता आन्दोलन के मान्य नेतृत्वकर्ता। अहिंसा के पैरोकार। आजादी मिलने के साल भर के भीतर एक धर्मान्ध ह
हत्या कर दी गई।

सम्पादक

अच्युतानन्द मिश्र

युवा कवि, आलोचक और अनुवादक। कविता और आलोचना की अनेक किताबें प्रकाशित। चिनुआ अचेबे के उपन्यास 'Arrow of God' का 'देवता का बाण' नाम से हिन्दी में अनुवाद। 'भारत भूषण अग्रवाल पुरस्कार' तथा 'देवीशंकर अवस्थी पुरस्कार' से सम्मानित।

श्रृंखला सम्पादक

बद्री नारायण

हिन्दी के महत्त्वपूर्ण कवि और समाजविज्ञानी। कविताओं के चार संग्रह प्रकाशित। हिन्दी और अंग्रेजी में अनेक किताबों के लिए चर्चित। आजकल गोविन्द बल्लभ पंत सामाजिक विज्ञान संस्थान के निदेशक। 'भारतभूषण अग्रवाल पुरस्कार' और 'साहित्य अकादेमी पुरस्कार' सहित अनेक महत्त्वपूर्ण सम्मानों से सम्मानित।

श्रृंखला संयोजन

डॉ. सूर्य नारायण
डॉ. विवेक निराला
डॉ. सुबोध शुक्ल

विचार का आईना

कला ◆ साहित्य ◆ संस्कृति

महात्मा गांधी

सम्पादक
अच्युतानन्द मिश्र

शृंखला सम्पादक
बद्री नारायण

लोकभारती पेपरबैक्स

लोकभारती पेपरबैक्स में
पहला संस्करण : 2023

लोकभारती पेपरबैक्स : उत्कृष्ट साहित्य के लोकप्रिय संस्करण

लोकभारती प्रकाशन
पहली मंजिल, दरबारी बिल्डिंग, महात्मा गांधी मार्ग
प्रयागराज-211 001
द्वारा प्रकाशित

शाखाएँ : 1-बी, नेताजी सुभाष मार्ग, दरियागंज, नई दिल्ली-110 002
अशोक राजपथ, साइंस कॉलेज के सामने, पटना-800 006

वेबसाइट : www.lokbhartiprakashan.com
ई-मेल : info@lokbhartiprakashan.com

बी.के. ऑफसेट
नवीन शाहदरा, दिल्ली-110 032
द्वारा मुद्रित

मूल्य : ₹250

Vichar Ka Aina
Kala Sahitya Sanskriti
MAHATMA GANDHI
Edited by Achyutanand Mishra

ISBN : 978-93-92186-22-6

दो शब्द

कला, साहित्य, संस्कृति, लोकभारती प्रकाशन की एक अनूठी पुस्तक शृंखला है जिसमें भारत के मनीषियों, रचनाकारों एवं चिन्तकों के कला, साहित्य एवं संस्कृति पर केन्द्रित आलेखों, विचारों एवं साहित्य और अभिव्यक्ति की अनेक विधाओं में अभिव्यक्त चिन्तनपूर्ण गद्यों का संकलन किया गया है।

आज के बाजारवाद के दौर में कला, साहित्य एवं संस्कृति को बचाए रखने के लिए यह जरूरी है कि हम अपने लेखकों, कवियों, मनीषियों, राजनीतिक द्रष्टाओं के कला, साहित्य एवं संस्कृति विषयक विमर्शों को याद करें एवं उनसे अपने को जोड़ें। ये विमर्श ही हमारी रचनाशीलता पर उपस्थित खतरों से हमें बचा पाएँगे। आज तो हमारी सामाजिकता पर भी खतरे उपस्थित हो गए हैं। मुझे तो लगता है कि कला, साहित्य एवं संस्कृति न हो तो समाज नहीं, समाज नहीं तो हम नहीं। फिर प्रश्न उठता है कि कला, साहित्य एवं संस्कृति को सत्ता एवं बाजार से कैसे बचाया जाए। मुझे तो लगता है कि खुद कला, साहित्य एवं संस्कृति में निहित, प्रवाहित, अभिव्यक्त हो रहे विचार ही कला, साहित्य एवं संस्कृति को बचा पाएँगे। उन विचारों को जितना स्मरण एवं पाठ किया जाएगा, उतना ही कला, साहित्य एवं संस्कृति के बचने के स्पेस हम निर्मित कर पाएँगे।

यह शृंखला न केवल हिन्दी वरन् अनेक विश्व भाषाओं में इसलिए विशिष्ट है क्योंकि इसमें भारतीय लोक एवं समाज चिन्तन की वैचारिक छाया भी मौजूद है। इस शृंखला में शामिल चिन्तकों एवं लेखकों का चयन एक अत्यन्त संवेदनशील विद्वानों के समूह ने किया है। साथ ही इसमें हरेक खंड के सम्पादक अपने-अपने क्षेत्र के महत्त्वपूर्ण नाम हैं।

शृंखला का यह खंड औपनिवेशिक काल के बाद उभरे नए भारतीय राष्ट्र के 'बापू' महात्मा गांधी जी पर केन्द्रित है। महात्मा गांधी न केवल

राष्ट्रीय आन्दोलन के प्रणेता थे, बल्कि उन्होंने भारतीय राष्ट्रीय आन्दोलन को अर्थ, तर्क एवं सिद्धान्त दिए। वे इस प्रकार से सम्पूर्ण भारतीय जीवन के सिद्धान्त दिए। वे इस प्रकार से सम्पूर्ण भारतीय जीवन के सिद्धान्तकार तो थे ही। यह खंड श्री अच्युतानन्द मिश्र जी ने हम सबके लिए तैयार किया है। उनके इस संकलन में उनका स्वयं का भी चिन्तन मुखरित हो रहा है। विश्वास है यह खंड पाठकों को पसन्द आएगा।

मुझे पूरा विश्वास है कि यह खंड हिन्दी भाषी पाठकों में लोकप्रिय होगा एवं आज के सन्दर्भ में हमारे सोचने विचारने के ढंग को भी प्रभावित करेगा।

—बद्री नारायण
गोविन्द वल्लभ पंत सामाजिक विज्ञान संस्थान
प्रयागराज-2110019

गांधी : आधुनिकता और वर्तमान

ऐसा लगता है कि गांधी पर बात करने की जरूरत आज पहले की अपेक्षा अधिक है। आज हम एक सभ्यतामूलक संकट में फँस चुके हैं। आज से तकरीबन एक सदी पहले इसी तरह के सभ्यतामूलक संकट से जब भारत गुजर रहा था—उस वक्त बौद्धिक एवं आत्मिक बिखराव का वातावरण हर ओर था। वैसी स्थिति में गांधी ने सामूहिक विवेक की मशाल जलाई। आधुनिकता का विवेक भारतीय समाज में गांधी के आगमन के उपरान्त ही निर्मित हुआ। उससे पहले जो नवजागरण का वातावरण हम देखते हैं, वह विभिन्न क्षेत्रों के नायकों द्वारा किया गया प्रयत्न था, लेकिन समाज के अन्दरूनी हिस्से पर उसका गहरा प्रभाव नहीं था। गांधी ने वैयक्तिक नवजागरण की चेतना को एक सामाजिक नवजागरण में बदलने का प्रयत्न किया और उनका यह प्रयत्न न सिर्फ सफल रहा बल्कि हम यह कह सकते हैं कि जिस आधुनिक चेतना की व्याप्ति आज भी भारतीय समाज में है, उसका प्रस्फुटन गांधी के आन्दोलन से ही हुआ।

गांधी का महत्त्व यह था कि उन्होंने व्यक्तिवाद की सीमाओं के पार जाकर सामूहिकता की चेतना का विस्तार किया। गांधी के विषय में हम यह कह सकते हैं कि उन्होंने स्वयं को सामान्य भारतीय मानस का पर्याय बनाए रखा। जिसे हम गांधीवाद कहते हैं, वह बहुत से सामान्य लोगों में गांधी होने का साहस ही है। गांधी ने सदैव अपनी सीमाओं को स्वीकारा और उससे एक सामान्य मनुष्य की तरह संघर्ष किया। गांधी के आन्दोलन का अर्थ था आधुनिक भारतीय समाज की चेतना का निर्माण। गांधी के आगमन से पूर्व जो आधुनिक होने की कसमसाहट भारतीय समाज में मौजूद थी, वह उनके आन्दोलन के परिणामस्वरूप एक सामाजिक दृष्टि बनकर विस्तारित होने लगी।

आज हमारी चेतना में जो आदर्श भारत की परिकल्पना है, वह

गांधी के सपनों में मौजूद भारत की परिकल्पना ही है, जिसे स्वप्न के रूप में गांधी ने तमाम भारतीय मानस के चेतन-अवचेतन में आरोपित किया। और अपनी शहादत देकर उसकी कीमत भी चुकाई। भारतीय लोकजीवन में दधीचि के बलिदान का सामाजिक-नैतिक महत्त्व है। आधुनिक भारतीय समाज में गांधी की शहादत दधीचि की परम्परा का ही आधुनिक रूप है। हम कह सकते हैं कि लोक में जो आदर्श के रूप में मौजूद था, गांधी ने उसे व्यवहार में परिणत किया। समूची बीसवीं सदी में गांधी एक अकेले व्यक्ति दिखते हैं जो नैतिकता, आदर्श और व्यवहार को एक-दूसरे में घुला-मिला देते हैं। गांधी के चिन्तन की रचनाशीलता का अनुमान इस बात से लगाया जा सकता है, कि उन्होंने इस घुलाने-मिलाने की प्रक्रिया का रसायन भारतीय समाज एवं भारतीय जीवन पद्धति के अन्तस से अर्जित किया। जनसामान्य के भीतर जो उदान्त और आदर्श का बोध गांधी ने जगाया, वह मनुष्यता के इतिहास में अभूतपूर्व और अकल्पनीय था।

मृत्यु के वक्त तक उनके भीतर के आत्म-संयम ने उनके नैतिक और आदर्श बोध को सामाजिक व्यवहार में सतत परिणत होते रहने दिया। वे अपने जीवन के आखिरी क्षणों तक अर्थपूर्ण बने रहे। गांधी का जीवन अगर एक नाटक था तो बीसवीं सदी में इतना अर्थपूर्ण और मानवीय नाटक दुनिया के किसी मंच पर कहीं भी सम्भव नहीं हुआ।

गांधी ने अहिंसा को अपना हथियार बनाया। बगैर सत्ता पर नियंत्रण के उन्होंने समाज को बदलने का बुनियादी काम किया। जर्मन दार्शनिक हर्बर्ट मार्क्युज ने कहा था कि फ्रेंच क्रान्ति व्यवहार थी, जिसका दर्शन जर्मन आदर्शवाद में विकसित हो रहा था। गांधी के समूचे चिन्तन में व्यवहार और दर्शन का अद्‌भुत समावेश दिखता है, बल्कि यह कहना अधिक मुनासिब लगता है कि गांधी ने व्यवहार और सिद्धान्त के बीच के भेद को ही मिटा दिया। उन्होंने इस बात को साबित किया कि यूरोप जिस क्रान्ति के दर्शन और व्यवहार से निकलकर आया है, उसका समन्वय उसके आचार में नजर नहीं आता, इसलिए यूरोप पिछड़ा हुआ है। उसे आत्मिक विकास की जरूरत है।

गांधी ने अहिंसा के दर्शन को न सिर्फ भारत के लिए जरूरी बताया बल्कि यह भी स्वीकार किया कि इस रास्ते पर चलकर ही यूरोप अपनी असफल क्रान्ति को सफल बना सकेगा। इसलिए भारत का राष्ट्रीय संग्राम भारत ही नहीं अपितु यूरोप के लिए भी महत्त्वपूर्ण है। गांधी द्वारा चलाया जा रहा राष्ट्रीय संघर्ष भारत और यूरोप दोनों के हित में था।

यूरोप औद्योगिक क्रान्ति के आधुनिक विवेक से चलकर साम्राज्यवादी वर्चस्व तक पहुँचा था। यह आधुनिक विवेक वर्चस्व में किस तरह बदल गया? इस प्रश्न को अगर समझना हो तो हमें हिन्द स्वराज से बार-बार गुजरना होगा।

19वीं सदी का राष्ट्रीय संग्राम आदर्श और स्वप्न के रास्ते आगे बढ़ता है। वहाँ आधुनिकता की कशमकश नहीं, आधुनिकता की आकांक्षा है। आधुनिकता का समयबोध है। इस स्वप्न में विश्रान्ति भी है, उमंग भी। यह स्वप्न मध्य-युगीन बोध को चुनौती देता था। 1857 की क्रान्ति ने उसे स्वप्न से जगा दिया। अभी तक उसके बोध में आधुनिकता का आलोचनात्मक विवेक जाग्रत नहीं हुआ था। वह आधुनिकता के एकायामी पक्ष को ही देख पा रहा था। लेकिन 1857 की क्रान्ति ने उसमें एक आलोचनात्मक विवेक विकसित किया। वह अंग्रेजी राज, अंग्रेजी आधुनिकता और वर्चस्व के इस नए साम्राज्यवादी बोध को समझने की कोशिश करने लगा।

फिर भी यह प्रश्न अक्सर उठता है कि 1857 से पूर्व जो स्वप्न देखा गया था, जो मूल्य निर्धारित किए गए थे, क्या हम उसी राह पर आगे बढ़ पाएँ? क्या आधुनिकता की यह परियोजना भी अधूरी ही रह गई? 1857 के बाद के संक्रमण के वर्षों में हम उस राह से भटक गए? क्या वर्चस्व की नई संस्कृति ने हमारे भीतर वर्चस्व की उस पुरानी क्रमिकता से संघर्ष को कमजोर कर दिया?

अगर अंग्रेज न आए होते तो हमारा क्या होता? इस तरह के वायवीय प्रश्नों में हम न भी उलझें, तो भी यह प्रश्न तो हम उठा ही सकते हैं कि अंग्रेजों के आने के बाद हम किन बदलावों से गुजरे? क्या हमारे प्रश्न भी बदलते गए? आजादी के संग्राम ने भारतीय समाज के समक्ष कौन से मूल प्रश्न विकसित किए? भारत की अवधारणा को इन प्रश्नों से बार-बार टकराना ही होगा। अंग्रेज आए और चले गए। हमने उनसे लड़ते हुए जो अर्जित किए वे कौन से मूल्य थे? क्या हम आत्म-परिक्षण के रास्ते उन मूल्यों को आत्मसात् कर पाए। उन मूल्यों ने हमारे आत्म को किस अर्थ में बदला। वर्चस्व के प्रति जो हमारी उदासीनता थी, उससे क्या हम लड़ पाए? भारतीयता की अवधारणा इन सवालों से उलझती है। इनसे टकराकर ही हम आगे की राह सुनिश्चित कर सकते हैं। यहाँ परम्परा के मूल्यांकन की बजाय परम्परा को पहचानने पर बल है।

20वीं सदी में भारतीयता की अवधारणा, 19वीं सदी के संक्रमण से बाहर आते हुए संघर्ष की वास्तविक दिशा की तलाश करती है। इस

दृश्य में गांधी का प्रवेश निर्णायक साबित होता है। गांधी का मूल्यांकन और अवदान जब भी हम किन्हीं तय मापदंडों से करते हैं तो हम राष्ट्रीय आन्दोलन में उनकी कल्पनाशीलता को चिन्हित नहीं कर पाते। 1910 से 1947 तक के गांधी के तूफानी सफर की संगत और अवधारणात्मक व्याख्या क्या सम्भव है? क्या ऐसा करने की कोशिश में हमसे हर बार गांधी के प्रयोग का कोई-न-कोई पक्ष छूट नहीं जाता? क्या यह बेहतर नहीं होगा कि हम उस प्रयोग की सफलता-असफलता के मूल्यांकन की जगह यह प्रश्न उठाएँ कि वर्चस्व के प्रति उदासीन भारतीय समाज अगर एक सहिष्णु और आत्म-चेतस राष्ट्र के रूप में उभरा तो वह गांधी के बगैर किस तरह सम्भव होता? क्या गांधी को व्यक्ति गांधी तक सीमित कर देखना उदार राष्ट्र की उनकी परिकल्पना के साथ छल नहीं होगा?

गांधी प्रतिरोध के दर्शन को सिर्फ विरोध के रूप में नहीं देखते थे। उनके लिए प्रतिरोध आत्म-चेतना का एक जाग्रत रूप था। इसलिए जो उनसे असहमत थे, या उनसे अलग रास्ते पर चलना चाहते थे वे भी उनके प्रभाव से मुक्त नहीं थें। गांधी स्वयं भी लगातार बदल रहे थे। वे व्यवहार और सिद्धान्त के प्रश्न से लगातार संघर्ष कर रहे थे। चम्पारण आन्दोलन की शुरुआत और उसके अन्त में जो लोग तात्त्विक विरोध देखते हैं या यह समझते हैं कि गांधी ने हिंसा के बाद आन्दोलन वापस ले लिया, यह उनकी भूल थी, वे यह नहीं समझ पाते कि गांधी का लक्ष्य जनता की आत्म-चेतना को हर आन्दोलन के बाद एक नए स्तर तक ले जाना था। वे अंग्रेजों के लिए नहीं लड़ रहे थे। वे भारत के लिए लड़ रहे थे। जब गांधी को यह लगा कि आन्दोलन की चेतना को अगले मुकाम तक ले जाने के लिए उसे वापिस लेना चाहिए, उन्होंने ऐसा किया। वे प्रकट तौर पर विपरीत प्रतीत होती चीजों और घटनाओं को मिलाकर एक नया सामंजस्य विकसित कर रहे थे। ज्यों ही हम गांधी को गांधीवाद में बदलते हैं, हम कुछ लोगों को उनका विरोधी साबित करने लगते हैं। ऐसा करते हुए हम गांधी के सर्वसमावेशी चिन्तन को ही जाने-अनजाने नकारते हैं। क्या यह जरूरी है कि जो गांधी से असहमत थे (वे असहमत होते हुए भी उन्हीं मूल्यों और स्वप्नों को पाना चाहते थे जिसे गांधी) उन्हें हम गांधी के विरोध में ही देखें। क्या भगत सिंह और गांधी या अम्बेडकर और गांधी जैसे विपरीत युग्म बना देने से हमारी भारतीयता की अवधारणा अधिक स्पष्ट और मूर्त होती है? क्या यह यूरोपीय वर्चस्व की चेतना को ही स्वीकारना नहीं होगा?

गांधी का महत्त्व इस बात में है कि उन्होंने भारत को वर्चस्ववादी चेतना का विरोध करना सिखाया लेकिन ऐसा करते हुए वे विपरीत बनने की या संघर्ष को बाइनरी में बदलने की प्रक्रिया को नहीं अपनाते। गांधी की प्रयोगशीलता का अर्थ था, दर्शन और सामाजिक चेतना के बीच सम्बन्ध की तलाश। इस तलाश में सम्भव है कि कोई उनसे असहमत होते हुए भगत सिंह या अम्बेडकर या नेहरू की तरह सोचने लगे, क्या इसे गांधी के विरुद्ध रखकर विश्लेषित किया जाना चाहिए? क्या यह गांधी की सफलता नहीं, कि वे दर्शन को सामाजिक चेतना के तमाम समकालीन रूपों से जोड़ने का विवेक सामने रखते हैं? गांधी ने प्रतिरोध को बहुआयामी बनाने पर बल दिया। उन्होंने बार-बार स्वयं को बदला। इस बदलने में आत्मालोचना का पक्ष भी था और आत्म-मूल्यांकन की कोशिश भी।

गांधी व्यावहारिक राजनीति और मूल्यगत राजनीति के प्रचलित दो ध्रुवों को साथ लेकर चलने पर बल देते रहे। गांधी के लिए व्यवहार और सिद्धान्त के बीच के संघर्ष को आत्मसंघर्ष में बदलने की कोशिश कभी खत्म नहीं होती। इसीलिए वे मूल्यों और व्यवहार के बीच समन्वय की बजाय उन्हें एकमेक करने पर बल देते हैं। गांधी आधुनिकता विरोधी नहीं थे। हाँ, वे उस व्यवहारगत राजनीति का विरोध जरूर करते थे जो आधुनिकता को एक गति में बदल देती है, सभ्यता को यंत्र में और मनुष्य को कल-पुर्जे में।

जहाँ सभ्यता की विशाल भट्टी में मनुष्य कोयले की भाँति धू-धू जलता है, वहाँ गांधी मनुष्य के इस आत्म-छिछलन को पहचानते हैं। वे बताते हैं कि मनुष्य और मनुष्यता का उद्देश्य बहुत बड़ा है। गांधी के लिए खुद को उस ऊँचाई, उस आदर्श तक पहुँचाना ही वास्तविक संघर्ष था। उनके अनुसार हर विचार, हर राजनीति का लक्ष्य मनुष्य के आत्म को ऊपर उठाने का होना चाहिए।

अंग्रेजों की आधुनिकता का गांधी इसलिए विरोध करते हैं, क्योंकि अंग्रेज उनकी दृष्टि में पिछड़े हुए हैं। गैर आधुनिक हैं। हिंसक हैं। वे हथियाना और छीनना चाहते हैं। गांधी अंग्रेजों से मुक्ति के सन्दर्भ में अंग्रेजों से पीछा नहीं छुड़ाना चाहते, वे अंग्रेजों के उस आत्म को ऊपर उठाना चाहते हैं जिसने वर्चस्व को ही आधुनिकता मान लिया है। गांधी स्वतंत्रता, समानता और न्याय को किसी जाति या राष्ट्र से जुड़े मूल्य की तरह नहीं, बल्कि मनुष्यता के लिए जरूरी मूल्य की तरह देखते हैं। यही वजह है कि वे नमक का कानून तोड़ते हैं और

गिरफ्तार होते हैं। क्या इस तरह तोड़ने और स्वीकारने में हमारा आत्म ऊपर नहीं उठता?

गांधी का साम्राज्यवाद विरोध, राष्ट्रवाद की बजाय मानवीय मूल्यों की पैरोकारी करता है। गांधी भारत के बजाय मनुष्य की बात करते हैं। यूरोपीय आधुनिकता की बजाय वैश्विक आधुनिकता के मूल्यों की वकालत करते हैं। एक ऐसी आधुनिकता जिसमें हर तरह के वर्चस्व को नकारने की कोशिश हो। जहाँ मनुष्य की आजादी सिर्फ बाहरी वर्चस्व से मुक्ति पाने के अर्थ में न हो, बल्कि वह उसे आत्मगत अर्थों में भी वर्चस्व से मुक्त करे। वे आत्म-नियंत्रण के रास्ते न्यूनतम में बसर करने पर बल देते हैं, वह इसी समझ को मूर्त रूप देने की कोशिश है। जहाँ एक वर्चस्ववादी सत्ता अतिरिक्त पर बल देती है वहीं आवश्यकताओं को न्यूनतम तक ले जाकर वे लालच और वर्चस्व की बन्द दुनिया का चेहरा उजागर करते हैं। अंग्रेजों के आत्मिक पतन को दिखाने का प्रयत्न करते हैं। गांधी के लिए राष्ट्रवादी संघर्ष, मानवीय स्वतंत्रता और गरिमा की माँग है। गांधी इससे भिन्न किसी राष्ट्र की परिकल्पना या भारतीयता की अवधारणा को स्वीकार नहीं करते थे।

गांधी के चिन्तन में भारत और पाकिस्तान दो राष्ट्र नहीं थे। वे विभाजन की साम्राज्यवादी दृष्टि का विरोध विभाजन के बाद भी करते रहे। जिस व्यक्ति, विचार और दृष्टिकोण ने उनकी हत्या की वह भारत को एक नहीं अलग-अलग राष्ट्रों में देखने और सोचने वाली वर्चस्ववादी विचारधारा ही थी। क्या यह जरूरी नहीं कि हम इस विचारधारा को साम्राज्यवादी दृष्टि की क्रमिकता में देखने की जरूरत महसूस करें?

आज भारत के विषय में बात करते हुए यह जरूरत महसूस होती है कि हम भारत के दृष्टिकोण में उस गांधी के भारत को शामिल करें जिसमें भारत और पाकिस्तान दो राष्ट्र, दो दृष्टि, दो समुदाय नहीं बल्कि एक ही चेतना के दो बिम्ब हैं। क्या 1947 के बाद हम जिस भारत की उन्नति-अवनति, जिस भारतीयता की बात करते रहे हैं वह उस परम्परा, उस आधुनिकता को स्वीकार करती है जिसे गांधी ने आधुनिक भारत की परिकल्पना के रूप में बीसवीं सदी में साकार किया था? पिछले सात दशकों में हमने वर्चस्व के नाना रूपों को ही अपनी प्रगति के रूप में देखने और पाने की कोशिश की। हम यह भूल गए कि हमारा अतीत वर्चस्व की चेतना के प्रति सदैव संघर्ष का रहा है। आज भारतीयता की उस अवधारणा को नए सन्दर्भों में जानने की अधिक जरूरत महसूस होती है। एक ऐसे समय जब ब्राह्मणवादी वर्चस्व नए रूपों में और

बर्बरता के नए औजारों के साथ हमें अन्दर-बाहर दोनों ही तरह से नियंत्रित करना चाहता है, तब क्या हम गांधी से नए सन्दर्भों में सीख सकते हैं? जैसे मार्क्स ने हीगेल से सीखा था, न्यूटन ने गैलीलियो से? क्या यह सीखना परम्परा का पुनर्मूल्यांकन नहीं होगा?

हम इतिहास की कोशिशों को भले न दोहराएँ—इतिहास की विद्रूपताओं से बचने के लिए यह जरूरी भी है—लेकिन इतिहास के क्रमभंग को आत्मसात् करते हुए, अपनी वास्तविक पहचान को पुनः परिभाषित करने की चेष्टा तो कर ही सकते हैं। उसके लिए यह अनिवार्य होगा कि हम अपनी राष्ट्रीय पहचान के संकीर्ण होते दायरों का अतिक्रमण करें।

भारतीयता की अवधारणा का अर्थ होगा उस समग्र भारत या उस भारतीय मनुष्य की परिकल्पना—जिसमें उस आधुनिक विवेक को लक्ष्य के तौर पर चिन्हित किया जाए—जिसके तहत व्यक्तित्व का विकास और सभ्यता का विकास दोनों दो कोटियाँ न हों। यह सब तभी सम्भव है जब हम वर्चस्व के प्रति सचेत होंगे, घृणा की संस्कृति के प्रति आत्मचेतस। इकाई में नहीं, समुदाय में सोचने का साहस विकसित कर सकें।

यही वजह है कि गांधी हिन्द स्वराज में यूरोप के आधुनिक मॉडल को नकारते हैं। वे वहाँ के मशीनीकरण और आधुनिक शिक्षा का विरोध करते हैं क्योंकि उनके अनुसार आधुनिक शिक्षा उस नैतिक बल का संचार नहीं करती जो मनुष्य के भीतर सत्य निष्ठा और सदाचार के गुण विकसित करे। इसके विपरीत वह दम्भी, लालची और क्रूर बनाती है। गांधी के सामने प्रश्न यह था कि अगर यूरोप की आधुनिकता ने स्वतंत्रता, समानता और न्याय की बात कही तो वह व्यक्तिगत और निजी आचरण तक ही सीमित क्यों रह गई। यह किस तरह की आधुनिकता है जो अपनी स्वतंत्रता, समानता और न्याय की कीमत दूसरे मुल्कों को परतंत्र कर हासिल करती है। गांधी के स्वराज की अवधारणा जहाँ एक ओर यूरोप की आधुनिकता और आधुनिक जीवन शैली की आलोचना को सामने रखती है, वहीं इस प्रश्न को भी व्याख्यायित करती है कि वास्तविक स्वतंत्रता, समानता और न्याय के निहितार्थ क्या हैं। गांधी के स्वराज की अवधारणा इसी की खोज करती है।

गांधी स्वराज की अपनी अवधारणा को लेकर सतत चिन्तनशील रहे। रवीन्द्रनाथ टैगोर को 1921 में लिखे एक पत्र में वे कहते हैं—

"मैं तो चाहता हूँ कि सब देशों की संस्कृतियाँ मेरे घर के चारों ओर अधिक-से-अधिक निर्बाध रूप से प्रवाहित हो सकें। अलबत्ता मैं कभी नहीं चाहूँगा कि उनके तेज झोंके मेरे पाँव ही उखाड़ दें। मैं किसी दूसरे के घर में एक अवांछनीय मेहमान, भिखारी या गुलाम के रूप में रहना भी बर्दाश्त नहीं करूँगा।...मेरा धर्म जेल की तंग कोठरी-जैसा संकुचित और अनुदार नहीं है । इसमें तो भगवान की सारी सृष्टि के लिए स्थान है। लेकिन अविनय, जाति, धर्म, अथवा वर्णगत अहंकार के लिए यहाँ कोई स्थान नहीं है।"

गांधी की स्वराज की अवधारणा आदर्श और यथार्थ दोनों को अपने में समाहित किए हुए थी। वे शहरों के विरोधी नहीं थे न ही आधुनिक शिक्षा या यंत्र के पर वे जानते थे कि भारत की अधिकांश जनसंख्या गाँवों में रहती है, उन्हें स्वराज से जोड़े बगैर वास्तविक अर्थों में स्वराज को अर्जित नहीं किया जा सकता। गांधी ने इसलिए बहुत व्यावहारिक और तार्किक ढंग से स्वराज को गाँव से, गाँव के लोगों से, गाँव की व्यवस्था से जोड़ा।

'हरिजन सेवक' नामक पत्र के 2 अगस्त, 1942 के अन्त में उन्होंने ग्राम स्वराज की चर्चा करते हुए लिखा—

"ग्राम स्वराज्य की मेरी कल्पना यह है कि वह एक ऐसा पूर्ण प्रजातंत्र होगा, जो अपनी अहम जरूरतों के लिए अपने पड़ोसी पर भी निर्भर नहीं करेगा; और फिर भी बहुतेरी दूसरी जरूरतों के लिए—जिनमें दूसरों का सहयोग अनिवार्य होगा—वह परस्पर सहयोग से काम लेगा। इस तरह हर एक गाँव का पहला काम यह होगा कि वह अपनी जरूरत का तमाम अनाज और कपड़े के लिए कपास खुद पैदा कर ले। उसके पास इतनी सुरक्षित जमीन होनी चाहिए जिसमें ढोर चर सकें और गाँव के बड़े व बच्चों के लिए मनबहलाव के साधन और खेलकूद के मैदान वगैरह का बन्दोबस्त हो सके। हर एक गाँव में गाँव की अपनी एक नाट्यशाला, पाठशाला और सभा भवन रहेगा। पानी के लिए उसका अपना इंतजाम होगा—वाटर वर्कर्स होंगे—जिससे गाँव के सभी लोगों को शुद्ध पानी मिला करेगा । कुओं और तालाबों पर गाँव का पूरा नियंत्रण रखकर यह काम किया जा सकता है। बुनियादी तालीम के आखिरी दर्जे तक शिक्षा सबके लिए लागू होगी। जहाँ तक हो सकेगा गाँव के सारे काम सहयोग के आधार पर किए जाएँगे। जात-पाँत और क्रमागत अस्पृश्यता के जैसे भेद आज हमारे समाज में पाए जाते हैं। वैसे इस ग्राम समाज में बिलकुल नहीं रहेंगे"

वास्तव में गांधी एक ऐसे स्वराज की कल्पना कर रहे थे जिसका लक्ष्य पृथ्वी के अन्तिम मनुष्य तक पहुँचना था। जहाँ मनुष्य होने के आत्मगौरव की दीप्ति हर तरह की अमानवीयता, क्रूरता और हिंसा से लड़ने में सक्षम हो सके। गांधी भारत को एक ऐसे आत्मसंघर्ष से जोड़ रहे थे जो आत्म को विस्तृत करने पर बल देता था । वे एक सच्ची खुली और उदार दुनिया के पक्षधर थे। आज जब हम वर्तमान को लेकर चिन्तित होते हैं तो यह जरूरी हो जाता है कि गांधी के स्वराज की परिकल्पना को वर्तमान के आत्मसंघर्ष के लिए प्रेरणा और आत्मबल के रूप में देखें। आज गांधी को समझना पहले के किसी भी समय की अपेक्षा अधिक जरूरी हो गया है।

इस बात से हम भला किस तरह इनकार कर सकते हैं कि कुछ शक्तियाँ जो भारत की इस वर्तमान अवधारणा से इत्तेफाक नहीं रखती। वे चाहती हैं कि व्यापक जनसमूह के मानस से गांधी की छवि विस्मृत हो जाए। लोग गांधी को भूल जाएँ। वे गांधी की छवि धूमिल करने का प्रयत्न करती हैं, लेकिन जनता की स्मृतियों से गांधी को निकाल फेंकना इतना आसान नहीं। इसलिए वे लोगों की भाषा में, विचार में, जीवन-दृष्टि में, गांधी की छवि को मलिन करने का प्रयत्न करती हैं। यह कोई सामान्य परिघटना नहीं है, जिसके तहत हमारी भाषा के सामान्य रूप में—"मजबूरी का नाम महात्मा गांधी" जैसे मुहावरे का प्रयोग किया जाता है। ये ताकतें भारत और गांधी से इत्तेफाक नहीं रखती। ये वो लोग हैं, जिन्हें यह भय सताता है कि गांधी की हत्या के इतने दशकों बाद आज भी लोगों के बीच गांधी क्योंकर जीवित हैं और प्रासंगिक बने हुए हैं।

यहाँ यह स्वीकार करना होगा कि गांधी रचनावली के सैकड़ों खंडों के बीच से कुछ लेखों, निबन्धों और भाषणों को चुनकर प्रामाणिक तौर पर प्रतिनिधि पाठ निर्मित किया गया है—ऐसा दावा नहीं किया जा सकता। गांधी ने जीवन और लेखन के बीच के अन्तराल को मिटा दिया था। उनके समग्र लेखन से एक पंक्ति भी हटाई नहीं जा सकती। यहाँ सिर्फ उनके लेखन में मौजूद कला, साहित्य, संस्कृति विषयक पाठों को लिया गया है, ताकि 21वीं सदी के इस दूसरे दशक में उनके प्रति पूर्व निर्मित जिज्ञासा और उम्मीद का विस्तार हो। संकट में फँसी सभ्यता और समाज के लिए नए विकल्प निर्मित हो सके।

—अच्युतानन्द मिश्र

क्रम

कला

साहित्य

संस्कृति

कला

शिक्षा

पाठक : आपने इतना सारा कहा, परन्तु उसमें कहीं भी शिक्षा-तालीम की जरूरत तो बताई ही नहीं। हम शिक्षा की कमी की हमेशा शिकायत करते रहते हैं। लाजिमी तालीम देने का आन्दोलन हम सारे देश में देखते हैं। महाराजा गायकवाड़ ने (अपने राज्य में) लाजिमी शिक्षा शुरू की है। उसकी ओर सबका ध्यान गया है। हम उन्हें धन्यवाद देते हैं। यह सारी कोशिश क्या बेकार ही समझनी चाहिए?

सम्पादक : अगर हम अपनी सभ्यता को सबसे अच्छी मानते हैं, तब तो मुझे अफसोस के साथ कहना पड़ेगा कि वह कोशिश ज्यादातर बेकार ही है। महाराजा साहब और हमारे दूसरे धुरन्धर नेता सबको तालीम देने की जो कोशिश कर रहे हैं, उसमें उनका हेतु निर्मल है। इसलिए उन्हें धन्यवाद ही देना चाहिए। लेकिन उनके हेतु का जो नतीजा आने की सम्भावना है, उसे हम छिपा नहीं सकते।

शिक्षा : तालीम का अर्थ क्या है? अगर उसका अर्थ सिर्फ अक्षर-ज्ञान ही हो, तो वह तो एक साधन जैसी ही हुई। उसका अच्छा उपयोग भी हो सकता है और बुरा उपयोग भी हो सकता है। एक शस्त्र से चीर-फाड़ करके बीमार को अच्छा किया जा सकता है और वही शस्त्र किसी की जान लेने के लिए भी काम में लाया जा सकता है। अक्षर-ज्ञान का भी ऐसा ही है। बहुत-से लोग उसका बुरा उपयोग करते हैं, यह तो हम देखते ही हैं। उसका अच्छा उपयोग प्रमाण में कम ही लोग करते हैं। यह बात अगर ठीक है तो इससे यह साबित होता है कि अक्षर-ज्ञान से दुनिया को फायदे के बदले नुकसान ही हुआ है।

शिक्षा का साधारण अर्थ अक्षर-ज्ञान ही होता है। लोगों को लिखना, पढ़ना और हिसाब करना सिखाना बुनियादी या प्राथमिक—प्राइमरी—शिक्षा कहलाती है। एक किसान ईमानदारी से खुद खेती करके रोटी कमाता है। उसे मामूली तौर पर दुनियावी ज्ञान है। अपने माँ-बाप के साथ कैसे बरतना, अपनी स्त्री के साथ कैसे बरतना, बच्चों से कैसे पेश आना, जिस देहात में वह बसा हुआ है, वहाँ उसकी चाल-ढाल कैसी होनी चाहिए, इन सबका उसे काफी ज्ञान है। वह नीति के नियम समझता है और उनका पालन करता है। लेकिन वह अपने दस्तखत करना नहीं जानता। इस आदमी

को आप अक्षर-ज्ञान देकर क्या करना चाहते हैं? उसके सुख में आप कौन-सी बढ़ती करेंगे? क्या उसकी झोंपड़ी या उसकी हालत के बारे में आप उसके मन में असन्तोष पैदा करना चाहते हैं? ऐसा करना हो तो भी उसे अक्षर-ज्ञान देने की जरूरत नहीं है। पश्चिम के असर के नीचे आकर हमने यह बात चलाई है कि लोगों को शिक्षा देनी चाहिए। लेकिन उसके बारे में हम आगे-पीछे की बात सोचते ही नहीं।

अब ऊँची शिक्षा को लें। मैंने भूगोल-विद्या सीखा, खगोल-विद्या (आकाश के तारों की विद्या) सीखा, बीजगणित (अलजेब्रा) भी मुझे आ गया, रेखागणित (ज्यामेट्री) का ज्ञान भी मैंने हासिल किया, भूगर्भ-विद्या को भी मैं पी गया। लेकिन उससे क्या? उससे मैंने अपना कौन-सा भला किया? अपने आस-पास के लोगों का क्या भला किया? किस मकसद से मैंने वह ज्ञान हासिल किया? उससे मुझे क्या फायदा हुआ? एक अंग्रेज विद्वान (हक्सली) ने शिक्षा के बारे में यों कहा है : "उस आदमी ने सच्ची शिक्षा पाई है, जिसके शरीर को ऐसी आदत डाली गई है कि वह उसके बस में रहता है, जिसका शरीर चैन से और आसानी से सौंपा हुआ काम करता है। उस आदमी ने सच्ची शिक्षा पाई है, जिसकी बुद्धि शुद्ध, शान्त और न्यायदर्शी है। उसने सच्ची शिक्षा पाई है, जिसका मन कुदरती कानूनों से भरा है और जिसकी इन्द्रियाँ उसके बस में हैं, जिसके मन की भावनाएँ बिलकुल शुद्ध हैं, जिसे नीच कामों से नफरत है और जो दूसरों को अपने जैसा मानता है। ऐसा आदमी ही सच्चा शिक्षित (तालीमशुदा) माना जाएगा, क्योंकि वह कुदरत के कानून के मुताबिक चलता है। कुदरत उसका अच्छा उपयोग करेगी और वह कुदरत का अच्छा उपयोग करेगा।" अगर यही सच्ची शिक्षा हो तो मैं कसम खाकर कहूँगा कि ऊपर जो शास्त्र मैंने गिनाए हैं, उनका उपयोग मेरे शरीर या मेरी इन्द्रियों को बस में करने के लिए मुझे नहीं करना पड़ा। इसलिए प्राइमरी—प्राथमिक शिक्षा को लीजिए या ऊँची शिक्षा को लीजिए, उसका उपयोग मुख्य बात में नहीं होता। उससे हम मनुष्य नहीं बनते—उससे हम अपना कर्तव्य नहीं जान सकते।

पाठक : अगर ऐसा ही है, तो मैं आपसे एक सवाल करूँगा। आप ये जो सारी बातें कह रहे हैं, वह किसकी बदौलत कह रहे हैं? अगर आपने अक्षर-ज्ञान और ऊँची शिक्षा नहीं पाई होती, तो ये सब बातें आप मुझे कैसे समझा पाते?

सम्पादक : आपने अच्छी सुनाई। लेकिन आपके सवाल का मेरा जवाब भी सीधा ही है। अगर मैंने ऊँची या नीची शिक्षा नहीं पाई होती, तो मैं नहीं मानता कि मैं निकम्मा आदमी हो जाता। अब ये बातें कहकर मैं उपयोगी बनने की इच्छा रखता हूँ। ऐसा करते हुए जो कुछ मैंने पढ़ा उसे मैं काम में लाता हूँ, और उसका उपयोग, अगर वह उपयोग हो तो, मैं अपने करोड़ों भाइयों के लिए नहीं कर सकता, सिर्फ आप जैसे पढ़े-लिखों के लिए ही कर सकता हूँ। इससे भी मेरी ही बात का समर्थन होता है। मैं और आप दोनों गलत शिक्षा के पंजे में फँस

गए थे। उसमें से मैं अपने को मुक्त हुआ मानता हूँ। अब वह अनुभव मैं आपको देता हूँ और उसे देते समय ली हुई शिक्षा का उपयोग करके उसमें रही सड़न मैं आपको दिखाता हूँ।

इसके सिवा, आपने जो बात मुझे सुनाई उसमें आप गलती खा गए, क्योंकि मैंने अक्षर-ज्ञान को (हर हालत में) बुरा नहीं कहा है। मैंने तो इतना ही कहा है कि उस ज्ञान की हमें मूर्ति की तरह पूजा नहीं करनी चाहिए। वह हमारी कामधेनु नहीं है। वह अपनी जगह पर शोभा दे सकता है। और वह जगह यह है; जब मैंने और आपने अपनी इन्द्रियों को बस में कर लिया हो, जब हमने नीति की नींव मजबूत बना ली हो, तब अगर हमें अक्षर-ज्ञान पाने की इच्छा हो, तो उसे पाकर हम उसका अच्छा उपयोग कर सकते हैं। वह शिक्षा आभूषण के रूप में अच्छी लग सकती है। लेकिन अक्षर-ज्ञान का अगर आभूषण के तौर पर ही उपयोग हो, तो ऐसी शिक्षा को लाजिमी करने की हमें जरूरत नहीं। हमारे पुराने स्कूल ही काफी हैं। वहाँ नीति को पहला स्थान दिया जाता है। वह सच्ची प्राथमिक शिक्षा है। उस पर हम जो इमारत खड़ी करेंगे, वह टिक सकेगी।

पाठक : तब क्या मेरा यह समझना ठीक है कि आप स्वराज्य के लिए अंग्रेजी शिक्षा का कोई उपयोग नहीं मानते?

सम्पादक : मेरा जवाब 'हाँ' और 'नहीं' दोनों है। करोड़ों लोगों को अंग्रेजी की शिक्षा देना उन्हें गुलामी में डालने जैसा है। मैकाले ने शिक्षा की जो बुनियाद डाली, वह सचमुच गुलामी की बुनियाद थी। उसने इसी इरादे से अपनी योजना बनाई थी, ऐसा मैं नहीं सुझाना चाहता। लेकिन उसके काम का नतीजा यही निकला है। यह कितने दुख की बात है कि हम स्वराज्य की बात भी परायी भाषा में करते हैं?

जिस शिक्षा को अंग्रेजों ने ठुकरा दिया है वह हमारा सिंगार बनती है, यह जानने लायक है। उन्हीं के विद्वान कहते रहते हैं कि उसमें यह अच्छा नहीं है, वह अच्छा नहीं है। वे जिसे भूल-से गए हैं, उसी से हम अपने अज्ञान के कारण चिपके रहते हैं। उनमें अपनी-अपनी भाषा को उन्नति करने की कोशिश चल रही है। वेल्स इंग्लैंड का एक छोटा-सा परगना है; उसकी भाषा धूल जैसी नगण्य है। ऐसी भाषा का अब जीर्णोद्धार हो रहा है।

वेल्स के बच्चे वेल्स भाषा में ही बोलें, ऐसी कोशिश वहाँ चल रही है। इसमें इंग्लैंड के खजांची लॉयड जॉर्ज बड़ा हिस्सा लेते हैं। और हमारी दशा कैसी है? हम एक-दूसरे को पत्र लिखते हैं, तब गलत अंग्रेजी में लिखते हैं। एक साधारण एम.ए.पास आदमी भी ऐसी गलत अंग्रेजी से बचा नहीं होता। हमारे अच्छों-से-अच्छे विचार प्रकट करने का जरिया है अंग्रेजी; हमारी कांग्रेस का कारोबार भी अंग्रेजी में चलता है। अगर ऐसा लम्बे अरसे तक चला, तो मेरा मानना है कि आनेवाली पीढ़ी हमारा तिरस्कार करेगी और उसका शाप हमारी आत्मा को लगेगा।

आपको समझना चाहिए कि अंग्रेजी शिक्षा लेकर हमने अपने राष्ट्र को गुलाम बनाया है। अंग्रेजी शिक्षा से दम्भ, राग, जुल्म वगैरह बढ़े हैं। अंग्रेजी शिक्षा पाए हुए लोगों ने प्रजा को ठगने में, उसे परेशान करने में कुछ भी उठा नहीं रखा है। अब अगर हम अंग्रेजी शिक्षा पाए हुए लोग उसके लिए कुछ करते हैं, तो उसका हम पर जो कर्ज चढ़ा हुआ है, उसका कुछ हिस्सा ही हम अदा करते हैं।

यह क्या कम जुल्म की बात है कि अपने देश में अगर मुझे इंसाफ पाना हो, तो मुझे अंग्रेजी भाषा का उपयोग करना चाहिए! बैरिस्टर होने पर मैं स्वभाषा में बोल ही नहीं सकता! दूसरे आदमी को मेरे लिए तरजुमा कर देना चाहिए! यह कुछ कम दम्भ है? यह गुलामी की हद नहीं तो और क्या है? इसमें मैं अंग्रेजों का दोष निकालूँ या अपना? हिन्दुस्तान को गुलाम बनानेवाले तो हम अंग्रेजी जाननेवाले लोग ही हैं। राष्ट्र की हाय अंग्रेजों पर नहीं पड़ेगी, बल्कि हम पर पड़ेगी।

लेकिन मैंने आपसे कहा कि मेरा जवाब 'हाँ' और 'ना' दोनों है। 'हाँ' कैसे सो मैंने आपको समझाया।

अब 'ना' कैसे, यह बताता हूँ। हम सभ्यता के रोग में ऐसे फँस गए हैं कि अंग्रेजी शिक्षा बिलकुल लिए बिना अपना काम चला सकें, ऐसा समय अब नहीं रहा। जिसने वह शिक्षा पाई है, वह उसका अच्छा उपयोग करे। अंग्रेजों के साथ के व्यवहार में, ऐसे हिन्दुस्तानियों के साथ के व्यवहार में जिनकी भाषा हम समझ न सकते हों और अंग्रेज खुद अपनी सभ्यता से कैसे परेशान हो गए हैं, यह समझने के लिए अंग्रेजी का उपयोग किया जाए। जो लोग अंग्रेजी पढ़े हुए हैं, उनकी सन्तानों को पहले तो नीति सिखानी चाहिए, उनकी मातृभाषा सिखानी चाहिए और हिन्दुस्तान की एक दूसरी भाषा सिखानी चाहिए। बालक जब पुख्ता (पक्की) उम्र के हो जाएँ तब भले ही वे अंग्रेजी शिक्षा पाएँ, और वह भी उसे मिटाने के इरादे से, न कि उसके जरिये पैसे कमाने के इरादे से। ऐसा करते हुए भी हमें यह सोचना होगा कि अंग्रेजी में क्या सीखना चाहिए और क्या नहीं सीखना चाहिए। कौन-से शास्त्र पढ़ने चाहिए, यह भी हमें सोचना होगा। थोड़ा विचार करने से ही हमारी समझ में आ जाएगा कि अगर अंग्रेजी डिग्री लेना हम बन्द कर दें, तो अंग्रेज हाकिम चौंकेंगे।

पाठक : तब कैसी शिक्षा दी जाए?

सम्पादक : उसका जवाब ऊपर कुछ हद तक आ गया है। फिर भी इस सवाल पर हम और विचार करें। मुझे तो लगता है कि हमें अपनी सभी भाषाओं को उज्ज्वल-शानदार बनाना चाहिए। हमें अपनी भाषा में ही शिक्षा लेनी चाहिए—इसके क्या मानी है, इसे ज्यादा समझाने का यह स्थान नहीं है। जो अंग्रेजी पुस्तकें काम की हैं, उनका हमें अपनी भाषा में अनुवाद करना होगा। बहुत-से शास्त्र सीखने का दम्भ और वहम हमें छोड़ना होगा। सबसे पहले तो धर्म की शिक्षा या नीति की शिक्षा दी जानी चाहिए। हरेक पढ़े-लिखे हिन्दुस्तानी को अपनी भाषा का, हिन्दू को संस्कृत का,

मुसलमान को अरबी का, पारसी को फारसी का और सबको हिन्दी का ज्ञान होना चाहिए। कुछ हिन्दुओं को अरबी और कुछ मुसलमानों और पारसियों को संस्कृत सीखनी चाहिए। उत्तरी और पश्चिमी हिन्दुस्तान के लोगों को तमिल सीखनी चाहिए। सारे हिन्दुस्तान के लिए जो भाषा चाहिए, वह तो हिन्दी ही होनी चाहिए। उसे उर्दू या नागरी लिपि में लिखने की छूट रहनी चाहिए। हिन्दू-मुसलमानों के सम्बन्ध ठीक रहें, इसलिए बहुत-से हिन्दुस्तानियों का इन दोनों लिपियों को जान लेना जरूरी है। ऐसा होने से हम आपस के व्यवहार में अंग्रेजी को निकाल सकेंगे।

और यह सब किसके लिए जरूरी है? हम जो गुलाम बन गए हैं, उनके लिए। हमारी गुलामी की वजह से देश की प्रजा गुलाम बनी है। अगर हम गुलामी से छूट जाएँ, तो प्रजा तो छूट ही जाएगी।

पाठक : आपने जो धर्म की शिक्षा की बात कही, वह बड़ी कठिन है।

सम्पादक : फिर भी उसके बिना हमारा काम नहीं चल सकता। हिन्दुस्तान कभी नास्तिक नहीं बनेगा। हिन्दुस्तान की भूमि में नास्तिक फल-फूल नहीं सकते। बेशक, यह काम मुश्किल है। धर्म की शिक्षा का खयाल करते ही सिर चकराने लगता है। धर्म के आचार्य दम्भी और स्वार्थी मालूम होते हैं। उनके पास पहुँचकर हमें नम्र भाव से उन्हें समझाना होगा। उसकी कुंजी मुल्लों, दस्तूरों और ब्राह्मणों के हाथ में है। लेकिन उनमें अगर सद्बुद्धि पैदा न हो, तो अंग्रेजी शिक्षा के कारण हममें जो जोश पैदा हुआ है, उसका उपयोग करके हम लोगों को नीति की शिक्षा दे सकते हैं। यह कोई बहुत मुश्किल बात नहीं है। हिन्दुस्तानी सागर के किनारे पर ही मैल जमा है। उस मैल से जो गन्दे हो गए हैं, उन्हें साफ होना है। हम लोग ऐसे ही हैं और खुद ही बहुत कुछ साफ हो सकते हैं। मेरी यह टीका करोड़ों लोगों के बारे में नहीं है। हिन्दुस्तान को असली रास्ते पर लाने के लिए हमें ही असली रास्ते पर आना होगा। बाकी करोड़ों लोग तो असली रास्ते पर ही हैं। उसमें सुधार, बिगाड़, उन्नति, अवनति समय के अनुसार होते ही रहेंगे। पश्चिम की सभ्यता को निकाल बाहर करने की ही हमें कोशिश करनी चाहिए। दूसरा सब अपने-आप ठीक हो जाएगा।

[हिन्द स्वराज से, 1909]

मशीनें

पाठक : आप पश्चिम की सभ्यता को निकाल बाहर करने की बात कहते हैं, तब तो आप यह भी कहेंगे कि हमें कोई भी मशीन नहीं चाहिए।

सम्पादक : मुझे जो चोट लगी थी उसे यह सवाल करके आपने ताजा कर दिया है। मि. रमेशचन्द्र दत्त की पुस्तक 'हिन्दुस्तान का आर्थिक हतिहास' जब मैंने पढ़ी, तब भी मेरी ऐसी हालत हो गई थी। उसका फिर से विचार करता हूँ, तो मेरा दिल भर आता है। मशीन की झपट लगने से ही हिन्दुस्तान पामाल हो गया है। मैनचेस्टर ने हमें जो नुकसान पहुँचाया है, उसकी तो कोई हद ही नहीं है। हिन्दुस्तान से कारीगरी जो करीब-करीब खतम हो गई, वह मैनचेस्टर का ही काम है।

लेकिन मैं भूलता हूँ। मैनचेस्टर को दोष कैसे दिया जा सकता है? हमने उसके कपड़े पहने तभी तो उसने कपड़े बनाए। बंगाल की बहादुरी का वर्णन जब मैंने पढ़ा तब मुझे हर्ष हुआ। बंगाल में कपड़े की मिलें नहीं हैं, इसलिए लोगों ने अपना असली धन्धा फिर से हाथ में ले लिया। बंगाल बम्बई की मिलों को बढ़ावा देता है, वह ठीक ही है; लेकिन अगर बंगाल ने तमाम मशीनों से परहेज किया होता, उनका बायकाट-बहिष्कार किया होता, तो और भी अच्छा होता।

मशीनें यूरोप को उजाड़ने लगी हैं और वहाँ की हवा अब हिन्दुस्तान में चल रही है। यंत्र आज की सभ्यता की मुख्य निशानी है और वह महापाप है, ऐसा मैं तो साफ देख सकता हूँ।

बम्बई की मिलों में जो मजदूर काम करते हैं, वे गुलाम बन गए हैं। जो औरतें उनमें काम करती हैं, उनकी हालत देखकर कोई भी काँप उठेगा। जब मिलों की वर्षा नहीं हुई थी तब वे औरतें भूखों नहीं मरती थीं। मशीन की यह हवा अगर ज्यादा चली, तो हिन्दुस्तान की बुरी दशा होगी। मेरी बात आपको कुछ मुश्किल मालूम होती होगी। लेकिन मुझे कहना चाहिए कि हम हिन्दुस्तान में मिलें कायम करें, उसके बजाय हमारा भला इसी में है कि हम मैनचेस्टर को और भी रुपये भेजकर उसका सड़ा हुआ कपड़ा काम में लें; क्योंकि उसका कपड़ा काम में लेने से सिर्फ हमारे पैसे ही जाएँगे। हिन्दुस्तान में अगर हम मैनचेस्टर कायम करेंगे

तो पैसा हिन्दुस्तान में ही रहेगा, लेकिन वह पैसा हमारा खून चूसेगा; क्योंकि वह हमारी नीति को बिलकुल खतम कर देगा। जो लोग मिलों में काम करते हैं उनकी नीति कैसी है, यह उन्हीं से पूछा जाए। उनमें से जिन्होंने रुपये जमा किए हैं, उनकी नीति दूसरे पैसेवालों से अच्छी नहीं हो सकती। अमरीका के रॉकफेलरों से हिन्दुस्तान के रॉकफेलर कुछ कम हैं, ऐसा मानना निरा अज्ञान है। गरीब हिन्दुस्तान तो गुलामी से छूट सकेगा, लेकिन अनीति से पैसेवाला बना हुआ हिन्दुस्तान गुलामी से कभी नहीं छूटेगा।

मुझे तो लगता है कि हमें यह स्वीकार करना होगा कि अंग्रेजी राज्य को यहाँ टिकाए रखनेवाले ये धनवान लोग ही हैं। ऐसी स्थिति में ही उनका स्वार्थ सधेगा। पैसा आदमी को दीन बना देता है। ऐसी दूसरी चीज दुनिया में विषय-भोग है। ये दोनों विषय विषमय हैं। उनका डंक साँप के डंक से ज्यादा जहरीला है जब साँप काटता है तो हमारा शरीर लेकर हमें छोड़ देता है। जब पैसा या विषय काटता है तब वह शरीर, ज्ञान, मन सब कुछ ले लेता है, तो भी हमारा छुटकारा नहीं होता। इसलिए हमारे देश में मिलें कायम हों, इसमें खुश होने जैसा कुछ नहीं है।

पाठक : तब क्या मिलों को बन्द कर दिया जाए?

सम्पादक : यह बात मुश्किल है। जो चीज स्थायी या मजबूत हो गई है, उसे निकालना मुश्किल है। इसीलिए काम शुरू न करना पहली बुद्धिमानी है। मिल-मालिकों की ओर हम नफरत की निगाह से नहीं देख सकते। हमें उन पर दया करनी चाहिए। वे यकायक मिलें छोड़ दें, यह तो मुमकिन नहीं है; लेकिन हम उनसे ऐसी विनती कर सकते हैं कि वे अपने इस साहस को बढ़ाएँ नहीं। अगर वे देश का भला करना चाहें, तो खुद अपना काम धीरे-धीरे कम कर सकते हैं। वे खुद पुराने, प्रौढ़ पवित्र चरखे देश के हजारों घरों में दाखिल कर सकते हैं और लोगों का बुना हुआ कपड़ा लेकर उसे बेच सकते हैं।

अगर वे ऐसा न करें तो भी लोग खुद मशीनों का कपड़ा इस्तेमाल करना बन्द कर सकते हैं।

पाठक : यह तो कपड़े के बारे में हुआ। लेकिन यंत्र की बनी तो अनेक चीजें हैं। वे चीजें या तो हमें परदेश से लेनी होंगी या ऐसे यंत्र हमारे देश में दाखिल करने होंगे।

सम्पादक : सचमुच हमारे देव (मूर्तियाँ) भी जर्मनी के यंत्रों में बनकर आते हैं; तो फिर दियासलाई या आलपिन से लेकर काँच के झाड़-फानूस की तो बात ही क्या? मेरा अपना जवाब तो एक ही है। जब ये सब चीजें यंत्र से नहीं बनती थीं तब हिन्दुस्तान क्या करता था? वैसा ही वह आज भी कर सकता है। जब तक हम हाथ से आलपिन नहीं बनाएँगे, तब तक उसके बिना हम अपना काम चला लेंगे। झाड़-फानूस को आग लगा देंगे। मिट्टी के दीये में तेल डालकर और हमारे

खेत में पैदा हुई रुई की बत्ती बनाकर दीया जलाएँगे। ऐसा करने से हमारी आँखें (खराब होने से) बचेंगी, पैसे बचेंगे और हम स्वदेशी रहेंगे, बनेंगे और स्वराज्य की धूनी जगाएँगे।

यह सारा काम सब लोग एक ही समय में करेंगे या एक ही समय में कुछ लोग यंत्र की सब चीजें छोड़ देंगे, यह सम्भव नहीं है। लेकिन अगर यह विचार सही होगा, तो हम हमेशा शोध-खोज करते रहेंगे और हमेशा थोड़ी-थोड़ी चीजें छोड़ते जाएँगे। अगर हम ऐसा करेंगे तो दूसरे लोग भी ऐसा करेंगे। पहले तो यह विचार जड़ पकड़े, यह जरूरी है; बाद में उसके मुताबिक काम होगा। पहले एक ही आदमी करेगा, फिर दस, फिर सौ—यों नारियल की कहानी की तरह लोग बढ़ते ही जाएँगे। बड़े लोग जो काम करते हैं, उसे छोटे भी करते हैं और करेंगे। समझें तो बात छोटी और सरल है। आपको और मुझे दूसरों के करने की राह नहीं देखना है। हम तो ज्यों ही समझ लें त्यों ही उसे शुरू कर दें। जो नहीं करेगा, वह खोएगा। समझते हुए भी जो नहीं करेगा, वह निरा दम्भी कहलाएगा।

पाठक : ट्रामगाड़ी और बिजली की बत्ती का क्या होगा?

सम्पादक : यह सवाल आपने बहुत देर से किया। इस सवाल में अब कोई जान नहीं रही। रेल ने अगर हमारा नाश किया है, तो क्या ट्राम नहीं करती? यंत्र तो साँप का ऐसा बिल है, जिसमें एक नहीं बल्कि सैकड़ो साँप होते हैं। एक के पीछे दूसरा लगा ही रहता है। जहाँ यंत्र होंगे वहाँ बड़े शहर होंगे। जहाँ बड़े शहर होंगे वहाँ ट्रामगाड़ी और रेलगाड़ी होगी। वहीं बिजली की बत्ती की जरूरत रहती है। आप जानते होंगे कि विलायत में भी देहातों में बिजली की बत्ती या ट्राम नहीं है। प्रामाणिक वैद्य और डॉक्टर आपको बताएँगे कि जहाँ रेलगाड़ी, ट्रामगाड़ी वगैरह साधन बढ़े हैं, वहाँ लोगों की तन्दुरुस्ती गिरी हुई होती है। मुझे याद है कि यूरोप के एक शहर में जब पैसे की तंगी हो गई थी तब ट्रामों, वकीलों और डॉक्टरों की आमदनी घट गई थी, लेकिन लोग तन्दुरुस्त हो गए थे।

यंत्र का गुण तो मुझे एक भी याद नहीं आता, जबकि उसके अवगुणों से मैं पूरी किताब लिख सकता हूँ।

पाठक : यह सारा लिखा हुआ यंत्र की मदद से छापा जाएगा और उसकी मदद से बाँटा जाएगा, यह यंत्र का गुण है या अवगुण?

सम्पादक : यह 'जहर की दवा जहर है' की मिसाल है। इसमें यंत्र का कोई गुण नहीं है। यंत्र मरते-मरते कह जाता है कि 'मुझसे बचिए, होशियार रहिए; मुझसे आपको कोई फायदा नहीं होने का।' अगर ऐसा कहा जाए कि यंत्र ने इतनी ठीक कोशिश की, तो यह भी उन्हीं के लिए लागू होता है जो यंत्र की जाल में फँसे हुए हैं।

लेकिन मूल बात न भूलिएगा। मन में यह तय कर लेना चाहिए कि यंत्र खराब

चीज है। बाद में हम उसका धीरे-धीरे नाश करेंगे। ऐसा कोई सरल रास्ता कुदरत ने बनाया नहीं है कि जिस चीज की हमें इच्छा हो वह तुरन्त मिल जाए। यंत्र के ऊपर हमारी मीठी नजर के बजाय जहरीली नजर पड़ेगी, तो आखिर वह जाएगा ही।

[हिन्द स्वराज से, 1909]

मैं हिन्दू क्यों हूँ?

एक अमरीकी बहन जो अपने को हिन्दुस्तान का यावज्जीवन मित्र कहती हैं, लिखती हैं :

चूँकि हिन्दू-धर्म पूर्व के मुख्य धर्मों में से एक है, और चूँकि आपने ईसाई-धर्म और हिन्दू-धर्म का अध्ययन किया है, और उस अध्ययन के आधार पर अपने आप को हिन्दू घोषित किया है, मैं आपसे अपनी इस पसन्दगी का कारण पूछने की अनुमति चाहती हूँ। हिन्दू और ईसाई दोनों ही मानते हैं कि मनुष्य की प्रधान आवश्यकता है ईश्वर को जानना, और सच्चे मन से उसकी पूजा करना। यह मानते हुए कि ईसा परमात्मा के प्रतिनिधि थे, अमरीका के ईसाइयों ने अपने हजारों पुत्रों और पुत्रियों को हिन्दुस्तानवालों को ईसा के बारे में बतलाने के लिए भेजा है। क्या आप कृपा करके बदले में ईसा की शिक्षाओं के साथ-साथ हिन्दू-धर्म की तुलना करेंगे और हिन्दू-धर्म की अपनी व्याख्या देंगे? इस कृपा के लिए मैं आपका हार्दिक आभार मानूँगी।

कई मिशनरी सभाओं में अंग्रेज और अमरीकी मिशनरियों से मैंने यह कहने का साहस किया है कि अगर वे ईसा के बारे में हिन्दुस्तान को 'बताने' से बाज आते और 'सरमन ऑन द माउंट' में बताए गए ढंग से अपना जीवन बिताते, तो भारत उन पर शक करने के बदले अपनी सन्तानों के बीच उनके रहने की कद्र करता और उनकी उपस्थिति से लाभ उठाता। अपने इस विचार के कारण मैं अमरीकी मित्रों को हिन्दू-धर्म के बारे में बतौर 'बदले' के कुछ 'बता' नहीं सकता। अपने धर्म के बारे में, विशेष रूप से धर्म परिवर्तन के उद्‌देश्य से लोग दूसरों से कुछ कहें इसमें मेरा विश्वास नहीं है। विश्वास में किसी को कुछ बताने की गुंजाइश नहीं है। विश्वास पर तो आचरण करना होता है और तब वह अपना प्रचार स्वयं करता है।

और सिवाय अपने जीवन के और किसी अन्य ढंग से हिन्दू-धर्म की व्याख्या करने के योग्य मैं अपने को नहीं मानता। और अगर मैं लिखकर हिन्दू-धर्म को समझा नहीं सकता तो ईसाई-धर्म से उसकी तुलना भी नहीं कर सकूँगा। इसलिए मैं तो सिर्फ इतना ही कर सकता हूँ कि यथासम्भव संक्षेप में मैं बताऊँ कि मैं हिन्दू क्यों हूँ?

मैं वंशानुगत गुणों के प्रभाव पर विश्वास रखता हूँ, और मेरा जन्म एक हिन्दू परिवार में हुआ है इसलिए मैं हिन्दू हूँ। अगर मुझे यह अपने नैतिक बोध या आध्यात्मिक

विकास के विरुद्ध लगे तो मैं इसे छोड़ दूँगा। अध्ययन करने पर जिन धर्मों को मैं जानता हूँ उनमें मैंने इसे सबसे अधिक सहिष्णु पाया है। इसमें सैद्धान्तिक कट्टरता नहीं है, यह बात मुझे बहुत आकर्षित करती है क्योंकि इस कारण इसके अनुयायी को आत्माभिव्यक्ति का अधिक-से-अधिक अवसर मिलता है। हिन्दू-धर्म वर्जनशील नहीं है, अत: इसके अनुयायी न सिर्फ दूसरे धर्मों का आदर कर सकते हैं बल्कि वे सभी धर्मों की अच्छी बातों को पसन्द कर सकते हैं और अपना सकते हैं। अहिंसा सभी धर्मों में है मगर हिन्दू-धर्म में इसकी उच्चतम अभिव्यक्ति और प्रयोग हुआ है। (मैं जैन और बौद्ध धर्मों को हिन्दू-धर्म से अलग नहीं गिनता) हिन्दू-धर्म न सिर्फ सभी मनुष्यों की एकात्मता में विश्वास करता है बल्कि सभी जीवधारियों की एकात्मता में विश्वास करता है। मेरी राय में हिन्दू-धर्म में गाय की पूजा मानवीयता के विकास की दिशा में उसका एक अनोखा योगदान है। सभी जीवों की एकात्मता और इसलिए सभी प्रकार के जीवन की पवित्रता में इसके विश्वास का यह व्यावहारिक रूप है। भिन्न योनियों में जन्म लेने का महान विश्वास, इसी विश्वास का सीधा नतीजा है। अन्त में, वर्णाश्रम धर्म के सिद्धान्त की खोज सत्य की निरन्तर खोज का अत्यन्त सुन्दर परिणाम है। ऊपर बतलाई बातों की परिभाषा देकर मैं इस लेख को भारी नहीं बनाऊँगा। मैं तो यहाँ सिर्फ इतना ही कहूँगा कि गो-भक्ति और वर्णाश्रम के आज के खयालात, मेरी समझ में, मूल गो-भक्ति और वर्णाश्रम की विकृतियाँ भर हैं। जो चाहें, वे 'यंग इंडिया' के पिछले अंकों में वर्णाश्रम और गो-भक्ति की परिभाषा देख सकते हैं। मैं निकट भविष्य में ही वर्णाश्रम पर कुछ कहने की आशा रखता हूँ। इस अत्यन्त संक्षिप्त खाके में तो मैंने सिर्फ हिन्दू-धर्म की वे विशेषताएँ बतलाई हैं जो मुझे हिन्दू बनाए हुए हैं।

[यंग इंडिया, 20.10.1927]

यज्ञ

इस लोक में या परलोक में कुछ भी बदला लिए या चाहे बिना, परमार्थ के लिए किए हुए किसी भी कर्म को यज्ञ कहेंगे। कर्म कायिक हो या मानसिक; चाहे वाचिक, उसका विशाल-से-विशाल अर्थ लेना चाहिए। 'परमार्थ के लिए' का मतलब मनुष्य-वर्ग नहीं; बल्कि जीवनमात्र लेना चाहिए और अहिंसा की दृष्टि से भी, मनुष्य-जाति की सेवा के लिए भी, दूसरे जीवों की बलि देना या उनका नाश करना यज्ञ की गिनती में नहीं आ सकता।

वेदादि में अश्व, गाय इत्यादि की बलि देने की जो बात आती है, उसे हमने गलत माना है। वहाँ पशु-हिंसा का अर्थ लें तो ऐसे होम सत्य और अहिंसा की तराजू पर ठीक नहीं उतर सकते; इतने से हमने सन्तोष मान लिया है। जो वचन धर्म के नाम से प्रसिद्ध हैं उनका ऐतिहासिक अर्थ करने में हम नहीं फँसते और वैसे अर्थों के अन्वेषण की अपनी अयोग्यता हम स्वीकार करते हैं। उस योग्यता की प्राप्ति का प्रयत्न भी हम नहीं करते, क्योंकि ऐतिहासिक अर्थ से जीव-हिंसा संगत भी ठहरे तो भी अहिंसा को सर्वोपरि धर्म मानने के कारण हमारे लिए अर्थ को न रुचनेवाला आचार त्याज्य है।

उक्त व्याख्या के अनुसार विचारने पर हम देख सकते हैं कि जिस कर्म से अधिक-से-अधिक जीवों का, अधिक-से-अधिक क्षेत्र में कल्याण हो और जो कर्म अधिक-से-अधिक मनुष्य अधिक-से-अधिक सरलता से कर सकें और जिसमें अधिक-से-अधिक सेवा होती हो, वह महायज्ञ है या अच्छा यज्ञ है। अत: किसी की भी सेवा के निमित्त अन्य किसी का अकल्याण चाहना या करना यज्ञ-कार्य नहीं है और यज्ञ के अलावा किया हुआ कार्य बन्धनरूप है, यह हमें 'भगवद्गीता' बताती है, और अनुभव भी यही सिखाता है।

ऐसे यज्ञ के बिना यह जग क्षण-भर भी नहीं टिक सकता, इसीलिए गीताकार ने ज्ञान की कुछ झलक दूसरे अध्याय में दिखाकर तीसरे अध्याय में उसकी प्राप्ति के साधन में प्रवेश कराया है और साफ शब्दों में कहा है कि हम यज्ञ को जन्म से ही साथ लाए हैं। यहाँ तक कि हमें यह शरीर केवल परमार्थ के लिए मिला है

और इसलिए यज्ञ किए बिना जो खाता है, वह चोरी का खाता है, ऐसी सख्त बात गीताकार ने कह डाली। जो शुद्ध जीवन बिताना चाहता है, उसके सब काम यज्ञरूप होते हैं। हमारे यज्ञ सहित जन्मने का मतलब है कि हम जन्म से ही ऋणी या देनदार हैं। इसलिए हम जगत के सदा के गुलाम हैं। और जैसे स्वामी गुलाम को सेवा के बदले में खाना, कपड़ा आदि देता है वैसे ही जगत का स्वामी हमसे काम लेने के लिए जो अन्न-वस्त्रादि देता है वह हमें कृतज्ञातपूर्वक स्वीकार करना चाहिए। यह नहीं समझना चाहिए कि जो हमें मिलता है उतने के हम हकदार हैं; और न मिलने पर मालिक को दोष भी न दें। यह देह उसकी है; वह चाहे इसे रखे, या न रखे। यह स्थिति दु:खद नहीं है, न दयनीय है। यदि हम अपना स्थान समझ लें तो यह स्वाभाविक है और इसलिए सुखद और चाहने योग्य है। ऐसे परम सुख के अनुभव के लिए अचल श्रद्धा तो अवश्य चाहिए। अपने लिए कोई चिन्ता न करना, सब परमेश्वर को सौंप देना, ऐसा आदेश मैंने तो सब धर्मों में पाया है।

पर इस वचन से किसी को घबराना नहीं चाहिए। मन को स्वच्छ रखकर सेवा का आरम्भ करनेवाले को उसकी आवश्यकता दिन-प्रतिदिन स्पष्ट होती जाती है और वैसे ही उसकी श्रद्धा बढ़ती जाती है। जो स्वार्थ छोड़ने को तैयार ही नहीं है, अपनी जन्म की स्थिति को पहचानने को ही तैयार नहीं है, उसके लिए तो सेवा के सब मार्ग मुश्किल हैं। उसकी सेवा में तो स्वार्थ की गन्ध आती ही रहेगी। पर ऐसे स्वार्थी जगत में कम ही मिलेंगे। कुछ-न-कुछ नि:स्वार्थ सेवा हम सब जाने-अनजाने करते ही रहते हैं। इसी चीज को विचारपूर्वक करने पर हमारी पारमार्थिक सेवा की वृत्ति उत्तरोत्तर बढ़ती रहेगी। उसमें हमारा सच्चा सुख है और जगत का कल्याण है। फिर किसी सन्त की ही पूँजी 'परोपकारार्थ' या अधिक सुन्दर भाषा में कहिए तो 'सेवार्थ' हो सो बात नहीं है, बल्कि मुनष्य-मात्र की पूँजी सेवार्थ है। और यह होने पर सारे जीवन में भोग का खात्मा हो जाता है, जीवन त्यागमय हो जाता है। मनुष्य त्याग करके ही भोग करता है। पशु और मनुष्य के जीवन में यह भेद है। जीवन का यह अर्थ जीवन को शुष्क बना देता है, इससे कला का नाश हो जाता है, गृहस्थ जीवन का नाश हो जाता है, अनेक लोग यह आरोप लगाकर उक्त विचार को सदोष समझते हैं। पर मेरे खयाल में ऐसा कहना त्याग का अनर्थ करना है। त्याग के मानी संसार से भागकर जंगल में जा बसना नहीं है, बल्कि जीवन की प्रवृत्ति मात्र में त्याग का संचार करना है। एक गृहस्थ का जीवन त्यागमय और भोगमय दोनों हो सकता है। मोची का जूते सीना, किसान का खेती करना, व्यापारी का व्यापार करना और नाई का हजामत बनाना त्याग-भावना से हो सकता है या उसमें भोग की लालसा हो सकती है। जो यज्ञार्थ व्यापार करता है, वह करोड़ों के व्यापार में भी लोक-सेवा का ही खयाल रखेगा, किसी को धोखा नहीं देगा, सट्टेबाजी की जोखिम नहीं उठाएगा, करोड़ों की सम्पत्ति रखते हुए भी सादगी से रहेगा, करोड़ों कमाते हुए भी किसी की

हानि नहीं करेगा। किसी को हानि पहुँचाने के बजाय स्वयं करोड़ों की हानि उठा लेगा। कोई इस खयाल से न हँसे कि ऐसा व्यापारी मेरी कल्पना में ही बसता है। संसार के सौभाग्य से ऐसे व्यापारी पश्चिम और पूर्व दोनों में हैं। हों चाहे अँगुलियों पर ही गिनने-भर को, पर एक भी जीवित उदाहरण रहने पर उसे फिर कल्पना की वस्तु नहीं कह सकते। ऐसे एक लोकोपकारी दर्जी को आपने बढ़वाण में देखा ही है। ऐसे एक नाई को मैं जानता हूँ और ऐसे ही एक बुनकर को हम लोगों में से कौन नहीं जानता। देखने-ढूँढ़ने पर हम सब धन्धों में केवल यज्ञार्थ अपना धन्धा करने और तदर्थ जीवन बितानेवाले आदमी पा सकते हैं। यह अवश्य है कि ऐसे याज्ञिक अपने धन्धे से अपनी आजीविका प्राप्त करते हैं। पर वे अपना धन्धा आजीविका के निमित्त नहीं करते, आजीविका उनके लिए उस धन्धे का गौण फल है। मोतीलाल पहले भी दर्जी का धन्धा करता था और ज्ञान होने के बाद भी दर्जी बना रहा। भावना बदल जाने से उसका धन्धा यज्ञरूप बन गया, उसमें पवित्रता आ गई और पेशे में दूसरे के सुख का विचार दाखिल हो गया। उसी समय उसके जीवन में कला का प्रवेश हो गया।

यज्ञमय जीवन कला की पराकष्ठा है, सच्चा रस उसी में है, क्योंकि उसमें से रस के नित्य नए झरने प्रकट होते हैं। मनुष्य उन्हें पीकर अघाता नहीं है, न वे झरने कभी सूखते हैं। यज्ञ यदि भाररूप जान पड़े तो यज्ञ नहीं है, जो अखरे वह त्याग नहीं है। भोग का अन्त नाश है, त्याग का अन्त अमरता। रस स्वतंत्र वस्तु नहीं है, रस तो हमारी वृत्ति में मौजदू है। एक को नाटक के पर्दों में मजा आता है, अन्य को आकाश में नित्य नए-नए प्रकट होनेवाले दृश्यों में। रस परिशीलन का विषय है। जो चीज रस के रूप में बचपन से सिखाई जाती है, जिसे रस के नाम से जनता में प्रवेश कराया जाता है, वह रस माना जाता है। हम ऐसे उदाहरण पा सकते हैं जिनमें किसी जाति को रसमय लगनेवाली चीज दूसरी जाति को रसहीन लगती है।

यज्ञ करनेवाले अनेक सेवक मानते हैं कि हम निष्काम भाव से सेवा करते हैं, अत: लोगों से आवश्यकता-भर को, और अनावश्यक भी, लेने का हमें परवाना मिल गया है। जहाँ किसी सेवक के मन में यह विचार आया कि उसकी सेवकाई गई, सरदारी आई सेवा में अपनी सुविधा के विचार की गुंजाइश ही नहीं होती है। सेवक की सुविधा स्वामी अर्थात् ईश्वर देखनेवाला है; देनी होगी तो वह देगा। यह खयाल रखते हुए सेवक को चाहिए कि जो कुछ आ जाए उस सबको ही न अपना बैठे। आवश्यकता भर ही ले, बाकी का त्याग करे। अपनी सुविधा की रक्षा न होने पर भी शान्त रहे, रोष न करे, मन में भी खिन्नता न लाए। याज्ञिक का पुरस्कार, सेवक की मजदूरी, यज्ञ-सेवा ही है। उसी में उसका सन्तोष है।

सेवा कार्य में बेगार भी नहीं काटी जाती। उसे अन्त के लिए नहीं छोड़ा जाता। अपना काम तो सँवारे; लेकिन पराया काम बिना पैसे के करना है, इस खयाल से

जैसा-तैसा या जब चाहे तब करने में भी हर्ज न समझनेवाला यज्ञ का ककहारा भी नहीं जानता। सेवा में तो सोलहों श्रृंगार करने पड़ते हैं, अपनी सारी कला उसमें खर्च कर देनी पड़ती है। पहले यह, फिर अपनी सेवा। मतलब यह है कि शुद्ध यज्ञ करनेवाले के लिए अपना कुछ नहीं है। उसने सब 'कृष्णार्पण' कर दिया है।

[गांधी वांङ्मय, खंड-44]

अनासक्ति-योग

अब मैं गीता के अर्थ पर आता हूँ।

सन् 1888-89 में जब मुझे गीता का प्रथम दर्शन हुआ तभी मुझे यह लगा था कि गीता ऐतिहासिक ग्रन्थ नहीं है, परन्तु इसमें भौतिक युद्ध के वर्णन को निमित्त बनाकर प्रत्येक मनुष्य के हृदय में निरन्तर चलनेवाले द्वंद्व-युद्ध का ही वर्णन किया गया है। मानव योद्धाओं की रचना हृदय के भीतर के युद्ध को रसप्रद बनाने के लिए की गई कल्पना है। मन में पैदा हुई यह प्राथमिक स्फुरणा धर्म का और 'गीता' का विशेष चिन्तन-मनन करने के बाद पक्की हो गई। 'महाभारत' पढ़ने के बाद मेरा यह विचार और भी दृढ़ हो गया। महाभारत ग्रन्थ को मैं आधुनिक अर्थ में इतिहास नहीं मानता। आदिपर्व में ही इस बात के प्रबल प्रमाण हैं। पात्रों की अमानुषी और अतिमानुषी उत्पत्ति का वर्णन करके व्यास 'भगवान ने' राजा और प्रजा के इतिहास का अस्तित्व समाप्त कर दिया है। महाभारत में वर्णित पात्र मूलत: ऐतिहासिक भले हों, लेकिन महाभारत में तो व्यास भगवान ने उनका उपयोग केवल धर्म का दर्शन कराने के लिए ही किया है।

महाभारतकार ने भौतिक युद्ध की आवश्यकता सिद्ध नहीं की है; परन्तु उसकी निरर्थकता सिद्ध की है। विजेताओं से उन्होंने रुदन कराया है, पश्चात्ताप कराया है और उनके जीवन में दु:ख के सिवा कुछ भी नहीं रहने दिया है।

इस महाग्रन्थ महाभारत में गीता सर्वोच्च स्थान पर विराजती है। उसका दूसरा अध्याय भौतिक युद्ध का व्यवहार सिखाने के बदले स्थितप्रज्ञ के लक्षण सिखाता है। स्थितप्रज्ञ का सांसारिक युद्ध के साथ कोई सम्बन्ध नहीं हो सकता, यह बात मुझे तो उसके लक्षणों में ही निहित दिखाई दी है। परिवार के मामूली झगड़े के औचित्य या अनौचित्य का निर्णय करने के लिए 'गीता' जैसी पुस्तक नहीं रची जा सकती।

'गीता' के कृष्ण मूर्तिमान शुद्ध-सम्पूर्ण ज्ञान हैं; परन्तु वे काल्पनिक हैं। यहाँ मेरा हेतु कृष्ण नाम के अवतारी पुरुष का निषेध करना नहीं है। मैं केवल इतना ही कहना चाहता हूँ कि परिपूर्ण कृष्ण काल्पनिक हैं, सम्पूर्ण अवतार का आरोपण उन पर बाद में हुआ है।

अवतार का अर्थ है शरीरधारी विशिष्ट पुरुष। जीवमात्र ईश्वर के अवतार हैं, परन्तु लौकिक भाषा में हम सबको अवतार नहीं करते। जो पुरुष अपने युग में सबसे श्रेष्ठ धर्मवान पुरुष होता है, उसे भविष्य की प्रजा अवतार के रूप में पूजती है। इसमें मुझे कोई दोष नहीं मालूम होता। इससे न तो ईश्वर की महत्ता को लांछन लगता है, और न इससे सत्य को ही आघात पहुँचता है।...'आदम खुदा नहीं; लेकिन खुदा के नूर से आदम जुदा नहीं।' जिस पुरुष में अपने युग में सबसे अधिक धर्म-जागृति होती है, वह विशेषावतार माना जाता है। इस विचारसरणी के अनुसार आज हिन्दू-धर्म में कृष्णरूपी परिपूर्ण अवतार चक्रवर्ती सम्राट है।

अवतार में यह विश्वास मनुष्य की अन्तिम उदात्त आध्यात्मिक अभिलाषा का सूचक है। ईश्वर-रूप हुए बिना मनुष्य को सुख नहीं मिलता। शान्ति का अनुभव नहीं होता। ईश्वर-रूप बनाने के लिए किए जानेवाले प्रयत्न का ही नाम सच्चा और एकमात्र पुरुषार्थ है और वही आत्मदर्शन है। यह आत्मदर्शन जिस प्रकार समस्त धर्मग्रन्थों का विषय है, उसी प्रकार गीता का भी है। लेकिन गीताकार ने गीता की रचना इस विषय का प्रतिपादन करने के लिए नहीं की है। गीता का उद्देश्य आत्मार्थी को आत्मदर्शन करने का एक अद्वितीय उपाय बताना है। जो बात हिन्दू-धर्मग्रन्थों में यहाँ-वहाँ बिखरी हुई देखने में आती है, उसे गीता ने अनेक रूपों में, अनेक शब्दों में, पुनरुक्ति का दोष मोल लेकर भी अच्छी तरह स्थापित किया है।

वह अद्वितीय उपाय है कर्म के फल का त्याग।

इसी केन्द्र-बिन्दु के आस-पास गीता का सारा विषय गूँथा गया है। भक्ति, ज्ञान आदि ने इस केन्द्र-बिन्दु के आस-पास तारामंडल के रूप में अपना-अपना उचित स्थान ग्रहण कर लिया है। जहाँ देह है वहाँ कर्म तो है ही। कर्म से कोई मनुष्य मुक्त नहीं है। फिर भी सारे धर्मों ने यह प्रतिपादन किया है कि देह को प्रभु का मन्दिर बनाने से उसके द्वारा मुक्ति प्राप्त होती है। परन्तु प्रत्येक कर्म में कुछ-न-कुछ दोष तो होता ही है। और मुक्ति केवल निर्दोष मनुष्य को ही मिलती है। तब कर्म के बन्धन से अर्थात् दोष के स्पर्श से कैसे छूटा जा सकता है? इस प्रश्न का उत्तर गीता में निश्चयात्मक शब्दों में दिया है : "निष्काम कर्म करके; यज्ञार्थ कर्म करके; कर्म के फल का त्याग करके; सारे कर्म कृष्णार्पण करके—अर्थात् मन, वचन और काया को ईश्वर में होम कर।"

परन्तु निष्कामता, कर्म के फल का त्याग, केवल कह देने से ही सिद्ध नहीं हो जाता। वह केवल बुद्धि का प्रयोग नहीं है। वह हृदय-मन्थन से ही उत्पन्न होता है। इस त्याग-शक्ति को उत्पन्न करने के लिए ज्ञान का होना आवश्यक है। एक प्रकार का ज्ञान अनेक पंडित प्राप्त कर तो लेते हैं, वेदादि उन्हें कंठाग्र होते हैं; परन्तु उनमें से बहुतेरे भोगादि में रचे-पचे रहते हैं। ज्ञान की अतिशयता शुष्क पांडित्य का रूप न ले ले, यह सोचकर गीताकार ने ज्ञान के साथ भक्ति को मिला दिया; और उसे प्रथम

स्थान दिया। भक्ति-रहित ज्ञान विकृत रूप ले सकता है। इसलिए उन्होंने कहा है कि 'भक्ति करो तो ज्ञान की प्राप्ति होगी ही।' परन्तु भक्ति तो 'सिर का सौदा' है। अत: गीताकार ने भक्त के लक्षण स्थित प्रज्ञ के लक्षणों जैसे बताए हैं।

इसलिए गीता की भक्ति कोई बावलापन नहीं है, अन्धश्रद्धा भी नहीं है। गीता में बताई गई भक्ति का बाहरी चेष्टाओं या क्रियाओं के साथ बहुत ही कम सम्बन्ध है। माला, तिलक, अर्घ्य आदि साधनों का भक्त प्रयोग भले ही करे, परन्तु ये भक्ति के लक्षण नहीं हैं। जो किसी से द्वेष नहीं करता, जो करुणा का भंडार है, जो अहन्ता और ममता से मुक्त है, जिसके लिए सुख-दु:ख, सर्दी-गर्मी समान हैं, जो क्षमात्रान है, जो सदा सन्तुष्ट रहता है, जिसके निश्चय कभी बदलते नहीं हैं, जिसने अपना मन और बुद्धि ईश्वर को अर्पण कर दिए हैं, जिससे लोग त्रस्त नहीं होते, जो लोगों से डरता नहीं, जो हर्ष-शोक-भय आदि से मुक्त है, जो पवित्र है, जो कार्यदक्ष होते हुए भी तटस्थ है, जो शुभाशुभ का त्याग करनेवाला है, जो शत्रु और मित्र दोनों के प्रति समानभाव रखता है, जिसकी दृष्टि में मान और अपमान समान हैं, जो प्रशंसा से फूलता नहीं और निन्दा से खिन्न नहीं होता, जो मौन धारण किए है, जिसे एकान्त प्रिय है और जिसकी बुद्धि स्थिर है, वह भक्त है।

ऐसी भक्ति आसक्त स्त्री-पुरुषों में सम्भव नहीं है।

इस पर से हम देखते हैं कि ज्ञान प्राप्त करना, भक्त होना ही आत्मदर्शन है। आत्मदर्शन इससे भिन्न कोई वस्तु नहीं है। जिस प्रकार रुपया देकर जहर भी खरीदा जा सकता है और अमृत के समान लाभकारी वस्तु भी उसी प्रकार ज्ञान अथवा भक्ति के बदले में बन्धन भी प्राप्त किया जा सके और मोक्ष भी प्राप्त किया जा सके ऐसी बात नहीं है। यहाँ साधन और साध्य यदि पूर्णतया एक नहीं तो लगभग एक ही हैं। साधन की पराकाष्ठा ही मोक्ष है। और गीता के मोक्ष का अर्थ है परम-शान्ति।

परन्तु ऐसे ज्ञान और ऐसी भक्ति को कर्मफल के त्याग की कसौटी पर चढ़ना होगा। साधारण लोगों की कल्पना में शुष्क पंडित भी ज्ञानी माना जाता है। उसके लिए कोई काम करना जरूरी नहीं। लोटे जैसी चीज को उठाना भी उसके लिए कर्म-बन्धन का कारण हो जाता है! यज्ञशून्य मनुष्य जहाँ ज्ञानी माना जाए वहाँ लोटा उठाने जैसी तुच्छ लौकिक क्रिया का स्थान ही कैसे हो सकता है?

साधारण लोगों की कल्पना में भक्त वह है, जो भगवान की भक्ति में बावला हो जाता है, माला हाथ में लेकर भगवान का नाम जपता है, सेवा का काम करने से भी जिसके माला फेरने में बाधा पड़ती है, इसलिए जो खान-पान वगैरह भोग भोगने के समय ही माला को हाथ से छोड़ता है—चक्की चलाने के लिए या बीमार की सेवा-चाकरी करने के लिए कभी नहीं छोड़ता।

ऐसे ज्ञानियों और ऐसे भक्तों को गीता ने स्पष्ट शब्दों में कह दिया है : "कर्म

के बिना किसी को सिद्धि प्राप्त नहीं हुई। जनक आदि भी कर्म के द्वारा ज्ञानी बने। यदि मैं भी आलस्य-रहित होकर कर्म न किया करूँ तो इन सारे लोकों का नाश हो जाए।" तब फिर सामान्य लोगों के बारे में तो पूछना ही क्या?

परन्तु एक ओर यह निर्विवाद है कि कर्ममात्र बन्धन-रूप है। दूसरी ओर देहधारी मानव इच्छा या अनिच्छा से भी कर्म किया करता है। शरीर या मन की प्रत्येक चेष्टा कर्म है। तब कर्म करते हुए भी मनुष्य बन्धन से मुक्त कैसे रह सकता है? जहाँ तक मैं जानता हूँ, इस समस्या का निराकरण जैसा गीता जी ने किया है वैसा अन्य किसी भी धर्मग्रन्थ ने नहीं किया है। गीता कहती है :

'फल की आसक्ति छोड़कर कर्म करो', 'आशारहित होकर कर्म करो', 'निष्काम बनकर कर्म करो।' यह गीता की ऐसी ध्वनि है, जो भूली नहीं जा सकती। जो मनुष्य कर्म को छोड़ता है वह गिरता है। कर्म करते हुए भी जो उसके फल को छोड़ता है वह ऊँचा उठता है।

फलत्याग का अर्थ कर्म के परिणाम के विषय में लापरवाह रहना नहीं है। परिणाम का और साधन का विचार करना तथा दोनों का ज्ञान होना अत्यन्त आवश्यक है। इतना करने के बाद जो मनुष्य परिणाम की इच्छा किए बिना साधन में तन्मय रहता है, वह फलत्यागी कहा जाता है।

परन्तु यहाँ फलत्यागी का कोई ऐसा भी अर्थ न करे कि त्यागी को कर्म का फल नहीं मिलता। गीता में ऐसे अर्थ के लिए कहीं भी अवकाश नहीं है। फलत्याग का अर्थ है फल के विषय में आसक्ति का अभाव। वास्तव में फल का त्याग करनेवाले को हजार गुना फल मिलता है। गीता के फलत्याग में तो मनुष्य की अनन्त श्रद्धा की परीक्षा है। जो मनुष्य परिणाम का ध्यान किया करता है, वह अधिकतर कर्म-कर्तव्य-भ्रष्ट हो जाता है। वह अधीर बन जाता है, इसलिए क्रोध के वश हो जाता है, और बाद में वह न करने योग्य काम करने लगता है। एक कर्म से वह दूसरे कर्म में और दूसरे से तीसरे कर्म में उलझता रहता है। कर्म के परिणाम का चिन्तन करनेवाले मनुष्य की स्थिति विषय से अन्धे हुए मनुष्य के समान हो जाती है; और अन्त में वह विषयी मनुष्य की तरह भले-बुरे का, नीति-अनीति का विवेक छोड़ देता है तथा फल पाने के लिए चाहे जैसे साधनों का उपयोग करता है और उसे धर्म मानता है।

फलासक्ति के ऐसे कड़वे परिणामों से गीताकार ने अनासक्ति का अर्थात् कर्मफल के त्याग का सिद्धान्त निकाला है और उसे दुनिया के सामने अत्यन्त आकर्षक भाषा में रखा है।

सामान्यत: यह माना जाता है कि धर्म और अर्थ परस्पर-विरोधी हैं। "व्यापार आदि सांसारिक व्यवहारों में धर्म का पालन नहीं हो सकता, धर्म के लिए स्थान नहीं हो सकता; धर्म का उपयोग केवल मोक्ष के लिए ही किया जा सकता है। धर्म के

स्थान पर धर्म शोभा देता है; अर्थ के स्थान पर अर्थ शोभा देता है।" मैं मानता हूँ कि गीताकार ने इस भ्रम को दूर कर दिया है। उन्होंने मोक्ष और सांसारिक व्यवहार के बीच ऐसा कोई भेद नहीं रखा है; परन्तु धर्म को व्यवहार में उतारा है। जो धर्म व्यवहार में नहीं उतारा जा सकता वह धर्म ही नहीं है—यह बात गीता में कही गई है, ऐसा मुझे लगा है। अत: गीता के मत के अनुसार जो कर्म आसक्ति के बिना हो ही न सकें वे सब त्याज्य हैं—छोड़ देने योग्य हैं। यह स्वर्ण-नियम मनुष्य को अनेक धर्म-संकटों से बचाता है। इस मत के अनुसार हत्या, झूठ, व्यभिचार आदि कर्म स्वभाव से ही त्याज्य हो जाते हैं। इससे मनुष्य-जीवन सरल बन जाता है और सरलता में से शान्ति का जन्म होता है।

इस विचारसरणी का अनुसरण करते हुए मुझे ऐसा लगा है कि गीता जी की शिक्षा का आचरण करनेवाले मनुष्य को स्वभाव से ही सत्य और अहिंसा का पालन करना पड़ता है। फलासक्ति के अभाव में न तो मनुष्य को झूठ बोलने का लालच होता है और न हिंसा करने का लालच होता है हिंसा या असत्य के किसी भी कार्य का हम विचार करें, तो पता चलेगा कि उसके पीछे परिणाम की इच्छा रहती ही है।

लेकिन अहिंसा का प्रतिपादन करना गीता का विषय नहीं है, क्योंकि गीता के समय से पहले भी अहिंसा परमधर्म मानी जाती थी। गीता को तो अनासक्ति का सिद्धान्त प्रतिपादित करना है। गीता के दूसरे अध्याय में ही यह बात स्पष्ट हो जाती है।

परन्तु यदि गीता को अहिंसा स्वीकार्य थी अथवा अनासक्ति में अहिंसा सहज रूप से आ ही जाती हो, तो गीताकार ने भौतिक युद्ध को उदाहरण के रूप में भी क्यों लिया? इसका उत्तर यह है कि गीता-युग में अहिंसा धर्म मानी जाती थी, फिर भी उस काल में भौतिक युद्ध सर्व-सामान्य वस्तु था; इसलिए गीताकार को ऐसे युद्ध का उदाहरण लेने में कोई संकोच नहीं हुआ, न ही हो सकता था।

परन्तु फलत्याग के महत्त्व का अन्दाज लगाते समय गीताकार के मन में क्या विचार थे, उसने अहिंसा की मर्यादा कहाँ बाँधी थी, इसका विचार करने से ही हमें जरूरत नहीं रह जाती। कवि महत्त्वपूर्ण सिद्धान्त दुनिया के सामने रखता है, इसलिए वह अपने दिए हुए सिद्धान्तों का महत्त्व सदा पूरी तरह जानता ही है, अथवा जानने के बाद उसे पूर्णतया भाषा में प्रकट कर सकता है, ऐसा नहीं होता। इसी में काव्य की और कवि की महिमा है। कवि के अर्थ का तो कोई अन्त ही नहीं है।

जिस प्रकार मनुष्य का विकास होता रहता है, उसी प्रकार महावाक्यों के अर्थ का भी विकास होता ही रहता है। भाषाओं के इतिहास की जाँच करें तो हम देखते हैं कि अनेक महान शब्दों के अर्थ सदा बदलते या विस्तृत होते रहे हैं। यही बात गीता के अर्थ के विषय में भी सच है। गीताकार ने स्वयं महान रूढ़ शब्दों

के अर्थों का विस्तार किया है। गीता की ऊपर-ऊपर से जाँच करने पर भी हम यह देख सकते हैं।

गीता-युग से पहले यज्ञ में पशुओं की हिंसा शायद मान्य समझी जाती होगी। परन्तु गीता के यज्ञ में उसकी गन्ध तक नहीं आती। गीता में तो जपयज्ञ को सब यज्ञों का राजा कहा गया है। गीता का तीसरा अध्याय कहता है कि यज्ञ का अर्थ है मुख्यत: परोपकार के लिए शरीर का उपयोग। तीसरे और चौथे अध्याय को एक साथ पढ़ने से यज्ञ की दूसरी व्याख्याएँ भी निकाली जा सकती हैं। परन्तु पशु-हिंसा का अर्थ कभी नहीं निकाला जा सकता।

गीता के संन्यास शब्द के अर्थ के विषय में भी यही बात है। कर्ममात्र का त्याग गीता के संन्यास को सह्य ही नहीं है। गीता का संन्यासी अतिकर्मी है, और फिर भी अति-अकर्मी है। इस प्रकार गीताकार ने महान शब्दों के व्यापक अर्थ करके स्वयं उनकी अपनी भाषा का भी व्यापक अर्थ करने की बात हमें सिखाई है। कर्म के फल का सम्पूर्ण त्याग करनेवाले मनुष्य के द्वारा भौतिक युद्ध हो सकता है, ऐसा अर्थ गीताकार की भाषा के अक्षरों-शब्दों से भले ही निकलता हो; परन्तु गीता की शिक्षा को पूर्ण रूप से व्यवहार में लाने का लगभग 40 वर्ष तक सतत प्रयत्न करते-करते मुझे तो नम्र भाव से ऐसा लगा है कि सत्य और अहिंसा के सम्पूर्ण पालन के बिना कर्म के फल का सम्पूर्ण त्याग मनुष्य के लिए असम्भव है।

गीता कोई सूत्र-ग्रन्थ नहीं है। गीता एक महान धर्मकाव्य है। हम उसमें जितने गहरे उतरेंगे उतने ही उसमें से नए और सुन्दर अर्थ हमें मिलेंगे। गीता जन-समाज के लिए है, इसलिए उसमें एक ही बात को अनेक प्रकार से कहा गया है। गीता में आए हुए महान शब्दों के अर्थ प्रत्येक युग में बदलेंगे और व्यापक बनेंगे। परन्तु गीता का मूल-मंत्र कभी नहीं बदलेगा। यह मंत्र जिस रीति से जीवन में साधा जा सके उस रीति को दृष्टि में रखकर जिज्ञासु गीता के महाशब्दों का मनचाहा अर्थ कर सकता है।

गीता विधि-निषेध (करने योग्य और न करने योग्य कर्म) बतानेवाला संग्रह-ग्रन्थ भी नहीं है। एक मनुष्य के लिए जो कर्म विहित (करने योग्य) हो, वह दूसरे के लिए निषिद्ध (न करने योग्य) हो सकता है। एक काल या एक देश में जो कर्म विहित हो, वह दूसरे काल या दूसरे देश में निषिद्ध हो सकता है। अत: निषिद्ध केवल फलासक्ति है; और विहित अनासक्ति है।

गीता में ज्ञान की महिमा गाई गई है। फिर भी गीता बुद्धिगम्य नहीं है, वह हृदयगम्य है। इसलिए वह अश्रद्धालु मनुष्य के लिए नहीं है। गीताकार ने स्वयं ही कहा है :

"जो मनुष्य तपस्वी नहीं है, जो भक्त नहीं है, जो सुनने की इच्छा नहीं रखता और जो मुझसे द्वेष करता है, उसे तू यह (ज्ञान) कभी न कहना। परन्तु जो मनुष्य

यह परमगुह्य ज्ञान मेरे भक्तों को देगा, वह मेरी परम भक्ति करने के कारण बिना किसी सन्देह के मुझे प्राप्त करेगा। इसके सिवा, जो मनुष्य द्वेषरहित होकर श्रद्धा के साथ इस ज्ञान को केवल सुनेगा, वह भी मुक्त होकर जहाँ पुण्यवान लोग बसते हैं उस शुभलोक को प्राप्त करेगा।" (अध्याय 18 : श्लोक 67, 68, 71)

[गांधी वांङ्मय, खंड-41]

सभ्यता की पहचान

[यह भाषण बैरिस्टर गांधी द्वारा अफ्रीका के जोहान्सबर्ग नगर में 18 मई, 1908 को यंग क्रिश्चियन एसोसिएशन द्वारा आयोजित एक वाद-विवाद प्रतियोगिता में लिखकर दिया गया था। वाद-विवाद का विषय था : 'क्या एशियाई और रंगदार जातियाँ साम्राज्य के लिए खतरा हैं?' इस प्रश्न के सकारात्मक पक्ष को प्रस्तुत करते हुए गांधी ने सभ्यता को लेकर चल रहे विमर्श पर सदी के प्रारम्भ में ही अपनी दृष्टि स्पष्ट कर दी है।]

रंगदार जातियाँ साम्राज्य के लिए खतरा हैं अथवा नहीं, इस तरह के प्रश्न का उठना या इस विषय पर विवाद किया जाना मुझे कुछ अजीब-सा लगता है। मेरा खयाल है कि इस तरह का ध्यान केवल उपनिवेशों अथवा, यह कहना अधिक ठीक होगा कि केवल कुछ ही उपनिवेशों में खड़ा हो सकता है। एक सुव्यवस्थित समाज में उद्यमशील और बुद्धिमान मनुष्य कदापि खतरनाक नहीं बन सकते। यदि उनमें कुछ दोष हों भी तो खुद समाज-व्यवस्था ही उन्हें ठीक कर लेगी। तथापि हम सब व्यावहारिक स्तरीय-पुरुष हैं और इस अत्यन्त व्यावहारिक युग में रहते हैं। हमें तो जैसी वस्तुस्थिति होती है उसका सामना करना ही पड़ता है। इसलिए जब उपनिवेशों में ऐसे प्रश्न उपस्थित हो ही जाते हैं तो निश्चय ही यह उचित है कि हम उन पर चर्चा और वाद-विवाद भी करें। और मेरे मत से भविष्य के लिए यह एक शुभ चिह्न है कि ऐसे 'श्रोता-समुदाय' के समक्ष अपने विचार पेश करने के लिए आप इस नम्र सेवक को बुला सकते हैं। दूसरा शुभ चिह्न यह है कि सभा-भवन इतना अधिक भरा हुआ है जिससे प्रकट है कि प्रस्तुत विषय में लोगों को कितनी उत्कट दिलचस्पी है।

रंगदार लोगों में हम साधारणतया उन लोगों को लेते हैं जो गोरों और कालों के, भिन्न विवादों से पैदा हुए हैं। परन्तु आज हमारे सामने जो प्रश्न उपस्थित है उनमें ये शब्द अधिक व्यापक अर्थ में प्रयुक्त किए गए हैं; और यहाँ हम इन शब्दों को विशुद्ध रंगदार लोगों अर्थात् एशियाई तथा अफ्रीका के निवासियों के अर्थ में ले रहे हैं। जैसा कि आप जानते हैं, मेरा अपना अवलोकन और अनुभव अधिकांश में ब्रिटिश भारतीयों

अथवा मेरे देश-भाइयों तक सीमित है। परन्तु भारतीय प्रश्नों का अध्ययन करते हुए, मैंने अफ्रीकियों और चीनियों पर पड़नेवाले असर की हद तक भी उसका अध्ययन करने का प्रयत्न किया है। मुझे तो ऐसा लगता है कि अफ्रीकियों और एशियाइयों दोनों ने कुल मिलाकर साम्राज्य की सेवा ही की है। अफ्रीकी जातियों को छोड़ दें तो दक्षिण अफ्रीका के बारे में हम विचार भी नहीं कर सकते। और भारत को छोड़ दें तो ब्रिटिश साम्राज्य की कल्पना कैसे की जा सकती है? अफ्रीकियों के बगैर दक्षिण अफ्रीका कदाचित् एक भयानक जंगल ही बचा रहेगा। मैं तो समझता हूँ कि यदि यहाँ पर ये देशी कौमें नहीं होतीं तो गोरे यहाँ आते ही नहीं।

इस सिलसिले में मुझे किपलिंग के शब्द 'गोरों का बोझ' याद आते हैं। मुझे ऐसा लगता है कि उसकी कृतियों को बहुत गलत तौर पर समझा गया है। अब तो हमें यह भी ज्ञात हो गया है कि अधिक अनुभव के बाद खुद उसने भी अपने विचारों में संशोधन कर लिया है और वह अब ऐसा नहीं मानता कि रंगदार कौमें साम्राज्य के लिए खतरा हैं या गोरी कौमें रंगदार कौमों के साथ जिन्दा नहीं रह सकतीं। कुछ भी हो, उसने कहीं-कहीं यह जरूर कहा है कि गोरी कौमों पर अन्तर विशेष रूप से ब्रिटिश राष्ट्र पर न्यासी (ट्रस्टी) की तरह रंगदार कौमों को सँभालने की जिम्मेदारी नियति ने डाल रखी है। परन्तु क्या गोरी कौमों ने रंगदार कौमों के साथ न्यासी का काम किया है? क्या आप अपने ही रक्षितों को अपने लिए भय की वस्तु मानेंगे? दक्षिण अफ्रीका और अन्य उपनिवेश में भी अधिकतर लोग रंगदार लोगों से बहुत चिढ़ने लग गए हैं। इसलिए प्रत्येक सुविचारशील स्त्री और पुरुष को चाहिए कि वह अच्छी तरह सोचे-समझे बिना यह विचार न बना ले कि रंगदार कौम कोई खतरे की चीज हैं और इसलिए उनसे जितनी जल्दी बने पिंड छुड़ा लेना चाहिए।

इधर कुछ दिनों से हम दोनों कौमों को अलग-अलग रखने की नीति की बात सुनने लगे हैं। मानो मनुष्य समाजों के बीच लक्ष्मण-रेखा खींच रखना सम्भव हो। कैप्टन कुक ने इस सम्बन्ध में अखबारों में कुछ लेख लिखे हैं। उन्होंने मुझसे भी इस विषय में चर्चा करने का कष्ट किया है। वे कौमों को अलग-अलग रखने की नीति का प्रतिपादन करते हैं। मैंने उनसे निस्संकोच कह दिया कि पिछले 14 वर्षों के अनुभव और अध्ययन के आधार पर मैं कह सकता हूँ कि अगर पूर्व अफ्रीका के कुछ भागों में केवल रंगदार कौमों को अथवा एशियाइयों को बसाने की बात हो तो वह सफल नहीं होगी। आप एशियाइयों को संसार के केवल एक ही हिस्से में किस तरह कैद करके रख सकेंगे? जमीन के जो भाग आप उनके लिए नियत कर देंगे, और जो गोरी कौमों के बसने के लिए अनुकूल न होंगे, वहाँ रहने को क्या रंगदार कौमें राजी ही जाएँगी? निस्सन्देह इस तरह के रंग-भेद का मुझे तो कभी कोई औचित्य नहीं दिखाई दिया है। चेवरलेन के शब्दों में शिक्षा के अभाव, अपराध वृत्ति अथवा ऐसे ही किसी अन्य आधार पर फर्क किया जा सकता है। तब भारतीयों को अलग

बसाने की माँग नहीं उठेगी। परन्तु वर्तमान सभ्यता से बल्कि यह कहें कि पश्चिमी सभ्यता से दो विचारसूत्र निकले हैं, जो लगभग जीवन-सिद्धान्त बन गए हैं। मैं उन दोनों को गलत मानता हूँ। वे हैं—'जिसकी लाठी उसकी भैंस' और 'योग्यतम ही सुरक्षित रह सकता' है। जिन्होंने इन दानों कहावतों को चलाया है उन्होंने उनको एक अर्थ भी प्रदान कर दिया है। हमारे लेखे बल (लाठी) का क्या अर्थ हो सकता है सो मैं नहीं बताना चाहता; परन्तु निश्चय ही उनका तो यहाँ मतलब है कि शरीर-बल ही बल और वही सत्य और सर्वोपरि है। कुछ लोगों ने शरीर-बल के साथ बौद्धिक बल को भी जोड़ दिया है। परन्तु मैं इन दोनों के स्थान पर हृदय-बल को रखूँगा और कहूँगा कि जिसके पास हृदय-बल है उसकी बराबरी निरे शरीर-बल या बुद्धि-बल वाले कभी नहीं कर सकते। केवल बौद्धिक अथवा शारीरिक-बल, आत्मिक-बल अथवा, रस्किन की भाषा में, पारस्परिक भावना पर कभी विजय नहीं पा सकता। जाग्रत-चेतन मन तो केवल हृदय के आत्मिक-बल से ही प्रभावित होता है।

पश्चिमी और पूर्वी सभ्यता के बीच यही तो अन्तर है। मैं जानता हूँ कि मैं बहुत नाजुक विषय पर बोल रहा हूँ जो शायद खतरनाक भी है। अभी-अभी लॉर्ड सेलबोर्न जैसे बड़े आदमी ने हमारे सामने यह भेद रखा। किन्तु अत्यन्त नम्रता और आदर के साथ मैं उनसे अपना मतभेद प्रकट करना चाहता हूँ। मुझे ऐसा लगता है कि पश्चिमी सभ्यता विनाशक है और पूर्वी सभ्यता विधायक है। पश्चिमी सभ्यता केन्द्र से दूर ले जानेवाली और पूर्वी सभ्यता केन्द्र की तरफ ले जानेवाली है। इसलिए पश्चिमी सभ्यता तोड़नेवाली और पूर्वी सभ्यता जोड़नेवाली है। मैं यह भी मानता हूँ कि पश्चिमी सभ्यता का कोई लक्ष्य नहीं है और पूर्वी सभ्यता के सामने सदा लक्ष्य रहा है। मैं पश्चिमी सभ्यता और ईसाई प्रगति को एक नहीं मानता और न उन दोनों का मिश्रण ही कर रहा हूँ। आज हमारे संसार में तार-प्रणाली फैल गई है, बड़े-बड़े जहाज चल रहे हैं और प्रति घंटा पचास या साठ मील की गति से रेलगाड़ियाँ दौड़ रही हैं। इन्हें मैं ईसाई प्रगति का प्रतीक नहीं मान सकता। परन्तु यह पश्चिमी सभ्यता जरूर है। मैं यह भी मानता हूँ कि पश्चिमी सभ्यता बेहद क्रियाशीलता का प्रतीक है। पूर्वी सभ्यता चिन्तन-मंच का प्रतिनिधित्व करती है। पर वह कभी-कभी निष्क्रियता का प्रतिनिधित्व भी करती है। फिलहाल मैं जापान की बात छोड़ देता हूँ। परन्तु भारत के और चीन के लोग चिन्तन में इतने डूब गए कि वे असली तत्त्व को भूल गए। वे भूल गए कि एक क्षेत्र से दूसरे क्षेत्र की तरफ अपनी शक्ति लगाने में उन्हें आलस्य से, प्रमाद से बचना चाहिए था। इसका परिणाम यह हुआ है कि ज्यों ही इनके सामने कोई विद्वान आकर खड़ा हुआ, वे हिम्मत छोड़कर बैठ गए। इसलिए यह जरूरी है कि वह सभ्यता पश्चिम की सभ्यता के सम्पर्क में आए। उसके अन्दर पश्चिमी सभ्यता का जोश और उत्साह आए। उसका एक लक्ष्य है, इसलिए ज्यों ही उसके अन्दर यह चीज आ जाएगी, मुझे जरा भी सन्देह नहीं कि वह प्रमुखता प्राप्त

कर लेगी। मेरा खयाल है और आप भी आसानी से समझ लेंगे कि जिस सभ्यता या अवस्था में सारी शक्तियाँ केन्द्र से दूर भागती हैं उसके सामने कोई लक्ष्य नहीं हो सकता। इसके विपरीत जहाँ शक्तियाँ केन्द्र की तरफ जाती हैं वहाँ लक्ष्य तो होता ही है। इसलिए यह जरूरी है कि ये दोनों सभ्यताएँ आपस में मिलें। अगर ऐसा हुआ तो इससे एक नई शक्ति का जन्म होगा। और यह शक्ति निश्चय ही भयावह नहीं होगी, अलग-अलग करनेवाली नहीं होगी, जोड़नेवाली होगी। निस्सन्देह ये दोनों शक्तियाँ एक-दूसरे की विरोधी हैं। परन्तु प्रकृति की योजना में शायद दोनों जरूरी हैं। अब तो यह हम हृदय और आत्मावाले बुद्धि-सम्पन्न मनुष्यों का काम है कि हम देखें कि ये दोनों शक्तियाँ क्या हैं। और फिर इनका हमें उपयोग कर लेना चाहिए—आँखें मूँदकर नहीं बल्कि बुद्धि और चतुराई के साथ; जैसे-तैसे नहीं बल्कि एक लक्ष्य को सामने रखकर। इतना होते ही इन दोनों सभ्यताओं का मिलन होने में कोई कठिनाई नहीं रहेगी और यह मिलन कल्याणकारी होगा।

मैं कह चुका हूँ कि अफ्रीका की कौमों ने निश्चित रूप से साम्राज्य की सेवा की है। और मैं मानता हूँ कि इसी प्रकार एशिया की कौमों ने बल्कि ब्रिटिश भारतीयों ने भी साम्राज्य की सेवा की है। क्या ब्रिटिश भारतीय साम्राज्य के लिए अनेक युद्धों में नहीं लड़े हैं? इसके अतिरिक्त जिस कौम के जीवन का आधार ही धर्म है वह किसी के लिए खतरा नहीं हो सकती। और बेचारी अफ्रीका की कौमों से तो डरने का कारण ही क्या हो सकता है? वे तो अभी बहुत पिछड़ी हुई हैं। संसार में उन्हें तो अभी बहुत कुछ सीखना है। वे शरीर से शक्तिशाली हैं और बुद्धिमान भी हैं, इसलिए साम्राज्य के लिए ये कौमें एक निधि ही हो सकती हैं। इस बात में मैं क्रेमवेल से सहमत हूँ कि उनकी रक्षा नहीं की जानी चाहिए। हम नहीं चाहते कि किसी भी प्रकार या किसी भी रूप में उनकी रक्षा की जाए। परन्तु मैं यह जरूर मानता हूँ कि वे न्याय और समानता के व्यवहार के अधिकारी हैं; उन्हें पक्षपात नहीं चाहिए। जैसे ही उन्हें न्याय मिला, कठिनाइयाँ दूर हो जाएँगी। इसलिए यद्यपि एशियाई और रंगदार कौमों से किसी को डर नहीं हो सकता तथापि कम-से-कम कुछ उपनिवेशों में एशियाइयों को सचमुच डरावना बना दिया गया है। हमें बताया गया है कि मॉरिशस और नेटाल के उदाहरण को देखकर समस्त संसार की गोरी कौमें डर गई हैं। मैं नहीं जानता कि ये देश ऐसे डरावने हैं या नहीं, परन्तु मैं यह तो मानता ही हूँ कि जो कुछ नेटाल में हुआ वह अगर वहाँ न हुआ होता तो आज नेटाल की शक्ल दूसरी ही होती। वह शक्ल अच्छी होती या बुरी, इसकी चर्चा हम अभी नहीं कर रहे हैं। परन्तु अगर ये देश बरबाद हो गए हैं तो इनको गोरों ने जान-बूझकर बरबाद किया है—और खासकर उन थोड़े-से गोरों ने जो जल्दी-से-जल्दी धनवान बन जाना चाहते थे। इसके बजाय यदि वे जरा धीरज से काम लेते और उचित अवसर की राह देखते तो ऐसा कुछ होने की जरूरत नहीं थी। उन्होंने भारत से गिरमिटिया मजदूर लाने में कोई आगा-पीछा नहीं किया

और लगभग गुलामों की तरह उनसे काम लिया। इसी की कीमत बाद की पीढ़ियों को चुकानी पड़ रही है। इसलिए अगर नेटाल और मॉरिशस को कुछ सहना पड़ा है तो उसका कारण एशियाई नहीं हैं बल्कि मजदूरी की वह प्रथा है जिसमें एशियाई शामिल हो गए थे। यदि गोरी कौमों में से भी गिरमिटिया मजदूर लाए जाते तो भी उसका परिणाम यही होता। स्वतंत्र भारतीयों की आबादी से उपनिवेशों को कभी कोई हानि पहुँचने की आशंका नहीं है।

परन्तु मैं यह भी स्वीकार करता हूँ कि ब्रिटिश भारतीयों के बारे में की जानेवाली कुछ शिकायतें बुद्धि को जँचनेवाली हैं। तथापि मैं यह निवेदन करने का साहस करता हूँ कि इन शिकायतों का कोई ठोस आधार नहीं है। एक शिकायत वह है कि वे झोंपड़ों में रहते हैं। हाँ, उनमें से कुछ जरूर रहते हैं। दूसरे, कहा जाता है कि उनका रहन-सहन बड़ा सस्ता है। परन्तु अगर आप इन शिकायतों की गहराइयों में जाएँ तो मेरा खयाल है कि आप इसी नतीजे पर पहुँचेंगे कि इन्हें नगर-पालिकाओं के नियमों के मातहत बड़ी आसानी से और बहुत अच्छी तरह दूर किया जा सकता है। लन्दन शहर के पूर्व में रहने वालों के खिलाफ पश्चिमी छोर पर रहनेवालों को बहुत-सी शिकायतें हैं। परन्तु किसी ने यह नहीं सुझाया है कि पूर्वी छोर के लोगों को वहाँ से भगा दिया जाए। बुराई के कारणों को हटा दीजिए तो पूर्वी छोर के मनुष्य भी उतने ही अच्छे बन जाएँगे जितने कि पश्चिमी छोर के लोग हैं। इसी प्रकार जिन परिस्थितियों में ब्रिटिश भारतीयों को रहना पड़ रहा है उनको बदल दीजिए। आज वे जमीन का एक टुकड़ा भी नहीं रख सकते जिसे वे अपना कह सकें। दक्षिण अफ्रीका में ईश्वर की बनाई इस जमीन पर वे रह नहीं सकते, घूम नहीं सकते और किसी भी प्रकार स्वतंत्र, स्वाभिमानी और मनुष्य का-सा जीवन नहीं बिता सकते। यह स्थिति दूर कर दीजिए तो वे अपने-आप अनुभव करने लगेंगे कि रोम में तो रोम के निवासियों की भाँति ही रहना चाहिए। और फिर, उपनिवेश के गोरे निवासी जिस किसी उचित और जिम्मेवारी के व्यवहार की अपेक्षा करेंगे उसे वे पूरा करेंगे। परन्तु मैं आपसे कहूँगा कि आप उनके साथ जरा धीरज से काम लीजिए जैसे कि आप अपने किसी साथी से व्यवहार करते समय लेते हैं। उनके साथ आप एक सच्चे, चेतन मनुष्य के समान व्यवहार कीजिए, और फिर 'भारतीय प्रश्न' जैसा कोई प्रश्न ही नहीं रह जाएगा। कहीं यह मत सोच लीजिए कि मैं भारतीयों के अबाधित प्रवेश के लिए कह रहा हूँ। इसके विपरीत मैं तो हमेशा कहता आया हूँ और ब्रिटिश भारतीय इसे स्वीकार करते हैं कि उपनिवेश में प्रवेश सम्बन्धी नियंत्रण भले ही रहें परन्तु वे रंग के आधार पर कभी न हों। और जिस किसी को भी उपनिवेश के अन्दर आने की आप इजाजत दें, उसे वे सब अधिकार होने चाहिए, जो इस देश के अन्दर रहनेवाले आदमी को होते हैं। उसे राजनीतिक अधिकार हों या नहीं, यह एक जुदा सवाल है। मैं आज यहाँ राजनीतिक प्रश्न की चर्चा करने के लिए नहीं आया हूँ। परन्तु वह स्वतंत्रतापूर्वक रह सकेगा या नहीं, स्वतंत्रतापूर्वक घूम सकेगा या

नहीं; अथवा जमीन रख सकेगा या नहीं; ईमानदारी के साथ स्वतंत्रतापूर्वक व्यापार कर सकेगा या नहीं—इन विषयों में दो राय नहीं होनी चाहिए। अंग्रेजों और भारतीयों का एक साथ आ बसना एक ईश्वरीय योजना ही समझिए। मैं एक बात और कह रहा हूँ और मैं इसे सच मानता हूँ कि अंग्रेजों ने भारत पर कोई परोपकार की भावना से अधिकार नहीं किया। उसमें उनका स्वार्थ था और इसमें अकसर बेईमानी से भी काम लिया गया। परन्तु प्रकृति के नियमों को हम समझ नहीं पाते। वह अकसर मनुष्य के किए-धरे को उलट देती है और बुराई के अन्दर से भलाई पैदा कर देती है। अंग्रेजों और भारतीयों का जो साथ हुआ उसके बारे में भी मेरी यही राय है। मैं मानता हूँ कि इन दोनों कौमों को अंग्रेज और भारतीय केवल उनके अपने भले के लिए नहीं बल्कि संसार के इतिहास पर कोई असर छोड़ने के लिए जोड़ा गया है। अपने इस विश्वास के कारण मैं यह भी मानता हूँ कि मेरी भलाई भी इसी में है कि मैं साम्राज्य का एक वफादार प्रजाजन बनूँ, न कि किसी पराधीन कौम का सदस्य; क्योंकि मैं विश्वास करता हूँ कि अगर कहीं कोई जातियाँ पराधीन हों भी तो उन्हें ऊपर उठाकर, स्वतंत्र संस्थाएँ प्रदान करके, पूर्णत: स्वतंत्र मनुष्य बनाकर अपने समान बना लेना अंग्रेज जाति का ध्येय है। अगर साम्राज्य का और अंग्रेज जाति का सचमुच यही ध्येय है तो क्या यह उचित नहीं कि करोड़ों मानव प्राणियों को स्वशासन का शिक्षण दिया जाए? जरा भविष्य पर नजर डालकर देखिए कि विभिन्न जातियाँ एक-दूसरे के अन्दर घुल-मिल रही हैं और ऐसी सभ्यताओं को जन्म दे रही हैं, जैसी संसार ने अब तक कभी नहीं देखी हैं। क्या आनेवाली पुश्तों के लिए हमें ऐसी ही विरासत नहीं छोड़ जाना है? निस्सन्देह कठिनाइयाँ और गलतफहमियाँ भी हैं परन्तु इस पवित्र भजन के शब्दों में मेरा पूरा विश्वास है कि 'कुहरा छँट जाने पर हम एक-दूसरे को अधिक अच्छी तरह समझ सकेंगे।'

[भाषण, 1908]

सन्दर्भ

रंगदार जातियाँ : ऐसे लोग जो दक्षिण अफ्रीका में दूसरे देशों से आए हों और जिनका रंग गोरा न हो।

किपलिंग (30 दिसम्बर, 1865-18 जनवरी, 1936) : ब्रिटिश लेखक और कवि जिनका जन्म भारत में हुआ था। 'दि जंगल बुक' (1894) इनकी प्रसिद्ध पुस्तक है।

कैप्टन कुक (7 नवम्बर, 1728-14 फरवरी, 1779) : ब्रिटिश उत्खनन कर्ता, समुद्री जहाज संचालक और रॉयल नेवी के कैप्टन।

चेम्बरलन (1860-1940) : द्वितीय विश्वयुद्ध के समय ब्रिटिश प्रधानमंत्री।

गिरमिटिया : अफ्रीका में बाहरी देशों से गुलामी की शर्त पर मजदूरी करने के लिए लाए गए लोगों को गिरमिटिया कहा जाता था। सम्भवत: यह अंग्रेजी के 'एग्रीमेंट' शब्द का अपभ्रंश है।

सच्चा अर्थशास्त्र

[22 दिसम्बर, 1916 को म्योर सेंट्रल कॉलेज, इलाहाबाद के अर्थशास्त्र विभाग की समिति के तत्त्वावधान में आयोजित एक सभा में गांधी ने अद्भुत भाषण दिया। सभा के अध्यक्ष मदनमोहन मालवीय थे। उस सभा में डॉ. सुन्दरलाल, तेज बहादुर सप्रू, एच.एस.एल. पोलक, सी.वाई. चिन्तामणि, शिवप्रसाद गुप्त, पुरुषोत्तम दास टंडन आदि प्रतिष्ठित लोग उपस्थित थे। व्याख्यान का विषय था : 'क्या आर्थिक उन्नति वास्तविक उन्नति के विपरीत बैठती है?' गांधी ने एक सधे हुए अर्थशास्त्री की तरह अपनी बात रखी। 20वीं सदी के एक बड़े अर्थशास्त्री ई.एफ. शुमाखर के अर्थशास्त्रीय सिद्धान्त की निर्मिति में गांधी की इन बातों का असर आसानी से देखा जा सकता है।]

'क्या आर्थिक उन्नति वास्तविक उन्नति के विपरीत बैठती है', विषय पर अध्यक्ष के द्वारा श्री गांधी का परिचय दिए जाने के पश्चात् श्री गांधी का व्याख्यान प्रारम्भ हुआ। वह इस प्रकार है :

प्रस्तुत विषय पर आप लोगों के समक्ष बोलने के लिए आज जब मैंने पं. कपिलदेव मालवीय का निमंत्रण स्वीकार किया उस समय मेरा ध्यान अपनी सीमाओं की ओर गया और मुझे अपनी कमियों पर खेद भी हुआ। आपकी समिति, 'इकोनॉमिक सोसाइटी' अर्थशास्त्रीय विषयों के अध्ययन से सम्बन्ध रखती है। और आपने अपनी 'कार्यक्रम' पत्रिका में इस वर्ष तथा अगले वर्ष के लिए नियत किए गए विषयों पर भाषण देने के निमित्त प्रख्यात विशेषज्ञों को चुन रखा है। उनमें केवल मैं ही ऐसा आदमी हूँ जिसमें सौंपे हुए कार्य को सुचारु रूप से निबाहने की क्षमता नहीं है। सच कहूँ तो वास्तव में आप लोग अर्थशास्त्र को जिस रूप में जानते हैं, उस रूप में इस विषय का मेरा ज्ञान बहुत ही स्वल्प है। अभी एक दिन शाम को मैं एक मित्र के साथ भोजन कर रहा था। तभी उसने मेरे खब्तों के बारे में सवालों की झड़ी लगा दी। चूँकि मैंने स्वेच्छा से ही अपने को उसकी निरह का शिकार बन जाने दिया, उसे बड़ी आसानी से यह मालूम हो गया कि उसकी समझ में मैं जिन विषयों

पर किसी ज्ञान-बन्धु की तरह बोलता-बताता हूँ उनमें मैं बिलकुल कोरा हूँ। और मुझे अपने अज्ञान की खबर नहीं है। मेरा खयाल है कि जब उसे यह मालूम हुआ कि मैंने मिल, मार्शल, एडम स्मिथ जैसे विख्यात अर्थशास्त्रियों के ग्रन्थों का अवलोकन तक नहीं किया है तब उसे बड़ा अचम्भा हुआ और उसे मेरे प्रति झुँझलाहट भी हुई।

हताश होकर उसने अन्त में मुझे यही सलाह दी कि मैं अर्थशास्त्र सम्बन्धी मामलों पर प्रयोग करने और इस प्रकार जनसाधारण के समय और धन का दुरुपयोग करने के पूर्व उपर्युक्त लेखकों की कृतियों को पढ़ जाऊँ। उस बेचारे को यह मालूम न था कि मैं ऐसा व्यक्ति हूँ कि उन पुस्तकों को पढ़ जाने पर भी मूढ़-का-मूढ़ ही रहूँगा। मैं अपने उन मित्रों के बल पर, जो मुझमें विश्वास रखते हैं, अपने प्रयोग करता ही रहता हूँ, क्योंकि जीवन में कभी ऐसा अवसर भी आता है जब हमें कुछ बातों के बारे में बाहरी प्रमाण की आवश्यकता नहीं रह जाती। हमारे अन्तरात्मा से यह ध्वनि निकलती है कि 'तुम ठीक रास्ते पर हो, दाएँ-बाएँ मुड़े बिना सीधे चलते चले जाओ।' इस प्रकार की सहायता के सहारे हम धीमे ही सही आगे की ओर निश्चित रूप से निरन्तर बढ़ते जाते हैं; मेरी यही स्थिति है। यह स्थिति मेरे लिए तो सन्तोषजनक हो सकती है; परन्तु आपकी-जैसी संस्थाओं की आवश्यकताएँ उससे किसी भी प्रकार पूरी नहीं हो सकतीं। इस सबके होते हुए भी पं. कपिलदेव मालवीय को मेरा नाम व्याख्यानदाताओं की सूची में न रखने के लिए समझाना-बुझाना व्यर्थ था। मैं जानता था कि वे आप लोगों के समक्ष किसी-न-किसी दिन मेरा भाषण कराने पर तुले हुए हैं। शायद मेरे आज के भाषण को सुनकर आप मन में यही सोचेंगे कि चलो अच्छा हुआ रोज-ब-रोज एक ही तरह के सिद्धान्तों के प्रतिपादन और उनकी बारीकियों के निरूपण से एक दिन तो विश्राम मिला। बहुत दिनों तक लगातार स्वादिष्ट भोजन करते रहने पर बीच-बीच में लंघन करना प्राय: आवश्यक हो जाया करता है। जो बात शरीर के लिए कही जा सकती है, वही मस्तिष्क के लिए भी। और यदि आज आपके मस्तिष्क को बढ़िया-बढ़िया व्यंजन न मिले और वह भूखा ही रह जाए तो निश्चय ही आप लोग आगामी 12 तारीख को रायबहादुर पं. चन्द्रिका प्रसाद का भाषण सुनकर अधिक तृप्ति का अनुभव करेंगे।

मेरे निजी अनुभवों और प्रयोगों को सुनने के पूर्व यह उचित होगा कि हम लोग पहले आज के व्याख्यान के शीर्षक के अर्थ के बारे में आपस में सहमत हो लें। हमारे व्याख्यान का विषय है : 'क्या आर्थिक उन्नति वास्तविक उन्नति के विपरीत बैठती है?' मेरा खयाल है कि आर्थिक उन्नति का अर्थ हम 'सीमा-विहीन भौतिक प्रगति' लगाते हैं और वास्तविक उन्नति को हम 'नैतिक प्रगति' का पर्याय मानते हैं। यह नैतिक प्रगति हमारे ऊपर अन्तर में रहनेवाले शाश्वत अंश के विकास के सिवा और क्या है? अतएव प्रस्तुत विषय को दूसरे शब्दों में इस प्रकार रखा जा सकता है; क्या नैतिक उन्नति उसी अनुपात में नहीं हुआ करती जिस अनुपात में भौतिक उन्नति होती

है? मैं जानता हूँ कि यह विषय प्रस्तुत विषय की अपेक्षा अधिक व्यापक है, परन्तु मेरा खयाल है कि छोटे प्रश्न को उठाते समय भी हमारा अभिप्राय बड़े प्रश्न से ही रहा करता है। हमें विज्ञान की इतनी जानकारी जरूर है कि हमारे इस गोचर विश्व में पूर्ण गतिशून्यता-जैसी कोई वस्तु नहीं है। इसलिए यदि भौतिक उन्नति नैतिक प्रगति के विरोध में नहीं पड़ती तो वह उसके विकास में सहायक हुए बिना नहीं रह सकती। और फिर अपने को बृहत्तर समस्या का समर्थन करने में असमर्थ पानेवाले व्यक्ति कभी-कभी जिस भी ढंग से अपनी बात सामने रखते हैं हमें उससे भी सन्तोष नहीं हो सकता।

स्वर्गीय सर विलियम विल्सन हंटर ने कहा है कि भारत में तीन करोड़ व्यक्ति केवल एक वक्त खाकर बसर करते हैं—मालूम होता है कि लोग इसी कथन को इतना सत्य मान बैठे हैं कि दूसरी कोई बात उनके दिमागों में घुस ही नहीं सकती। वे कहते हैं कि लोगों की नैतिक उन्नति की बात सोचना उसका जिक्र करने के पहले हमें उनकी रोज-रोज की जरूरतें पूरी करनी चाहिए। उनका कहना है कि उनके लिए भौतिक उन्नति ही, उन्नति है। इसके बाद वे एकदम एक लम्बी छलाँग लगाकर इस निष्कर्ष पर जा पहुँचते हैं कि जो बात 3 करोड़ के बारे में सत्य है, वही समस्त संसार के लिए भी है। वे भूल जाते हैं कि अपवाद स्वरूप मामलों के आधार पर कोई नियम निर्धारित नहीं किया जा सकता। यह कहना आवश्यक नहीं है कि यह निष्कर्ष कितना गलत है और हास्यास्पद है। यह तो आज तक किसी ने भी नहीं कहा कि अतिशय दरिद्रता नैतिक पतन के अतिरिक्त कुछ और दे सकती है। प्रत्येक मनुष्य को जीवित रहने का अधिकार और रहने के लिए मकान मुहैया करने का अधिकार है। परन्तु इस बिलकुल मामूली से काम के लिए हमें अर्थशास्त्रियों अथवा उनके द्वारा गढ़े गए विषयों की मदद की जरूरत नहीं है।

संसार के सभी धर्मग्रन्थों में इस आशय के आदेश मिलते हैं कि 'कल की चिन्ता मत करो।' किसी भी सुव्यवस्थित समाज में रोजी कमाना सबसे सुगम बात होनी चाहिए और हुआ करती है। निस्सन्देह किसी देश की सुव्यवस्था की पहचान यह नहीं है कि उसमें कितने लखपति लोग रहते हैं बल्कि यह कि जनसाधारण का कोई भी व्यक्ति भूखों तो नहीं मर रहा है। अब केवल यही बात देखनी रह जाती है कि भौतिक उन्नति का अर्थ ही नैतिक उन्नति है—यह सब जगह और सब समय में लागू होनेवाला नियम माना जा सकता है या नहीं।

आइए अब कुछ दृष्टान्त लें। भौतिक उन्नति के उच्च शिखर तक पहुँचते ही रोमन लोगों का नैतिक पतन आरम्भ हो गया। मिस्र देश में भी यही हुआ। और कदाचित् उन सभी देशों में भी, जिनका इतिहास हमें उपलब्ध है, ऐसा ही हुआ है। परमात्मा की विभूतियों से विभूषित कृष्णचन्द्र जी महाराज के कुटुम्बियों का, यादवों का भी, जब वे खूब दौलतमन्द होकर गुलछर्रे उड़ाने लगे, पतन हो गया। अमेरिका के प्रसिद्ध धनी रॉकफेलर और कारनेगी या ऐसे ही दूसरे लोगों में सामान्य नैतिकता

का अभाव है। ऐसा मैं नहीं कह रहा हूँ। परन्तु हम लोग उनके अवगुणों की ओर ध्यान न देकर उनकी प्रशंसा ही किया करते हैं। मेरे कहने का मतलब यह है कि हम उनसे नैतिकता की कड़ी-से-कड़ी कसौटी पर खरे उतरने की आशा भी नहीं करते। उनके लिए भौतिक उन्नति का अनिवार्य परिणाम नैतिक उन्नति नहीं हुआ। दक्षिण अफ्रीका में मुझे अपने हजारों देशवासियों के निकट सम्पर्क में आने का सौभाग्य प्राप्त था; मैंने लगभग सदा यही देखा कि आर्थिक दृष्टि से जो जितना सम्पन्न होता था उसका नैतिक स्तर गया-गुजरा होता था। और कुछ नहीं तो इतना तो कहा ही जा सकता है कि सत्याग्रह के हमारे नैतिक संघर्ष को गरीबों से जितना बल मिला, उतना अमीरों से नहीं। यहाँ की स्थिति को देखकर धनाढ्य लोगों के स्वाभिमान को वैसी ठेस नहीं लगती थी जैसी निर्धन-से-निर्धन व्यक्तियों के हृदय को पहुँचती थी। वैसे तो मैं अपने देश के ही दृष्टान्त देकर आपके सामने यह प्रमाणित कर देता कि धन-सम्पत्ति का बाहुल्य व्यक्तियों की वास्तविक उन्नति के मार्ग में बाधक हुआ है। किन्तु वैसा करना खतरे से खाली नहीं है। मेरा खयाल है कि अर्थशास्त्र सम्बन्धी नियमों के बारे में अर्थशास्त्र के बदले हमारे धर्मग्रन्थ हमारा अधिक मार्गदर्शन करते हैं। आज जिस प्रश्न की चर्चा हम कर रहे हैं वह नया नहीं है। दो हजार वर्ष पूर्व ईसा मसीह से भी वही प्रश्न पूछा गया था। सन्त मार्क ने उस दृश्य का बड़ा सजीव चित्रण किया है। ईसा सामने विराजमान हैं, उनका भाव शान्त उदार है और मुद्रा धीर-गम्भीर। वे अमरता के सम्बन्ध में कुछ कहते हैं। अपने आस-पास के संसार का उनको पूरा ज्ञान है। वे स्वयं अपने काल के सबसे बड़े अर्थशास्त्री हैं। देश और काल को नाथकर, उसका अधिकतम सदुपयोग करके, वे देश और काल से ऊपर उठ चुके हैं। ऐसे सर्व-सम्पन्न; परमश्रेष्ठ ईसा के पास एक जिज्ञासु हाँफता हुआ आता है, घुटने टेककर नमन करता और पूछता है :

'हे कृपासिन्धु प्रभु, बताइए मैं किस रास्ते चलूँ कि मैं अविनाशी जीवन विरासत में पा जाऊँ?' ईसा ने उससे कहा : 'तुम मुझे कृपासिन्धु क्यों कहते हो? एक को छोड़कर और कोई कृपासिन्धु है ही नहीं—और वह है परमात्मा। तुम धर्मानुशासनों (कमांडमेंस) से परिचित हो। व्यभिचार मत करो, जीवहत्या मत करो, चोरी मत करो, झूठी गवाही मत दो, किसी के साथ कपट का व्यवहार मत करो, जीव हत्या मत करो, अपने माता-पिता का आदर करो।' उस व्यक्ति ने उत्तर में कहा, 'प्रभो! इन सब उपदेशों पर मैंने युवावस्था से ही आचरण किया है।' इस पर ईसा ने उसे धन्यवाद दिया। उन्होंने उस पर स्नेह वर्षा करते हुए कहा—'तुममें एक बात की कमी रह गई है : लौट जाओ, जो कुछ तुम्हारे पास है उसे बेच डालो और इस प्रकार प्राप्त धन को गरीबों में बाँट दो तो तुम्हें स्वर्ग की निधि प्राप्त होगी। आओ इस क्रॉस को हाथ में ले लो और मेरे पीछे-पीछे चलो।' यह सुनकर वह व्यक्ति उदास हो गया और चल दिया? क्योंकि उसके पास बहुत बड़ी जायदाद थी। ईसा मसीह ने

इधर-उधर निगाह दौड़ाई और अपने शिष्यों से कहा, 'जिनके पास दौलत है, वे ईश्वर के राज्य में किस प्रकार प्रवेश पा सकते हैं?' यह सुनकर शिष्यगण अचम्भे में आ गए। परन्तु ईसा ने उनसे बार-बार कहा, 'बच्चो! जो लोग अपनी दौलत पर भरोसा करते हैं उनके लिए ईश्वर के राज्य में प्रवेश पाना कितना दुष्कर है। सुई के छेद से होकर ऊँट का गुजर जाना आसान है, परन्तु धनाढ्य व्यक्ति के लिए ईश्वर के राज्य में प्रवेश करना कठिन है।' इस दृष्टान्त में जीवन का शाश्वत नियम अत्यन्त सुन्दर शब्दों में व्यक्त है। परन्तु शिष्यों को प्रतीत नहीं हुई। आजकल भी ऐसा ही देखने में आता है। ईसा मसीह से उन्होंने कहा जैसा कि आजकल हम कहा करते हैं, व्यवहार में तो यह नियम चलता नहीं है। अगर हम सब कुछ बेच डालें, अपने पास कुछ न रखें तो खाएँगे क्या? हमारे पास रुपया होना ही चाहिए वरना हम सामान्य रूप से भी नीतिवान नहीं बने रह सकते। वे आश्चर्यचकित स्वर में आपस में कहने लगे, 'तो फिर परिणाम किसका सम्भव है?' ईसा मसीह ने उनकी ओर मुखातिब होकर कहा, 'मनुष्य के लिए यह असम्भव जरूर है परन्तु ईश्वर के लिए नहीं। क्योंकि ईश्वर के लिए हर एक काम सम्भव है।' उसके पश्चात् पीटर ने उनसे कहा, 'देखिए, हम लोगों ने अपना सब कुछ त्याग दिया है। हमने आपके आदेश का पालन भी किया है।' ईसा मसीह ने उत्तर में कहा—'सत्य मानो जिसने भी अपना घर, भाई-बहन, माता-पिता, पुत्र-कुल, जमीन इत्यादि का मेरे तथा धर्मों के निमित्त त्याग किया हो, उसे यहाँ यह सब सौगुना मिलेगा। परन्तु लोगों में से बहुतेरे जो आज आगे हैं, पीछे रह जाएँगे और पीछे की पंक्तिवाला आगे पहुँच जाएगा।' सज्जनो, नीति का फल अथवा, यदि यह शब्द आपको ठीक लगे तो नीति का पुरस्कार यही है।

मैंने ये वाक्य एक ऐसे धर्म ग्रन्थ से उद्धृत किए हैं जो हिन्दू-धर्म का ग्रन्थ नहीं है। मैं अन्य अहिन्दू ग्रन्थों से उपर्युक्त प्रकार के वाक्य उद्धृत करने की परेशानी में नहीं पड़ूँगा और ईसा मसीह द्वारा प्रतिपादित सिद्धान्त के समर्थन में मैं भारतीय ऋषि-मुनि द्वारा कहे या लिए गए वाक्यों को, ऐसे वाक्य जो इंजील (बाइबिल) के उपर्युक्त वाक्यों से सम्भवत: अधिक जोरदार है, उद्धृत करके आपको खिन्न नहीं करूँगा। प्रस्तुत प्रश्न के इस उत्तर के अनुमोदन के लिए सबसे अधिक विश्वसनीय और जोरदार प्रमाण संसार के सबसे बड़े उपदेशकों के जीवनचरित्र हैं। ईसा मसीह, मुहम्मद, बुद्ध, नानक, कबीर, चैतन्य, शंकराचार्य, दयानन्द, रामकृष्ण ऐसे व्यक्ति थे जिनका लाखों नर-नारियों के हृदयों पर प्रभाव था और जिन्होंने असंख्य व्यक्तियों का चरित्र गढ़ा है। ये महापुरुष इस पृथ्वी पर अवतरित हुए और उनके अवतरित होने से विश्व की नैतिकता में समृद्धि हुई; ध्यान रहे कि ये सब ऐसे व्यक्ति थे जिन्होंने जान-बूझकर गरीबी को अपनाया था।

यदि मेरा यह विश्वास न होता कि जिस हद तक हम आधुनिक भौतिकवाद के पीछे दीवाने बने रहेंगे उस हद तक हम उन्नति के मार्ग से दूर रहकर अवनति

की दिशा में अग्रसर होते जाएँगे तो मैंने आज जो इस प्रकार विस्तारपूर्वक अपनी बात आपके सामने रखने का प्रयास किया है सो कदापि न करता। मेरी धारणा है कि आर्थिक उन्नति, उस अर्थ में जिसमें उसे मैंने आपके समक्ष रखा है, वास्तविक उन्नति के विरुद्ध पड़ती है। यही कारण है कि हमारा प्राचीन आदर्श मेरा धन-सम्पत्ति में वृद्धि करनेवाली गतिविधियों पर नियंत्रण रखना रहा है। इससे भौतिक समृद्धि की आकांक्षा समाप्त हो जाती हो, सो बात नहीं है। हमारे मध्य जैसा कि सदा से होता आया है अब भी ऐसे व्यक्ति पैदा होते रहेंगे जिन्होंने अपने जीवन का लक्ष्य धन अर्जित करना ही बना रखा है। परन्तु हमारा सदा से ही यह विचार रहा है कि धनोपार्जन को लक्ष्य बना लेना आदर्श से गिर जाना है। आपको यह जानकर आनन्द होगा कि हममें से सबसे अधिक धनवान व्यक्तियों ने प्राय: यह अनुभव किया है कि यदि हमने स्वेच्छा से निर्धनता अपनाई होती तो यह स्थिति हमारे लिए उच्चतर होती। परमेश्वर और माया दोनों को एक साथ नहीं साधा जा सकता। यह अत्यन्त महत्त्वपूर्ण आर्थिक सत्य है। हमें इन दो में से एक को चुन लेना है। आज पाश्चात्य देश भौतिकवाद रूपी राक्षस के पाँवों तले पड़े हुए कराह रहे हैं। उनकी नैतिक उन्नति को जैसे लकवा मार गया है; वे अपनी उन्नति का मानदंड रुपया, आना, पाई बनाए हुए हैं। अमरीका की दौलत उनका मानदंड बनी हुई है। अन्य राष्ट्र उसी के समान धनाढ्य बनने की इच्छा रखने लगे हैं। मैंने अपने अनेक देशवासियों को यह कहते सुना है कि हम अमरीका की तरह धनवान तो होना पसन्द करेंगे परन्तु उसके तरीके न अपनाएँ। मेरा नम्र निवेदन है कि यदि इस प्रकार का प्रयास किया गया तो वह विफल हुए बिना न रहेगा। हम एक ही समय में 'बुद्धिमान, संयमशील और क्रूर' नहीं हो सकते। मैं अपने नेताओं से इस बात की अपेक्षा करूँगा कि वे हमें संसार-भर में सबसे अधिक नीतिमान बनना सिखाएँ। हमें बताया गया है कि हमारे इस देश में किसी समय देवता निवास करते थे। जिस देश को मिलों की चिमनियों से निकलनेवाला धुआँ और कारखानों के कर्कश स्वर भयजनक बनाए हुए हैं, जिसकी सड़कों पर मुसाफिरों से खचाखच भरी असंख्य मोटरगाड़ियाँ तेजी के साथ इधर-से-उधर दौड़ रही हैं और जिसकी इन मोटरगाड़ियों में लक्ष्य को भूले हुए ऐसे यात्री सवार हैं, जो प्राय: भ्रान्त रहा करते हैं और जिन्हें उन वाहनों में भेड़-बकरी की तरह भर दिए जाने के कारण तथा बिलकुल अपरिचित हिष्णु, विद्वेषपूर्ण व्यक्तियों के साथ—जो यदि उनका बस चले तो परस्पर एक-दूसरे को निकाल बाहर करते—यात्रा करने के लिए विवश होने के कारण अपना होश नहीं रहता, उस देश में देवताओं का निवास असम्भव है। मैं इन बातों का जिक्र इसलिए कर रहा हूँ कि ये भौतिक उन्नति की प्रतीक मानी जाती हैं। परन्तु इनसे हमारी सुख-समृद्धि में किंचित् भी वृद्धि नहीं होती। महान वैज्ञानिक बैलेस अपने सुचिन्तित विचार इन शब्दों में व्यक्त करते हैं :

अतीत-काल से चला आनेवाला साहित्य जो हमें आज उपलब्ध है उससे सपष्टत: प्रकट होता है कि आज जो सामान्य नैतिक विचार और धारणाएँ, नैतिकता का सर्वस्वीकृत मानदंड और इनसे उत्पन्न होनेवाला जो पारस्परिक व्यवहार देखने में आता है वह आज की अपेक्षा प्राचीन काल में किसी प्रकार कम न था।

यही लेखक अनेक परिच्छेदों में इस बात का विवेचन करता है कि ब्रिटिश राष्ट्र की धन-सम्पत्ति की वृद्धि के साथ-साथ क्या दशा हुई। वह कहता है :

"धन-सम्पत्ति की इस वेगवती उन्नति तथा प्रकृति पर हमारा प्रभुत्व स्थापित होने के फलस्वरूप हमारी अपरिपक्व सभ्यता और हमारे दिखावटी ईसाई धर्म पर बहुत बड़ा बोझ आ पड़ा है। और यह उन्नति अपने साथ अनीति को नाना प्रकार के रूपों में लाई है जो उतनी ही आश्चर्यजनक और अभूतपूर्व है जितनी सम्पत्ति की वृद्धि।"

आगे चलकर वे बताते हैं कि किस प्रकार आदमियों, औरतों और बच्चों की लाशों पर कारखाने खड़े किए गए हैं और इस प्रकार ज्यों-ज्यों यह देश तेजी से धनवान बनता गया त्यों-त्यों उसका नैतिक पतन होता गया। वे अपनी इस बात के प्रमाण में अस्वच्छता, प्राणघातक व्यवसाय, जिन्सों में मिलावट, रिश्वतखोरी, जुआ इत्यादि का उल्लेख करते हैं। वे यह भी सिद्ध करते हैं कि ज्यों-ज्यों दौलत बढ़ती गई त्यों-त्यों न्याय में अनैतिकता आती गई, मद्यपान के कारण मृत्यु संख्या और वेश्यागमन ने संस्था का रूप धारण किया है। लेखक ने वर्तमान अधोगति का वर्णन इन सारगर्भित शब्दों में समाप्त किया है :

"दौलत और निठल्लेपन के परिणामों के दूसरे पहलुओं के बारे में हम तलाक-अदालतों के कार्य-विवरण से बहुत कुछ जान सकते हैं। मेरे एक मित्र हैं जो लन्दन में बहुत अरसे तक रहे हैं। वे निश्चयात्मक रूप से कहते हैं कि धनिकों के देहाती घरों में और खुद लन्दन शहर में ऐसी-ऐसी बदमाशियाँ प्राय: देखने में आती हैं जैसी बड़े-से-बड़े दुराचारी सम्राटों के शासनकाल में भी न हुई होंगी। युद्ध जल्दी-जल्दी होने लगे हैं, परन्तु निश्चय ही आज सभी सभ्य राष्ट्रों में युद्ध के प्रति भारी अरुचि उत्पन्न हो गई है। शान्ति के पक्ष में उत्कट धार्मिक भावना के साथ की गई घोषणाओं के सन्दर्भ में शस्त्रास्त्रों के उस भंडार का विचार करें, जिसका राष्ट्रों ने संग्रह कर रखा है तो उससे ही प्रकट होता है कि शासक-वर्गों में एक व्यावहारिक मार्गदर्शक सिद्धान्त के रूप में नैतिकता का पूर्ण अभाव हो गया है।"

ब्रिटिश छत्रच्छाया में हमने बहुत कुछ सीखा है, परन्तु यह मेरा निश्चित मत है ब्रिटेन यथार्थ नैतिकता की दिशा में कुछ भी देने में असमर्थ है। मेरी यह भी धारणा है यदि हम जागरूक न रहे तो उन सब अवगुणों का, जिनका ब्रिटेन शिकार बना है, समावेश हो जाएगा। इसका कारण भौतिकवाद से उत्पन्न होनेवाले दोषों के सिवा और कुछ नहीं है। हम उस सम्बन्ध से उसी दशा में लाभ उठा सकते हैं जब हम अपनी सभ्यता और अपनी नैतिकता को विचलित न होने दें अर्थात् यदि हम अपने

गौरवमय अतीत की डींग न हाँककर, स्वयं अपने जीवन में उन दिव्य गुणों को उतारें और हमारा जीवन हमारे भूतकाल की साक्षी दे। उसी हालत में हम उसे (ब्रिटेन) तथा स्वयं अपने को लाभ पहुँचा सकेंगे। यदि हम ब्रिटेन की नकल इसलिए करते हैं कि हमारा शासक-वर्ग वहाँ का है तो हमारी और उन दोनों की अवनति होगी। हमें आदर्शों से अथवा आदर्शों को पूर्णतया कार्यान्वित करने से भयभीत नहीं होना चाहिए। हमारा राष्ट्र सच्चे अर्थ में आध्यामित्क राष्ट्र उसी दिन होगा जब हमारे पास सोने की अपेक्षा सत्य का भंडार अधिक होगा, धन और शक्ति के प्रदर्शन की अपेक्षा निर्भयता अधिक होगी और अपने प्रति प्रेम की अपेक्षा दूसरों के प्रति उदारता अधिक होगी। यदि हम केवल इतना ही करें कि अपने घरों, मुहल्लों और मन्दिरों में आडम्बर का प्रवेश न होने देकर नैतिकता का वातावरण पैदा करें तो हम भारी रणसज्जा का बोझ उठाए बिना शत्रु से, वह चाहे जितना भीषण क्यों न हो, निपट सकते हैं। हमें सर्वप्रथम दैवी सम्पत्ति की, परमपिता के राज और उसकी पवित्रता की कामना करनी चाहिए। जो ऐसा करेगा उसे यह अमोघ वचन मिला हुआ है कि उसके पास सब वस्तुएँ आ जाएँगी। सच्चा अर्थशास्त्र यही है। ईश्वर करे कि हम और आप दैवी सम्पत्ति का संचय करें और अपने जीवन में उसे उतारें।

इसके अनन्तर गांधी जी से कुछ प्रश्न पूछे गए। प्रोफेसर जेवन्स ने कहा :

समाज के लिए अर्थशास्त्रियों का रहना आवश्यक है। समाज का लक्ष्य क्या होना चाहिए इसे निर्धारित करना उनका काम नहीं है। यह काम दार्शनिकों का है।

प्रोफेसर गिडवानी ने जो कि म्योर कॉलेज इकोनॉमिक सोसाइटी के अध्यक्ष थे, श्री गांधी को धन्यवाद दिया।

प्रोफसर हिगिनबाटमन ने कहा कि ऐसा कोई भी आर्थिक प्रश्न नहीं है जिसे नैतिक प्रश्न से अलग किया जा सके।

श्री गांधी प्रोफेसर प्रजेवन्स के कथन के सम्बन्ध में अपना विचार व्यक्त करते हुए कहा :

कूड़ा-करकट गलत जगह में रखे हुए पदार्थ के सिवा और कुछ नहीं है ऐसा कहा जाता है। इसी प्रकार जब कोई अर्थशास्त्री गलत जगह पर आ बैठता है तब वह हानिप्रद बन जाता है। जिस प्रयोजन के लिए उसकी सृष्टि हुई है यदि अर्थशास्त्री अपने उस क्षेत्र में रहे तो मैं यह मानता हूँ कि प्रकृति की व्यवस्था में अर्थशास्त्री का भी स्थान है यदि कोई अर्थशास्त्री ईश्वर के बनाए नियमों की खोजबीन नहीं करता और निर्धनता-निवारण को लक्ष्य मानकर सम्पत्ति कैसे बाँटी जाए, हमें यह नहीं बताता तो उसने भारत भूमि पर नाहक ही जन्म लिया है। मैं एक और बात अर्थशास्त्र के विद्यार्थियों तथा अध्यापकों के विचारार्थ रखना चाहता हूँ, वह यह है कि जो बात इंग्लैंड और अमेरिका के लिए अच्छी हो सकती है, यह जरूरी नहीं कि वह भारत के लिए भी अच्छी ही हो। मेरा विचार तो यह है कि नैतिक

सिद्धान्तों से संगति रखनेवाले अर्थशास्त्र सम्बन्धी अधिकांश सिद्धान्त सब जगह समान रूप से लागू किए जा सकते हैं। किन्तु अलग-अलग क्षेत्रों में उनके विनिमय में थोड़ा-बहुत अन्तर तो करना ही होगा। इसलिए मैं चेतावनी देना चाहता हूँ कि चूँकि भारतीय परिस्थिति कुछ बातों में अमरीका और इंग्लैंड की परिस्थिति से बहुत भिन्न हैं, अर्थशास्त्री को चाहिए कि वे अपने सामने आनेवाली बातों पर नए दृष्टिकोण से विचार किया करें। ऐसा करने से अर्थशास्त्री और भारतीय जनता दोनों ही लाभान्वित होंगे। हिगिनबाटमन वास्तविक अर्थशास्त्र का अध्ययन कर रहे हैं और भारत के लिए उसी प्रकार अर्थशास्त्र बहुत जरूरी है। वे अपने अध्ययन को क्रमश: कार्यरूप में परिणत कर रहे हैं और चाहे हम विद्यार्थी हों या शिक्षक, हमारे लिए इसी नीति पर चलते जाना सर्वोत्तम होगा। एक विद्यार्थी के प्रश्नों के उत्तर में गांधी जी ने कहा, मनुष्य को चाहिए कि वह अपने निजी स्वार्थ के लिए धन-संग्रह न करे, परन्तु यदि वह भारत के करोड़ों निवासियों के न्यासी की भाँति धन-संग्रह करना चाहता है तो मैं कहूँगा कि वह जितना चाहे उतना धन इकट्ठा कर सकता है। साधारणतया अर्थशास्त्री अर्थशास्त्र के नियम अमीर लोगों के लाभ के लिए रचते हैं। ऐसे अर्थशास्त्रियों का मैं सदा विरोध करूँगा।

अब मैं दूसरे प्रश्न को लेता हूँ। प्रश्न यह पूछा गया है कि क्या कारखानों को मिटाकर कुटीर-उद्योगों को चालू करना ज्यादा अच्छा न होगा। मैं उस सुझाव को पसन्द करता हूँ, परन्तु अर्थशास्त्रियों को चाहिए कि सबसे पहले धैर्यपूर्वक अपनी देशी संस्थाओं पर नजर डालें। यदि वे निकम्मी हैं तो उन्हें समूल नष्ट कर देना चाहिए और यदि उनमें सुधार और उन्नति की गुंजाइश है तो उपाय ढूँढ़ निकालने चाहिए और उन्हें विकसित करना चाहिए।

दूसरे देशों के साथ सम्पर्क स्थापित करने के बारे में मेरी धारणा तो यह है कि हमारे देशवासियों की दूसरे देशों के निवासियों के सम्पर्क से रत्ती-भर भी नैतिक उन्नति होना जरूरी नहीं है। उदाहरण के तौर पर दक्षिण अफ्रीका में बसे हुए भारतीयों की दशा पर विचार कीजिए। यातायात के द्रुतगामी साधनों जैसे स्टीमर या रेलगाड़ियों इत्यादि ने अनेक आदर्शों को उनकी जगहों से हिला दिया है और बहुत अनर्थ का सृजन किया है।

और इस प्रश्न के उत्तर में कि किसी व्यक्ति को कम-से-कम कितना और अधिक-से-अधिक कितना धन रखना चाहिए, श्री गांधी ने कहा—'किंचित् मात्र नहीं, जैसा कि ईसा मसीह, राम, कृष्ण और अन्य महापुरुष कह गए हैं।

माननीय पंडित मदनमोहन मालवीय ने सभा को विसर्जित करते हुए श्री गांधी को उनके इतने सुन्दर भाषण के लिए धन्यवाद दिया। उन्होंने कहा कि जो सिद्धान्त उन्होंने (श्री गांधी ने) हमारे सामने रखे हैं वे इतने ऊँचे हैं कि मैं यह आशा नहीं करता कि सभी लोग उन पर चलने के लिए तैयार हो जाएँगे। परन्तु मैं आशा करता

हूँ कि गांधी जी के इस मुख्य अभिप्राय से कि अर्थशास्त्र सम्बन्धी सारे प्रश्नों और सिद्धान्तों का ध्येय मानव-जाति का कल्याण होना चाहिए आप सभी सहमत होंगे।

[भाषण, 1908]

सन्दर्भ

कपिलदेव मालवीय : बहुमुखी प्रतिभा के धनी और कांग्रेस नेता। 'होम रूल लीग' आन्दोलन में भाग लिया। जात-पाँत के घनघोर विरोधी।

विलियम हंटर (15 जुलाई, 1840-6 फरवरी, 1900) : उच्चकोटि के शिक्षाविद्, ग्रन्थकार, सांख्यिकीविद् थे जो पेशेवर रूप से भारत में अंग्रेज अधिकारी के रूप में कार्यरत थे। ग्रामीण बंगाल के क्रमानुसार इतिहास, 'इम्पीरियल गजेटियर ऑफ इंडिया' आदि के लेखक-सम्पादक थे।

कृष्णचन्द्र जी महराज : भगवान कृष्ण का गांधी द्वारा दिया गया नाम।

ईसा मसीह : ईसाई धर्म के संस्थापक।

मुहम्मद : (570-632) इस्लाम धर्म का प्रवर्तन किया। इस्लाम के सबसे महान नबी और आखिरी सन्देशवाहक था।

बुद्ध (563 ईसा पूर्व-483 ईसा पूर्व) बौद्ध धर्म के संस्थापक।

नानक (15 अप्रैल, 1469-22 सितम्बर, 1539) : सिक्खों के प्रथम गुरु (आदि गुरु)। सिक्ख धर्म के संस्थापक।

चैतन्य : वैणव धर्म के भक्ति योग के परम प्रचारक एवं भक्तिकाल के प्रमुख कवियों में से एक।

शंकराचार्य : अद्वैत के प्रवर्तक।

रामकृष्ण (18 फरवरी, 1836-16 अगस्त, 1886) : स्वामी विवेकानन्द के गुरु और एक रहस्यमय सन्त।

भौतिकवाद : एक ऐसा दर्शन जिसके अनुसार केवल पदार्थ के अस्तित्व को ही सिद्ध किया जा सकता है। मूल रूप से विचार करने पर सभी चीजें पदार्थों से बनी हैं और सभी घटनाएँ (फिनामेना) पदार्थों के परस्पर संक्रिया (इंट्रैक्शन) के रूप में व्यक्त की जा सकती हैं और समझी जा सकती हैं। यहाँ तक कि चेतना भी इसी रूप में समझी और व्यक्त की जा सकती है। अत: पदार्थ ही एकमात्र तत्त्व (सब्स्टैन्स) है।

स्वतंत्रता के सिवाय कुछ भी नहीं

[राष्ट्रीय आन्दोलन के इतिहास में 8 अगस्त, 1942 को मुम्बई में दिए गए इस भाषण का अपना एक अलग महत्त्व है। इस भाषण में गांधी ने जो उद्गार व्यक्त किए हैं वह अद्भुत हैं। गांधी ने राष्ट्रीय जीवन के जितने भी आयाम हो सकते हैं उन सभी पर अपने विचार प्रकट किए हैं। विवेक, ईमानदारी, अहिंसा, सत्याग्रह, दोस्ती, विश्वास, नैतिकता, अधिकार-कर्तव्य आदि के साथ-साथ तत्कालीन महत्त्वपूर्ण व्यक्तियों के सन्दर्भ में भी ईमानदारी से अपनी बात रखी है। जैसे-जैसे भाषण अपनी समाप्ति की ओर बढ़ता गया वैसे-वैसे उनकी दृढ़ता और स्पष्ट होती गई है। इस भाषण में उन्होंने दो बड़ी महत्त्वपूर्ण बात लोगों से कही हैं : पहली है, 'स्वतंत्रता के सिवाय कुछ नहीं' और दूसरी बात है 'करो या मरो'। गांधी ने यह भाषण पहले हिन्दी में दिया था बाद में अंग्रेजी में। गांधी वाङ्मय में दोनों भाषण उपलब्ध हैं। यहाँ सुविधा के लिए दोनों भाषणों को लिया गया है।]

आपने अभी जो प्रस्ताव पास किया है उसके लिए मैं आपको बधाई देता हूँ। मैं उन तीन साथियों को भी बधाई देता हूँ जिन्होंने यह जानते हुए भी कि प्रस्ताव के पक्ष में भारी बहुमत है, अपने संशोधनों पर मत-विभाजन कराने का साहस दिखाया। और मैं उन तेरह दोस्तों को भी बधाई देता हूँ जिन्होंने प्रस्ताव के विरुद्ध वोट दिया। उन्होंने कोई ऐसी बात नहीं की जिसके लिए उन्हें शर्मिन्दा होने की जरूरत है। पिछले बीस वर्षों से हम यही सीखने की कोशिश करते आए हैं कि हमारे समर्थकों की संख्या बहुत कम हो और लोग हमारी हँसी उड़ाएँ, तब भी हमें हिम्मत नहीं हारनी चाहिए। हमने अपने विश्वासों पर दृढ़ रहना सीखा है—यह मानते हुए कि हमारे विश्वास ठीक हैं। यह उचित ही है कि हम अपने विश्वासों के अनुसार काम करने का साहस पैदा करें, क्योंकि ऐसा करने से आदमी का चरित्र ऊँचा होता है और उसका नैतिक स्तर ऊँचा होता है। इसलिए मुझे यह देखकर खुशी हुई कि इन दोस्तों ने वह सिद्धान्त अपना लिया है, जिस पर मैंने पचास वर्षों से या उससे भी अधिक अरसे से अमल करने की कोशिश की है।

उन्हें उनके साहस पर बधाई देने के बाद मैं यह कहना चाहता हूँ कि उन्होंने

अपने संशोधनों के द्वारा इस कमेटी को जो बात स्वीकार करने को कहा यह स्थिति को यथार्थ रूप में प्रस्तुत नहीं करती। मौलाना आजाद ने संशोधन वापस लेने के लिए इन दोस्तों से जो अपील की उस पर उन्हें विचार करना चाहिए था। उन्हें जवाहरलाल द्वारा दिए गए स्पष्टीकरण को समझने की कोशिश करनी चाहिए थी। यदि वे ऐसा करते तो उन्हें स्पष्ट हो जाता कि जो अधिकार देने के लिए वे अब कांग्रेस से कह रहे हैं, वह अधिकार कांग्रेस पहले ही दे चुकी है।

एक समय था जब हर मुसलमान दावा करता था कि सारा भारत उसकी मातृभूमि है। जिन दिनों अली भाई मेरे साथ थे, उनकी हर बातचीत और चर्चा में यह धारणा निहित रहती थी कि भारत जितना हिन्दुओं का है उतना मुसलमानों का भी है। मैं इस बात का गवाह हूँ कि यह उनका सच्चा विश्वास था, ढोंग नहीं था। मैं कई वर्षों तक उनके साथ रहा। मैं दिन-रात उनके साथ रहता था और मैं छाती पर हाथ रखकर कह सकता हूँ कि वे जो बात मानते थे वही मुँह से भी कहते थे। मैं जानता हूँ कि कई ऐसे लोग हैं जो कहते हैं कि मैं हर चीज के प्रकट रूप से आसानी से विश्वास कर लेता हूँ और मैं आसानी से धोखा खा जानेवाला आदमी हूँ। मैं नहीं समझता कि मैं ऐसा बुद्धू हूँ, और न मैं इतनी आसानी से धोखा खानेवाला हूँ जैसा कि वे दोस्त समझते हैं। लेकिन उनकी आलोचना से मुझे दुःख नहीं होता। मेरे खयाल में यह बेहतर है कि कोई मुझे धोखा देनेवाला समझने के बजाय धोखा खानेवाला समझे।

इन कम्युनिस्ट दोस्तों ने अपने संशोधनों के द्वारा जिस बात का सुझाव दिया है वह कोई नई नहीं है। इसे हजारों मंचों से दोहराया गया है। हजारों मुसलमानों ने मुझसे कहा है कि अगर हिन्दू-मुस्लिम सवाल को सन्तोषजनक रूप से सुलझाना हो तो उसे मेरे जीवन-काल में सुलझा लेना चाहिए। इसमें मुझे अपनी बड़ाई समझनी चाहिए, परन्तु मैं ऐसा सुझाव क्यों कर मान सकता हूँ जो मेरी बुद्धि को न जँचे? हिन्दू-मुस्लिम एकता कोई नई बात नहीं है। लाखों हिन्दुओं और मुसलमानों ने इसके लिए प्रयास किया है। मैंने अपने लड़कपन से ही इसकी प्राप्ति के लिए सजग प्रयत्न किया है। जब स्कूल में था तब मैं मुसलमान और फारसी सहपाठियों से दोस्ती करने का खयाल रखता था। उस छोटी उम्र में भी मेरा यह विश्वास था कि अगर भारत के हिन्दुओं को दूसरे सम्प्रदायों के साथ शान्ति और दोस्ती से रहना है तो उन्हें अच्छे पड़ोसी बनने की कोशिश करनी चाहिए। मैं सोचता था कि अगर मैं हिन्दुओं के साथ दोस्ती पैदा करने की खास कोशिश न करूँ तो कोई बात नहीं है, मगर मुझे कम-से-कम कुछ मुसलमानों के साथ दोस्ती जरूर करनी चाहिए। एक मुसलमान व्यापारी का वकील बनकर ही मैं दक्षिण अफ्रीका गया था। यहाँ जाकर मैंने दूसरे मुसलमानों के साथ दोस्ती पैदा की यहाँ तक कि अपने मुवक्किल के विरोधियों के साथ भी मैंने दोस्ती की और मैं ईमानदारी और नेकनीयती के लिए प्रसिद्ध हो गया।

मेरे दोस्तों और सहयोगियों में मुसलमान और पारसी भी थे। मैंने उनका दिल जीत लिया और जब मैं अन्तिम बार भारत के लिए रवाना हुआ तो वे उदास हो गए और जुदाई के दुख में आँसू बहा रहे थे।

भारत आकर भी मैंने अपनी कोशिश जारी रखी और एकता स्थापित करने के लिए कोई कोशिश उठा नहीं रखी। चूँकि एकता मेरे जीवन भर की अभिलाषा थी, इसीलिए मैं खिलाफत आन्दोलन में मुसलमानों के साथ पूरा-पूरा सहयोग करने को तैयार हो गया। देश-भर के मुसलमानों ने मुझे अपना सच्चा दोस्त माना।

तो फिर क्या बात है कि आज मुझे इतना बुरा और घृणित समझा जा रहा है? क्या खिलाफत आन्दोलन का समर्थन करने में मुझे अपना कोई मतलब निकालना था? यह सच है कि मेरे दिल में यह आशा जरूर थी कि ऐसा करने से मैं गाय की शायद रक्षा कर सकूँगा। मैं गाय की पूजा करता हूँ। मेरा विश्वास है कि गाय और मैं एक ही ईश्वर के पैदा किए हुए हैं और गाय को बचाने के लिए मैं अपने जीवन की बलि देने को तैयार हूँ। लेकिन मेरा जीवन-दर्शन और मेरी सबसे बड़ी आशा चाहे कुछ ही क्यों न हो, मैं किसी सौदेबाजी के खयाल से उस आन्दोलन में शामिल नहीं हुआ था। मैंने खिलाफत के संघर्ष में केवल इसीलिए सहयोग दिया कि मुझे अपने पड़ोसी के प्रति, जिसे मैंने मुसीबत में फँसा पाया, अपना कर्तव्य निभाना था। अगर अली भाई आज जीवित होते तो वे मेरी बात की पुष्टि करते। और इस तरह और बहुत से लोग भी इस बात की पुष्टि करते कि मैंने गाय को बचाने के लिए सौदेबाजी के तौर पर ऐसा नहीं किया। खिलाफत के सवाल की तरह गाय के सवाल के पक्ष में भी कई बातें थीं। एक ईमानदार आदमी, एक अच्छे पड़ोसी और सच्चे दोस्त के नाते मेरा यह कर्तव्य था कि मैं मुसलमानों की इस घड़ी में उनका साथ दूँ।

उन दिनों जब मैं मुसलमानों के साथ खाता था तो हिन्दुओं को आघात लगता था, हालाँकि ज्यों-ज्यों समय बीतता गया, वे इस बात के अब आदी हो गए हैं। मौलाना बारी ने मुझसे कहा कि यद्यपि वे मुझे अपना मेहमान बनाना चाहेंगे फिर भी वे मुझे अपने साथ नहीं खाने देंगे, ताकि किसी दिन उन पर यह दोष न लगाया जाए कि ऐसा करने में उनका कोई बुरा मकसद था। सो इसलिए जब कभी मैं उनके यहाँ ठहरता, वे एक ब्राह्मण रसोइए को बुलवाते और अलग खाना पकवाने का इंतजाम करते। फिरंगी महल, जहाँ वे रहते थे, पुराने ढंग की इमारत थी और उसमें जगह थोड़ी थी। फिर भी वे खुशी से सब कष्ट झेलते और अपना संकल्प पूरा करते और मैं उनके संकल्प को न बदल पाता। उन दिनों हमारे दिलों में शिष्टता, मान-मर्यादा और सज्जनता की भावना रहती थी। हर सम्प्रदाय के लोग दूसरे सम्प्रदायों के लोगों को अपने यहाँ ठहराने के लिए परस्पर होड़ किया करते थे। वे एक-दूसरे की धार्मिक भावनाओं का आदर करते थे और ऐसा करना अपना सौभाग्य समझते थे। किसी के दिल में सन्देह लेश-मात्र को भी नहीं होता था। मान-मर्यादा और सज्जनता की वह

भावना अब कहाँ चली गई है? मैं सब मुसलमानों से और कायदे-आजम जिन्ना से भी कहूँगा कि वे उन शानदार दिनों को याद करें और इस बात का पता लगाएँ कि आज हम इस उलझन में क्योंकर फँस गए हैं। एक समय था जब कायदे-आजम खुद कांग्रेसी थे। अगर आज वे कांग्रेस पर नाराज हैं तो इसका कारण यह है कि उनके दिल में सन्देह का विकार पैदा हो गया है। ईश्वर करे उनकी उम्र लम्बी हो। मगर जब मैं चल बसूँगा तो वे इस बात को समझेंगे और मानेंगे कि मुसलमानों के प्रति मेरी नीयत खराब नहीं थी और मैंने उनके हितों को कभी हानि नहीं पहुँचाई। अगर मैं उनके उद्देश्य तक हानि पहुँचाऊँ या उनके हितों को हानि पहुँचाऊँ तो मेरे लिए बच निकलने का कौन-सा रास्ता रहेगा? मेरी जान उनके लिए हाजिर है। वे जब भी चाहें खुशी से उसका खातमा कर सकते हैं। अतीत में मुझ पर हमले किए गए हैं, लेकिन ईश्वर ने आज तक मुझे बचाया है और हमला करनेवालों को अपने किए पर पछतावा हुआ है। लेकिन अगर कोई यह सोचकर मुझ पर गोली चलाए कि वह एक दुष्ट से पीछा छुड़ा रहा है तो वह असली गांधी को नहीं मारेगा बल्कि उस गांधी को मारेगा जो उसे दुष्ट प्रतीत होता है।

जिन लोगों ने गालियाँ देने और बदनामी करने की मुहिम चला रखी है, उनसे मैं कहूँगा कि इस्लाम आपको हिदायत करता है कि दुश्मनों को भी गाली मत दो। हजरत मुहम्मद साहब तो अपने दुश्मनों से भी हम वदीम का सलूक किया करते थे और उन्हें न्यायप्रियता और उदारता से अपनी ओर कर लेने की कोशिश करते थे। आप उस इस्लाम को माननेवाले हैं या किसी और इस्लाम को? अगर आप सच्चे इस्लाम के माननेवाले हैं तो क्या आपके लिए यह वाजिव है कि आप उस आदमी की बात पर एतबार न करें जो अपने मत का खुलेआम एलान करता है? मैं आपसे सच कहता हूँ कि आपको एक दिन इस बात पर पछतावा होगा कि आपने एक सच्चे और दिली दोस्त पर अविश्वास किया और उसकी जान ले ली। यह देखकर मुझे हार्दिक वेदना होती है कि ज्यों-ज्यों मैं अपील करता हूँ और ज्यों-ज्यों मौलाना मिन्नत-समाज करते हैं त्यों-त्यों बदनाम करने की मुहिम तेज होती जाती है। मुझे तो ये गालियाँ गोली की तरह लगती हैं। वे गोली की तरह ही मेरी जान ले सकती हैं। आप मेरी जान ले लें। इसका मुझे दुःख नहीं होगा। लेकिन जो गालियाँ देते हैं, उनका क्या होगा? ये इस्लाम को बदनाम करते हैं। इस्लाम को बदनामी से बचाने के लिए मैं आपसे अपील करता हूँ कि आप गालियों की न रुकनेवाली मुहिम का विरोध कीजिए।

मौलाना साहब को गन्दी-गन्दी गालियों का निशाना बनाया जा रहा है। क्यों? क्योंकि वे मुझ पर दोस्ती का दबाव डालने से इनकार करते हैं। वे जानते हैं कि एक दोस्त को इस बात के लिए मजबूर करना कि वह जिसे झूठ जानता हो उसे सच मान ले, दोस्ती का दुरुपयोग है।

कायदे-आजम से मैं कहूँगा : पाकिस्तान के बारे में आपके दावे में जो कुछ

सच और मान्य है वह पहले ही आपको मिल चुका है। जो गलत और अमान्य है वह किसी के हाथ में नहीं है कि वह आपको दिया जा सके। अगर कोई आदमी झूठ बात दूसरे से मनवाने में सफल भी हो जाए तो भी वह ऐसी जोर-जबर्दस्ती का फल बहुत समय तक नहीं भोग सकेगा। ईश्वर अभिमान को नहीं पसन्द करता और उससे दूर रहता है। ईश्वर किसी झूठी बात का बलपूर्वक मनवाया जाना भी सहन नहीं करेगा।

कायदे-आजम कहते हैं कि वे कड़वी बातें कहने पर मजबूर हैं, लेकिन वे अपने विचारों और भावनाओं को व्यक्त किए बिना नहीं रह सकते। इसी प्रकार मैं भी कहूँगा : मैं अपने आप को मुसलमानों का दोस्त समझता हूँ। इसलिए मैं उन्हें नाराज करने का खतरा मोल लेकर भी वे बातें क्यों न कहूँ जिनका मेरे दिल से गहरा सम्बन्ध है। मैं अपने हृदय के अन्तस्तल के विचार उनसे कैसे छिपा सकता हूँ? मैं कायदे-आजम को अपने विचारों और भावनाओं को, चाहे वे सुननेवालों को कड़वी ही क्यों न लगें, स्पष्ट रूप से व्यक्त करने के लिए बधाई देना चाहूँगा। फिर भी, अगर यहाँ बैठे मुसलमानों के विचार श्री जिन्ना से नहीं मिलते तो उन्हें गालियाँ क्यों दी जाएँ? अगर करोड़ों मुसलमान आपके साथ हैं तो क्या आप उन मुट्ठी-भर मुसलमानों को नजरअन्दाज नहीं कर सकते जो आपको गुमराह मालूम होते हैं? जिसके करोड़ों अनुयायी हों उसे बहुसंख्यक सम्प्रदाय से डरने की क्या जरूरत है? उसे इस बात का क्यों डर है कि बहुसंख्यक सम्प्रदाय अल्पसंख्यक पर हावी हो जाएगा? पैगम्बर ने अरबों और मुसलमानों में जाकर कैसे काम किया था? उन्होंने अपने मजहब का प्रचार कैसे किया? क्या उन्होंने यह कहा कि मैं इस्लाम का प्रचार तभी करूँगा जब मेरे साथी बहुसंख्यक हो जाएँगे? इस्लाम की खातिर मैं आपसे अपील करता हूँ कि आप मेरी बात पर विचार करें। ऐसा कहने में न तो ईमानदारी और न इंसाफ ही है कि कांग्रेस वह बात मान ले जिसे वह ठीक नहीं समझती और जो उसके प्रिय सिद्धान्तों के प्रतिकूल है।

राजा जी ने कहा : "मैं पाकिस्तान को ठीक नहीं समझता। लेकिन मुसलमान उसकी माँग करते हैं। श्री जिन्ना उसकी माँग करते हैं। और उन सबको इसका खब्त हो गया है। तो क्यों न उनकी बात अभी मान ली जाए? वहीं श्री जिन्ना आगे चलकर पाकिस्तान की हानियों को समझेंगे और अपनी माँग छोड़ देंगे।" मैंने कहा : 'यह ईमानदारी की बात नहीं है कि जिस चीज को मैं गलत समझूँ उसे मैं ठीक मान लूँ और दूसरों से भी उसे ठीक मान लेने को कहूँ—यह सोचते हुए कि जब माँग का आखिरी फैसला करने का समय आएगा तो उस समय वह माँग पेश नहीं की जाएगी। अगर मैं माँग को उचित समझूँ तो उसे आज ही मान लूँ, केवल जिन्ना साहब को खुश करने के लिए। मैं वह माँग स्वीकार नहीं करूँगा। कई दोस्तों ने अगर मुझसे कहा कि मैं जिन्ना साहब को खुश करने के लिए, उनके शक दूर करने के लिए

और उनकी प्रतिक्रिया देखने के लिए फिलहाल यह माँग स्वीकार कर लूँ। लेकिन मैं किसी ऐसी कार्यवाही में शामिल नहीं हो सकता जिसमें किसी के साथ कोई झूठा वादा किया गया हो। बहरहाल वह मेरा तरीका नहीं है।'

कांग्रेस को अपने फैसले मनवाने के लिए नैतिक अधिकार के सिवाय कोई अधिकार नहीं है। कांग्रेस का विश्वास है कि सच्चा लोकतंत्र अहिंसा से ही स्थापित हो सकता है। विश्व-संघ की इमारत अहिंसा की नींव पर ही खड़ी की जा सकती है और अन्तरराष्ट्रीय मामलों में हिंसा का सर्वथा त्याग करना जरूरी है। अगर यह सच है तो मुसलमानों पर अत्याचार करें तो वे किस मुँह से विश्वास की बात कर सकते हैं? इसी कारण से मैं अंग्रेज और अमेरिकी राजनीतिज्ञों की भाँति हिंसा के द्वारा विश्वशान्ति की स्थापना की सम्भावना में विश्वास नहीं करता। कांग्रेस ने सारे मतभेदों को एक निष्पक्ष अन्तरराष्ट्रीय अदालत के सामने रखने और उसके फैसले पर अमल करने की बात मान ली है। अगर यह अत्यन्त न्यायसंगत सुझाव स्वीकार नहीं किया जा सकता तो फिर केवल तलवार और हिंसा का रास्ता ही रह जाता है। मैं असम्भव बात मानने को कैसे तैयार हो सकता हूँ? एक सजीव वस्तु के टुकड़े करने की माँग करने का मतलब है उसकी जान माँगना। यह तो लड़ाई की ललकार है। कांग्रेस ऐसी लड़ाई में शामिल नहीं हो सकती जिसमें भाई-भाई को मारे। हो सकता है कि डॉ. मुंजे और श्री सावरकर की तरह तलवार के सिद्धान्त को माननेवाले हिन्दू मुसलमानों को अपने अधीन रखना चाहें। मैं उस वर्ग का प्रतिनिधित्व नहीं करता। मैं कांग्रेस का प्रतिनिधित्व करता हूँ। आप कांग्रेस को, जो कि सोने का अंडा देनेवाली मुर्गी है, मारना चाहते हैं। अगर आप कांग्रेस पर शक करेंगे तो विश्वास रखिए, हिन्दुओं और मुसलमानों में सदा लड़ाई होती रहेगी और लगातार जंग और खून-खराबा ही देश का भाग्य होगा। अगर ऐसा खून-खराबा ही देश के भाग्य में बदा है तो मैं उसे देखने के लिए जीता नहीं रहूँगा।

इसी कारण मैं जिन्ना साहब से कहता हूँ : 'मैं आपको विश्वास दिलाता हूँ कि पाकिस्तान-सम्बन्धी आपकी माँग में जो कुछ न्याय और उचित है वह तो आपकी जेब में ही है, और जो कुछ न्याय और औचित्य के विरुद्ध है, उसे आप तलवार से ही ले सकते हैं, किसी और तरीके से नहीं'।

मेरे दिल में बहुत से विचार उठ रहे हैं जो मैं इस सभा के सामने रख देना चाहूँगा। जो बात मेरे दिल में सबसे पहले उठी वह तो मैंने कह दी है। मैं आपसे सच कहता हूँ कि मेरे लिए यह जिन्दगी और मौत का सवाल है। अगर हम हिन्दू और मुसलमान ऐसी दिली एकता स्थापित करना चाहते हैं जिसमें किसी के मन में कहीं कोई दुराव न हो तो हमें पहले इस साम्राज्य की बेड़ियों से आजाद होने के लिए मिलकर कोशिश करनी होगी। अगर आखिरकार भारत के ही एक अंग को पाकिस्तान बनना है तो मुसलमानों को भारत की आजादी की लड़ाई में शामिल होने में क्या एतराज

हो सकता है? इसलिए हिन्दुओं और मुसलमानों को चाहिए कि पहले वे आजादी की लड़ाई के लिए इकट्ठे हो जाएँ। जिन्ना साहब का खयाल है कि विश्वयुद्ध लम्बे अरसे तक चलेगा। मैं ऐसा नहीं सोचता। अगर युद्ध छह महीने और चलता रहा तो हम चीन को कैसे बचा सकेंगे?

इसलिए मैं कहता हूँ कि अगर हो सके तो आजादी फौरन दे दी जाए—आज रात को ही, कल पौ फटने से पहले ही। अब आजादी के लिए साम्प्रदायिक एकता की स्थापना तक इन्तजार नहीं किया जा सकता। अगर एकता स्थापित नहीं होती तो आजादी के लिए बहुत ज्यादा कुर्बानियाँ करनी पड़ेंगी बनिस्बत उस सूरत के जब कि एकता स्थापित हो जाए। लेकिन कांग्रेस या तो आजादी हासिल करेगी या उस कोशिश में मिट जाएगी। और यह मत भूलिए कि कांग्रेस जिस आजादी के लिए लड़ रही है वह सिर्फ कांग्रेसियों के लिए ही नहीं होगी, वह तो भारत के सभी चालीस करोड़ लोगों के लिए होगी। कांग्रेस जनों को सदा जनता का विनीत सेवक बनकर रहना चाहिए।

कायदे-आजम ने कहा कि चूँकि अंग्रेजों ने साम्राज्य मुसलमानों के हाथ से लिया था, इसलिए अगर वे अब मुस्लिम लीग को शासन सौंपना चाहें तो लोग शासन सँभालने को तैयार हैं। लेकिन वह तो मुस्लिम राज होगा। मौलाना साहब और मैंने जो पेशकश की है उसका मतलब मुस्लिम राज या मुस्लिम प्रभुत्व नहीं है। कांग्रेस किसी वर्ग या सम्प्रदाय के प्रभुत्व को ठीक नहीं समझती। वह लोकतंत्र में विश्वास करती है, जिसके दायरे में मुसलमान, हिन्दू, ईसाई, पारसी, यहूदी—इस विशाल देश में रहनेवाले सभी सम्प्रदाय आ जाते हैं। यदि मुस्लिम राज अनिवार्य हो तो होने दीजिए लेकिन हम उस पर अपनी स्वीकृति की मोहर कैसे लगा सकते हैं? हम एक सम्प्रदाय पर दूसरों के प्रभुत्व की बात कैसे मान सकते हैं?

इस देश के करोड़ों मुसलमान हिन्दुओं के वंशज हैं। उनका वतन भारत के सिवाय कोई दूसरा कैसे हो सकता है? कुछ वर्ष हुए, मेरा सबसे बड़ा लड़का मुसलमान बन गया। उसकी मातृभूमि क्या होगी? पोरबन्दर या पंजाब? मैं मुसलमानों से पूछता हूँ : 'अगर हिन्दुस्तान आपका वतन नहीं है तो आप किस मुल्क के हैं, किस अलग वतन में आप मेरे उस बेटे को रखेंगे जिसने इस्लाम ग्रहण कर लिया था?' उसके मुसलमान बन जाने के बाद उसकी माँ ने उसे लिखा और पूछा कि क्या उसने इस्लाम ग्रहण करने के बाद शराब पीनी छोड़ दी है, जिसकी इस्लाम मुसलमानों को मनाही करता है? जो लोग उसके धर्म-परिवर्तन पर खुश हो रहे थे उन्हें उसने लिखा : 'मुझे उसका मुसलमान बनना इतना नहीं खलता जितना कि उसका शराब पीना। क्या नेक मुसलमान होने के नाते आप वह गवारा कर सकते हैं कि वह मुसलमान बनने के बाद भी शराब पिए? शराब पी-पीकर वह आवारा और लुच्चा हो गया है। अगर आप उसे फिर इनसान बना दें तो उसका धर्म बदलना उपयोगी रहेगा। इसलिए कृपया

आप इस बात का खयाल रखिए कि वह मुसलमान होने के नाते शराब और औरतों से परहेज करे। अगर ऐसा परिवर्तन नहीं होता तो उसका धर्म-परिवर्तन बेकार होगा और उसके साथ हमारा असहयोग जारी रहेगा।'

इसमें सन्देह नहीं कि भारत यहाँ रहनेवाले सब मुसलमानों का वतन है। इसलिए हर मुसलमान को भारत की आजादी की लड़ाई में सहयोग देना चाहिए। कांग्रेस किसी एक वर्ग या सम्प्रदाय की नहीं है, वह सारी कौम की है। मुसलमानों को इस बात की खुली छूट है कि कांग्रेस पर कब्जा कर लें। अगर वे चाहें तो भारी संख्या में कांग्रेस में शामिल होकर उस पर हावी हो सकते हैं और उसे मनचाहे रास्ते पर चला सकते हैं। कांग्रेस हिन्दुओं के लिए नहीं बल्कि सारी कौम के लिए जिसमें अल्पसंख्यक भी शामिल हैं—लड़ रही है। किसी कांग्रेसी के हाथों किसी मुसलमान के मारे जाने की एक भी घटना सुनकर मुझे दुख होगा। आनेवाली क्रान्ति में कांग्रेस जन हिन्दुओं के हमलों से मुसलमानों का और मुसलमानों के हमलों से हिन्दुओं को बचाने के लिए अपनी जान दे देंगे। ऐसा करना उनके विश्वास में शामिल है और अहिंसा का आवश्यक अंग है। ऐसे अवसरों पर आपसे आशा की जाएगी कि आप अपने दिमाग को ठंडा रखें। यह हर कांग्रेसी का—वह हिन्दू हो या मुसलमान—कांग्रेस के प्रति, जो उनका अपना संगठन है, कर्तव्य है। जो मुसलमान ऐसा करेगा, वह इस्लाम की सेवा करेगा। आनेवाले अन्तिम राष्ट्रव्यापी संघर्ष की सफलता के लिए पारस्परिक विश्वास अत्यन्त आवश्यक है।

मैंने कहा है कि मुस्लिम लीग और अंग्रेजी द्वारा विरोध किए जाने के कारण इस बार हमें अपने संघर्ष के सिलसिले में बहुत ज्यादा कुर्बानियाँ करनी पड़ेंगी। आपने सर फ्रेडरिक पकल का गुप्त परिपत्र देखा है। उन्होंने आत्मघाती तरीका अख्तियार किया है। परिपत्र में बरसात में मेढकों की तरह पैदा होनेवाली संस्थाओं को खुल्लमखुल्ला शह दी गई है कि वे मिलकर कांग्रेस का विरोध करें। इसका मतलब है कि हमें ऐसे साम्राज्य से निपटना है जो सदा टेढ़ी चाल चलता है। हमारा रास्ता सीधा है, जिस पर हम आँखें मूँदकर भी चल सकते हैं। यह सत्याग्रह की खूबी है।

सत्याग्रह में धोखा, जालसाजी या किसी प्रकार के झूठ के लिए जगह नहीं है। धोखा और झूठ आज दुनिया पर छा गए हैं। मैं ऐसी स्थिति को चुपचाप बैठा नहीं देख सकता। मैं सारे भारत में इतना अधिक घूमा-फिरा हूँ जितना कि वर्तमान युग में शायद कोई भी नहीं घूमा-फिरा होगा। देश के करोड़ों बेजुबान लोगों ने मुझे अपना मित्र और प्रतिनिधि पाया और मैं भी उनसे मिलकर उस हद तक एक हो गया जिस हद तक कि किसी मनुष्य के लिए ऐसा करना सम्भव है। मैंने देखा कि वे मुझ पर विश्वास करते हैं और अब मैं झूठ और हिंसा पर खड़े इस साम्राज्य का मुकाबला करने के लिए उनके विश्वास का उपयोग करना चाहता हूँ। साम्राज्य ने चाहे कितनी ही लम्बी-चौड़ी तैयारियाँ क्यों न कर रखी हों, हमें उसके शिकंजे से निकलना है।

यह कैसे हो सकता है कि मैं इस महत्त्वपूर्ण घड़ी में चुप बैठा रहूँ और सही रास्ता न दिखाऊँ? क्या मैं जापानियों से कहूँ कि भाई, जरा रुक जाओ? अगर आज मैं चुपचाप निष्क्रिय बैठा रहूँ तो ईश्वर मुझे फटकार देगा कि जब सारी दुनिया में आग फैल रही थी तब मैंने उसके दिए खजाने का उपयोग क्यों नहीं किया। यदि स्थिति कुछ और होती तो मैं आपसे थोड़ा इन्तजार करने को कहता। लेकिन अब स्थिति असह्य हो गई है और कांग्रेस के लिए कोई और रास्ता नहीं रह गया है।

फिर भी वास्तविक संघर्ष इस क्षण नहीं शुरू हो रहा है। आपने अपने सारे अधिकार मुझे सौंप दिए हैं। अब मैं वाइसराय से भेंट करने जाऊँगा और उनसे कांग्रेस की माँग स्वीकार करने का अनुरोध करूँगा। इस काम में दो-तीन सप्ताह लग जाने की सम्भावना है। इस बीच आप क्या करेंगे? इस अवधि के लिए क्या कार्यक्रम है, जिसमें सब हिस्सा ले सकते हैं? जैसा कि आप जानते हैं, मुझे सबसे पहले चरखे का खयाल आता है। मैंने मौलाना साहब को भी यही जवाब दिया था। वे चरखे की बात नहीं मानते थे, हालाँकि बाद में इसका महत्त्व उनकी समझ में आ गया। चौदह-सूत्री रचनात्मक कार्यक्रम तो आपके सामने है ही, जिस पर कि आप अमल कर सकते हैं। इसके अतिरिक्त आपको क्या करना होगा? मैं आपको बताता हूँ। आप में से हर स्त्री-पुरुष को इस क्षण से अपने को आजाद समझना चाहिए और यों आचरण करना चाहिए मानो आप आजाद हैं, और इस साम्राज्यवाद के शिकंजे से छूट गए हैं।

मैं आपसे जो कुछ कह रहा हूँ उसका मतलब अपने आपको धोखा देना नहीं है। यह तो स्वतंत्रता का सार है। गुलामी की बेड़ियाँ उसी क्षण टूट जातीं लेकिन अगर आप मुझे जिन्दा रहने दें तो मैं आपसे कहना चाहूँगा कि अगर आप अपनी मर्जी से मुझे बन्धन मुक्त कर दें तो मैं आपसे और कुछ नहीं माँगूँगा। आप मुझे रोटी-कपड़ा देते रहे थे, हालाँकि मैं खुद अपनी मेहनत से रोटी-कपड़े का प्रबन्ध कर सकता था। अब तक तो मैं भोजन-वस्त्र के लिए ईश्वर के भरोसे रहने के बजाय आपके भरोसे रहता था। लेकिन अब भगवान ने मेरे अन्दर आजादी की अभिलाषा पैदा कर दी है। आज मैं आजाद आदमी हूँ और आगे से आपके भरोसे नहीं रहूँगा।

आप विश्वास रखिए कि मैं मंत्रिपदों आदि के लिए वाइसराय से कोई सौदा करनेवाला नहीं हूँ। मैं पूर्ण स्वतंत्रता के सिवाय किसी चीज से सन्तुष्ट होनेवाला भी नहीं। हो सकता है कि वे नमक कर को हटाने, शराब की लत को खतम करने आदि के बारे में सुझाव रखें। लेकिन मैं कहूँगा : 'स्वतंत्रता के सिवाय कुछ भी नहीं।'

यह एक छोटा सा मंत्र मैं आपको देता हूँ। आप इसे अपने हृदय पटल पर अंकित कर लीजिए और हर श्वास के साथ उसका जप किया कीजिए। एक मंत्र है : 'करो या मरो'। या तो हम भारत को आजाद करेंगे या आजादी की कोशिश में प्राण दे देंगे। हम अपनी आँखों से अपने देश का सदा गुलाम और परतंत्र बना रहना नहीं

देखेंगे। प्रत्येक सच्चे कांग्रेसी, चाहे वह पुरुष हो या स्त्री इस दृढ़ विश्वास से संघर्ष में शामिल होगा कि वह देश को बन्धन और दासता में बने रहने को देखने के लिए जिन्दा नहीं रहेगा। ऐसी आपसे प्रतिज्ञा होनी चाहिए। जेल का खयाल मन में लाइए। अगर सरकार मुझे कैद न करे तो मैं आपको जेल भरने का कष्ट नहीं दूँगा। ऐसे समय में जब कि सरकार खुद मुसीबत में फँसी है, मैं उस पर भारी संख्या में कैदियों के प्रबन्ध का बोझा नहीं डालूँगा। अब से हर पुरुष और हर स्त्री को अपने जीवन का हर क्षण यह जानते हुए बिताना है कि वे स्वतंत्रता की खातिर खा रहे हैं और जी रहे हैं, और अगर जरूरत हुई तो वे उस लक्ष्य की प्राप्ति के लिए प्राण दे देंगे। ईश्वर को और अपने अन्त:करण को साक्षी मानकर यह प्रण कीजिए कि जब तक आजादी नहीं मिलती तब तक हम दम नहीं लेंगे और आजादी लेने के लिए अपनी जान देने को भी तैयार रहेंगे। जो जान देगा उसे जीवन मिलेगा और जो जान बचाएगा वह जीवन से वंचित हो जाएगा। स्वतंत्रता कायर को या डरपोक को नहीं मिलती।

अब मैं पत्रकारों से दो शब्द कहूँगा। आपने राष्ट्रीय माँग का अब तक जो समर्थन किया है उसके लिए मैं आपको बधाई देता हूँ। आपको जिन पाबन्दियों और बन्धनों में रहकर काम करना पड़ता है उन्हें मैं जानता हूँ। लेकिन मैं आपसे कहूँगा कि आप उन जंजीरों को तोड़ डालिए जिनमें आप जकड़े हुए हैं। समाचार-पत्रों को आजादी का रास्ता दिखाने और आजादी के लिए जान देने का उदाहरण प्रस्तुत करने का गौरवमय सौभाग्य प्राप्त करना चाहिए। आपके हाथ में कलम है, जिसे सरकार नहीं रोक सकती। मैं जानता हूँ कि छापेखाने आदि के रूप में आपके पास बड़ी-बड़ी जायदादें हैं और आपको डर होगा कि सरकार कहीं उन्हें जब्त न कर ले। मैं आपसे नहीं कहता कि आप जान-बूझकर ऐसी बात करें जिससे कि आपका छापाखाना जब्त कर लिया जाए। जहाँ तक मेरा सवाल है, मैं अपनी कलम को नहीं रोकूँगा चाहे मेरा छापाखाना जब्त ही क्यों न हो जाए। एक बार मेरा छापाखाना जब्त कर लिया गया था और बाद में मुझे लौटा दिया गया था। लेकिन मैं आपसे ऐसी बड़ी कुर्बानी करने को नहीं कहूँगा। मैं एक बीच का रास्ता बताता हूँ। आपको अपनी स्थायी समिति भंग कर देनी चाहिए और आप एलान कर सकते हैं कि वर्तमान पाबन्दियों के रहते आप लिखना छोड़ देंगे और तभी कलम को हाथ लगाएँगे जब भारत स्वतंत्र हो जाएगा। आप सर फ्रेडरिक पकल से कह सकते हैं कि उन्हें यह आशा नहीं करनी चाहिए कि सरकार झूठी होती है, आप उन्हें बता सकते हैं कि उनकी प्रेस टिप्पणियाँ सरासर झूठी होती हैं और आप उन्हें नहीं छापेंगे। आप खुल्लमखुल्ला एलान कर सकते हैं कि आप पूरी तरह कांग्रेस के साथ हैं। अगर ऐसा करें तो वास्तविक संघर्ष शुरू होने से पहले ही वातावरण बदल जाएगा।

नरेशों के प्रति उचित आदर प्रकट करते हुए मैं एक छोटी विनती करूँगा। मैं नरेशों का हितैषी हूँ। मेरा जन्म एक रियासत में हुआ था। मेरे दादा जी अपनी रियासत के नरेश

के सिवाय किसी दूसरे नरेश को दाहिने हाथ से सलाम नहीं करते थे। लेकिन उन्होंने अपने नरेश से कभी यह नहीं कहा—जैसा कि मेरे खयाल से उन्हें कर देना चाहिए था—कि उनका अपना मालिक भी उन्हें अर्थात् अपने मंत्री को अपने अत:करण की आवाज के विरुद्ध काम करने के लिए बाध्य नहीं कर सकता। मैंने नरेशों का नमक खाया है और मैं नमकहरामी नहीं करूँगा। एक वफादार सेवक के नाते मेरा यह कर्तव्य है कि नरेशों को सचेत कर दूँ कि अगर वे मेरे जीते-जी कुछ कर दिखाएँगे तो हो सकता है कि स्वतंत्र भारत में उन्हें सम्मानपूर्ण स्थान मिले। जवाहरलाल ने स्वतंत्र भारत की जो योजना बनाई है उसमें विशेषाधिकारों या विशेषाधिकार-सम्पन्न वर्गों के लिए कोई जगह नहीं है। जवाहरलाल के विचार में सब सम्पत्ति सरकार की मिल्कियत होनी चाहिए। वे योजनाबद्ध अर्थव्यवस्था चाहते हैं। वे योजना के अनुसार भारत का पुनर्निर्माण करना चाहते हैं। वे उड़ना पसन्द करते हैं, मैं नहीं पसन्द करता। मैंने अपनी कल्पना के भारत में नरेशों और जमींदारों के लिए स्थान रखा है। मैं नरेशों से नम्रतापूर्वक कहूँगा कि वे त्याग की भावना से उपभोग करें। वे जायदाद पर अपनी मिल्कियत छोड़ दें और सच्चे अर्थों में उसके न्यासी बन जाएँ। मुझे जनता में जनार्दन का रूप दिखाई देता है। नरेश अपनी प्रजा से कह सकते हैं : 'आप रियासत के मालिक और स्वामी हैं और हम आपके सेवक हैं। मैं नरेशों से कहूँगा कि वे जनता के सेवक बन जाएँ और बताएँ कि उन्होंने जनता की क्या-क्या सेवा की है। साम्राज्य ने भी नरेशों को कुछ अधिकार प्रदान किए हैं, परन्तु बेहतर होगा कि वे ऐसे अधिकार अपनी प्रजा से प्राप्त करें। अगर वे छोटी-मोटी सुख-सुविधा का उपभोग करना चाहें तो वे अपनी प्रजा के सेवक के रूप में ऐसा करें। मैं नहीं चाहता कि नरेश कंगाल बनकर रहें। लेकिन मैं उनसे कहूँगा : 'क्यों आप हमेशा के लिए गुलाम बने रहना चाहते हैं? क्यों न आप एक विदेशी राष्ट्र की अधीनता स्वीकार करने के बजाय अपनी प्रजा को अपना स्वामी मानें। आप राजनीतिक विभाग को लिखें : जनता अब जाग उठी है। हम इस बाढ़ को कैसे रोक सकते हैं जिसके आगे बड़े-बड़े साम्राज्य मटियामेट हो रहे हैं? इसलिए हम आज से जनता के होकर रहेंगे। हम उनके साथ जिएँगे या मरेंगे। विश्वास कीजिए कि मैं आपको जो रास्ता बता रहा हूँ वह तनिक भी अवैध नहीं है। जहाँ तक मुझे मालूम है, ऐसी कोई सन्धि नहीं हुई है, जिसके कारण साम्राज्य नरेशों पर दबाव डाल सके। रियासतों के लोग भी एलान करेंगे कि यद्यपि हम नरेशों की प्रजा हैं, लेकिन भारत राष्ट्र के अंग हैं और हम नरेशों का नेतृत्व तभी स्वीकार करेंगे, जब नरेश हमारे हानि-लाभ में शरीक हो जाएँ, वरना नहीं। अगर ऐसे एलान से नरेशों को गुस्सा आ जाए और वे लोगों को मारना चाहें तो लोग बहादुरी से और दृढ़ता से मौत का सामना करेंगे, परन्तु अपनी बात से नहीं टलेंगे।

लेकिन कोई भी काम गुप्त रूप से नहीं करना चाहिए। यह एक खुली बगावत है। इस संघर्ष में गुप्त रूप से काम करना पाप है। स्वतंत्र आदमी किसी गुप्त आन्दोलन

में शामिल नहीं होता। सम्भव है कि स्वतंत्र होने के बाद आप मेरी सलाह के विरुद्ध अपनी खुफिया पुलिस रखें। लेकिन वर्तमान संघर्ष में हमें खुल्लमखुल्ला कार्रवाई करनी है और अपनी छाती पर गोलियाँ खानी हैं और भागना नहीं है।

सरकारी कर्मचारियों से भी मुझे दो शब्द कहने हैं। अगर वे चाहें तो अभी अपनी नौकरी से इस्तीफा न दें। स्वर्गीय न्यायमूर्ति रानाडे ने अपने पद से इस्तीफा नहीं दिया था, परन्तु उन्होंने खुल्लमखुल्ला एलान किया था कि मैं कांग्रेसी हूँ। उन्होंने सरकार से कहा कि यद्यपि मैं न्यायाधीश हूँ, लेकिन मैं कांग्रेसी हूँ और प्रकट रूप से कांग्रेस के अधिवेशनों में भाग लूँगा, परन्तु मेरे राजनीतिक विचार न्यायाधीश की हैसियत से मेरी निष्पक्षता पर कोई प्रभाव नहीं डाल सकेंगे। वे कांग्रेस के पंडाल में ही समाज-सुधार सम्मेलन किया करते थे। मैं सब सरकारी मुलाजिमों से कहूँगा कि आप रानाडे के पद-चिह्नों पर चलें और सर फ्रेडरिक पकल के गुप्त परिपत्र के जवाब में यह घोषणा करें कि हम कांग्रेस के वफादार हैं।

इस समय तो मैं आपसे इतना ही चाहता हूँ। अब मैं वाइसराय को लिखूँगा। आप मेरे पत्र-व्यवहार को अभी तो नहीं, परन्तु उस समय जरूर पढ़ सकेंगे जब मैं वाइसराय की अनुमति से उसे प्रकाशित कर दूँगा। परन्तु आपको यह दृढ़तापूर्वक कहने की खुली छूट है कि आप उस माँग का समर्थन करते हैं जो कि मैं अभी अपने पत्र में लिखनेवाला हूँ। एक न्यायाधीश ने मुझसे आकर कहा : 'हमें ऊँचे अधिकारियों से गुप्त परिपत्र मिलते रहते हैं। हम क्या करें?' मैंने जवाब दिया 'अगर मैं आपकी जगह पर होता तो मैं उनकी उपेक्षा कर देता। आपको सरकार से साफ-साफ कह देना चाहिए, 'आपका गुप्त-परिपत्र मुझे मिला है। लेकिन मैं कांग्रेस के साथ हूँ। यद्यपि मैं जीविका के लिए सरकार की नौकरी करता हूँ तो भी मैं इन गुप्त-परिपत्रों पर अमल नहीं करूँगा और न मैं खुफिया तरीके ही बरतूँगा।'

वर्तमान कार्यक्रम सैनिकों के लिए भी है। मैं उनसे अभी यह नहीं कहता कि आप अपने पदों से इस्तीफा दे दें और सेना से अलग हो जाएँ। सैनिक मेरे पास, जवाहरलाल के पास और मौलाना के पास आते हैं और कहते हैं : 'हम पूरी तरह आपके साथ हैं। हम सरकार के अत्याचार से तंग आ चुके हैं।' इन सैनिकों से मैं कहूँगा : 'आप सरकार को बता दीजिए कि हमारा दिल कांग्रेस के साथ है। हम अपनी नौकरी नहीं छोड़ेंगे। जब तक आप हमें वेतन देते रहेंगे हम आपकी नौकरी करते रहेंगे। हम आपके उचित हुक्म को मानेंगे लेकिन अपने देशवासियों पर गोली चलाने से इनकार कर देंगे।'

जिनमें इतना भी करने की हिम्मत नहीं है, उनसे मुझे कुछ नहीं कहना है। वे अपनी राह चलेंगे। लेकिन अगर आप इतना ही कर सकें तो विश्वास कीजिए कि सारे वातावरण में बिजली-सी दौड़ जाएगी। तब फिर अगर सरकार चाहे तो बमों की वर्षा कर ले। लेकिन तब दुनिया की कोई ताकत आपको क्षण-भर भी गुलाम नहीं बनाए रख सकेगी।

अगर विद्यार्थी थोड़ी देर संघर्ष में शामिल होकर फिर वापस स्कूलों-कॉलेजों में चले जाना चाहते हों तो मैं उनसे संघर्ष में शामिल होने को नहीं कहूँगा। अलबत्ता, फिलहाल जब तक कि मैं संघर्ष का कार्यक्रम तैयार नहीं कर लेता तब तक मैं विद्यार्थियों से कहूँगा कि वे अपने प्रोफेसरों से कहें : 'हम कांग्रेस के हैं। आप सरकार के हैं या कांग्रेस के? अगर आप कांग्रेसी हैं तो आपको नौकरी छोड़ने की जरूरत नहीं है। आप अपने पदों पर बने रहिए, लेकिन हमें पाठ पढ़ाइए और आजादी का रास्ता दिखाइए।' दुनिया-भर में हर जगह स्वतंत्रता के संघर्ष में विद्यार्थियों ने बहुत बड़ा योगदान दिया है।

अभी और वास्तविक संघर्ष छिड़ने की घड़ी के बीच जो समय हमें मिलेगा अगर इस बीच आपको जो कुछ थोड़ा मैंने सुझाया है उतना ही करें तो आप वातावरण ही बदल देंगे और अगले कदम का मार्ग प्रशस्त कर देंगे।

अभी मुझे बहुत कुछ कहना है। लेकिन मेरा दिल भारी है। मैंने पहले ही आपका बहुत समय ले लिया है। मैं आपका धन्यवाद करता हूँ कि आपने इतनी शाम गए भी मेरी बातों को बड़े धीरज और ध्यान से सुना। सच्चे सिपाहियों का यही काम होता है। पिछले 22 वर्षों से मैंने अपनी जबान और लेखनी को काबू में रखा है और इस प्रकार अपनी शक्ति को जमा करके रखा है। वही सच्चा ब्रह्मचारी होता है जो अपनी शक्तियों को यों ही नहीं गँवाता। अत: वह अपनी जबान को सदा काबू में रखता है। मैं इन सारे वर्षों में सजगतपूर्वक यही कोशिश कर रहा हूँ। लेकिन आज ऐसा अवसर आया जब कि मुझे आपके सामने अपने दिल की बात कह देनी थी। सो मैंने कह दी है, हालाँकि मुझे आपको थका ही देना पड़ा, पर मुझे इस बात का कोई अफसोस नहीं है। मैंने आपको अपना सन्देश दे दिया है और आपके माध्यम से उसे सारे भारत को पहुँचा दिया है।

द्वितीय भाग

जो बात मेरी आत्मा को कचोट रही थी उसे जिन लोगों की सेवा का सौभाग्य मुझे अभी मिला था उनके सम्मुख रखने में मैंने बहुत समय ले लिया है। मुझे उन लोगों का नेता, अथवा सेना की भाषा में कहें तो, सेनापति कहा जाता है लेकिन मैं अपनी स्थिति को उस दृष्टि से नहीं देखता। किसी पर हुक्म चलाने के लिए मेरे पास प्रेस के अलावा और कोई अस्त्र नहीं है। हाँ, मेरे पास एक छड़ी जरूर है, जिसे आप एक झटके से ही तोड़ सकते हैं। वह तो मेरी टेकनी है जिसके सहारे मैं चलता हूँ। ऐसे अपंग व्यक्ति से जब सबसे बड़े काम की जिम्मेदारी लेने के लिए कहा जाए तो उसे खुशी महसूस नहीं हो सकती। आप उसमें मेरा हाथ केवल तभी बँटा सकते हैं जब मैं आपके सामने आपके सेनापति के रूप में नहीं बल्कि एक विनम्र सेवक के

रूप में आऊँ। और जो सबसे अच्छी सेवा करता है वही बराबर की हैसियतवालों में प्रमुख हो जाता है।

इसलिए मेरे हृदय में जो विचार उठ रहे थे उनको मुझे आपके सम्मुख रखना ही था और आपको, जहाँ तक बन सके वहाँ तक, संक्षेप में यह बताना था कि मैं आप सबसे पहले क्या करने की अपेक्षा रखता हूँ।

मैं आपको पहले ही बता दूँ कि असली लड़ाई आज से शुरू नहीं होती। मुझे हमेशा की तरह, अभी बहुत सारी औपचारिकताएँ निभानी हैं। बोझ लगभग असहनीय है और मुझे उन लोगों को समझाने-बुझाने की कोशिश जारी रखनी है जिनमें फिलहाल मेरी कोई साख नहीं रही है। मुझे मालूम है कि पिछले कुछ हफ्तों के दौरान में अपने बहुत-सारे मित्रों में अपनी साख गँवा बैठा हूँ, यहाँ तक कि उनमें से कुछ तो न केवल मेरे विवेक पर बल्कि मेरी ईमानदारी पर भी शक करने लगे हैं। जहाँ तक मेरे विवेक का सवाल है, मैं यह मानता हूँ कि यह कोई ऐसी अमूल्य वस्तु नहीं है जिसके चले जाने से मुझे बहुत ज़्यादा दुख हो, लेकिन ईमानदारी एक ऐसी अमूल्य निधि है जिसकी क्षति को मैं कदापि सहन नहीं कर सकता।

जो व्यक्ति सत्य का सच्चा अन्वेषक है और जो बिना किसी भय अथवा पाखंड के अपने देश व मानवता की सेवा करने की अपनी समझने की भरसक कोशिश करता है, उसके जीवन में ऐसे अवसर आते ही रहते हैं। पिछले पचास वर्षों से मैं इसके अतिरिक्त और कोई तरीका नहीं जानता। मैं मानवता का विनम्र सेवक रहा हूँ और मैंने साम्राज्य की जैसी मुझसे हो सकती थी एकाधिक बार वैसी सेवा की है और यहाँ मैं नि:शंक होकर कह सकता हूँ कि अपने सारे सेवा-काल में मैंने कभी अपने लिए कुछ नहीं माँगा है। मेरे इस दावे को कोई चुनौती नहीं दे सकता। लॉर्ड लिनलिथगो मेरी इस बात की पुष्टि करेंगे अथवा नहीं, सो मैं नहीं जानता। लेकिन वह और मैं, दोनों एक व्यक्तिगत बन्धन में बँध गए हैं। एक बार उन्होंने मेरा परिचय अपनी पुत्री से करवाया था। उनके दामाद, जो उनके अंगरक्षक हैं, मेरी ओर आकर्षित हुए थे। उनका मुझसे भी अधिक महादेव से प्रेम हो गया और वे तथा लेडी एन मेरे यहाँ आए थे। लेडी एन लॉर्ड लिनलिथगो की आज्ञाकारिणी और प्यारी पुत्री हैं। उनकी भलाई में मेरी रुचि है। मैं आपको यह रुचिकर प्रसंग इसलिए बता रहा हूँ जिससे कि आपको इस बात का अच्छी तरह अन्दाजा हो जाए कि हममें आपस में कैसे ताल्लुकात हैं। फिर भी यहाँ मैं यह बता दूँ कि साम्राज्य के प्रतिनिधि के रूप में यदि मुझे दुर्भाग्यवश लॉर्ड लिनलिथगो के विरुद्ध कड़ा संघर्ष छेड़ना पड़ा तो उसमें उन ताल्लुकात से कोई अन्तर नहीं आएगा। मुझे ऐसा लगता है कि इस साम्राज्य की ताकत का मुझे करोड़ों मूक लोगों की ताकत से मुकाबला करना होगा—और इस संघर्ष के सिवाय इसकी और कोई सीमा नहीं होगी कि हमें अहिंसा की नीति का अनुसरण करना है। जिन वाइसराय के साथ

मेरे इतने मधुर सम्बन्ध हैं उनके विरुद्ध संघर्ष छेड़ना अत्यन्त कष्टदायक कार्य है। उन्होंने अनेक बार मेरे कथन पर, और भारतीय जनता के बारे में मैं जो कहता हूँ उस पर, अक्सर विश्वास किया है। मैं अत्यन्त गर्व और प्रसन्नता के साथ इसका उल्लेख कर रहा हूँ। मैं इसका उल्लेख यह दिखाने के लिए कर रहा हूँ कि ब्रिटिश राष्ट्र के प्रति, साम्राज्य के प्रति सच्चा रहने की मुझमें कितनी इच्छा रही है। मैं इसका उल्लेख इस बात की साक्षी के रूप में कर रहा हूँ कि जब उस साम्राज्य पर से मेरा विश्वास उठ गया, तब उस अंग्रेज को जो इस साम्राज्य का वाइसराय था, इसके बारे में मालूम हो गया।

इसके अतिरिक्त चार्ली एंड्रयूज की पावन स्मृति भी है, जो इस समय मेरे मन में उमड़ रही है। एंड्रयूज की आत्मा मेरे इर्द-गिर्द मँडराती रहती है। मुझे तो उनमें अंग्रेजी संस्कृति की सबसे उज्ज्वल परम्परा का सार मिलता है। मेरे उनके साथ इतने घनिष्ठ सम्बन्ध थे जितने बहुत से भारतीयों के साथ नहीं रहे हैं। मुझे उनका विश्वास प्राप्त था। हम दोनों में आपस में कोई बात छिपी नहीं थी। हम दोनों हर रोज एक-दूसरे से अपने दिल की बात कहते थे। उनके मन में जो कुछ भी होता था वे निस्संकोच और नि:शंक मुझसे कह देते थे। यह सच है कि गुरुदेव से उनकी मैत्री थी, पर वे गुरुदेव के प्रति श्रद्धा से अभिभूत थे—यद्यपि गुरुदेव ऐसा नहीं चाहते थे। एंड्रयूज में ऐसी ही अनोखी विनम्रता थी। परन्तु मेरे तो वे घनिष्ठ मित्र बन गए। बहुत साल पहले जब वे दक्षिण अफ्रीका आए तब तो स्वर्गीय गोखले का परिचय-पत्र अपने साथ लाए थे। दुर्भाग्य से वे अब नहीं रहे। वे एक अच्छे अंग्रेज थे। मैं जानता हूँ कि एंड्रयूज की आत्मा मेरी ये सारी बातें सुन रही है।

और मुझे कलकत्ता के विशप (डॉ. वेस्टाकोट) का तार मिला है, जिसमें उन्होंने मुझे अपना आशीर्वाद दिया है, हालाँकि मैं जानता हूँ कि वे मेरे इस कार्य के विरुद्ध हैं। मैं उन्हें धार्मिक व्यक्ति मानता हूँ। उनके हृदय की भाषा को मैं समझ सकता हूँ और मैं जानता हूँ कि उनका हृदय मेरे साथ है।

इस पृष्ठभूमि के साथ मैं संसार के सम्मुख यह घोषणा करना चाहता हूँ कि इससे विपरीत लोग चाहे कुछ भी कहें, और हालाँकि मैं पश्चिम में अपने बहुत-से मित्रों का आदर-भाव और विश्वास खो बैठा हूँ तथा इसका मुझे खेद है, लेकिन उनकी मित्रता या प्रेम की खातिर भी मुझे अपने हृदय की आवाज को, जिसे आप चाहें तो 'अन्तरात्मा' कह सकते हैं अथवा चाहें तो 'मेरी आन्तरिक मूल प्रकृति की प्रेरणा' कह सकते हैं, दबाना नहीं चाहिए। मेरे भीतर कोई चीज है जो मुझे अपनी व्यथा को वाणी देने के लिए बाध्य कर रही है। मैंने मानव-स्वभाव को जाना है। मैंने थोड़ा-बहुत मनोविज्ञान का भी अध्ययन किया है, हालाँकि इस पर मैंने ज्यादा पुस्तकें पढ़ी नहीं हैं। ऐसा व्यक्ति अच्छी तरह जानता है कि वह चीज क्यों है। मेरे भीतर की वह आवाज, जो मुझे कभी धोखा नहीं देती, अब मुझसे कह

रही है : 'तुम्हें सारे संसार के विरुद्ध खड़ा होना है, भले ही तुम्हारा साथ कोई न दे और तुम अकेले ही रह जाओ। तुम्हें संसार के आमने-सामने खड़ा होना है भले ही संसार तुम्हें खुली आँखों से देखे। डरो नहीं। उस छोटी-सी चीज पर विश्वास करो जो तुम्हारे हृदय में बसती है। वह कहती है, मित्रों को, पत्नी को और सबको त्याग दो, लेकिन जिसके लिए तुम जीते रहे हो और जिसके लिए तुम्हें मरना है, वह सिद्ध करके दिखा दो।'

दोस्तो, मेरा विश्वास करो, मैं मरने के लिए कतई उत्सुक नहीं हूँ। मैं अपनी पूरी आयु जीना चाहता हूँ। मेरे विचारानुसार वह आयु कम-से-कम 120 वर्ष है। उस समय तक भारत स्वतंत्र हो जाएगा, संसार स्वतंत्र हो जाएगा। मैं आपको यह भी बता दूँ कि मैं इंग्लैंड को अथवा इस दृष्टि से अमरीका को भी स्वतंत्र देश नहीं मानता। ये अपने ढंग से स्वतंत्र देश हैं, पृथ्वी की अश्वेत जातियों को दासता के पाश में बाँधे रखने के लिए स्वतंत्र हैं। क्या इंग्लैंड और अमरीका आज इन जातियों की स्वतंत्रता के लिए लड़ रहे हैं? आज स्वतंत्रता की मेरी परिकल्पना को सीमित न करें। अंग्रेज और अमरीकी शिक्षकों ने, उनके इतिहास ने, उनके शानदार काव्य ने यह नहीं कहा है कि आप स्वतंत्रता की व्याख्या का विस्तार न करें। मुझे विवश होकर कहना पड़ रहा है कि स्वतंत्रता की मेरी व्याख्या के अनुसार वे उनके कवियों और शिक्षकों ने जिस स्वतंत्रता का वर्णन किया है उससे सर्वथा अपरिचित हैं। यदि वे सच्ची स्वतंत्रता को जानना चाहते हैं तो उन्हें भारत आना चाहिए। उन्हें यहाँ अभिमान के अहंकार-भाव से नहीं बल्कि सच्चे सत्यान्वेषी की भावना से आना होगा।

यह वह मूलभूत सत्य है जिसका पिछले 22 वर्षों से भारत प्रयोग कर रहा है। बहुत पहले, अपने स्थापना काल से ही कांग्रेस अनजाने ही उस चीज का त्याग करके चलती रही है जिसे संवैधानिक तरीका कहा जाता है, हालाँकि ऐसा करते हुए भी वह अहिंसा पर कायम रही है। दादाभाई और फीरोजशाह, जो कांग्रेसी भारत के सर्वेसर्वा थे, संवैधानिक तरीके पर आरूढ़ रहे। वे कांग्रेस के प्रेमी थे। वे इसके मालिक थे। लेकिन सबसे पहले वे सच्चे सेवक थे। उन्होंने हत्या, गोपनीयता और ऐसी अन्य बातों का कभी समर्थन नहीं किया। मैं यह स्वीकार करता हूँ कि हम कांग्रेसियों में कई खराब लोग हैं। लेकिन बड़े-से-बड़े पैमाने पर अहिंसात्मक संघर्ष छेड़ने के लिए मैं सारे भारत पर भरोसा करता हूँ। मानव स्वभाव की नैसर्गिक अच्छाई पर मुझे भरोसा है, जो सत्य को जान लेता है और संकट के समय मानो अन्त:प्रेरणा से काम करता है। लेकिन यदि अपने इस विश्वास में मैं ठगा जाता हूँ तो मैं विचलित नहीं होऊँगा अपने स्थापना काल से ही कांग्रेस ने अपनी नीति का आधार शान्तिपूर्ण तरीकों को बनाया तथा बाद में आनेवाली पीढ़ियों ने उनमें असहयोग और जोड़ दिया। जब दादाभाई ने ब्रिटिश संसद में प्रवेश किया तो सेलिसबरी ने उन्हें काले आदमी का खिताब दिया था। लेकिन अंग्रेज जनता ने सेलिसबरी को हरा दिया और दादाभाई

उसी के मतों से संसद में पहुँचे। भारत तब हर्ष से पागल हो उठा था। तथापि इन सब बातों को भारत अब पीछे छोड़ आया है।

मैं चाहता हूँ कि अंग्रेज यूरोपीय और सभी मित्र राष्ट्र इन सब बातों को ध्यान में रखते हुए अपने दिलों से पूछें कि आज भारत ने अपनी स्वतंत्रता की जो माँग की है उसमें उसने क्या अपराध किया है। मैं पूछता हूँ : क्या आपका हम पर अविश्वास करना उचित है? क्या यह उचित है कि जिस संस्थान की ऐसी पृष्ठभूमि है, आधी सदी से अधिक काल की ऐसी परम्परा और ऐसा इतिहास है, उस पर अविश्वास किया जाए और अपनी पूरी शक्ति लगाकर आप संसार के समक्ष उसकी गलत तस्वीर पेश करें? मैं पूछता हूँ कि क्या यह उचित है कि आप येन-केन-प्रकारेण, विदेशी समाचार-पत्रों की सहायता से, अमरीका के राष्ट्रपति की मदद से अथवा चीन के जनरलिसिमो की मदद से, जिन्हें स्वयं अभी सफलता प्राप्त करनी है, भारत की नीति विकृति रूप में पेश करें? वैसे मैं आशा करता हूँ कि इसमें अमेरिकी राष्ट्रपति और जनरलिसिमो की मदद की बात सच नहीं होगी।

मैं जनरलिसिमो से मिला हूँ। मैंने उन्हें श्रीमती च्यांग के माध्यम से जाना है, जो मेरी दुभाषिया थीं और हालाँकि वे मुझे दुर्जेय जान पड़े लेकिन श्रीमती च्यांग मुझे ऐसी नहीं लगीं। उन्होंने मुझे श्रीमती च्यांग के माध्यम से इस बात का अवसर दिया कि मैं उनके हृद्गत भावों को जान सकूँ। उन्होंने अभी तक यह नहीं कहा कि हम जो स्वतंत्रता की माँग करते हैं वह गलत है। आज संसार-भर में हमारे विरुद्ध असहमति तथा विरोध का राग अलापा जा रहा है। उनका कहना है कि हम भूल कर रहे हैं, हमारा कदम समय के अनुरूप नहीं है। मेरे मन में अंग्रेजों के लिए बहुत आदर-भाव था, लेकिन अब ब्रिटिश राजनीति से मुझे अरुचि होती है। तथापि और लोग अपना सबक सीख रहे हैं। इन साधनों द्वारा वे कुछ समय के लिए संसार के लोकमत को अपनी ओर कर सकते हैं। लेकिन भारत सभी प्रकार के संगठित प्रचार के विरुद्ध अपनी आवाज उठाएगा। मैं इसके विरुद्ध बोलूँगा। यदि सारा संसार मेरा त्याग कर देता है तब भी मैं कहूँगा : 'आप लोग गलत हैं। भारत अहिंसा द्वारा अनिच्छुक हाथों से अपनी स्वाधीनता छीनकर रहेगा।'

यदि मेरी आँखें बन्द हो जाती हैं और भारत को स्वाधीनता नहीं मिलती, तब भी अहिंसा का अन्त नहीं होगा। यदि वे अहिंसक भारत की, जो आज उनके सामने घुटने टेककर बहुत पुराना ऋण चुका देने का अनुरोध कर रहा है, स्वाधीनता की माँग का विरोध करते हैं तो ऐसा करके ते चीन और रूस पर जब भारत को ऐसे रोष-भरे विरोध का सामना करना पड़ता है, तब भी वह कहता है : 'हम ओछा वार नहीं करेंगे। हमने पर्याप्त भलमनसाहत सीख ली है। हम अहिंसा से प्रतिबद्ध हैं।' कांग्रेस ब्रिटिश सरकार को परेशान नहीं करेगी, इस नीति का प्रणेता मैं ही हूँ। इसके बावजूद, आज आप मुझे इतनी कड़ी भाषा का प्रयोग करते देखते हैं। लेकिन परेशान न करने की

मेरी दलील के साथ हमेशा यह शर्त जुड़ती रहती थी कि वह हमारे 'प्रतिष्ठा और सुरक्षा के अनुरूप हो।' यदि कोई व्यक्ति मुझे गले से पकड़कर डुबो देना चाहे तो क्या मुझे अपने को उससे छुड़ाने की कोशिश नहीं करनी चाहिए? हमारी आज की स्थिति में कोई असंगति नहीं है।

आज यहाँ विदेशी समाचार-पत्रों के प्रतिनिधि इकट्ठे हुए हैं। इनकी मार्फत मैं संसार से कहना चाहता हूँ कि मित्र-राष्ट्रों के सामने, जो कहते हैं कि उन्हें भारत की जरूरत है, आज यह सुअवसर है कि वे भारत को स्वतंत्र घोषित कर दें और इस तरह अपनी सदाशयता सिद्ध करें। यदि वे ऐसा नहीं करते तो वे अपने जीवन में मिले इस सुअवसर को खो देंगे और इतिहास के पृष्ठों में यह बात सदा के लिए अंकित हो जाएगी कि उन्होंने समय पर भारत के प्रति अपने दायित्व का पालन नहीं किया और लड़ाई हार गए। मैं समस्त संसार की शुभकामनाएँ चाहता हूँ, जिससे कि उनके साथ अपने प्रयास में मैं सफलता हासिल कर सकूँ। मैं नहीं चाहता कि मित्र राष्ट्र अपनी स्पष्ट मर्यादाओं से बाहर जाएँ। मैं नहीं चाहता कि वे अहिंसा को स्वीकार करके अभी निरस्त्र हो जाएँ। फासीवाद में और आज मैं जिस साम्राज्यवाद के विरुद्ध लड़ रहा हूँ उसमें मौलिक अन्तर है। अंग्रेज भारत से जो चाहते हैं क्या वह सब उन्हें मिल जाता है? आज तो उन्हें वही मिलता है जो वे उससे जबर्दस्ती वसूल करते हैं। जरा सोचिए कि अगर भारत एक स्वतंत्र मित्र-राष्ट्र के रूप में अपना सहयोग देगा तो उससे कितना अन्तर हो जाएगा। उस स्वतंत्रता को यदि आना है तो आज ही आना चाहिए। यदि आज आप लोग, जिनके पास मदद करने की ताकत है, अपनी उस ताकत का प्रयोग नहीं करते तो उस स्वतंत्रता का कोई आनन्द नहीं रह जाएगा। यदि आप उस ताकत का प्रयोग कर सकें तो आज जो असम्भव लगता है वह कल स्वतंत्रता की अरुणिमा में सम्भव हो जाएगा। यदि भारत उस स्वतंत्रता को अनुभव करने लगता है तो वह चीन के लिए उस स्वतंत्रता की माँग करेगा। रूस की मदद की दौड़ पड़ने के लिए रास्ता खुल जाएगा। अंग्रेजों ने मलाया अथवा बर्मा की भूमि पर अपने प्राण नहीं दिए हैं। हम इस स्थिति में कैसे सुधार ला सकेंगे? मैं कहाँ जाऊँगा और भारत की इस चालीस करोड़ जनता को कहाँ ले जाऊँगा? मानवता के इस विशाल सागर को संसार की मुक्ति के कार्य की ओर तब तक कैसे प्रेरित किया जा सकता है जब तक कि उसे स्वयं स्वतंत्रता की अनुभूति नहीं हो जाती? आज उसमें जीवन का कोई चिह्न शेष नहीं है। उसके जीवन के रस को निचोड़ लिया गया है। यदि उसकी आँखों की चमक को वापस लाना है तो स्वतंत्रता को कल नहीं बल्कि आज ही आना होगा। इसलिए मैंने कांग्रेस को यह शपथ दिलवाई है और कांग्रेस ने यह शपथ ली है कि वह करेगी या मरेगी।

[भाषण, 1942]

सन्दर्भ

कायदे आजम (1876-1948) : मशहूर अधिवक्ता और पाकिस्तान के निर्माण में महत्त्वपूर्ण भूमिका निभानेवाले कायदे आजम का असली नाम मुहम्मद अली जिन्ना था। भारतीय मुसलमानों के प्रति कांग्रेस के उदासीन रवैये को देखते हुए जिन्ना ने कांग्रेस छोड़ दी। तिलक को जिन्ना ने काफी प्रभावित किया था और उन्होंने 1905 में अपने खिलाफ लगे राजद्रोह के मामले की सुनवाई के लिए जिन्ना को ही अपना वकील बनाया।

राजाजी (10 दिसम्बर, 1878-25 दिसम्बर, 1970) : आजाद भारत के प्रथम भारतीय गवर्नर जनरल, 10 अप्रैल, 1953 से 13 अप्रैल, 1954 तक वे मद्रास प्रान्त के मुख्यमंत्री रहे, आधुनिक भारतीय राजनीति के चाणक्य, अनेक पुस्तकों के रचयिता, हिन्दी के प्रबल समर्थक। महात्मा गांधी के एक पुत्र से इनकी पुत्री का विवाह हुआ था।

डॉ. मुंजे (12 दिसम्बर, 1872-3 मार्च, 1948) : एक प्रसिद्ध भारतीय स्वतंत्रता सेनानी, 1930 और 1931 के गोलमेज सम्मेलन में वे हिन्दू महासभा के प्रतिनिधि के रूप में लन्दन यात्रा, डॉ. हेडगेवार के राजनीतिक गुरु।

सावरकार (8 मई, 1883-6 फरवरी, 1966) : भारतीय स्वतंत्रता आन्दोलन के अग्रिम पंक्ति के सेनानी, प्रखर राष्ट्रवादी नेता और लेखक। 1857 के विद्रोह को पहली बार इन्होंने ही 'भारत का प्रथम स्वतंत्रता संग्राम' कहा था।

करो या मरो : 1942 में गांधी द्वारा दिया गया नारा जिसकी अनुगूँज पूरे भारत में रातोरात फैल गई। इस नारे की बदौलत सम्पूर्ण भारत में फैली विद्रोह की चिनगारी ने अंग्रेजों की चूलें हिला दी थीं।

सर फ्रेडरिक पकल : एक अंग्रेज अधिकारी और अच्छे क्रिकेट खिलाड़ी।

लॉर्ड लिनलिथगो (24 सितम्बर, 1887-5 जनवरी, 1952) : एक ब्रिटिश राजनयिक जिन्होंने 1936 से 1943 तक भारत के वाइसराय के रूप में कार्य किया।

चार्ली (12 फरवरी, 1871-1940) : एक अंग्रेज पादरी जिनका असली नाम एंड्रयूज था। इनको गांधी चार्ली नाम से पुकारते थे। महात्मा और गुरुदेव के बीच मित्रता की अभिन्न कड़ी।

गुरुदेव : रवीन्द्रनाथ टैगोर असली नाम। मशहूर लेखक। 1913 में साहित्य के क्षेत्र में नोबेल पुरस्कार से सम्मानित। राष्ट्रीय गान के रचयिता। गांधी इन्हें श्रद्धा से गुरुदेव कहा करते थे।

फीरोजशाह मेहता : स्वतंत्रता संग्राम के एक बड़े नेता और मशहूर अधिवक्ता जिनके वक्तृत्व-कला से गांधी बहुत प्रभावित थे।

साहित्य

ईश्वर है

एक ऐसी अव्यक्त, अपरिभाषित, रहस्यमयी शक्ति अवश्य है, जो विश्व के कण-कण में व्याप्त है। मुझे उसकी प्रतीति होती है, हालाँकि मैं उसे देख नहीं पाता। यही वह अदृश्य शक्ति है जिसके प्रभाव का अनुभव तो होता है पर वह किसी भी प्रमाण की पकड़ में नहीं आती। क्योंकि मैं अपनी इन्द्रियों के जरिये जिन चीजों का अनुभव कर पाता हूँ, वह उन सबसे सर्वथा भिन्न है। वह अतीन्द्रिय है।

लेकिन एक सीमा तक ईश्वर के अस्तित्व को सिद्ध करना सम्भव है। संसार के सामान्य कार्यों में भी लोगों को यह जानकारी तो नहीं रहती कि यह सब कुछ किसके चलाए चल रहा है और वह क्यों और किस ढंग से संसार का नियमन करता है, परन्तु इतना वे निश्चित तौर पर समझते हैं कि कोई शक्ति है अवश्य जो संसार का संचालन कर रही है। पिछले वर्ष मैसूर के अपने दौरे में मैंने अनेक निर्धन ग्रामीणों से बातचीत के दौरान पाया कि उनको यह भी नहीं मालूम था कि मैसूर का शासक कौन है। उन्होंने इतना ही उत्तर दिया कि कोई देवता शासन करता है। यदि वे गरीब लोग अपने शासक के बारे में इतना कम जानते थे तो फिर मेरी क्या बिसात? अपने शासक की तुलना में वे जितने छोटे हैं, मैं तो ईश्वर की तुलना में उससे न जाने कितना छोटा हूँ। इसलिए यदि मैं ईश्वर के अस्तित्व को, सम्राटों के सम्राट के अस्तित्व को, महसूस न कर पाऊँ तो इसमें आश्चर्य की क्या बात? फिर भी मैं इतना महसूस करता हूँ—जैसे कि वे ग्रामीण मैसूर के बारे में महसूस करते थे— कि ब्रह्मांड में एक व्यवस्था है, एक अटल नियम विश्व की प्रत्येक वस्तु और प्रत्येक प्राणी का नियमन कर रहा है। वह नियम अन्धा नहीं है, क्योंकि कोई भी अन्धा या विवेकशून्य नियम जीवधारी प्राणियों के आचरण का नियमन नहीं कर सकता। और अब तो सर जगदीशचन्द्र बसु की आश्चर्यजनक खोजों के आधार पर सिद्ध किया जा सकता है कि पदार्थ तक जीवमय है। इस प्रकार विश्व के समस्त जीवन का नियमन करनेवाला नियम ही ईश्वर है। नियम और नियामक एक ही हैं। चूँकि मैं उस नियम या नियामक—ईश्वर के बारे में इतना कम जानता हूँ, इसीलिए मुझे उसके अस्तित्व को मानने से इनकार तो नहीं करना चाहिए। जिस प्रकार किसी भौतिक शक्ति को

मानने से मेरे इनकार करने या उसके बारे में अज्ञान बने रहने से मैं उसके प्रभाव से मुक्त नहीं हो जाता, उसी प्रकार ईश्वर या उसके नियम को स्वीकार न करने से तो मैं उसके प्रभाव से अछूता नहीं रह पाऊँगा। दूसरी ओर नतशिर होकर मूक भाव से ईश्वरीय शक्ति को स्वीकार कर लेने से जीवन-यात्रा उसी प्रकार सुगम-सरल हो जाती है जिस प्रकार कोई व्यक्ति यदि उस सांसारिक सत्ता को, जिसके अधीन वह रहता है, स्वीकार कर ले तो उसकी जिन्दगी आसान हो जाती है।

मुझे एक आभास-सा तो अवश्य होता है कि इस सतत परिवर्तनशील और नाशवान विश्व के पीछे कोई ऐसी चेतन शक्ति है, जो स्वयं अपरिवर्तनशीलता, जो कण-कण को एक सूत्र में बाँधे है, जो सृजन, संहार और नव-सृजन करती रहती है। वह सर्वज्ञ शक्ति ही ईश्वर है। और चूँकि अपने मात्र इन्द्रिय-ज्ञान के बल पर मैं जितनी भी वस्तुओं की प्रतीति कर पाता हूँ, वे सभी नाशवान हैं, अनित्य हैं, इसलिए एक ईश्वर ही अनश्वर और नित्य है।

और यह शक्ति मंगलकारी है या अमंगलकारी? मुझे तो वह पूर्णतया मंगलकारी ही लगती है। इसलिए कि मैं देखता हूँ कि मृत्यु के वातावरण में जीवन, असत्य के घमासान में सत्य और अन्धकार की चपेट में प्रकाश अपना अस्तित्व बनाए हुए है। इसी से मैं निष्कर्ष निकालता हूँ कि ईश्वर जीवन, सत्य और प्रकाश-रूप है। वह प्रेम है। वह परम शिव-तत्त्व है।

मगर यदि ईश्वर बुद्धि को सन्तोष दे भी सकता हो तो वह ईश्वर ईश्वर नहीं है जो केवल बुद्धि को ही सन्तोष दे। ईश्वर तो तभी ईश्वर कहा जा सकता है जब उसका साम्राज्य हृदय पर हो, वह हृदय को बदल सके। उसके बन्दे के हर एक, छोटे-से-छोटे काम में भी उसकी झलक मिलनी चाहिए। यह तो तभी हो सकता है जब उसका सच्चा दर्शन मिले। वह दर्शन पाँच इन्द्रियों के ज्ञान से अधिक सच्चा होना चाहिए। इन्द्रियों का ज्ञान हमें चाहे जितना सच्चा क्यों न मालूम हो, किन्तु वह गलत हो सकता है, बहुत बार इन्द्रियाँ हमें धोखा देती हैं। जो ज्ञान इन्द्रियों के परे होता है, उसमें भूल नहीं हो सकती। यह बाहरी प्रमाणों से सिद्ध नहीं होता, बल्कि अपने भीतर ईश्वर की सच्ची अनुभूति करनेवाले के आचार-व्यवहार तथा चरित्र में परिवर्तन से सिद्ध होता है।

इस प्रकार का साक्ष्य सभी देशों तथा जातियों के नबी-पैगम्बरों, ऋषि-मुनियों के अनुभव में मिलता है जिनकी श्रृंखला कभी टूटती नहीं। इस प्रमाण को अस्वीकार करना अपने अस्तित्व को अस्वीकार करना है।

ऐसा अनुभव अटूट आस्था के आधार पर ही प्रतिफलित होता है। जो भी व्यक्ति ईश्वर के अस्तित्व का स्वयं अनुभव करके देखना चाहे, वह जीवन्त आस्था के बल पर ही ऐसा कर सकता है। और चूँकि आस्थि को भी किसी बाह्य प्रमाण के आधार पर सिद्ध नहीं किया जा सकता, इसलिए सबसे निरापद माँग यही है कि संसार के नैतिक

नियमन पर और इसीलिए नैतिक नियम को, सत्य तथा प्रेम के नियम को, सर्वोपरि नियम मानकर उस पर आस्था रखी जाए। और उस आस्था का मार्ग अपनाना उसी व्यक्ति के लिए सर्वाधिक फलप्रद रहेगा, जो सत्य और प्रेम के विरुद्ध पड़नेवाली हर चीज को सर्वथा त्याग करने का दृढ़ संकल्प कर लेगा।

बुराई के अस्तित्व का मैं अन्य कोई युक्तिसंगत कारण नहीं सोच पाता। ऐसा करने की इच्छा करना अपने आप को ईश्वर का समकक्षी मान लेना है। इसलिए मैं पूरी विनम्रता के साथ बुराई को बुराई के रूप में स्वीकार करके ही सन्तुष्ट हूँ। और मैं ईश्वर को अत्यन्त सहिष्णु और धैर्यशील भी इसीलिए कहता हूँ कि वह बुराई को संसार में रहने देता है। मैं जानता हूँ कि ईश्वर में बुराई का तत्त्व एकदम नहीं है, वह सर्वथा शुद्ध है, और इसके बावजूद यदि बुराई है, तो वह उससे अछूता है।

मैं यह भी जानता हूँ कि यदि मैं अपने प्राणों की बाजी लगाकर बुराई के विरुद्ध संघर्ष नहीं करूँगा तो मैं ईश्वर को कभी भी नहीं जान पाऊँगा। मेरा अपना तुच्छ और सीमित अनुभव मेरे इस विश्वास को पुष्ट बनाता है। मैं शुद्ध पवित्र बनने का जितना ही अधिक प्रयत्न करता हूँ, अपने आप को ईश्वर के उतना ही निकट महसूस करता हूँ। आज तो मुझमें नाम-मात्र की ही श्रद्धा है, फिर भी मैं अपने आप को उसके कुछ निकट महसूस करता हूँ। पर जब मेरी श्रद्धा हिमालय-जैसी अटल और उसकी चोटियों के हिम-जैसी धवल और उज्ज्वल बन जाएगी तब मैं कितनी अधिक निकटता उससे महसूस करने लगूँगा? तब पत्र-लेखक से मेरा आग्रह है कि तब तक वे न्यूमैन की इस प्रार्थना का पाठ करें। न्यूमैन ने अपने अनुभव के आधार पर यह गीत रचा था :

इस घिरते अन्धकार में, हे प्रेममय ज्योति
मेरा मार्ग आलोकित कर;
मैं घर से बहुत दूर पड़ा हूँ और रात अँधेरी है,
हे ज्योति, मेरा मार्ग आलोकित कर;
मेरे लड़खड़ाते पैरों को तू बल दे,
बहुत दूर-दूर तक मेरा पथ दीप्त हो उठे—
ऐसा मैं नहीं कहता, मैं तो चाहता हूँ बस एक डग-भर,
एक डग-भर का आलोकित पथ पर्याप्त होगा मेरे लिए।

[गांधी वांङ्मय, खंड-37]

'गीता' का अर्थ

एक मित्र इस प्रकार प्रश्न करते हैं :

'गीता' का सन्देश क्या है? हिंसा या अहिंसा? मालूम होता है यह प्रश्न कभी हल नहीं होगा। यह बात और है कि हम 'गीता' में किस सन्देश को देखना चाहते हैं और उसमें से कौन-सा सन्देश निकालना चाहते हैं; और यह दूसरी ही बात है कि उसको पढ़ते ही क्या छाप पड़ती है। जिसके दिल में यह बात जम गई है कि अहिंसातत्त्व ही जीवन-सन्देश है उसके लिए तो यह प्रश्न गौण है। वह तो यही कहेगा कि 'गीता' में से अहिंसा निकलती हो तो मुझे वह ग्राह्य है। इतने भव्य ग्रन्थ में से अहिंसा जैसा भव्य धार्मिक सिद्धान्त ही निकलना चाहिए। किन्तु यदि न निकलता हो तो भी कोई बात नहीं है। हम 'गीता' को आदर से पूजेंगे; लेकिन उसे प्रमाण-ग्रन्थ नहीं मानेंगे।

काम की भीड़ में से कुछ समय निकालकर आप इसका जवाब दें तो अच्छा हो।

ऐसे प्रश्न तो हुआ ही करेंगे और जिसने कुछ अध्ययन किया है उसे उनका यथाशक्ति जवाब भी देना होगा। किन्तु इनका समाधान कर देने पर भी आखिर यह तो कहना ही पड़ेगा कि मनुष्य करेगा वही जिसे उसका हृदय उससे करने को कहेगा। पहले हृदय है, फिर बुद्धि। प्रथम सिद्धान्त, फिर प्रमाण। प्रथम स्फुरण, फिर उसके अनुकूल तर्क प्रथम कर्म और फिर बुद्धि। इसलिए बुद्धि कर्मानुसारिणी कही गई है। मनुष्य जो कुछ भी करता है या करना चाहता है उसका समर्थन करने के लिए प्रमाण भी ढूँढ़ निकालता है।

इसलिए मैं यह समझता हूँ कि 'गीता' का मेरा अर्थ सबके अनुकूल न होगा। ऐसी स्थिति में यदि मैं इतना ही कहूँ कि 'गीता' के अपने अर्थ पर मैं किस तरह पहुँचा और धर्मशास्त्रों का अर्थ निकालने में मैंने किन-किन सिद्धान्तों को मान्य रखा है तो यही बस होगा। "परिणाम चाहे जो हो मुझे तो युद्ध करना चाहिए। जो शत्रु मरने योग्य हैं, वे तो स्वयं ही मरे हुए हैं मुझे तो उनको मारने में मात्र निमित्त बनना है।"

सन् 1889 में 'गीता' से मेरा प्रथम परिचय हुआ। उस समय मेरी उम्र 20 साल की थी। उस समय मैं अहिंसा-धर्म को बहुत ही थोड़ा समझता था। शत्रु को भी प्रेम से जीतना चाहिए यह मैंने गुजराती कवि शामल भट्ट के छप्पय "पाणी आपे ने

पाय भलुं भोजन तो दीजे" से सीखा था। इसमें निहित सत्य मेरे हृदय में अच्छी तरह बैठ गया था। किन्तु उस समय मुझे उसमें से जी बदया की स्फुरणा नहीं हुई थी। इसके पहले मैं देश में ही मांसाहार कर चुका था। मैं मानता था कि सर्पादि का नाश करना धर्म है। मुझे याद आता है कि मैंने खटमल इत्यादि जीवों को मारा है। मुझे तो यह भी याद आता है मैंने एक बिच्छू को भी मारा था। मैं अब यह समझ गया हूँ कि ऐसे विषैले जीवों को भी नहीं मारना चाहिए। 'उस समय मैं यह मानता था कि हमें अंग्रेजों के साथ सशस्त्र युद्ध की तैयारी करनी होगी।' 'अंग्रेज राज्य करते हैं इसमें आश्चर्य ही क्या है' मैं इस मतलब की एक कविता गुनगुनाया करता था। मैंने मांसाहार इसी की तैयारी के विचार से किया था। विलायत जाने से पहले मेरे ऐसे विचार थे। मैं मांसाहार आदि से बच गया इसका कारण माता को दिए हुए वचनों का मरणपर्यन्त पालन करने का मेरा संकल्प था। सत्य के प्रति मेरे प्रेम ने बहुत-सी आपत्तियों में मेरी रक्षा की है।

फिर दो अंग्रेजों से सम्बन्ध होने पर मुझे 'गीता' पढ़नी पड़ी। 'पढ़नी पड़ी' इसलिए कहता हूँ क्योंकि उसे पढ़ने की मुझे कोई खास इच्छा न थी। लेकिन जब इन दो भाइयों ने मेरे साथ 'गीता' पढ़नी चाही तब मैं शर्मिन्दा हुआ। मुझे अपने धर्मशास्त्रों का कुछ भी ज्ञान नहीं है, इस खयाल से मुझे बड़ा दुःख हुआ। मालूम होता है, इस दुःख का कारण अभिमान था। मेरा संस्कृत का अध्ययन ऐसा तो था ही नहीं कि 'गीता' के सब श्लोकों का अर्थ मैं बिना किसी मदद से ठीक-ठीक समझ लेता। ये दोनों भाई तो कुछ भी नहीं समझते थे। उन्होंने सर एडविन आर्नोल्ड का 'गीता' का बहुत ही अच्छा काव्यानुवाद मेरे सामने रख दिया। मैंने फौरन ही उस पुस्तक को पढ़ डाला और उस पर मैं मुग्ध हो गया। तबसे लेकर आज तक दूसरे अध्याय के अन्तिम 19 श्लोक मेरे हृदय में अंकित हैं। मेरे लिए तो सब धर्म उसी में आ गया है। उसमें सम्पूर्ण ज्ञान है। उसमें कहे हुए सिद्धान्त अचल हैं। उसमें बुद्धि का भी सम्पूर्ण प्रयोग किया गया है। लेकिन यह बुद्धि संस्कारी बुद्धि है। उसमें अनुभव-ज्ञान है।

इस परिचय के बाद मैंने बहुत से अनुवाद पढ़े, बहुत-सी टीकाएँ पढ़ीं, बहुत से तर्क किए और सुने; लेकिन पहली बार पढ़ने पर ही जो छाप मुझ पर पड़ी थी वह दूर नहीं हुई। ये श्लोक 'गीता' के अर्थ समझने की कुंजी हैं। उससे विरोधी अर्थवाले वचन यदि मिलें तो मैं उनका त्याग करने की भी सलाह दूँगा। नम्र और विनयी मनुष्य को तो उन्हें त्यागने की भी जरूरत नहीं है। वह तो सिर्फ यही कहे कि दूसरे श्लोकों का आज इसके साथ मेल नहीं मिलता तो यह मेरी बुद्धि का ही दोष है; समय बीतने पर इनका और इन उन्नीस श्लोकों में कहे गए सिद्धान्तों का भी मेल मिलकर रहेगा। अपने मन से और दूसरों से यह कहकर वह निश्चिन्त हो जाएगा।

शास्त्रों का अर्थ करने में संस्कार और अनुभव की आवश्यकता है। 'शूद्र को वेदाध्ययन करने का अधिकार नहीं' यह वाक्य सर्वथा गलत नहीं है। शूद्र अर्थात्

असंस्कारी, मूर्ख, अज्ञानी। ऐसे व्यक्ति वेदादि का अध्ययन करके उनका अनर्थ करेंगे। बड़ी उम्र के भी सब लोग बीजगणित के कठिन प्रश्न अपने आप समझने के अधिकारी नहीं हैं। उनको समझने के पहले उन्हें कुछ प्रारम्भिक शिक्षा ग्रहण करनी पड़ती है। व्यभिचारी के मुख में 'अहं ब्रह्मास्मि' क्या शोभा देगा? उसका वह क्या अर्थ (या अनर्थ) करेगा?

अर्थात् शास्त्र का अर्थ करनेवाला यमादि का पालन करनेवाला होना चाहिए। यमादि का शुष्क पालन जैसा कठिन है वैसा ही निरर्थक भी है। शास्त्रों ने गुरु का होना आवश्यक माना है, लेकिन इस जमाने में गुरुओं का तो करीब-करीब लोप-सा हो गया है। ज्ञानी लोक इसीलिए भक्ति प्रधान प्राकृत ग्रन्थों का पठन-पाठन करने की शिक्षा देते हैं। किन्तु जिसमें भक्ति नहीं, श्रद्धा नहीं, वह शास्त्र का अर्थ करने का अधिकारी नहीं होता। विद्वान लोग विद्वत्तापूर्ण अर्थ उसमें से भले ही निकालें, लेकिन वह शास्त्रार्थ नहीं है। शास्त्रार्थ तो अनुभवी ही व्यक्त कर सकता है।

परन्तु प्राकृत मनुष्यों के लिए भी कुछ सिद्धान्त तो हैं ही। शास्त्रों के वे अर्थ जो सत्य के विरोधी हैं, सही नहीं हो सकते। जिसे सत्य के सत्य होने के बारे में ही शंका है उसके लिए शास्त्र हैं ही नहीं; अथवा यों कहिए उसके लिए सब शास्त्र अशास्त्र हैं। किसी में उसका समाधान करने की शक्ति नहीं है। जिसे शास्त्र में से अहिंसा नहीं प्राप्त हुई, उसके लिए भय है; लेकिन उसका उद्धार न हो यह बात नहीं है। सत्य स्वीकारात्मक है, अहिंसा निषेधात्मक है। सत्य वस्तु होनी चाहिए उसकी साक्षी भरता है, अहिंसा जो (बाह्यत:) है उसका निषेध करती है। सत्य है, असत्य नहीं है। हिंसा है, अहिंसा नहीं है। फिर भी अहिंसा ही होनी चाहिए यही परम धर्म है। सत्य स्वयं सिद्ध है। अहिंसा उसका 'सम्पूर्ण फल' है, सत्य में वह छिपी हुई है। वह सत्य की तरह व्यक्त नहीं है। इसलिए उसको मान्य किए बिना मनुष्य शास्त्र का चाहे जितना शोध करे, सत्य आखिर उसे अहिंसा का ही पाठ पढ़ाएगा।

सत्य के लिए तपश्चर्या तो करनी ही पड़ती है। सत्य का साक्षात्कार करनेवाले तपस्वी ने चारों ओर फैली हुई हिंसा में से अहिंसा देवी को संसार के सामने प्रकट करके कहा; हिंसा मिथ्या है, माया है, अहिंसा ही सत्य वस्तु है। ब्रह्मचर्य, अस्तेय, अपरिग्रह भी अहिंसा के लिए ही हैं। ये अहिंसा को सिद्ध करनेवाली शक्तियाँ हैं। अहिंसा सत्य का प्राण है। उसके बिना मनुष्य पशु है। सत्यार्थी अपनी शोध के लिए प्रयत्न करते हुए यह सब बड़ी जल्दी समझ लेता है। फिर उसे शास्त्र का अर्थ करने में कोई दिक्कत पेश नहीं आती।

शास्त्र का अर्थ करने में दूसरा नियम यह है कि उसके शब्दों को पकड़कर नहीं बैठना चाहिए, उसकी ध्वनि को देखना चाहिए, उसके मर्म को समझना चाहिए। तुलसीदास जी की 'रामायण' उत्तम ग्रन्थ है। क्योंकि उसकी ध्वनि है—स्वच्छता, दया, भक्ति। उसमें 'सूद्र गँवार ढोल पसु नारी, ये सब ताड़न के अधिकारी' लिखा है;

इसलिए यदि कोई पुरुष अपनी स्त्री को ताड़े तो उसकी अधोगति होगी। रामचन्द्रजी ने सीताजी पर कभी प्रहार नहीं किया, इतना ही नहीं उन्हें कभी दु:ख भी नहीं पहुँचाया। तुलसीदास जी ने केवल एक प्रचलित वाक्य लिख दिया। उन्हें इस बात की कल्पना भी न रही होगी कि इस वाक्य का आधार लेकर अपनी अर्द्धांगिनी की ताड़ना करनेवाले पशु भी निकल आएँगे। और यदि स्वयं तुलसीदास जी ने रिवाज के वशवर्ती होकर अपनी पत्नी का ताड़न किया हो, तो भी क्या होता है? ताड़ना अवश्य ही दोषपूर्ण बात है। 'रामायण' पत्नी के ताड़ने के लिए नहीं, पूर्ण पुरुष का दर्शन कराने के लिए सती शिरोमणि सीताजी का परिचय कराने के लिए और भरत की आदर्श भक्ति का चित्र-चित्रित करने के लिए लिखी गई है। दोषयुक्त रिवाजों का जो समर्थन उसमें पाया जाता है वह त्याज्य है। तुलसीदास जी ने भूगोल सिखाने के लिए अपना अमूल्य ग्रन्थ नहीं बनाया है, इसलिए उनके ग्रन्थ में यदि भूगोल की दृष्टि से गलत बातें पाई जाएँ तो उनको अस्वीकार करना उचित है।

अब 'गीता' की बात लें। ब्रह्मज्ञान प्राप्ति और उसका साधन यही 'गीता' का विषय है। दो सेनाओं के बीच युद्ध का होना निमित्त है। यह भले ही कहा जा सकता है कि कवि स्वयं युद्धादि को निषिद्ध नहीं मानते थे और इसलिए उन्होंने युद्ध के प्रसंग का इस प्रकार उपयोग किया है। किन्तु महाभारत पढ़ने के बाद तो मेरे ऊपर भिन्न ही छाप पड़ी है। व्यास जी ने इतने सुन्दर ग्रन्थ की रचना करके युद्ध के मिथ्यात्व का ही वर्णन किया है। कौरव हारे तो उससे क्या हुआ? और पांडव जीते तो उससे भी क्या हुआ? विजयी कितने बचे? उनका क्या हुआ? कुन्ती माता का क्या हुआ? और आज यादव कुल कहाँ है?

जहाँ मुख्य विषय युद्ध वर्णन और हिंसा का प्रतिपादन नहीं है वहाँ उस पर जोर देना केवल अनुचित ही माना जाएगा। और यदि कुछ श्लोकों का सम्बन्ध अहिंसा के साथ बैठाना मुश्किल मालूम होता है तो सारी 'गीता' को हिंसा के चौखटे में मढ़ना उससे कहीं ज्यादा मुश्किल है।

कवि जब किसी ग्रन्थ की रचना करता है तो वह उसके सब अर्थों की कल्पना नहीं कर लेता है। काव्य की यही खूबी है कि वह कवि से भी आगे बढ़ जाता है। जिस सत्य का वह अपनी तन्मयता में उच्चारण कर जाता है उसके जीवन में अक्सर वह नहीं आया करता। इसलिए बहुतेरे कवियों का जीवन उनके काव्यों के साथ सुसंगत मालूम नहीं होता। 'गीता' का तात्पर्य कुल मिलाकर हिंसा नहीं, अहिंसा है; यह बात दूसरा अध्याय, जिससे विषय का आरम्भ होता है और 18वाँ अध्याय जिसमें उसकी पूर्णाहुति होती है, देखने से प्रतीत हो जाएगी। मध्य में देखेंगे तो भी यही प्रतीत होगा। बिना क्रोध के, राग के या द्वेष के हिंसा का होना सम्भव नहीं। और 'गीता' तो क्रोधादि को पार करके गुणातीत की स्थिति में पहुँचाने का प्रयत्न करती है। गुणातीत में क्रोध का सर्वथा अभाव होता है। अर्जुन ने कान तक

खींचकर जब-जब धनुष चढ़ाया उस समय की उसकी लाल-लाल आँखें मैं आज भी देख सकता हूँ।

अर्जुन ने अहिंसा के लिए युद्ध छोड़ने की हठ कब की थी। वह तो बहुत से युद्ध लड़ चुका था। उसे तो एकाएक मोह हो गया था और उसी कारण वह अपने सगे-सम्बन्धियों को नहीं मारना चाहता था। जिन्हें वह पापी मानता हो उन्हें न मारने की बात अर्जुन ने कहाँ की थी? श्रीकृष्ण तो अन्तर्यामी हैं। वे अर्जुन का यह क्षणिक मोह समझ लेते हैं और इसलिए उससे कहते हैं, "तुम हिंसा तो कर चुके हो। अब इस प्रकार एकाएक समझदार बनने का दम्भ करके तुम अहिंसा नहीं सीख सकोगे। इसलिए जिस काम को तुमने आरम्भ किया है उसे अब तुम्हें पूरा करना ही चाहिए।" घंटे में चालीस मील के वेग से जानेवाली रेलगाड़ी में बैठा हुआ शख्स एकाएक प्रवास से विरक्त होकर यदि चलती हुई गाड़ी से कूद ही पड़े तो यही कहा जाएगा कि उसने आत्महत्या की है। इससे प्रवास या रेलगाड़ी में बैठने के मिथ्यात्व को उसने नहीं सीखा है। अर्जुन का भी यही हाल था। अहिंसक कृष्ण अर्जुन को दूसरी सलाह दे ही नहीं सकता था। लेकिन उससे यह अर्थ नहीं निकाल सकते कि 'गीता' में हिंसा ही का प्रतिपादन किया गया है। यह अर्थ निकालना उतना ही अनुचित है जितना कि यह कहना कि शरीर-व्यापार के लिए कुछ हिंसा अनिवार्य है और इसलिए हिंसा ही धर्म है। सूक्ष्मदर्शी इस हिंसामय शरीर से अशरीरी बनने का अर्थात् मोक्ष प्राप्त करने का ही धर्म सिखाता है।

लेकिन धृतराष्ट्र कौन था? दुर्योधन, युधिष्ठिर और अर्जुन कौन थे? कृष्ण कौन थे? क्या ये सब ऐतिहासिक पुरुष थे? और क्या 'गीता' में उनके स्थूल व्यवहार का ही वर्णन किया गया है? अकस्मात् अर्जुन सवाल करता है और कृष्ण सारी 'गीता' सुना जाते हैं। और अर्जुन जिसका मोह नष्ट हो गया है यह कहकर भी फिर इसे भूल जाता है और कृष्ण से दुबारा अनुगीता कहलवाता है।

मैं तो दुर्योधनादि को आसुरी और अर्जुनादि को दैवी वृत्ति मानता हूँ। यह शरीर ही धर्मक्षेत्र है। उसमें द्वंद्व चलता ही रहता है और अनुभवी, ऋषि-कवि उसका तादृश वर्णन करते हैं। कृष्ण तो अन्तर्यामी हैं और हमेशा शुद्ध चित्त में घड़ी की तरह टिक-टिक करते रहते हैं। यदि चित्त को शुद्धिरूपी चाबी नहीं दी गई हो तो अन्तर्यामी का यद्यपि वहाँ निवास है, लेकिन उनका टिकटिकाना तो बन्द हो ही जाता है।

कहने का आशय यह नहीं है कि इसमें स्थूल युद्ध के लिए अवकाश ही नहीं है। जिसे अहिंसा सूझी ही नहीं है उसे यह नहीं सिखाया गया है कि कायर बनना चाहिए। जिसे भय लगता है, जो संग्रह करता है, जो विषय में रत है वह अवश्य ही हिंसामय युद्ध करेगा। लेकिन उसका वह धर्म नहीं है। धर्म तो एक ही है। अहिंसा के मानी हैं मोक्ष और मोक्ष सत्यनारायण का साक्षात्कार है। पर इसमें पीठ दिखाने को तो कहीं अवकाश ही नहीं है। इस विचित्र संसार में हिंसा तो होती रहेगी। उससे बचने का मार्ग

'गीता' दिखाती है। लेकिन साथ-साथ 'गीता' यह भी कहती है कि कायर होकर भागने से हिंसा से नहीं बच सकोगे। जो भागने का विचार करता है वह मारेगा या मरेगा।

प्रश्नकर्ता ने जिन श्लोकों का उल्लेख किया है उनका रहस्य यदि अब भी उनकी समझ में न आए तो मैं समझाने में असमर्थ हूँ, सर्वशक्तिमान ईश्वर कर्ता, भर्ता और संहर्ता है, और उसे ऐसा ही होना चाहिए। इस विषय में तो कोई शंका उत्पन्न न होगी। जो उत्पन्न करता है वह उसका नाश करने का अधिकार भी अपने पास रखता है। फिर भी वह किसी को नहीं मारता, क्योंकि वह अकर्ता है, वह कुछ भी नहीं करता। नियम यह है कि जिसने जन्म लिया है मरने के लिए जन्म लिया है। ईश्वर भी इस नियम को नहीं तोड़ता। यह उसकी दया है। यदि ईश्वर ही स्वच्छन्द और स्वेच्छाचारी बन जाए तो हम सब कहाँ जाएँगे?

[गांधी वांङ्मय, खंड-28]

राष्ट्रभाषा अंग्रेजी नहीं, हिन्दी

[20 अक्टूबर, 1917 को भड़ौच में बतौर अध्यक्ष हिन्दी में दिए गए भाषण में गांधी ने शिक्षा का माध्यम, राष्ट्रभाषा और लिपि पर गम्भीर विचार-विमर्श किया है। राष्ट्रभाषा के लिए उन्होंने हिन्दी को और लिपि के लिए नागरी को सबसे उपयुक्त बताया है।]

भाइयो और बहनो!

आपने मुझे इस सम्मेलन का अध्यक्ष बनाया है, इसके लिए मैं आप सबका कृतज्ञ हूँ। मैं जानता हूँ कि इस पद को सुशोभित करने लायक विद्वत्ता मुझमें नहीं है। मुझे इस बात का भी ध्यान है कि मैं देशसेवा के दूसरे क्षेत्रों में जो हिस्सा लेता हूँ, मैं उससे इस पद के योग्य नहीं हो जाता। मैं इसके योग्य एक ही कारण से हो सकता हूँ और वह है गुजराती भाषा के प्रति मेरा प्रेम। मेरी आत्मा कहती है कि गुजराती के प्रेम की होड़ में पहले दरजे से कम में मुझे सन्तोष नहीं हो सकता और उसी मान्यता के कारण मैंने जिम्मेदारी का यह पद स्वीकार किया है। मुझे आशा है कि जिस उदार वृत्ति से आपने मुझे यह पद दिया है, उसी उदार वृत्ति से आप मेरे दोषों को दरगुजर करेंगे और इस काम में, जो जितना आपका है उतना ही मेरा भी है, पूरी मदद देंगे।

सम्मेलन अभी एक बरस का शिशु है। कहावत है कि पूत के पाँव पालने में दिखाई दे जाते हैं। इस बालक के लक्षण भी अच्छे दिखाई देते हैं। पिछले साल के काम की रिपोर्ट मैंने देखी है। वह किसी भी संस्था के लिए शोभनीय हो सकती है। मंत्री महोदय समय पर सम्मेलन का यह मूल्यवान विवरण छपवाने में सफल हुए, इसके लिए वे हमारी बधाई के पात्र हैं। यह हमारा सौभाग्य है कि हमें ऐसे मंत्री मिले हैं। जिन्होंने यह रिपोर्ट न पढ़ी हो, उन्हें मैं इस पढ़ने और इस पर मनन करने की सलाह देता हूँ। पिछले साल आदरणीय रणजीतराम बाबाभाई की मृत्यु हो गई; यह हमारी बड़ी भारी हानि हुई। उनके जैसा पढ़ा-लिखा आदमी भरी जवानी में चल बसा, यह शोचनीय बात है और इस पर विचार करने की आवश्यकता भी है। मैं भगवान से उनकी आत्मा को सद्‌गति देने की प्रार्थना करता हूँ और चाहता

हूँ कि उनके कुटुम्ब को इस बात से सान्त्वना मिले कि हम सब उनके दु:ख में भागीदार हैं।

जिस संस्थान ने इस सम्मेलन का आयोजन किया है, उसने अपने सामने तीन उद्देश्य रखे हैं :

1. शिक्षा के प्रश्न के बारे में तैयार करना और उसे अभिव्यक्ति देना।
2. गुजरात में शिक्षा के प्रश्नों के विषय में निरन्तर आन्दोलन करना।
3. गुजरात में शिक्षा के बारे में अपनी बुद्धि के अनुसार मैंने जो सोचा-विचारा है उसे यहाँ पेश करने की कोशिश करूँगा।

यह बात सबको अच्छी तरह समझ लेनी चाहिए कि इस दिशा में हमारा पहला काम है, विचारपूर्वक शिक्षा का माध्यम निश्चित करना। इसके बिना और सब कोशिशें लगभग बेकार साबित हो सकती हैं। शिक्षा के माध्यम का विचार किए बिना शिक्षा देने का परिणाम नींव के बिना इमारत खड़ी करने की कोशिश-जैसी बात होगी।

इस बारे में दो रायें पाई जाती हैं। एक पक्ष कहता है कि शिक्षा मातृ-भाषा (गुजराती) के जरिये दी जानी चाहिए और दूसरा पक्ष कहता है कि वह अंग्रेजी के माध्यम से दी जानी चाहिए। दोनों पक्षों के हेतु पवित्र हैं। दोनों देश का भला चाहते हैं। लेकिन पवित्र हेतु ही काम की सिद्धि के लिए काफी नहीं हैं। देखा गया है कि लोग पवित्र हेतु रखते हुए भी कई बार अपवित्र गड्ढों में जा गिरे हैं। इसलिए हमें दोनों मतों के गुण-दोषों की जाँच करके, सम्भव हो तो एकमत होकर, इस बड़े प्रश्न को हल करना चाहिए। इसमें कोई सन्देह नहीं कि यह प्रश्न बहुत बड़ा है। इसलिए उसके बारे में जितना विचार किया जाए, उतना ही थोड़ा है।

वैसे तो यह प्रश्न सारे भारत का है; किन्तु हर एक क्षेत्र अथवा प्रान्त इस पर अपनी हद तक स्वतंत्र रूप से विचार कर सकता है। फिर भी ऐसा नहीं है कि जब तक भारत के सारे भाग एकमत न हो जाएँ, तब तक अकेला गुजरात आगे कदम बढ़ा ही नहीं सकता।

फिर भी दूसरे प्रान्तों में इस बारे में क्या कार्यवाही की गई है, इसकी जाँच करने से हम कुछ मुश्किलें हल कर सकते हैं। बंगभंग के समय जब स्वदेशी का जोश उमड़ रहा था, तब बंगाल में बंगला के जरिये शिक्षा देने का प्रयत्न किया गया। राष्ट्रीय पाठशाला की स्थापना भी हुई। रुपयों की वर्षा हुई। पर यह प्रयोग बेकार गया। मेरी यह नम्र राय है कि व्यवस्थापकों की अपने प्रयोग में आस्था नहीं थी। वैसी ही करुणाजनक स्थिति शिक्षकों की भी रही। बंगाल में शिक्षित वर्ग को अंग्रेजी से बड़ा मोह है। यह कहा गया है कि बंगला साहित्य ने जो प्रगति की है उसका कारण बंगालियों का अंग्रेजी भाषा और साहित्य पर अधिकार है। लेकिन तथ्य इस तर्क के विरुद्ध है। रवीन्द्रनाथ ठाकुर की चमत्कारिक बंगला अंग्रेजी की ऋणी नहीं है। उनके भाषा-चमत्कार के पीछे उनका स्वभाव विषयक अभिमान है। 'गीतांजली पहले बंगला

भाषा में ही लिखी गई थी। महाकवि ठाकुर बंगाल में बंगला का ही प्रयोग करते हैं। उन्होंने हाल ही में भारत की वर्तमान स्थिति पर कलकत्ते में जो भाषण दिया था, वह बंगला में दिया था। बंगाल के प्रमुख स्त्री-पुरुष उसे सुनने गए थे। जिन्होंने उसे सुना था उन्होंने मुझे बताया है कि डेढ़ घंटे तक अपने श्रोताओं को उन्होंने रस-विभोर रखा। उन्होंने अपने विचार अंग्रेजी साहित्य से नहीं लिए। वे कहते हैं कि उन्होंने ये विचार इस देश के वातावरण में से लिए हैं, उपनिषदों में से निचोड़े हैं। उन पर इन विचारों की वर्षा भारत के आकाश से हुई है। मेरा विश्वास है कि यही बंगाल के दूसरे लेखकों के सम्बन्ध में भी सही है।

हिमालय की तरह गम्भीर और भप्यदर्शी महात्मा मुंशीराम जी जब हिन्दी में भाषण देते हैं, तब बच्चे और बड़े, स्त्री और पुरुष सभी उनका सुन्दर भाषण सुनते और समझते हैं। उन्होंने अपनी अंग्रेजी अपने अंग्रेज मित्रों के लिए ही सुरक्षित रख छोड़ी है। वे अंग्रेजी शब्दों का अनुवाद करके अपनी बात नहीं कहते।

कहा जाता है कि गृहस्थ होते हुए भी देश के लिए आत्मार्पण करनेवाले महामना पं मदनमोहन मालवीय की अंग्रेजी चाँदी की तरह शुभ्र होती है। वे जो कुछ कहते हैं, उस पर वाइसराय को सोचना पड़ता है। अगर उनके अंग्रेजी भाषण का प्रवाह चाँदी जैसा चमकता है तो उनके हिन्दी भाषण का प्रवाह शुद्ध तरल सोने-जैसा दमकता है। मानसरोवर से उतरते समय सूर्य की किरणों से जैसे गंगा दमकती है वैसी ही शोभा उनकी हिन्दी की होती है।

इन तीनों वक्ताओं की वक्तृत्व उनके अंग्रेजी के ज्ञान के कारण नहीं, बल्कि उनके स्वभाषा प्रेम के कारण आई है। स्वामी दयानन्द ने हिन्दी भाषा की जो सेवाएँ की हैं वे अंग्रेजी ज्ञान के कारण नहीं कीं। तुकाराम और रामदास ने मराठी भाषा को जिस तरह उज्ज्वल बनाया है, उसमें अंग्रेजी भाषा का कोई हाथ नहीं है। प्रेमानन्द, शामल भट्ट और आधुनिक युग में दलपतराम ने गुजराती साहित्य को समृद्ध किया है; अंग्रेजी भाषा का इसमें कोई हाथ नहीं है।

ऊपर उदाहरणों से यह साबित होता है कि मातृभाषा के विकास के लिए अंग्रेजी भाषा की जानकारी की नहीं, मातृभाषा के प्रेम की—उसके प्रति श्रद्धा की—जरूरत है।

भाषाओं के विकास पर विचार करें तो भी हम इसी निर्णय पर पहुँचेंगे। भाषाएँ उनके बोलनेवाले लोगों के चरित्र का प्रतिबिम्ब होती हैं। दक्षिण अफ्रीका के हब्शियों की भाषा जानने से हम उनके रीति-रिवाज वगैरह जान सकते हैं। भाषा जातियों के गुण-कर्म के अनुरूप बनती है। यह बात हम निस्संकोच कह सकते हैं कि जिस भाषा में वीरता, सच्चाई, दया आदि लक्षण नहीं होते, उस भाषा को बोलनेवाली जातियों में वीर, सत्यशील और दयालु लोग नहीं होते। ऐसी भाषा में दूसरी भाषाओं से जैसे-तैसे वीरता या दया-सूचक शब्द ठूँस देने से न उस भाषा का विस्तार हो सकता है, न

उस भाषा के बोलनेवाले लोग वीर ही बनेंगे। शौर्य किसी में भी बाहर से नहीं भरा जा सकता। हाँ, वह भीतर हो और उस पर जंग लग गया हो तो जंग के हटते ही वह चमक उठेगा। हमने बहुत समय तक गुलामी भोगी है इसलिए हममें विनय की अतिशयता सूचित करनेवाले शब्दों का बड़ा भंडार दिखाई देता है। अंग्रेजी भाषा में नौका के लिए जितने शब्द हैं, उतने और किसी भाषा में शायद ही हों। यदि कोई साहसपूर्वक उन पुस्तकों का अनुवाद गुजराती में करे भी तो उससे न हमारी भाषा का कोई विकास होगा और न हम नौकाओं के बारे में ही ज्यादा जानने लगेंगे। अलबत्ता जब हम जहाज वगैरह बनाना सीखेंगे और जलसेना भी खड़ी करेंगे, नौका-सम्बन्धी पारिभाषिक शब्द तब अपने आप बन जाएँगे। यह विचार स्वर्गीय रेवरेंड टेलर ने अपने व्याकरण में व्यक्त किया है। वे लिखते हैं :

कभी-कभी यह विवाद सुनाई पड़ता है कि गुजराती भाषा पूर्ण है या अपूर्ण। कहावत है कि 'यथा राजा तथा प्रजा, यथा गुरुस्तथा शिष्य:।' इसी तरह कहते हैं कि 'यथा भाषकस्तथा भाषा' अर्थात् जैसा बोलनेवाला वैसी भाषा। शामल भट्ट और अन्य कवि अपने मन के विचार प्रकट करते समय यह सोचकर कभी रुके नहीं जान पड़ते कि गुजराती भाषा अधूरी है। उन्होंने नए और पुराने शब्दों का उपयोग इस प्रकार विवेकपूर्वक किया कि उनके द्वारा व्यवहृत शब्द भाषा में प्रचलित हो गए।

एक विषय में तो सभी भाषाएँ अधूरी हैं। मनुष्य की छोटी बुद्धि में न आनेवाली बातों, जैसे ईश्वर या अनन्त के बारे में कहें तो सभी भाषाएँ अधूरी हैं। भाषा मनुष्य की वृद्धि के सहारे चलती है, इसलिए जब किसी विषय तक बुद्धि नहीं पहुँचती, तब भाषा अधूरी रह जाती है। भाषा का साधारण नियम यह है कि लोगों के मन में जो विचार भर जाते हैं, वे ही उनकी भाषा में व्यक्त होते हैं। लोग विवेकशील होंगे तो उनकी बोली में विवेकशीलता होगी, लोग मूढ़ होंगे तो उनकी बोली में भी मूढ़ता होगी। अंग्रेजी में कहावत है कि—'मूर्ख बढ़ई अपने औजारों को दोष देता है।' भाषा को अपूर्ण बतानेवाले लोग भी कम-ज्यादा ऐसे ही समझिए। जिस विद्यार्थी को कुछ अंग्रेजी भाषा आ गई है और उसके साथ कुछ पाश्चात्य विषय भी आ गए हैं, उसे गुजराती भाषा अधूरी-सी लगेगी, क्योंकि उसका अंग्रेजी से अनुवाद करना मुश्किल होता है। इसमें दोष भाषा का नहीं, लोगों का है। चूँकि लोगों को विवेकपूर्वक समझने का प्रयत्न करने का अभ्यास नहीं होता, इसलिए विशेषज्ञ नया विषय नई पारिभाषिक शब्दावाली अथवा नई भाषा-शैली में रखते हुए झिझक जाता है; वह सोचता है, कौन 'अन्धे के आगे रोए, अपने नैन खोए।' जब तक लोग भला-बुरा, नया-पुराना परखकर उसकी कीमत नहीं आँक सकते, तब तक लिखने की प्रतिभा भी कैसे चमक सकती है?

जो लोग अंग्रेजी से भाषा में अनुवाद करते हैं, वे कुछ ऐसा समझते हैं कि अपनी भाषा का ज्ञान तो उनकी घुट्टी में ही उन्हें मिला है और अंग्रेजी उन्होंने पढ़ी

ही है; इसलिए अब वे दो भाषाओं के पूरे पंडित हो गए। भला अब वे गुजराती का अध्ययन किसलिए करें? परभाषा का ज्ञान प्राप्त करने में श्रम करने की अपेक्षा स्वभाषा में प्रवीणता प्राप्त करने के निमित्त अध्ययन करना अधिक महत्त्वपूर्ण है। शामल और अन्य गुजराती कवियों के ग्रन्थ देखिए। उनमें प्रत्येक पद में अध्ययन का प्रमाण मिलता है। जब तक मन से प्रयत्न न करेंगे तब तक गुजराती कच्ची ही रहेगी; परिश्रम से बाद में पक्की होगी। प्रयत्न करनेवाले का प्रयत्न अधूरा होगा तो उसकी भाषा भी अधूरी होगी, लेकिन यदि प्रयत्न पूरा होगा तो गुजराती भी पूरी होगी। इतना ही नहीं, वह सजी हुई भी दिखाई देगी। गुजराती आर्यकुल की, संस्कृत की बेटी और बहुत ही उत्कृष्ट भाषाओं की सगी ठहरी। उसे कोई निम्नकोटि की कैसे बता सकता है?

परमात्मा इसे आशीर्वाद दें। अनन्तकाल तक इसकी वाणी में सद्विद्या, सद्ज्ञान और सद्धर्म का सुबोध रहे और सिरजनहार प्रभु करें, हम माताओं और छात्रों से सदा-सर्वदा उसका गुणगान सुनें।

इस तरह हम देखते हैं कि बंगाल में सारी शिक्षा बंगला के जरिये देने के आन्दोलन की विफलता का कारण भाषा की अपूर्णता या प्रयत्न की अयोग्यता नहीं है। अपूर्णता के बारे में हम विचार कर चुके हैं। इससे बंगला की अयोग्यता सिद्ध नहीं होती। हम चाहें तो इसे प्रयत्न करनेवालों की अयोग्यता या अनास्था कह सकते हैं।

उत्तर में हिन्दी भाषा का विकास तो हो रहा है, फिर भी उसे शिक्षा का माध्यम बनाने का निरन्तर प्रयत्न केवल आर्यसमाजियों ने ही किया मालूम होता है। गुरुकुलों में यह प्रयत्न जारी है।

मद्रास में देशी भाषाओं के जरिये शिक्षा देने का आन्दोलन कुछ ही वर्षों से शुरू हुआ है। तमिलों की अपेक्षा तेलुगू भाषा-भाषी अधिक जाग्रत हैं। शिक्षित तमिलों पर अंग्रेजी का इतना ज्यादा असर हो गया है कि उनमें तमिल भाषा के माध्यम से अपना काम चलाने का उत्साह नहीं रहा। तेलुगू-भाषी भाग में अंग्रेजी शिक्षा इतनी नहीं फली है। इसलिए तेलुगू-भाषी मातृभाषा का उपयोग ज्यादा कर रहे हैं। तेलुगू-भाषी भाग में सिर्फ तेलुगू के जरिये शिक्षा देने का प्रयोग किया जा रहा है। इतना ही नहीं, तेलुगू भाइयों ने भाषा के आधार पर प्रान्त-निर्माण करने का आन्दोलन भी शुरू किया है। इस विचार का प्रचार कुछ समय से ही शुरू हुआ है। फिर भी उनका प्रयत्न इतना साहसपूर्ण है कि थोड़े दिनों में हमें उसे क्रियान्वित होता देखेंगे। उनके काम में कठिनाइयाँ बहुत हैं, परन्तु उनमें दूर करने की शक्ति है, उनके नेताओं की मुझ पर ऐसी ही छाप पड़ी है।

महाराष्ट्र में भी यह प्रयत्न चल रहा है। साधुचरित प्रोफेसर कर्वे इस प्रयत्न के समर्थक हैं। भाई नायक का भी यही दृष्टिकोण है। अनेक निजी पाठशालाएँ इस काम में लगी हुई हैं। प्रोफेसर कर्वे ने बहुत कष्ट उठाकर अपने साहसपूर्ण प्रयत्न

को फिर आरम्भ किया है और कुछ समय में हम देखेंगे कि उनकी पाठशाला सुचारु रूप से चल निकली है। उन्होंने पाठ्यपुस्तकें लिखने की योजना बनाई थी। कुछ पुस्तकें छप गई हैं और कुछ लिखी हुई तैयार हैं। उस बन्द पाठशाला के शिक्षकों ने कभी अनास्था नहीं दिखाई। अगर दुर्भाग्य से उनकी पाठशाला न हुई होती तो आज यह प्रश्न उठता ही नहीं कि मराठी के जरिये ऊँची शिक्षा दी जा सकती है या नहीं।

गुजरात में भी मातृभाषा के जरिये शिक्षा देने का आन्दोलन शुरू हो चुका है। इस बारे में हमें राय बहादुर हरगोविन्ददास काँटावाला के लेख से जानकारी मिल सकती है। प्रो. गज्जर और स्वर्गीय दीवान बहादुर मणिभाई इस विचार के नेता माने जा सकते हैं। यह विचार करना हमारा काम है कि हमें इन लोगों के बोए बीजों के अंकुरित होने में मदद देनी चाहिए या नहीं। मुझे तो लगता है कि इसमें जितनी देर हो रही है, उतना ही हमारा नुकसान हो रहा है।

अंग्रेजी भाषा के माध्यम से शिक्षा में कम-से-कम सोलह वर्ष लगते हैं। यदि इन्हीं विषयों की शिक्षा मातृभाषा के माध्यम से दी जाए तो ज्यादा-से-ज्यादा दस वर्ष लगेंगे। यह राय बहुत से अनुभवी शिक्षकों ने प्रकट की है। हजारों विद्यार्थियों के छह-छह वर्ष बचने का अर्थ यह होता है कि कई हजार वर्ष जनता को मिल गए।

विदेशी भाषा द्वारा शिक्षा पाने में दिमाग पर जो बोझ पड़ता है वह असह्य है। यह बोझ हमारे बच्चे उठा तो सकते हैं लेकिन उसकी कीमत उन्हें चुकानी पड़ती है। वे दूसरा बोझ उठाने के लायक नहीं रह जाते। इससे हमारे स्नातक अधिकतर निकम्मे, कमजोर, निरुत्साही, रोगी और कोरे नकलची बन जाते हैं। उनमें खोज करने की शक्ति, विचार करने की शक्ति, साहस, धीरज, वीरता, निर्भयता और अन्य गुण बहुत क्षीण हो जाते हैं। इससे हम नई योजनाएँ नहीं बना सकते और यदि बनाते हैं तो उन्हें पूरा नहीं कर पाते। कुछ लोग, जिनमें उपर्युक्त गुण दिखाई देते हैं, अकाल ही काल के गाल में चले जाते हैं। एक अंग्रेज ने लिखा है कि मूल लेख और सोखता कागज के अक्षरों में जो भेद है, वही भेद यूरोप के और यूरोप के बाहर के लोगों में है। इस विचार में जो सच्चाई है वह कोई एशिया के लोगों की स्वाभाविक अयोग्यता के कारण नहीं है। इसका कारण शिक्षा का योग्य माध्यम चुन लेना है। दक्षिण अफ्रीकी हब्शी साहसी, शरीर से कद्दावर और चरित्रवान हैं। बाल-विवाह आदि जो दोष हममें हैं, वे उनमें नहीं हैं। फिर भी उनकी दशा वैसी ही है जैसी हमारी। उनकी शिक्षा का माध्यम डच भाषा है। वे भी हमारी तरह डच भाषा को तुरन्त अधिकृत कर लेते हैं और हमारी ही तरह शिक्षा समाप्त होते-होते कमजोर हो जाते हैं। वे भी 'बहुत हद तक' कोरे नकलची निकलते हैं। उनमें भी असली चीज माध्यम रूप में मातृभाषा के हटने से लुप्त हुई दीखती है। अंग्रेजी शिक्षा पाए हुए हम लोग ही इस नुकसान का सही अनुमान नहीं लगा पाते। यदि हम यह अनुमान लगा सकें कि जनसाधारण पर

हमारा कितना कम असर पड़ा है तो इसकी कुछ कल्पना हो सकती है। हमारे माता-पिता हमारी शिक्षा के बारे में कभी-कभी कुछ कह देते हैं, वह विचारने लायक होता है। हम जगदीशचन्द्र बसु और राय को देखकर मोहान्ध हो जाते हैं। मुझे विश्वास है कि हमने 50 वर्ष तक मातृभाषा द्वारा शिक्षा पाई होती तो हममें इतने बसु और राय होते कि उन्हें देखकर हमें अचम्भा न होता।

यदि हम यह विचार एक तरफ रख दें कि जापान का उत्साह जिस ओर जा रहा है, वह ठीक है या नहीं तो हमें जापान का साहस आश्चर्यजनक मालूम होगा। उन्होंने मातृभाषा द्वारा जन-जागृति की है, इसीलिए उनके हर काम में नयापन दिखाई देता है। वे शिक्षकों के भी शिक्षक बन गए हैं। उन्होंने 'गैर-यूरोपीय देशों के लोगों को दी गई सोखता कागज की उपमा गलत साबित कर दी है। शिक्षा के कारण जापान के जनजीवन में हिलोरें उठ रही हैं और दुनिया जापानियों का काम अचरज-भरी आँखों से देख रही है। विदेशी भाषा के माध्यम से शिक्षा देने की पद्धति से अपार हानि होती है।

माँ के दूध के साथ जो संस्कार और मीठे शब्द मिलते हैं, उनके और पाठशाला के बीच जो मेल होना चाहिए, वह विदेशी भाषा के माध्यम से शिक्षा देने में टूट जाता है। हम सम्बन्ध को तोड़नेवालों का हेतु पवित्र ही क्यों न हो, फिर भी वे जनता के दुश्मन हैं। हम ऐसी शिक्षा के वशीभूत होकर मातृद्रोह करते हैं। इसके अतिरिक्त विदेशी भाषा द्वारा शिक्षा देने से अन्य हानियाँ भी होती हैं। शिक्षित वर्ग और सामान्य जनता के बीच में अन्तर पड़ गया है। हम जनसाधारण को नहीं पहचानते। जनसाधारण हमें नहीं जानता। वे हमें साहब समझते हैं और हमसे डरते हैं; वे हम पर भरोसा नहीं करते। यदि यही स्थिति अधिक समय तक कायम रही तो एक दिन लॉर्ड कर्जन का यह आरोप सही हो जाएगा कि शिक्षित वर्ग जनसाधारण का प्रतिनिधि नहीं है।

सौभाग्य से शिक्षित लोग अपनी इस महा-मूर्च्छा से जागते दिखाई देते हैं। वे जनसाधारण से सम्पर्क करते हैं तो उन्हें ऊपर बताए हुए दोष स्पष्ट दिखाई देते हैं। उनमें जो जोश आया है उसे लोगों में कैसे भरें? अंग्रेजी के माध्यम से तो यह काम किया नहीं जा सकता। गुजराती के द्वारा उसे लोगों में भरने की शक्ति उनमें नहीं है या बहुत कम है। ऐसी बातें मैं हमेशा सुनता हूँ। इस बाधा के कारण जनजीवन का प्रवाह रुक गया है। हमें अंग्रेजी शिक्षा देने में मैकॉले का हेतु अलग था। उसके मन में हमारे साहित्य के प्रति तिरस्कार का भाव था। यह छूत हमें भी लग गई; हम भी मूढ़ होकर इसका तिरस्कार करने लगे और इस मामले में अपने गुरु से भी आगे बढ़ गए। मैकॉले सोचता था कि हम जनसाधारण में पश्चिमी सभ्यता के प्रचारक बनकर जाएँगे। उसकी कल्पना यह थी कि हममें से कुछ लोग अंग्रेजी पढ़-लिखकर, अपना चरित्र उन्नत करके जनता को नए विचार देंगे। वे देने लायक थे या नहीं, इस बात

का विचार करना यहाँ अप्रासंगिक होगा। हमें तो सिर्फ शिक्षा के माध्यम की बात ही सोचनी है। हमने अंग्रेजी शिक्षा में (नए विचारों को नहीं) धनप्राप्ति को देखा, और उसके उपयोग को सर्वाधिक प्रमुख स्थान दे डाला। कुछ लोगों में अपने देश का अभिमान भी पैदा हुआ। इस तरह मूल विचार गौण हो गया और अंग्रेजी भाषा का प्रचार मैकॉले की धारणा से भी आगे बढ़ गया; किन्तु इससे हम घाटे में रहे। यदि हमारे हाथ में सत्ता होती तो हम इस दोष को तुरत देख लेते और तब मातृभाषा का त्याग करना असम्भव हो जाता। सरकारी तबके ने उसे नहीं छोड़ा; हमने उसे छोड़ा है। बहुतों को शायद मालूम नहीं होगा कि हमारी अदालती भाषा गुजराती ही मानी जाती है। सरकार कानून गुजराती में बनवाती है। दरबारों में पढ़े जानेवाले भाषणों का गुजराती अनुवाद भी उसी समय पढ़ा जाता है। मुद्रा नोटों में अंग्रेजी के साथ गुजराती और अन्य भारतीय भाषाओं का भी उपयोग किया जाता है। जमीन की पैमाइश करनेवालों को गणित और जो अन्य विषय सीखने पड़ते हैं, वे कठिन होते हैं और यह काम यदि अंग्रेजी में होता तो माल-महकमे का काम बहुत खर्चीला हो जाता। इसलिए पैमाइशवालों के लिए ऐसे पारिभाषिक शब्द बनाए गए जिन्हें जानकर हमें हर्ष और आश्चर्य होता है। हममें भाषा के लिए सच्चा प्रेम हो, तो हम अपने उपलब्ध साधनों का उपयोग तत्काल कर सकते हैं। वकील अपना काम गुजराती भाषा में करने लग जाएँ तो मुवक्किलों का बहुत-सा रुपया बच जाए, इससे मुवक्किलों को कानून का जरूरी ज्ञान मिल जाए और वे अपने हक समझने लगें। दुभाषिए का खर्च भी बचे तथा भाषा में कानूनी शब्दों का प्रचार हो। वे अपने हक समझने लगें। थोड़ा प्रयत्न जरूर करना पड़ेगा। मुझे विश्वास है और मेरा अनुभव है कि इससे उनके मुवक्किलों का नुकसान नहीं होगा। यह भय करने का कोई कारण नहीं है कि गुजराती में की हुई बहस का असर कम पड़ेगा। हमारे कलक्टरों वगैरह के लिए गुजराती जानना अनिवार्य है; परन्तु अंग्रेजी के प्रति हमारे झूठे मोह के कारण उनकी इस जानकारी में जंग लग जाता है।

ऐसी दलील दी गई है कि रुपया कमाने के लिए और देशहित के खयाल से अंग्रेजी का जो उपयोग किया गया, उसमें दोष की कोई बात नहीं है। यह दलील, जब शिक्षा के माध्यम का विचार करते हैं तब ठीक नहीं मालूम होती। रुपया कमाने के लिए या देशहित के खयाल से कुछ लोग अंग्रेजी सीखें तो हम उन्हें सादर प्रणाम करेंगे। परन्तु इसी कारण अंग्रेजी भाषा को शिक्षा का माध्यम तो नहीं माना जा सकता। मैं यही स्पष्ट करना चाहता हूँ कि उपर्युक्त बातों के कारण अंग्रेजी भाषा को शिक्षा के माध्यम के रूप में भारत में जो स्थान मिला उसका परिणाम दु:खद हुआ है। कुछ लोग कहते हैं कि अंग्रेजी शिक्षा प्राप्त लोग ही देशभक्त हुए हैं; पिछले दो महीनों से तो हमें इससे बिलकुल उलटी बात नजर आ रही है। यदि अंग्रेजी का यह दावा मान भी लें तो इतना अवश्य कहा जा सकता है कि अंग्रेजी शिक्षा प्राप्त लोगों के समान

दूसरों को मौका ही नहीं मिला। इसके सिवा अंग्रेजी शिक्षा प्राप्त लोगों के देशप्रेम का प्रभाव जनसाधारण पर नहीं पड़ा। सच्चे देशप्रेम को तो व्यापक होना चाहिए। इनके देशप्रेम में यह गुण दिखाई नहीं देता।

कहा जाता है कि ऊपरी दलीलें और कुछ भी हों, वे आज अव्यावहारिक हैं। 'अंग्रेजी के कारण अन्य विषयों की कुछ भी हानि हो तो यह दु:ख की बात है। अंग्रेजी पर अधिकार प्राप्त करने में ही हमारी अधिकांश मानसिक शक्ति खर्च हो जाए, यह बहुत ही अवांछनीय है। परन्तु अंग्रेजी के सम्बन्ध में हमारी जो स्थिति है, उसे ध्यान में रखते हुए मेरा यह नम्र मत है कि नतीजे को सहकर रास्ता निकालने के सिवा और कोई उपाय नहीं है।' ये शब्द किसी ऐसे-वैसे लेखक के कहे हुए नहीं हैं। ये गुजरात के शिक्षित वर्ग में अग्रगण्य एक स्वभाषा-प्रेमी व्यक्ति के हैं। आचार्य आनन्दशंकर ध्रुव जो कुछ लिखते हैं, इस पर हम विचार किए बिना नहीं रह सकते। उन्होंने जो अनुभव प्राप्त किया है, वह बहुत कम लोगों ने प्राप्त किया है। उन्होंने साहित्य और शिक्षा की बड़ी सेवा की है। उन्हें सलाह देने तथा टीका करने का पूरा अधिकार है। ऐसी स्थिति में मेरे जैसे व्यक्ति की कुछ कहते हुए बड़ी झिझक होती है। और फिर, ये विचार अकेले आनन्दशंकर भाई के ही नहीं हैं। उन्होंने मीठी भाषा में अंग्रेजी भाषा के समर्थकों के विचार रखे हैं। उन विचारों का आदर करना हमारा कर्तव्य है। इसके अलावा भी मेरी स्थिति कुछ विचित्र-सी है। उनकी सलाह से, उनकी निगरानी में मैं राष्ट्रीय शिक्षा का प्रयोग कर रहा हूँ। वहाँ मातृ भाषा के माध्यम से ही शिक्षा दी जाती है। जहाँ इतना निकट का सम्बन्ध हो, वहाँ टीका के रूप में कुछ भी लिखते समय हिचकिचाना स्वाभाविक है। सौभाग्य से आचार्य ध्रुव ने शिक्षा के माध्यम के रूप में अंग्रेजी भाषा और मातृभाषा दोनों का ही प्रयोग होते देखा है और दोनों में से एक के बारे में भी उन्होंने निश्चित राय नहीं दी है इसलिए उनके विचारों के विरुद्ध कुछ कहने में संकोच अवश्य कम हो जाता है।

अंग्रेजी के सम्बन्ध में हम अपनी स्थिति को जरूरत से ज्यादा महत्त्व देते हैं। मैं जानता हूँ कि इस सम्मेलन में इस विषय में पूरी-पूरी आजादी से चर्चा नहीं की जा सकती। किन्तु जो राजनीतिक मामलों में नहीं पड़ सकते हमारा उनसे इतना कहना तो अनुचित नहीं है कि भारत में अंग्रेजों का राज्य केवल भारत की भलाई के लिए होना चाहिए। और किसी विचार से इस सम्बन्ध का बचाव नहीं किया जा सकता। एक राष्ट्र का दूसरे राष्ट्र पर राज्य करना दोनों के लिए असह्य है, बुरा है और दोनों को नुकसान पहुँचानेवाला है, यह बात अंग्रेज अधिकारियों ने भी मानी है और जहाँ कहीं भी परोपकार की दृष्टि से विचार होगा, वहाँ यह बात सिद्धान्त रूप में मानी जाएगी। इसलिए यदि शासकों और शासितों दोनों को यह निश्चय हो जाए कि अंग्रेजी के माध्यम से शिक्षा देने से जनसाधारण की मानसिक शक्ति नष्ट होती है तो एक पल की भी देर किए बिना शिक्षा का माध्यम बदल

दिया जाना चाहिए। इसमें जो बाधाएँ सामने आएँ, उन्हें दूर करने में ही हमारे पुरुषार्थ की कसौटी है। यदि यह बात ठीक मान ली जाए तो जो लोग आचार्य ध्रुव की तरह यह स्वीकार करते हैं कि अंग्रेजी माध्यम के कारण हमारी मानसिक शक्ति की हानि होती है उन्हें भरोसा दिलाने के लिए कोई दूसरी दलील देने की जरूरत नहीं रह जाती।

यह सोचना कि मातृभाषा के माध्यम द्वारा शिक्षा देने से अंग्रेजी भाषा के ज्ञान को धक्का पहुँचेगा, अनावश्यक है। सभी पढ़े-लिखे भारतीयों को इस भाषा पर अधिकार प्राप्त करने की जरूरत नहीं है। इतना ही नहीं, मेरी तो यह भी नम्र राय है कि उस पर अधिकार प्राप्त करने की रुचि पैदा करना भी जरूरी नहीं है।

कुछ भारतीयों को अंग्रेजी सीखनी अवश्य पड़ेगी। आचार्य ध्रुव ने केवल उच्च शिक्षा की दृष्टि से ही इस प्रश्न पर सोचा है, परन्तु हम सब दृष्टियों से सोचने पर देख सकेंगे कि दो वर्गों को अंग्रेजी की जरूरत रहेगी :

1. वे देशप्रेमी लोग, जिनमें भाषा सीखने की अधिक शक्ति है, जिनके पास समय है और जो अंग्रेजी का उपयोग अंग्रेजी साहित्य में शोध करके उसके परिणाम जनता के सामने रखने में या शासकों से मिलने-जुलने में करना चाहते हैं, और
2. वे लोग जो अंग्रेजी ज्ञान का उपयोग रुपया कमाने में करना चाहते हैं। इन दोनों वर्गों को अंग्रेजी भाषा का उत्कृष्ट ज्ञान एक वैकल्पिक विषय के रूप में देने में कोई हर्ज नहीं। उनके लिए इसकी सुविधा तक कर देना जरूरी है। पढ़ाई के इस क्रम में भी शिक्षा का माध्यम तो मातृभाषा ही रहेगी। आचार्य ध्रुव को भय है कि यदि हमारी पूरी शिक्षा-दीक्षा अंग्रेजी के माध्यम से न हुई और हमने उसे केवल विदेशी भाषा के रूप में पढ़ा तो जैसा हाल फारसी, संस्कृत और ऐसी ही अन्य भाषाओं का होता है, वैसा ही अंग्रेजी का भी होगा। मुझे आदर के साथ कहना चाहिए कि इस विचार में कुछ दोष हैं। बहुत से अंग्रेज अपनी शिक्षा-दीक्षा अंग्रेजी में होने पर भी फ्रेंच आदि भाषाओं का ऊँचा ज्ञान प्राप्त करते हैं और उनका अपने काम में पूरा उपयोग कर सकते हैं। भारत में ऐसे भारतीय मौजूद हैं जिन्होंने अंग्रेजी में शिक्षा पाई है, परन्तु फ्रेंच और अन्य भाषाओं पर भी उनका असाधारण अधिकार है। सच तो यह है कि जब अंग्रेजी अपनी जगह रहेगी और मातृभाषा अपना पद ले लेगी, तब हमारे मस्तिष्क जो अभी रुँधे हुए हैं, बन्धन मुक्त हो जाएँगे। और जब हमारा मस्तिष्क शिक्षित तथा सुसंस्कृत होने पर भी ताजा होगा तब उसे अंग्रेजी भाषा का ज्ञान प्राप्त करने का अध्ययन हमारे आज के अंग्रेजी के अध्ययन से ज्यादा उपयुक्त होगा और बुद्धि प्रखर होने के कारण उसका उपयोग

अधिक अच्छा हो सकेगा। लाभालाभ के विचार से यह मार्ग सभी अर्थों का साधक मालूम होगा।

जब हम मातृभाषा द्वारा शिक्षा पाने लगेंगे, तब हमारे घर के लोगों के साथ हमारा दूसरा ही सम्बन्ध रहेगा। आज हम अपनी स्त्रियों को अपनी सच्ची जीवन-सहचरी नहीं बना सकते। उन्हें हमारे कामों का बहुत कम ज्ञान होता है। हमारे माता-पिता को हमारी पढ़ाई के सम्बन्ध में कोई जानकारी नहीं होती। यदि हम अपनी भाषा के जरिये उच्च-शिक्षा प्राप्त करें तो हम अपने धोबी, नाई और भंगी सभी को सहज ही शिक्षा दे सकेंगे। विलायत में हजामत बनवाते हुए नाई के साथ राजनीति की चर्चा कर सकते हैं। यहाँ तो हम अपने कुटुम्ब में भी ऐसी चर्चा नहीं कर सकते। इसका कारण यह नहीं है कि हमारे कुटुम्बी या नाई अज्ञानी हैं। उस अंग्रेज नाई के बराबर ज्ञानी तो ये भी हैं। उनके साथ हम महाभारत, रामायण और तीर्थों की बातें करते हैं, क्योंकि लोक-शिक्षण इसी दिशा में प्रवाहित होता है। परन्तु स्कूल की शिक्षा घर तक नहीं पहुँच पाती क्योंकि अंग्रेजी में पढ़ी हुई बातें हम अपने कुटुम्बियों को बताने में असमर्थ रह जाते हैं।

आजकल हमारी धारा सभाओं का सारा कामकाज अंग्रेजी में होता है। बहुतेरी संस्थाओं का भी यही हाल है। इससे विद्या-धन कंजूस की दौलत की तरह गड़ा हुआ पड़ा रहता है। अदालतों में भी यही दशा है। न्यायाधीश (मुकदमों के दौरान) अनेक शिक्षाप्रद बातें कहते रहते हैं। सम्बन्धित व्यक्ति उन्हें सुनकर लाभ भी उठा सकते हैं, परन्तु न्यायाधीश की आखिरी शुष्क आज्ञा के सिवा कोई अन्य बात उनके पल्ले नहीं पड़ती। ये अपने वकीलों तक की जिरह नहीं सुन सकते। अंग्रेजी के माध्यम से चिकित्साशास्त्र का ज्ञान पाए डॉक्टरों की भी यही दशा है। वे रोगी को जरूरी ज्ञान नहीं दे सकते। उन्हें तो शरीर के अवयवों के गुजराती नाम भी नहीं आते। इसलिए अधिकतर दवा का नुस्खा लिख देने के सिवा रोगी के साथ उनका और कोई सम्बन्ध नहीं रहता। भारत में पहाड़ों की चोटियों से चौमासे में पानी के जो प्रपात गिरते हैं, उनसे हम अपने अविचार के कारण कोई लाभ नहीं उठाते। हम नित्य लाखों रुपये की सोने-जैसी कीमती खाद पैदा करते हैं, किन्तु उसका उचित उपयोग नहीं करते और फलतः रोग मोल लेते हैं। इसी तरह हम अंग्रेजी भाषा के बोझ से कुचले हुए लोग दूरदर्शिता के अभाव में ऊपर लिखे अनुसार जनसाधारण को, जो कुछ देना चाहिए, उसे नहीं दे पाते। इस कथन में अतिशयोक्ति नहीं है। उससे केवल मेरी तीव्र भावना प्रकट होती है। हम मातृभाषा का जो अनादर करते रहे हैं, उसका हमें भारी प्रायश्चित्त करना पड़ेगा। इससे जनसाधारण का बड़ा नुकसान हुआ है। इस नुकसान से उसे बचाना मैं पढ़े-लिखे लोगों का पहला फर्ज समझता हूँ।

जो नरसी मेहता की भाषा है, जिसमें नन्दशंकर ने अपना 'करणघेला' उपन्यास लिखा, जिसमें नवलराम, नर्मदाशंकर, मणिलाल, मलबारी आदि लेखक अपना साहित्य लिख गए हैं, जिस भाषा में स्व. राजचन्द कवि ने अमृत वाणी सुनाई है, हिन्दू,

मुसलमान और पारसी जातियाँ जिस भाषा की सेवा करती हैं, जिसके बोलनेवालों में पवित्र साधु-सन्त हो चुके हैं, जिस भाषा को बोलनेवालों में धन भी प्रचुर है और जिनमें जहाजों द्वारा परदेशों में व्यापार करनेवाले व्यापारी भी हैं, जिसमें मुलू माणिक और जोधा माणिक की बहादुरी की प्रतिध्वनि काठियावाड़ के बरड़ा पहाड़ में आज भी गूँजती है, उस भाषा के विकास की सीमा नहीं बाँधी जा सकती। ऐसी भाषा के द्वारा गुजराती लोग शिक्षा भी न लें तो उससे भला और क्या होगा? इस प्रश्न पर विचार करना पड़े यही बड़े दु:ख की बात है।

इस विषय को समाप्त करते हुए मैं आप सबका ध्यान डॉ. प्राणजीवन मेहता द्वारा लिखे लेखों की तरफ खींचता हूँ। उनका गुजराती अनुवाद प्रकाशित हो चुका है। मैं आपको उन्हें पढ़ जाने की सलाह देता हूँ। उनमें उक्त मत के समर्थक बहुत से विचार मिलेंगे।

यदि हमें यह विश्वास हो गया है कि मातृभाषा को शिक्षा का माध्यम बनाना अच्छा है तो हमें यह सोचना चाहिए कि उस विश्वास पर अमल करने के लिए क्या उपाय किए जाएँ। दलीलें दिए बिना मुझे जो उपाय सूझते हैं, उन्हें सामने रखता हूँ :

1. अंग्रेजी जाननेवाले गुजराती, जान-बूझकर या अनजाने में भी आपसी व्यवहार में अंग्रेजी का उपयोग न करें।
2. जिन्हें अंग्रेजी और गुजराती दोनों का अच्छा ज्ञान है, वे अंग्रेजी में प्राप्त अच्छी उपयोगी पुस्तकें या विचारों को गुजराती में लोगों के सामने रखें।
3. शिक्षा-समितियाँ (गुजराती में सब विषयों की) पाठ्यपुस्तकें तैयार कराएँ।
4. धनवान लोग जगह-जगह गुजराती के माध्यम से शिक्षा के लिए स्कूल खोलें।
5. इसके साथ-साथ परिषदों और शिक्षा-समितियों को सरकार के पास अर्जी भेजनी चाहिए कि समस्त शिक्षा मातृभाषा के माध्यम से ही दी जाए और अदालतों और धारा सभाओं का सारा कामकाज गुजराती में किया जाए। लोगों को भी अपना सब काम इसी भाषा में करना चाहिए। आज जो यह रिवाज पड़ गया है कि अंग्रेजी जाननेवाले को ही अच्छी नौकरी मिल सकती है, उसे बदलकर भाषा का भेदभाव रखे बिना नियुक्तियाँ योग्यता के अनुसार की जाएँ। सरकार को अर्जी भी दी जानी चाहिए कि ऐसे स्कूल खोले जाएँ, जिनमें सरकारी नौकरों को गुजराती भाषा का जरूरी ज्ञान दिया जा सके।

इस योजना में एक आपत्ति दिखाई देगी। वह यह है कि धारा सभा में मराठी, सिन्धी और गुजराती सदस्य हैं और कर्नाटक के सदस्य भी हो सकते हैं। यह आपत्ति बड़ी तो है, परन्तु इसका निवारण किया जा सकता है। तेलुगू लोगों ने इस विषय की चर्चा शुरू की है और इसमें शक नहीं कि किसी-न-किसी दिन भाषा के

अनुसार नए प्रान्त बनाने ही होंगे। परन्तु तब तक धारा सभा के सदस्यों को हिन्दी में या अपनी मातृ-भाषा में बोलने का अधिकार दिया जाना चाहिए। यह सुझाव आज हास्यास्पद मालूम हो तो माफी माँगकर इतना ही कहूँगा कि बहुत से सुझाव शुरू में हास्यास्पद ही मालूम होते हैं। मेरे कहने का तात्पर्य यह है कि देश की उन्नति शिक्षा के माध्यम के सही निर्णय पर निर्भर है। इसलिए मुझे अपने सुझाव में बहुत सार मालूम होता है! जब मातृभाषा की कीमत बढ़ेगी और उसे राजभाषा का पद मिलेगा, तब उसमें वे शक्तियाँ देखने को मिलेंगी, जिनकी हमें कल्पना भी नहीं हो सकती। जैसे हमें शिक्षा के माध्यम का विचार करना पड़ा, वैसे ही हमें राष्ट्रभाषा का भी विचार करना चाहिए। यदि अंग्रेजी राष्ट्रभाषा बनाई जाए तो उसे अनिवार्य स्थान दिया जाना चाहिए।

क्या अंग्रेजी राष्ट्रभाषा हो सकती है? कुछ देशभक्त विद्वानों का कहना है कि अंग्रेजी राष्ट्रभाषा बनाई जा सकती है या नहीं, यह प्रश्न ही अज्ञानावस्था का सूचक है। अंग्रेजी तो राष्ट्रभाषा बन चुकी है। हमारे वाइसराय महोदय ने जो भाषण दिया है, उसमें उन्होंने केवल ऐसी आशा ही प्रकट की है। उनका उत्साह उन्हें उपर्युक्त श्रेणी में नहीं ले जाता। वाइसराय आशा करते हैं कि अंग्रेजी भाषा दिन-प्रतिदिन इस देश में फैलेगी, हमारे परिवारों में प्रवेश करेगी और अन्त में राष्ट्रभाषा के ऊँचे पद पर पहुँचेगी। ऊपर-ऊपर से देखें तो आज इस विचार का समर्थन किया जा सकता है। हमारे पढ़े-लिखे लोगों की दशा को देखते हुए ऐसा मालूम पड़ता है कि अंग्रेजी के बिना हमारा कारबार बन्द हो जाएगा। इस पर भी यदि हम जरा गहराई से देखें तो पता चलेगा कि अंग्रेजी राष्ट्रभाषा नहीं बन सकती और न उसका प्रयत्न किया जाना चाहिए।

तब राष्ट्रभाषा के क्या लक्षण होने चाहिए। इस पर विचार करें :

1. वह भाषा सरकारी नौकरियों के लिए आसान होनी चाहिए।
2. उस भाषा के द्वारा भारत का आपसी धार्मिक, आर्थिक और राजनैतिक कामकाज सशक्त होना चाहिए।
3. उस भाषा को भारत के ज्यादातर लोग बोलते हों।
4. वह भाषा राष्ट्र के लिए आसान होनी चाहिए।
5. उस भाषा का विचार करते समय क्षणिक या अस्थायी स्थिति पर जोर न दिया जाए।

अंग्रेजी भाषा में इनमें से एक भी लक्षण नहीं हैं।

पहला लक्षण मुझे अन्त में रखना चाहिए था। परन्तु मैंने उसे पहले रखा है, क्योंकि वह लक्षण अंग्रेजी भाषा में दिखाई पड़ सकता है। ज्यादा सोचने पर हम देखेंगे कि आज भी राज्य के नौकरों के लिए वह भाषा आसान नहीं है। यहाँ के शासन का ढाँचा इस तरह का सोचा गया है कि अंग्रेज कम होंगे यहाँ तक कि अन्त में वाइसराय और दूसरे अंग्रेज अँगुलियों पर गिनने लायक रहेंगे। अधिकतर कर्मचारी

आज भी भारतीय हैं और वे दिन-दिन बढ़ते ही जाएँगे। यह तो सभी मानेंगे कि इस वर्ग के लिए अंग्रेजी भारत की किसी भी भाषा से ज्यादा कठिन है।

दूसरे लक्षण पर विचार करते समय हम देखते हैं कि जब तक जनसाधारण अंग्रेजी बोलनेवाले न हो जाएँ, तब तक हमारा धार्मिक व्यवहार अंग्रेजी में नहीं चल सकता। एक हद तक अंग्रेजी भाषा का समाज में फैल जाना असम्भव मालूम होता है।

तीसरा लक्षण अंग्रेजी में नहीं हो सकता, क्योंकि वह भारत के अधिकतर लोगों की भाषा नहीं है।

चौथा लक्षण भी अंग्रेजी में नहीं है, क्योंकि सारे राष्ट्र के लिए वह इतनी आसान नहीं है।

पाँचवें लक्षण पर विचार करते समय हम देखते हैं कि अंग्रेजी भाषा की आज जो शक्ति है वह क्षणिक है। स्थायी स्थिति तो यह है कि भारत में सार्वजनिक कामों में अंग्रेजी भाषा की जरूरत सदा कम रहेगी। अंग्रेजी साम्राज्य से व्यवहार करने में अवश्य उसकी जरूरत पड़ेगी अर्थात् वह साम्राज्य के अन्तर्गत पारस्परिक राजनीतिक व्यवहार की भाषा होगी, यह सवाल जुदा है। उसके लिए अंग्रेजी जरूर रहे। हमें अंग्रेजी भाषा से कुछ भी द्वेष नहीं है। हमारा आग्रह तो इतना ही है कि उसे मर्यादा से बाहर न जाने दिया जाए। साम्राज्य की भाषा तो अंग्रेजी ही होगी और इसलिए हम अपने मालवीय जी, शास्त्री या बनर्जी जैसे लोगों के लिए इसको पढ़ना अनिवार्य कर देंगे और यह विश्वास रखेंगे कि ये लोग विदेशों में भारत की कीर्ति फैलाएँगे। परन्तु राष्ट्र की भाषा अंग्रेजी नहीं हो सकती। अंग्रेजी को राष्ट्रभाषा बनाना कृत्रिम विश्वभाषा 'एस्पेरेंटो' दाखिल करने जैसी बात है। अंग्रेजी राष्ट्रभाषा हो सकती है, यह कल्पना उसी प्रकार हमारी कमजोरी की सूचक है जिस प्रकार 'एस्पेरेंटो' को विश्वभाषा बनाने का प्रयत्न अज्ञान का सूचक है।

तब कौन सी भाषा उन पाँच लक्षणों से युक्त है? यह माने बिना चल ही नहीं सकता कि हिन्दी भाषा में ये सारे लक्षण मौजूद हैं।

हिन्दी भाषा मैं उसे कहता हूँ जिसे उत्तर में हिन्दू और मुसलमान बोलते हैं और देवनागरी या फारसी लिपि में लिखते हैं। इस व्याख्या का थोड़ा विरोध किया गया है।

ऐसी दलील दी जाती है कि हिन्दी और उर्दू दो अलग भाषाएँ हैं। यह दलील सही नहीं है। उत्तर भारत में मुसलमान और हिन्दू दोनों एक ही भाषा बोलते हैं। भेद पढ़े-लिखे लोगों ने डाला है। इसका अर्थ यह है कि हिन्दू शिक्षित वर्ग ने हिन्दी को केवल संस्कृतमय बना दिया है। इस कारण कितने ही मुसलमान उसे समझ नहीं सकते। लखनऊ के मुसलमान भाइयों ने उस उर्दू में फारसी भर दी है और उसे हिन्दुओं के समझने के अयोग्य बना दिया है। ये दोनों केवल पंडिताऊ भाषाएँ हैं और उनको जनसाधारण में कोई स्थान प्राप्त नहीं है। मैं उत्तर में रहा हूँ, हिन्दू-मुसलमानों के साथ खूब मिला-जुला हूँ, और मेरा हिन्दी भाषा का ज्ञान बहुत कम होने पर भी

मुझे उन लोगों के साथ व्यवहार रखने में जरा भी कठिनाई नहीं हुई है। जिस भाषा को उत्तरी भारत में आम लोग बोलते हैं, उसे चाहे उर्दू कहें, चाहे हिन्दी दोनों एक ही भाषा की सूचक हैं। यदि उसे फारसी भाषा में लिखिए तो वह उर्दू भाषा के नाम से पहचानी जाएगी और नागरी लिपि में लिखें तो वह हिन्दी कहलाएगी।

अब रहा लिपि का झगड़ा। अभी कुछ समय तक तो मुसलमान लड़के फारसी लिपि में अवश्य लिखेंगे और हिन्दू अधिकतर देवनागरी में लिखेंगे। 'अधिकतर' इसलिए कहता हूँ कि हजारों हिन्दू आज भी अपनी हिन्दी फारसी लिपि में लिखते हैं और कितने ही तो देवनागरी लिपि नहीं जानते। अन्त में जब हिन्दू-मुसलमानों में एक-दूसरे के प्रति तनिक भी सन्देह की भावना नहीं रह जाएगी और अविश्वास के सारे कारण दूर हो जाएँगे, तब जिस लिपि का ज्यादा जोर रहेगा, वह लिपि ज्यादा लिखी जाएगी और वही राष्ट्रीय लिपि हो जाएगी। इस बीच जिन मुसलमान भाइयों और हिन्दुओं को फारसी लिपि में अर्जी लिखनी होगी, उनकी अर्जी सरकारी कार्यालयों में स्वीकार की जानी चाहिए।

इन पाँच लक्षणों से युक्त हिन्दी की होड़ करनेवाली और कोई भाषा नहीं है। हिन्दी के बाद दूसरा दर्जा बंगला का है। फिर भी बंगाली लोग बंगाल के बाहर हिन्दी का ही उपयोग करते हैं। हिन्दी-भाषी जहाँ जाते हैं, वहाँ हिन्दी का ही उपयोग करते हैं और इससे किसी को अचम्भा नहीं होता। हिन्दी-भाषी धर्मोपदेशक और उर्दू-भाषी मौलवी सारे भारत में अपने भाषण हिन्दी में ही देते हैं और अपढ़ जनसाधारण उन्हें समझ लेते हैं। जहाँ अपढ़ गुजराती भी उत्तर में जाकर थोड़ी-बहुत हिन्दी का उपयोग कर लेता है, वहाँ उत्तर का 'भैया' बम्बई के सेठ की नौकरी करते हुए भी गुजराती बोलने से इनकार करता है और सेठ 'भैया' के साथ टूटी-फूटी हिन्दी बोल लेता है। मैंने देखा है कि ठेठ द्रविड़ प्रान्तों में भी हिन्दी की आवाज सुनाई देती है। यह कहना ठीक नहीं कि मद्रास में तो अंग्रेजी से ही काम चलता है। वहाँ भी मैंने अपना सारा काम हिन्दी से चलाया है। इसके सिवा मद्रास के मुसलमान उर्दू बोलते हैं और उनकी संख्या सब प्रान्तों में कुछ कम नहीं है।

इस तरह हिन्दी भाषा राष्ट्रभाषा बन चुकी है। हमने वर्षों पहले उसका राष्ट्रभाषा के रूप में उपयोग किया है। उर्दू भी हिन्दी की इस शक्ति से ही पैदा हुई है।

मुसलमान बादशाह फारसी अथवा अरबी को भारत की राष्ट्रभाषा नहीं बना सके। उन्होंने हिन्दी के व्याकरण को मानकर फारसी लिपि को अपनाया और फारसी शब्दों का ज्यादा उपयोग किया। परन्तु वे जनसाधारण के साथ विदेशी भाषा का व्यवहार नहीं चला सके। यह हालत अंग्रेज अधिकारियों में छिपी हुई नहीं है। जिन्हें सैनिक प्रशासन का अनुभव है, वे जानते हैं कि जवानों के लिए हिन्दी या उर्दू पारिभाषिक शब्द बनाने पड़े हैं।

मद्रास के शिक्षित वर्ग के लिए इस मामले में कुछ कठिनाई है, फिर हम देखते हैं कि हिन्दी ही राष्ट्रभाषा हो सकती है।

महाराष्ट्री, सिन्धी, गुजराती और बंगाली लोगों के लिए तो वह बड़ी आसान है। वे कुछ महीनों में हिन्दी पर अच्छा अधिकार प्राप्त कर सकते हैं, उसमें राष्ट्रीय काम-काज चला सकते हैं। तमिल भाइयों के लिए यह उतनी सरल नहीं है। तमिल और अन्य दक्षिणी भाषाएँ द्रविड़ वर्ग की पृथक् भाषाएँ हैं और उनकी बनावट तथा उनका व्याकरण संस्कृत से अलग ही है। कुछ शब्दों की एकता के सिवा कोई अन्य एकता संस्कृतज भाषाओं और द्रविड़ भाषाओं में नहीं पाई जाती। परन्तु यह कठिनाई सिर्फ आज के पढ़े-लिखे लोगों तक ही सीमित है। हमें उनके देशप्रेम पर भरोसा करने और उनसे विशेष प्रयत्न से हिन्दी सीख लेने की आशा करने का अधिकार है। यदि भविष्य में हिन्दी को राष्ट्रभाषा का स्थान दिया जाता है तो हर मद्रासी स्कूल में हिन्दी पढ़ाई जाएगी और मद्रास का दूसरे प्रान्तों से विशेष परिचय होने की सम्भावना बढ़ जाएगी। अंग्रेजी भाषा द्रविड़ जनता में प्रवेश नहीं पा सकी है। परन्तु हिन्दी को उनमें प्रवेश करने में देर नहीं लगेगी; तेलुगू भाषी लोग आज ऐसा प्रयत्न कर भी रहे हैं। यदि यह सम्मेलन इस बारे में, राष्ट्रभाषा कैसी होनी चाहिए, स्थिर कर सके, तब तो इस काम को पूरा करने के उपाय की जरूरत भी मालूम होगी। जैसे उपाय मातृ-भाषा के बारे में बताए गए हैं, वैसे ही आवश्यक परिवर्तन के साथ, राष्ट्रभाषा के बारे में भी उपर्युक्त उपाय हो सकते हैं। गुजराती को शिक्षा का माध्यम बनाने में खास तौर पर हमको ही प्रयत्न करना पड़ेगा। परन्तु राष्ट्रभाषा के आन्दोलन में तो सारा भारत भाग लेगा।

हमने शिक्षा के माध्यम, राष्ट्रभाषा और शिक्षा में अंग्रेजी के स्थान के सम्बन्ध में विचार किया। अब हमें यह सोचना बाकी है कि हमारी पाठशालाओं में दी जानेवाली शिक्षा में कमी है या नहीं।

इस विषय में कोई मतभेद नहीं है। सरकार और लोकमत सब प्रचलित शिक्षा पद्धति को बुरा बताते हैं। इस बारे में बहुत मतभेद है कि इसमें क्या ग्राह्य है और क्या त्याज्य है। इन मतभेदों पर बहस करने योग्य ज्ञान मुझमें नहीं है। मैंने जो विचार बनाए हैं उन्हें इस सम्मेलन के आगे रख देने की धृष्टता करता हूँ।

शिक्षा मेरा क्षेत्र नहीं कहा जा सकता। इसलिए मुझे इस विषय में कुछ भी कहते संकोच होता है। जब कोई अनधिकारी व्यक्ति अपने अधिकार से बाहर बात करता है तो मैं उसकी बात का खंडन करने के लिए अधीर हो उठता हूँ। यदि कोई वैद्य वकील बनने का प्रयत्न करे तो वकील को गुस्सा आना ठीक ही है। इसी तरह मैं मानता हूँ कि शिक्षा के बारे में जिसे कुछ भी अनुभव न हो उसे उसकी टीका करने का कोई अधिकार नहीं है। इसलिए पहले मुझे दो शब्द अपने अधिकार के बारे में कहने पड़ेंगे।

मैंने आधुनिक शिक्षा पर अब से पच्चीस वर्ष पहले ही विचार करना आरम्भ कर दिया था। मेरे और मेरे भाई-बहनों की शिक्षा की जिम्मेदारी मुझ पर पड़ी। मुझे अपने स्कूलों की कमियाँ मालूम थीं। इसलिए मैंने अपने लड़कों को शिक्षा देते हुए

उन पर प्रयोग शुरू किए। मैंने उन्हें इधर-उधर भटकाया भी। मैंने किसी को कहीं, तो किसी को कहीं भेजा। किसी-किसी को मैंने स्वयं पढ़ाया। मैं दक्षिण अफ्रीका गया। वहाँ भी मेरा असन्तोष ज्यों का त्यों बना रहा और मुझे इस बारे में विशेष विचार करना पड़ा। वहाँ भारतीय शिक्षा संघ का कारोबार बहुत समय तक मेरे हाथ में रहा। किन्तु अपने लड़कों को मैंने स्कूलों में शिक्षा नहीं दिलवाई। मेरे सबसे बड़े लड़के ने मेरी अलग-अलग अवस्थाएँ देखी थीं। उसने मुझसे निराश होकर कुछ समय तक अहमदाबाद के स्कूल में शिक्षा ली। परन्तु उसे ऐसा नहीं लगा कि उसे इससे लाभ हुआ। मैं ऐसा मानता हूँ कि जिन्हें मैंने स्कूल नहीं भेजा, उनका नुकसान नहीं हुआ है और उन्हें अच्छी शिक्षा मिली है। उनकी कमी भी मैं जानता हूँ, परन्तु कमी का कारण यही है कि वे मेरे प्रयोगों की शुरुआत में पल-पुसकर बड़े हुए, इसलिए उन पर सारे प्रयोगों में सृष्टि की एकता के बावजूद उसमें किए गए परिवर्तनों का प्रभाव पड़ा। दक्षिण अफ्रीका में सत्याग्रह के समय कभी मेरे पास लगभग पचास लड़के पढ़ते थे। इस स्कूल की रचना अधिकतर मेरे हाथों हुई थी। उसका सम्बन्ध दूसरे स्कूलों या सरकारी शिक्षा-पद्धति से नहीं था। यहाँ भी ऐसा ही प्रयत्न चल रहा है और मैंने आचार्य ध्रुव और दूसरे विद्वानों का आशीर्वाद लेकर अहमदाबाद में एक राष्ट्रीय स्कूल खोला है। इसे पाँच महीने हुए हैं। उसके प्रिंसिपल गुजरात कॉलेज के भूतपूर्व प्रोफेसर सांकलचन्द शाह हैं। उन्होंने प्रोफेसर गज्जर की देखरेख में शिक्षा पाई है और उनके साथ दूसरे भी भाषा-प्रेमी लोग हैं। इस योजना के लिए मुख्य रूप से मैं जिम्मेदार हूँ। परन्तु उसमें इन सब शिक्षकों की सहमति है और उन्होंने केवल अपनी जरूरत के लायक वेतन लेकर इस काम के निमित्त अपना जीवन अर्पण किया है। परिस्थितिवश मैं स्वयं इस स्कूल में पढ़ाने का काम नहीं कर सकता, परन्तु मेरा ध्यान उस तरफ हमेशा रहता है। इस तरह मैंने बनाया तो सिर्फ ढाँचा ही है, परन्तु मैं समझता हूँ कि वह थोड़ा सोच-विचार कर बनाया गया है। मुझे उम्मीद है कि आप लोग इसे ध्यान में रखकर मेरी बातों पर विचार करेंगे। मुझे सदा ऐसा लगता रहा है कि आधुनिक शिक्षा में हमारी कौटुम्बिक व्यवस्था पर ध्यान नहीं दिया गया। उसकी रचना करने में हमारी जरूरतों का खयाल रखना स्वाभाविक ही है।

मैकॉले ने हमारे साहित्य का तिरस्कार किया, हमें अन्धविश्वासी माना। जिन लोगों ने हमारी शिक्षा की योजना बनाई, उनमें से अधिकांश को हमारे धर्म के बारे में गहरा अज्ञान था। कितनों ने ही उसे अधर्म समझा उन्होंने हमारे धर्मग्रन्थों को अन्धविश्वासों का समुच्चय माना। उन्हें हमारी सभ्यता दोषपूर्ण मालूम हुई। यह समझा गया है कि हमारा राष्ट्र अवनत है और इसलिए हमारी प्रणालियों में बहुत दोष होने चाहिए। इससे शुद्ध भावना होते हुए भी उन्होंने प्रणाली गलत बनाई। चूँकि रचना नई करनी थी, इसलिए प्रयोजकों ने तत्कालीन स्थितियों का ही ध्यान रखा। सारी योजना इस खयाल को आगे रखकर बनाई कि उन्हें अपनी मदद के लिए वकीलों, डॉक्टरों

और क्लर्कों की जरूरत होगी और हम सबको नए ज्ञान की जरूरत होगी। इसलिए हमारे जीवन का विचार किए बिना पुस्तकें तैयार की गईं और जैसी कि अंग्रेजी में कहावत है, 'गाड़ी के पीछे घोड़ा जोत दिया गया'।

मलबारी ने कहा है कि इतिहास-भूगोल पढ़ाना हो तो पहले बच्चों को घर का इतिहास-भूगोल सीखना चाहिए। मुझे याद है कि इंग्लैंड की 'काउंटियों' को रटना पड़ा था और भूगोल जैसा दिलचस्प विषय मेरे लिए जहर हो गया था। इतिहास में भी मुझे कोई उत्साहप्रद बात नहीं मिली। इतिहास देश पर गर्व अनुभव करना सिखाने का साधन होता है। इतिहास सिखाने की अपने स्कूल की पद्धति में इस देश के बारे में मुझे गर्व अनुभव करने का कोई कारण नहीं मिला। उसके लिए मुझे दूसरी ही किताबें पढ़नी पड़ीं।

अंकगणित और अन्य विषयों के शिक्षण में भी देशी-पद्धति को कम स्थान दिया गया है। पुरानी पद्धति लगभग छोड़ ही दी गई है। हिसाब सिखाने की देशी पद्धति मिट जाने से हमारे बड़े-बूढ़ों में जल्दी से हिसाब लगा लेने का जो गुण था, वह हममें नहीं रहा।

विज्ञान नीरस है। उसके ज्ञान से हमारे बच्चे कोई लाभ उठा नहीं सकते। खगोल जैसे शास्त्र, जो बच्चों को आकाश दिखाकर सिखाए जा सकते हैं सिर्फ पुस्तकों से पढ़ाए जाते हैं। मैं नहीं समझता कि स्कूल छोड़ने के बारे किसी विद्यार्थी को पानी की बूँद का विश्लेषण याद रहा होगा।

स्वास्थ्य के सम्बन्ध में शिक्षा दी ही नहीं जाती, यह कहना अतिशयोक्ति नहीं है। साठ साल की शिक्षा के बाद भी हमें हैजा, प्लेग आदि रोगों से बचाव करना नहीं आया है। हमारे डॉक्टर भी इन रोगों को दूर नहीं कर सके। मैं इसे अपनी शिक्षा-पद्धति पर सबसे बड़ा आक्षेप समझता हूँ। अपने सैकड़ों घरों को देखने पर भी मुझे यह अनुभव नहीं हुआ कि उनमें स्वास्थ्य के नियमों ने प्रवेश किया है। साँप काटने पर क्या किया जाए, यह हमारे स्नातक बता सकेंगे, इसमें मुझे पूरा शक है। यदि हमारे डॉक्टरों को छोटी उम्र से ही आरोग्य-शास्त्र सीखने का मौका मिला होता तो आज उनकी जो दयनीय अवस्था है, वह न हुई होती। यह हमारी शिक्षा का भयंकर दुष्परिणाम है कि दुनिया के दूसरे सब हिस्सों के लोगों ने अपने यहाँ से महामारी को निकाल बाहर कर दिया, परन्तु हमारे यहाँ तो वह जड़ें जमाती चली जा रही हैं और हजारों भारतीय बेमौत मरते जा रहे हैं। यदि इसका कारण हमारी गरीबी बताई जाए तो इस बात का जवाब भी शिक्षा विभाग की तरफ से मिलना चाहिए कि साठ साल की शिक्षा के बाद भी भारत में गरीबी क्यों है?

अब जिन विषयों की शिक्षा ही नहीं दी जाती, उन पर विचार करें। शिक्षा का मुख्य हेतु चरित्रगठन होना चाहिए। धर्म के बिना चरित्र कैसे बन सकता है, यह मेरी समझ में ही नहीं आ सकता। हम 'इतो भ्रष्टस्ततो भ्रष्ट:' होते जा रहे हैं। इसका भान

हमें आगे चलकर होगा। इस बारे में मैं ज्यादा नहीं कह सकता। लेकिन मैं सैकड़ों शिक्षकों से मिला हूँ। उन्होंने गहरे दुख के साथ मुझे अपने अनुभव सुनाए हैं। इस सम्मेलन को इस प्रश्न पर गम्भीरतापूर्वक विचार करना ही पड़ेगा। यदि विद्यार्थियों की नैतिकता चली गई, तो सब कुछ गया समझिए।

जिस देश में 85 से 90 प्रतिशत स्त्री-पुरुष खेती के धन्धे में लगे हुए हैं, उसमें इस धन्धे का जितना ज्ञान दिया जा सके उतना ही कम है फिर भी हाईस्कूल तक के हमारे पाठ्यक्रमों में उसका कोई स्थान ही नहीं है ऐसी विषम स्थिति निभ नहीं सकती।

बुनाई का धन्धा नष्ट होता जा रहा है। किसानों के लिए यह फुरसत का धन्धा था। इस धन्धे को हमारे पाठ्यक्रमों में स्थान प्राप्त नहीं है। हमारी शिक्षा से सिर्फ क्लर्क पैदा होते हैं और उसका ढंग ऐसा है कि सुनार, लुहार या मोची, जो भी स्कूल के फन्दे में फँस जाते हैं, क्लर्क बन जाते हैं। हम सबकी यह कामना होनी चाहिए कि अच्छी शिक्षा सभी को मिले। परन्तु यदि शिक्षित होकर भी क्लर्क बन जाएँ तो क्या होगा?

हमारी शिक्षा में युद्ध विज्ञान का स्थान नहीं है। मेरे खुद के लिए तो यह दुःख की बात नहीं है। मैंने तो इसे एक सहज प्राप्त सुख माना है लेकिन लोग हथियार चलाना सीखना चाहते हैं। जिसे सीखना हो उसे इसका मौका मिलना चाहिए। परन्तु यह तो पाठ्यक्रम भुला ही दिया गया दीखता है।

संगीत के लिए कहीं स्थान नहीं दीखता। हम पर संगीत का असर होता है, हम काफी हद तक यह बात भूल गए हैं, नहीं तो हम किसी-न-किसी तरह अपने बच्चों को संगीत जरूर सिखाते। वेद-मंत्रों की रचना संगीत के आधार पर हुई जान पड़ती है। मधुर संगीत आत्मा के ताप को शान्त कर सकता है। हजारों लोगों की सभा में हमें कभी-कभी कोलाहल सुनाई पड़ता है। हजारों कंठों से एक स्वर में कोई राष्ट्रीय गीत गाया जाए तो वह कोलाहल के बदले प्रेरणा बन सकता है। हजारों बालक एक स्वर से वीररस की कविता गाकर शौर्य पैदा कर सकते हैं। यह कोई साधारण बात नहीं है। मल्लाह और दूसरे मजदूर मिलकर 'हरिहर', 'अलबेली' जैसे नारे लगाते हैं और उनके सहारे अपना कठिन काम निभा पाते हैं, यह संगीत की शक्ति का एक उदाहरण है। अंग्रेज मित्रों को मैंने गाना गाकर अपनी ठंड भगाते देखा है। हमारे बालक चाहे जब जैसे नाट्य गाने सीख लेते हैं अन्दर हारमोनियम वगैरह बेसुरे बाजे बजाते हैं। इससे उनका बड़ा नुकसान होता है। अगर संगीत की शुद्ध शिक्षा मिले तो नाटक के गीत गाने में—और बेसुरे राग अलापने में उनका समय नष्ट न हो। जैसे सच्चा गवैया बेसुरा या बेवक्त नहीं गाता, जैसे ही शुद्ध संगीत सीखनेवाला अश्लील गाने नहीं गाएगा। जन-जागृति के लिए संगीत का उपयोग किया जाना चाहिए। इस विषय पर डॉक्टर आनन्द कुमारस्वामी के विचार-मनन करने योग्य हैं।

व्यायाम शब्द में खेलकूद वगैरह को शामिल किया गया है। परन्तु इसका भी

किसी ने खयाल नहीं किया। देशी खेल छोड़ दिए गए हैं और टेनिस, क्रिकेट और फुटबॉल का बोलबाला हो गया है। यह मानने में कोई हर्ज नहीं कि इन तीनों खेलों में रस आता है। परन्तु हम पश्चिमी चीजों के मोह में न फँसते तो इन्हीं जैसे मजेदार तथापि लगभग बिना खर्च के गेंद-बल्ला, गिल्ली-डंडा, खो-खो, मग-माटीक, नवनागेली, सात-ताली, कबड्डी और खारो-पाट आदि खेलों को न छोड़ते। ऐसे ही कसरत तथा कुश्ती के अखाड़े, जिसमें सभी अंगों को पूरी-पूरी गति मिलती है और जिसमें बहुत से लाभ निहित हैं, लगभग मिट गए हैं। मुझे लगता है कि यदि किसी पश्चिमी चीज की हमें नकल करनी चाहिए तो वह है ड्रिल या कवायद। एक मित्र ने टीका की थी कि हमें चलना ही नहीं आता और एक साथ ठीक ढंग से चलना तो हम बिलकुल नहीं जानते। हजारों आदमी एक ताल और शान्ति से किसी परिस्थिति में दो-दो, चार-चार की कतार बनाकर चल सकें, यह योग्यता हममें नहीं है। ऐसी कवायद सिर्फ लड़ाई में ही काम आती हो सो बात नहीं। परोपकार के बहुतेरे कामों में भी कवायद बहुत उपयोगी सिद्ध हो सकती है। जैसे आग चुकाने, डूबे हुओं को बचाने, बीमारों को डोली में ले जाने आदि में कवायद बहुत ही कीमती साधन है।

इस तरह हमारे स्कूलों में देशी खेल, देशी कसरतें और पश्चिमी ढंग का कवायद जारी करने की जरूरत है।

पुरुषों की शिक्षा-पद्धति जैसी दोषपूर्ण है, वैसी ही स्थिति स्त्रियों की शिक्षा-पद्धति की भी है। भारत में स्त्री-पुरुषों का क्या सम्बन्ध है, स्त्री का आम समाज में क्या स्थान है, इन बातों पर विचार ही नहीं किया गया है।

प्रारम्भिक शिक्षा का बहुत-सा भाग दोनों वर्गों के लिए समान हो सकता है। इसके सिवा और सब बातों में बहुत असमानता है। जैसे कुदरत ने पुरुष और स्त्री में भेद रखा है, वैसे ही शिक्षा में भी भेद की आवश्यकता है। संसार में दोनों का स्थान समान है। परन्तु उनके कामों में बँटवारा पाया जाता है। घर में राज करने का अधिकार स्त्री का है। बाहर की व्यवस्था का स्वामी पुरुष है। पुरुष आजीविका के साधन जुटाने वाला है, स्त्री संग्रह और खर्च करनेवाली है स्त्री बच्चों को पालनेवाली है, उनकी विधाता है, उस पर बच्चों का चरित्र निर्भर है, वह बच्चों की शिक्षिका है, इस अर्थ में भी वह सन्तान की माता है। पुरुष इस अर्थ में सन्तान का पिता नहीं है। एक खास उम्र के बाद पिता का असर पुत्र पर कम हो जाता है। परन्तु माँ अपना दर्जा कभी नहीं छोड़ती। बच्चा आदमी बन जाने पर भी माँ के सामने बच्चे की तरह व्यवहार करता है; पिता के साथ वह ऐसा सम्बन्ध नहीं रख सकता।

यह योजना स्वाभाविक और ठीक हो तो स्त्री के लिए स्वतंत्र कमाई करने की व्यवस्था नहीं होनी चाहिए : जिस समाज में स्त्रियों को तार-मास्टर या टाइपिस्ट अथवा कम्पोजीटर का काम करना पड़ता हो, उसकी व्यवस्था बिगड़ी हुई ही होनी

चाहिए। उस जाति ने अपनी शक्ति का दिवाला निकाल दिया है और वह जाति अपनी पूँजी में से खर्च करने लगी है, ऐसी मेरी राय है।

इसलिए जिस तरह स्त्रियों को अँधेरे और हीन दशा में रखना बुरा है, उसी तरह उसे पुरुष के काम सौंपना निर्बलता सूचक है और उस पर जुल्म करने के बराबर है।

इसलिए एक खास उम्र के बाद स्त्रियों के लिए दूसरी ही तरह की शिक्षा का प्रबन्ध होना चाहिए : उन्हें गृह-व्यवस्था करने का, गर्भकाल में सावधानी रखने का, बालकों का पालन-पोषण करने का ज्ञान देने की जरूरत है : इस योजना को बनाने का काम बहुत कठिन है। शिक्षाक्रम में यह नया विषय है। इस बारे में खोज और निर्णय करने के लिए चरित्रवान और ज्ञानवान स्त्रियों तथा अनुभवी पुरुषों की समिति नियुक्त करके कोई योजना बनवाने की जरूरत है।

उपर्युक्त काम करनेवाली समिति कन्या काल से शुरू होनेवाली शिक्षा का उपाय खोजेगी। परन्तु जिन कन्याओं का बचपन में ही विवाह हो गया हो, उनकी संख्या का भी तो पार नहीं है। फिर यह संख्या प्रतिदिन बढ़ती जा रही है। विवाह के बाद तो उनका पता ही नहीं चलता। उनके बारे में मैंने अपने जो विचार 'भगिनी समाज' पुस्तक माला की पहली पुस्तक की प्रस्तावना में दिए हैं, उन्हीं को यहाँ उद्धृत करता हूँ :

'स्त्री-शिक्षा को हम केवल कन्या-शिक्षा से ही पूरा नहीं कर सकेंगे। सहस्त्रों लड़कियाँ बारह साल की उम्र में ही बाल-विवाह की बलि चढ़ जाती हैं और हमारी दृष्टि से ओझल हो जाती हैं। वे गृहिणी बन जाती हैं। यह पापपूर्ण प्रथा जब तक हमारे समाज से नहीं मिटेगी, तब तक पुरुषों को स्त्रियों का शिक्षक बनना सीखना पड़ेगा : उनको इस विषय की शिक्षा दिए जाने पर अनेक बातों की आशा कर सकते हैं। जब तक हमारी स्त्रियाँ हमारे विषय भोग की सामग्री और रसोई करनेवाली न रहकर हमारी जीवन सहचरी, अर्द्धांगिनी और सुख-दुख की साझीदार नहीं बनतीं, तब तक हमारे सारे प्रयत्न मिथ्या जान पड़ते हैं। कोई-कोई अपनी स्त्री को जानवर के बराबर समझते हैं। इस स्थिति के लिए कुछ संस्कृत के वचन और तुलसीदास जी की यह प्रसिद्ध चौपाई भी बहुत जिम्मेवार है। तुलसीदास जी ने एक जगह लिखा है : 'ढोल गँवार सूद्र पसु नारी, सकल ताड़ना के अधिकारी।' तुलसीदास जी को मैं पूज्य मानता हूँ। परन्तु मेरी पूजा अन्धी पूजा नहीं है या तो उपर्युक्त चौपाई प्रक्षिप्त है अथवा यदि वह तुलसीदास जी की ही है तो उन्होंने उसे बिना विचारे केवल प्रचलित प्रथा के अनुसार जोड़ दिया है। संस्कृत वचनों के बारे में ऐसा कुछ भ्रम व्याप्त पाया है कि संस्कृत में लिखे श्लोक तो शास्त्र-वचन ही होने चाहिए। यह भ्रम मिटाकर हीन समझने की जो प्रथा पड़ी हुई है, हमें उसे जड़ से उखाड़ फेंकना होगा। दूसरी तरफ हममें से कितने ही विषयान्ध होकर स्त्री की पूजा करते हैं और जैसे हम ठाकुर जी को हर समय नए आभूषणों से सजाते हैं, वैसे ही वे स्त्री को सजाते रहते हैं। इस पूजा की बुराई से भी हमें बचना जरूरी है। अन्त में तो जैसे महादेव के लिए पार्वती,

राम के लिए सीता और नल के लिए दमयन्ती थी, वैसे ही जब हमारे लिए हमारी स्त्रियाँ होंगी और वे हमारी बातचीत में भाग लेंगी, हमारे साथ वाद-विवाद करेंगी, हमारे विचारों को समझकर उनका पोषण करेंगी, हमारी बाहरी मुसीबतों को इशारे में समझकर अपनी अलौकिक शक्ति से उनको दूर करने में भाग लेंगी, अन्दर हमें शान्ति देंगी तभी हमारा उद्धार हो सकेगा, उससे पहले नहीं। कन्या-शालाओं से जल्दी ही ऐसी स्थिति प्राप्त करने की सम्भावना बहुत कम है। जब तक बाल-विवाह का फन्दा हमारे गले में पड़ा है, तब तक पुरुषों को अपनी स्त्रियों का शिक्षक बनना पड़ेगा और उनकी यह शिक्षा केवल अक्षर-ज्ञान तक ही सीमित नहीं होगी, उन्हें धीरे-धीरे राजनीति और समाज-सुधार के विषयों की शिक्षा भी दी जा सकती है। ऐसा करने में पहले अक्षर-ज्ञान की जरूरत नहीं पड़ती। इसी तरह पुरुष को अपनी पत्नी के बारे में अपना रवैया बदलना पड़ेगा। पत्नी जब तक वयस्क न हो जाए तब तक विषयोपार्जन न करे और पति उसके साथ ब्रह्मचर्यपूर्वक रहे। यदि हम एकदम ही जड़ नहीं हो गए हैं तो हम बारह या पन्द्रह साल की लड़की पर प्रसव की महावेदना का बोझ हरगिज नहीं डालेंगे। हमारा हृदय ऐसे विचार मात्र से काँप जाना चाहिए।

विवाहित स्त्रियों के लिए वर्ग खोले जाते हैं, उनके लिए भाषण होते हैं। यह सब अच्छा है। इस काम में लोग अपना समय भी देते हैं। यह सब हमारे खाते में जमा की ओर लिखा जाता है। परन्तु इसके साथ ही जब तक पुरुष-वर्ग उपर्युक्त कर्तव्य का पालन नहीं करता, तब तक ऐसा मालूम होता है कि परिणाम बहुत अच्छा नहीं निकलेगा। गहरा विचार करने पर यह बात सबको स्वयमेव सुस्पष्ट हो जाएगा।

हम जहाँ-जहाँ नजर डालते हैं वहाँ-वहाँ दिखाई पड़ता है कि कच्ची नींव पर भारी इमारतें खड़ी की गई हैं। प्रारम्भिक शिक्षा के लिए चुने हुए शिक्षकों को शिष्टाचारवश भले ही शिक्षक कहा जाए, परन्तु यथार्थ में उन्हें यह नाम देना शिक्षक शब्द का दुरुपयोग करना है। विद्यार्थी की बाल्यावस्था अत्यन्त महत्त्वपूर्ण होती है। जिस अवस्था में मिले हुए ज्ञान की स्मृति अमिट होती है उसी अवस्था में उस पर कम-से-कम ध्यान दिया जाता है वह चाहे जैसी सामान्य-से-सामान्य पाठशाला में डाल दिया जाता है मेरी समझ में कॉलेजों और हाईस्कूलों में साज-सामान पर इतना खर्च किया जाता है कि उसे यह गरीब देश नहीं उठा सकता। इसके विपरीत यदि प्रारम्भिक शिक्षा सुशिक्षित, प्रौढ़ और सदाचारी शिक्षकों द्वारा ऐसी जगह दी जाती हो जहाँ सृष्टि-सौन्दर्य का खयाल रखा गया हो, तथा स्वास्थ्य की सँभाल रखी जाती हो तो कुछ समय में ही इसके बहुत अच्छे नतीजे देखे जा सकते हैं। ऐसा परिवर्तन करने के लिए यदि आज के शिक्षकों का माहवारी वेतन दुगुना कर दिया जाए तो भी उद्देश्य पूरा नहीं होगा। बड़े परिणाम ऐसे छोटे परिवर्तन से पैदा नहीं हो सकते। प्रारम्भिक शिक्षा का स्वरूप ही बदला जाना चाहिए। मैं जानता हूँ कि यह बहुत कठिन बात है और इसमें बाधाएँ भी बहुत हैं। फिर भी इसका हल गुजरात शिक्षा मंडल की शक्ति के बाहर नहीं होना चाहिए।

यहाँ यह कहना शायद जरूरी है कि मेरा उद्देश्य प्राथमिक स्कूलों के शिक्षकों के दोष बताना नहीं है। ये लोग अपनी शक्ति से बाहर जो काम करके नतीजे दिखा पाते हैं, मेरी धारणा है कि उसका कारण हमारी सुन्दर सभ्यता है। यदि इन्हीं शिक्षकों को पूरा प्रोत्साहन मिले तो जो नतीजा निकलेगा उसका अनुमान नहीं लगाया जा सकता।

शिक्षा मुफ्त और अनिवार्य होनी चाहिए या नहीं, इस बारे में मैं कुछ भी कहना ठीक नहीं समझता। मेरा अनुभव कम है। इसके सिवा, जब किसी भी तरह का कर्तव्य लोगों पर लादना मुझे ठीक नहीं मालूम होता तब यह अतिरिक्त कर्तव्य उन पर कैसे डाला जाए। मुझे यह बात खटकती रहती है। इस समय हम शिक्षा को मुफ्त और ऐच्छिक रखकर उसके प्रयोग करें तो यह अधिक समयानुकूल होगा। जब तक हम 'जो हुक्म' के जमाने से गुजर नहीं जाते, तब तक शिक्षा को अनिवार्य करने में मुझे काई बाधाएँ दिखाई देती हैं। यह विचार करते समय महाराजा गायकवाड़ की सरकार का अनुभव कुछ हद तक सहायक हो सकता है। मेरी जाँच का नतीजा अनिवार्य शिक्षा के खिलाफ है, परन्तु वह जाँच नहीं के बराबर है इस कारण उस पर जोर नहीं दिया जा सकता। मैं आशा करता हूँ कि इस विषय पर सम्मेलन में आए हुए सदस्य हमें कीमतों की जानकारी देंगे।

मेरा यह विश्वास है कि अर्जियाँ देना इन सब दोषों को दूर करने का राजमार्ग नहीं है। शासक सहसा महत्त्वपूर्ण परिवर्तन नहीं कर सकते। यह साहस लोक-नेताओं को ही करना चाहिए। अंग्रेजों के संविधान में लोक साहस का विशेष स्थान है। यदि हम यही सोचें कि सरकार के किए ही सब कुछ होगा तो हमें अपना सोचा हुआ काम करने में सम्भवत: युग बीत जाएँगे। इंग्लैंड की तरह यहाँ भी सरकार से प्रयोग कराने के पहले हमें स्वयं प्रयोग करके बताना चाहिए। जिसे जिस दिशा में कमी दिखे, वह उसी दिशा में कमी दूर करे और अच्छे नतीजे निकालकर दिखाए। वह तभी सरकार से परिवर्तन करा सकता है। ऐसे साहस के लिए देश में शिक्षा की कई विशेष संस्थाएँ कायम करने की जरूरत है।

इसमें एक बहुत बड़ी बाधा है हमारा डिग्री का मोह। हम समझते हैं कि हमारा सम्पूर्ण जीवन परीक्षा में उत्तीर्ण होने पर निर्भर करता है। इससे जनता की बड़ी हानि होती है। हम यह भूल जाते हैं कि डिग्री सिर्फ सरकारी नौकरी करनेवाले लोगों के ही काम की चीज है। परन्तु जनता की इमारत कोई नौकरीपेशा लोगों पर थोड़े ही खड़ी करनी है। हम अपने चारों तरफ देखते हैं कि बिना नौकरी के तमाम लोग बहुत अच्छी तरह जीविकोपार्जन कर सकते हैं। यदि अनपढ़ लोग अपनी होशियारी से करोड़पति हो सकते हैं तो पढ़े-लिखे लोग क्यों नहीं हो सकते? यदि पढ़े-लिखे लोग डर छोड़ दें तो उनमें अपढ़ लोगों के बराबर सामर्थ्य तो जरूर आ सकता है।

यदि डिग्री का मोह दूर कर दिया जाए तो देश में गैर सरकारी पाठशालाएँ बहुत चल सकती हैं। कोई भी शासन जनता की सारी शिक्षा को नहीं चला सकता।

अमरीका में तो वह मुख्यत: गैर सरकारी संस्थाओं के बल पर ही चलती हैं। वे अपने ही प्रमाण-पत्र भी देती हैं।

इस शिक्षा को मजबूत बुनियाद पर खड़ा करने के लिए भगीरथ प्रयत्न करना पड़ेगा। इसमें तन, मन, धन और आत्मा सब कुछ लगाना होगा।

मुझे ऐसा लगा है कि अमरीका से हम बहुत नहीं सीख सकते। परन्तु उनकी एक बात तो अनुकरणीय है। वहाँ की बड़ी-बड़ी शिक्षा संस्थाएँ एक बड़े ट्रस्ट के जरिये चलाई जाती हैं। उसमें धनवान लोगों ने करोड़ों रुपया दान दिया है। उसकी तरफ से बहुत सी गैर सरकारी पाठशालाएँ चलाई जाती हैं। उसमें जैसे यह रुपया इकट्ठा हुआ है, वैसे ही शरीर सम्पत्ति के धनी, देशप्रेमी और विद्वान लोग भी इकट्ठे हुए हैं। वे सारी संस्थाओं की जाँच करते हैं और उनकी रक्षा करते हैं। उन्हें जहाँ जितना ठीक लगता है, वहाँ उतनी मदद देते हैं। एक निश्चित विधान और नियमावली को माननेवाली संस्थाओं को यह मदद सहज ही मिल सकती है। इस ट्रस्ट की तरफ से उत्साह के साथ किए गए आन्दोलन के परिणामस्वरूप अमरीका के बूढ़े किसानों को भी खेती की नई खोजों से सम्बन्धित ज्ञान मिला है। ऐसी ही कोई योजना गुजरात में भी चलाई जा सकती है। यहाँ धन है, विद्वत्ता है और धर्मवृत्ति भी मिटी नहीं है। बच्चे तो विद्या की राह देख ही रहे हैं। ऐसा साहस किया जाए तो कुछ ही वर्षों में हम सरकार को बता सकते हैं कि हमारा प्रयत्न सच्चा है। फिर सरकार उस पर अमल करने में नहीं चूकेगी। हमारा करके दिखाया हुआ काम अर्जियों से कहीं ज्यादा सफल होगा।

उपर्युक्त सुझाव में गुजरात शिक्षा मंडल के दूसरे दो उद्देश्य का अवलोकन आ जाता है। इस प्रकार के ट्रस्ट की स्थापना से शिक्षा प्रचार का लगातार आन्दोलन होगा और शिक्षा का व्यावहारिक काम होगा। लेकिन यह काम हो गया तो समझिए कि फिर सब कुछ हो जाएगा। इसलिए यह काम आसान नहीं हो सकता। सरकार की तरह धनवान लोग भी जगाने से ही जागते हैं। उन्हें जगाने का एक ही साधन है, वह है तपस्या। तपस्या धर्म का पहला चरण है। मैं समझता हूँ कि गुजरात शिक्षा मंडल तपस्या की प्रतिमूर्ति है। उसके मंत्रियों और सदस्यों में परोपकार-वृत्ति रहे और वे विद्वान भी हों तो लक्ष्मी वहाँ अपने आप चली आएँगी। धनवान लोगों के मन में सदा सन्देह रहता है। सन्देह के कारण भी होते हैं। इसलिए यदि हम लक्ष्मी देवी को खुश करना चाहते हैं तो हमें अपनी पात्रता सिद्ध करनी पड़ेगी।

इसके लिए साधन तो बहुत चाहिए फिर भी, इसे अधिक महत्त्व देने की जरूरत नहीं। जिसे राष्ट्रीय शिक्षा देनी होगी, वह पढ़ा न होगा तो अपना दैनिक कार्य करते हुए पढ़ लेगा, फिर वह पढ़-लिखकर एक पेड़ के नीचे बैठेगा और जिन्हें विद्या चाहिए उन्हें उसका दान होगा। यह ब्राह्मण का धर्म है : जिससे इसका पालन हो वही कर सकता है। ऐसे ब्राह्मण पैदा होंगे तो उनके आगे धन और सत्ता दोनों सिर झुकाएँगे।

मैं चाहता हूँ और परमात्मा से प्रार्थना करता हूँ कि गुजरात शिक्षा मंडल में इतनी अटल श्रद्धा जागे।

शिक्षा स्वराज की कुंजी है। राजनीतिक नेता भले ही श्री मांटेग्यू के पास जाएँ, राजनीतिक क्षेत्र भले ही इस सम्मेलन की मर्यादा के अन्तर्गत न हो, परन्तु शुद्ध शिक्षा के बिना उस दिशा में भी सब प्रयत्न व्यर्थ है। शिक्षा इस सम्मेलन का खास क्षेत्र है। इसमें हमारी जीत हुई तो फिर सर्वत्र जीत-ही-जीत है।

[भाषण, 1917]

सन्दर्भ

टामस वैबिंगटन मैकॉले (1800-59) : भारत सरकार की सामान्य लोक शिक्षा समिति के अध्यक्ष और गवर्नर जनरल की कार्यकारिणी परिषद के कानून-सदस्य। उन्होंने भारत में अंग्रेजी शिक्षा शुरू करने की सिफारिश अपने फरवरी 1835 के स्मरण-पत्र में की थी।

बंगभंग : 1905 में प्रशासनिक सुविधा के बहाने बंगाल का विभाजन कर दिया गया था। विभक्त प्रान्तों में एक में मुसलमानों और दूसरे में हिन्दुओं का बहुमत था। इस विभाजन से देशभर में एक तूफान खड़ा हो गया था।

आनन्दशंकर बापुभाई ध्रुव (1869-1942) : प्रसिद्ध विद्वान; बनारस हिन्दू विश्वविद्यालय के सह-उपकुलपति।

रवीन्द्रनाथ ठाकुर (1861-1941) : कवि तथा विश्वभारती के संस्थापक।

लॉर्ड कर्जन (1859-1925) : वाइसराय और भारत के गवर्नर जनरल।

स्वामी श्रद्धानन्द : हरिद्वार के समीप गुरुकुल कॉगड़ी के संस्थापक।

मदनमोहन मालवीय (1861-1946) : बनारस हिन्दू विश्वविद्यालय के संस्थापक; शाही परिषद के सदस्य, 1909 और 1918 में कांग्रेस के अध्यक्ष निर्वाचित।

धोंडो केशव कर्वे (1858-1962) : समाज-सुधारक, भारतरत्न, भारतीय महिला विश्वविद्यालय (इंडियन वीमेन्स यूनिवर्सिटी) के संस्थापक।

विष्णु गोविन्द बीजापुरकर (1863-1926) : मराठी साहित्य, स्वदेशी व राष्ट्रीय शिक्षण के प्रचारक।

त्रिभुवनदास कल्याणदास गज्जर (1863-1920) : रसायनशास्त्र के प्रोफेसर बड़ौदा कॉलेज, बड़ौदा; पश्चिम भारत में रसायन उद्योग के प्रणेता।

आनन्द कुमारस्वामी (1877-1948) : प्रख्यात कला-इतिहासकार, प्राच्य कला और संस्कृति के मर्मज्ञ-समीक्षक, 'डन्स ऑव शिव' के लेखक।

रा. ब. हरगोविन्ददास काँटावाला (1839-1931) : बड़ौदा रियासत के लोक-शिक्षा निदेशक

राजचन्द्र रावजी भाई मेहता : जैन दार्शनिक विचारक, कवि और जौहरी।

सर जगदीश चन्द्र बोस (1858-1937) : प्रख्यात वैज्ञानिक बोस रिसर्च इन्स्टीट्यूट के संस्थापक तथा वनस्पति विज्ञान सम्बन्धी पुस्तकों के लेखक।

आचार्य प्रफुल्ल चन्द्र राय (1861-1944) : प्रख्यात रसायन वैज्ञानिक और देशभक्त।

नरसी मेहता (1414-79) : गुजरात के सन्त कवि। उनकी एक रचना 'वैष्णव जन तो तेने कहिए' गांधी को अत्यन्त प्रिय थी।

करणघेली : गुजराती साहित्य का प्रथम उपन्यास जिसमें गुजरात के अन्तिम स्वतंत्र हिन्दू राजा की कहानी है।

नवलराम लक्ष्मीशंकर पंड्या (1836-1888) : गुजराती साहित्यकार।

नर्मदाशंकर (1833-1889) : सुप्रसिद्ध गुजराती कवि व लेखक।

मणिलाल : गांधी जी के मित्र रेवाशंकर झबेरी के पुत्र, गुजराती विचारक व लेखक।

बहराम जी मेरवान जी मलबारी (1854-1912) : कवि, पत्रकार और समाज सुधारक।

भाषा और साहित्य

[29 मार्च, 1918 को इंदौर के हिन्दी साहित्य सम्मेलन में बतौर अध्यक्ष गांधी ने लिखित भाषण दिया। यह भाषण उन्होंने हिन्दी में दिया। अपने वक्तव्य में गांधी ने भाषा और साहित्य को लेकर बहुत सी बातें कही हैं जो आज भी प्रासंगिक हैं। इस भाषण में उन्होंने हिन्दी को राष्ट्रीय भाषा बनाने की वकालत की है।]

युवराज, सभापति, भाइयो और बहनो,

हमारे पूजनीय और स्वार्थत्यागी नेता पंडित मदनमोहन मालवीय नहीं आ सके। मैंने उनसे प्रार्थना की थी कि जहाँ तक बने सम्मेलन में उपस्थित रहिएगा। उन्होंने वचन दिया था कि वे जरूर आएँगे। पंडित जी सम्मेलन में तो उपस्थित नहीं हुए, पर उन्होंने एक पत्र भेज दिया है। मैं उम्मीद करता था कि यदि पंडित जी नहीं आएँगे तो उनका पत्र अवश्य आएगा और उसे मैं आप लोगों के सामने उपस्थित कर सकूँगा। यह पत्र मुझे आज मिला है। मैंने स्वागतकारिणी सभा को हिन्दी के विषय में विद्वानों से दो प्रश्नों पर सम्मति लेने के लिए कहा था, उन्हीं का उत्तर पंडित जी ने अपने पत्र में दिया है।

मालवीय जी का पत्र पढ़कर गांधी जी ने इस प्रकार कहा :

भाइयो और बहनो,

मैं दिलगीर हूँ कि जो व्याख्यान सम्मेलन में देने का मेरा इरादा था, वह आपके सामने नहीं रख सका हूँ। मैं बड़ी झंझटों में पड़ा हूँ। मेरी इस समय बड़ी दुर्दशा है। इससे मैं काम नहीं कर सका। पर मैंने वादा किया था कि मैं आऊँगा, और आ गया; किन्तु जो चीज सामने रखने का इरादा था, नहीं रख सका।

यह भाषा का विषय बड़ा भारी और बड़ा ही महत्त्वपूर्ण है। यदि सब नेता सब काम छोड़कर केवल इसी विषय पर लगे रहें, तो बस है। यदि हम लोग भाषा के प्रश्न को गौण समझें या इधर से मन हटा लेंगे तो इस समय लोगों में जो प्रवृत्ति चल रही है, लोगों के हृदयों में जो भाव उत्पन्न हो रहा है, वह निष्फल हो जाएगा।

भाषा माता के समान है। माता पर हमारा जो प्रेम होना चाहिए, वह हम लोगों में नहीं है। वास्तव में मुझे तो ऐसे सम्मेलनों से प्रेम नहीं है। तीन दिन का जलसा होगा।

तीन दिन कह-सुनकर हमें (आगे) जो करना चाहिए, उसे हम भूल जाएँगे। सभापति के भाषण में तेज नहीं है, जिस वस्तु की आवश्यकता है, वह वस्तु उसमें नहीं है। इससे बड़ी कंगाली की मैं कल्पना नहीं कर सकता। हम पर और हमारी प्रजा के ऊपर एक बड़ा आक्षेप यह है कि हमारी भाषा में तेज नहीं है। जिनमें विज्ञान नहीं है, उनमें तेज नहीं है। जब हममें तेज आएगा, तभी हमारी प्रजा में और हमारी भाषा में तेज आएगा। विदेशी भाषा द्वारा आप जो स्वतंत्रता चाहते हैं, वह नहीं मिल सकती; क्योंकि उसमें हम योग्य नहीं हैं। प्रसन्नता की बात है कि इन्दौर में सब कार्य हिन्दी में होता है। पर क्षमा कीजिएगा, प्रधानमंत्री साहब का जो पत्र आया है, वह अंग्रेजी में है। इन्दौर की प्रजा यह बात नहीं जानती होगी, पर मैं उसे बतलाता हूँ कि यहाँ अदालतों में प्रजा की अर्जियाँ हिन्दी में ली जाती हैं, पर न्यायाधीशों के फैसले और वकील-बैरिस्टरों की बहस अंग्रेजी में होती है। मैं पूछता हूँ कि इन्दौर में ऐसा क्यों होता है? हो, मैं यह मानता हूँ कि अंग्रेजी राज्य में यह आन्दोलन सफल नहीं हो सकता; यह ठीक है; पर देशी राज्यों में तो सफल होना ही चाहिए। शिक्षित वर्ग, जैसा कि माननीय पंडित जी ने अपने पत्र में दिखाया है, अंग्रेजी के मोह में फँस गया है और अपनी राष्ट्रीय मातृभाषा से उसे असन्तोष हो गया है। पहली माता अंग्रेजी से हमें तो दूध मिल रहा है, उसमें जहर और पानी मिला हुआ है और दूसरी माता मातृभाषा से शुद्ध दूध लिया जा सकता है। बिना इस शुद्ध दूध के मिले हमारी उन्नति होना असम्भव है। पर जो अन्धा है, वह देख नहीं सकता; गुलाम यह नहीं जानता कि अपनी बेड़ियाँ किस तरह तोड़े। पचास वर्षों से हम अंग्रेजी के मोह में फँसे हैं। हमारी प्रजा अज्ञान में डूबी रही है। सम्मेलन को इस ओर विशेष रूप से खयाल रखना चाहिए। हमें ऐसा उद्योग करना चाहिए कि एक वर्ष में राजकीय सभाओं में, कांग्रेस में प्रान्तीय भाषाओं में और अन्य सभा-समाज और सम्मेलनों में अंग्रेजी का एक भी शब्द सुनाई न पड़े। हम अंग्रेजी का व्यवहार बिलकुल त्याग दें। अंग्रेजी सर्वव्यापक भाषा है, पर यदि अंग्रेज सर्वव्यापक न रहेंगे, तो अंग्रेजी भी सर्वव्यापक न रहेगी। हमें अब अपनी मातृभाषा की ओर उपेक्षा करके उसकी हत्या नहीं करनी चाहिए। जैसे अंग्रेज अपनी मादरी जबान अंग्रेजी ही बोलते और सर्वथा उसे ही व्यवहार में लाते हैं, वैसे ही मैं आपसे प्रार्थना करता हूँ कि आप हिन्दी को भारत की राष्ट्रभाषा बनने का गौरव प्रदान करें। हिन्दी सब समझते हैं। इसे राष्ट्रभाषा बनाकर हमें अपने कर्तव्य का पालन करना चाहिए। अब मैं अपना लिखा हुआ भाषण पढ़ता हूँ।

श्रीमान सभापति महाशय, प्यारे प्रतिनिधिगण, बहनो और भाइयो,

आपने मुझे इस सम्मेलन का सभापतित्व देकर कृतार्थ किया है। हिन्दी साहित्य की दृष्टि से मेरी योग्यता इस स्थान के लिए कुछ भी नहीं है, यह मैं खूब जानता हूँ। मेरा हिन्दी भाषा का असीम प्रेम ही मुझे यह स्थान दिलाने का कारण हो सकता है। मैं उम्मीद करता हूँ कि प्रेम की परीक्षा में मैं हमेशा उत्तीर्ण होऊँगा।

साहित्य का प्रदेश भाषा की भूमि जानने पर ही निश्चित हो सकता है। यदि हिन्दी भाषा की भूमि सिर्फ उत्तर प्रान्त की होगी तो साहित्य का प्रदेश संकुचित रहेगा। यदि हिन्दी भाषा राष्ट्रीय भाषा होगी तो साहित्य का विस्तार भी राष्ट्रीय होगा। जैसे भाषक वैसी भाषा। भाषा-सागर में स्नान करने के लिए पूर्व-पश्चिम, दक्षिण-उत्तर से पुनीत महात्मा आएँगे तो सागर का महत्त्व स्नान करनेवालों के अनुरूप होना चाहिए। इसलिए साहित्य की दृष्टि से भी हिन्दी भाषा का स्थान विचारणीय है।

हिन्दी भाषा की व्याख्या का थोड़ा-सा खयाल करना आवश्यक है। मैं कई बार व्याख्या कर चुका हूँ कि हिन्दी भाषा वह भाषा है, जिसको उत्तर में हिन्दू व मुसलमान बोलते हैं, और जो नागरी अथवा फारसी लिपि में लिखी जाती है। यह हिन्दी एकदम संस्कृतमयी नहीं है, न वह एकदम फारसी शब्दों से लदी हुई है। देहाती बोली में जो माधुर्य मैं देखता हूँ, वह न लखनऊ के मुसलमान भाइयों की बोली में और न प्रयाग के पंडितों की बोली में पाया जाता है। भाषा वही श्रेष्ठ है, जिसको जनसमूह सहज में समझ ले। देहाती बोली सब समझते हैं। भाषा का मूल करोड़ों मनुष्य रूपी हिमालय में मिलेगा और उसमें ही रहेगा। हिमालय में से निकली हुई गंगा जी अनन्त काल तक बहती रहेगी। ऐसा ही देहाती हिन्दी का गौरव रहेगा। और जैसे छोटी-सी पहाड़ी से निकला हुआ झरना सूख जाता है, वैसे ही संस्कृतमयी तथा फारसीमयी हिन्दी की दशा होगी।

हिन्दू-मुसलमानों के बीच जो भेद किया जाता है, वह कृत्रिम है। ऐसी ही कृत्रिमता हिन्दी व उर्दू भाषा के भेद में हैं। हिन्दुओं की बोली से फारसी शब्दों का सर्वथा त्याग और मुसलमानों की बोली से संस्कृत का सर्वथा त्याग अनावश्यक है। दोनों का स्वाभाविक संगम गंगा-जमुना के संगम-सा शोभित और अचल रहेगा। मुझे उम्मीद है कि हम हिन्दी-उर्दू के झगड़े में पड़कर अपना बल क्षीण नही करेंगे। लिपि की कुछ तकलीफ जरूर है। मुसलमान भाई अरबी लिपि में ही लिखेंगे, हिन्दू बहुत करके नागरी लिपि में लिखेंगे। राष्ट्र में दोनों को स्थान मिलना चाहिए। अमलदारों को दोनों लिपियों का ज्ञान अवश्य होना चाहिए। इसमें कुछ सन्देह नहीं है। यदि हम हिन्दी-उर्दू का झगड़ा भूल जाएँ तो हम जानते हैं कि मुसलमान भाइयों की तो उर्दू ही राष्ट्रीय भाषा है। इस बात से यह सहज में ही सिद्ध हो जाता है कि हिन्दी या उर्दू मुगलों के जमाने से राष्ट्रीय भाषा मानी जाती थी।

आज भी हिन्दी से स्पर्धा करनेवाली दूसरी कोई भाषा नहीं है। हिन्दी-उर्दू का झगड़ा छोड़ने से राष्ट्रीय भाषा का सवाल सरल हो जाता है। हिन्दुओं को फारसी शब्द थोड़े-बहुत जानने पड़ेंगे। इस्लामी भाइयों को संस्कृत शब्दों का ज्ञान सम्पादन करना पड़ेगा। ऐसे लेन-देन में इस्लामी भाषा का बल बढ़ जाएगा, और हिन्दू-मुसलमानों की एकता का एक बड़ा साधन हमारे हाथ में आ जाएगा। अंग्रेजी भाषा का मोह दूर करने के लिए इतना अधिक परिश्रम करना पड़ेगा कि हमें लाजिम है कि हम हिन्दी-उर्दू का झगड़ा न उठावें। लिपि की तकरार भी हमको नहीं करनी चाहिए।

अंग्रेजी भाषा राष्ट्रीय भाषा क्यों नहीं हो सकती, अंग्रेजी भाषा का बोझ प्रजा के ऊपर रखने से क्या हानि होती है, हमारी शिक्षा का माध्यम आज तक अंग्रेजी होने से प्रजा कैसे कुचल दी गई है, हमारी जातीय भाषा क्यों कंगाल हो रही है, इन सब बातों पर मैं अपनी राय भागलपुर और भड़ौच के व्याख्यानों में दे चुका हूँ, इसीलिए यहाँ मैं फिर नहीं देना चाहता। इन दोनों व्याख्यानों में से भाषा-सम्बन्धी भाग मैं इस व्याख्यान के परिशिष्ट में रख दूँगा। हकीकत में, इस बात में सन्देह नहीं हो सकता कि हमारे कविवर पर रवीन्द्रनाथ टैगोर, विदुषी एनी बेसेंट, लोकमान्य तिलक और अन्यान्य प्रतिष्ठित और आप्त व्यक्तियों का मन्तव्य इस विषय में ऐसा ही है। कार्य की सिद्धि में कठिनाइयाँ तो होंगी ही, किन्तु उसका उपाय करना इस सभा पर निर्भर है। लोकमान्य तिलक महाराज ने अपना अभिप्राय कार्य करके बता दिया है। उन्होंने 'केसरी' और 'मराठा' में हिन्दी विभाग शुरू कर दिया है। भारतरत्न पं. मदनमोहन मालवीय जी का अभिप्राय भी हिन्दुस्तान में अज्ञात नहीं है। तो भी हमें मालूम है कि हमारे कई विद्वान नेताओं का अभिप्राय है कि कुछ वर्षों तक तो अंग्रेजी ही राष्ट्रीय भाषा रहेगी। इन नेताओं से हम विनयपूर्वक कहेंगे कि अंग्रेजी के इस मोह से प्रजा पीड़ित हो रही है। अंग्रेजी शिक्षा पानेवालों के ज्ञान का लाभ प्रजा को बहुत ही कम मिलता है और अंग्रेजी शिक्षित वर्ग और आम लोगों के बीच बड़ा दरियाव जा पड़ा है।

कहना आवश्यक नहीं कि मैं अंग्रेजी भाषा से द्वेष नहीं करता हूँ। अंग्रेजी साहित्य-भंडार से मैंने भी बहुत रत्नों का उपयोग किया है। अंग्रेजी भाषा की मार्फत हमें विज्ञान आदि का खूब ज्ञान लेना है। अंग्रेजी का ज्ञान भारतवासियों के लिए बहुत आवश्यक है लेकिन इस भाषा को उसका उचित स्थान देना एक बात है, उसकी जड़ पूजा करना दूसरी बात है।

हिन्दी-उर्दू राष्ट्रीय भाषा होनी चाहिए, इस बात को सिर्फ स्वीकार करने से हमारा मनोरथ सिद्ध नहीं हो सकता है। तो फिर किस प्रकार हम सिद्धि पा सकेंगे? जिन विद्वानों ने इस मंडप को सुशोभित किया है, वे भी अपनी वक्तृत्व से हमको इस विषय में जरूर कुछ सुनाएँगे।

मैं सिर्फ भाषा-प्रचार के बारे में कुछ कहूँगा। भाषा-प्रचार के लिए 'हिन्दी-शिक्षक' होना चाहिए। हिन्दी बंगाली सीखनेवालों के लिए एक छोटी-सी पुस्तक मैंने देखी है। वैसी मराठी में भी है। अन्य भाषा-भाषियों के लिए ऐसी किताबें देखने में नहीं आई हैं। यह काम करना जैसा सरल है, वैसा ही आवश्यक है। मुझे उम्मीद है कि यह सम्मेलन इस कार्य को शीघ्रता से अपने हाथ में लेगा। ऐसी पुस्तकें विद्वान और अनुभवी लेखकों के द्वारा लिखवानी चाहिए।

सबसे कष्टदायी मामला द्राविड़ भाषाओं के लिए है। यहाँ तो कुछ प्रयत्न ही नहीं हुआ। हिन्दी भाषा सिखानेवाले शिक्षकों को तैयार करना चाहिए। ऐसे शिक्षकों की बड़ी

ही कमी है। ऐसे एक शिक्षक प्रयाग से आपके लोकप्रिय मंत्री भाई पुरुषोत्तमदास जी टंडन के द्वारा मुझे मिले हैं।

हिन्दी भाषा का एक भी सम्पूर्ण व्याकरण मेरे देखने में नहीं आया। जो है सो अंग्रेजी में विलायती पादरियों के बनाए हुए हैं। ऐसा एक व्याकरण डॉ. केलाग का रचा हुआ है। हिन्दुस्तान की अन्यान्य भाषाओं का मुकाबला करनेवाला व्याकरण हमारी भाषा में होना चाहिए। हिन्दी-प्रेमी विद्वानों से मेरी नम्र विनती है कि वे इस त्रुटि को दूर करें। हमारी राष्ट्रीय सभाओं में हिन्दी भाषा का ही इस्तेमाल होना आवश्यक है। कांग्रेस के कार्यकर्ताओं और प्रतिनिधियों द्वारा यह प्रयत्न होना चाहिए। मेरा अभिप्राय है कि यह सभा ऐसी प्रार्थना आगामी कांग्रेस उसके कर्मचारियों के सम्मुख उपस्थित करे।

हमारी कानूनी सभाओं में भी राष्ट्रीय भाषा द्वारा कार्य चलना चाहिए। जब तक ऐसा नहीं होता, तब तक प्रजा को राजनीतिक कार्यों में ठीक तालीम नहीं मिलती है। हमारे हिन्दी अखबार इस कार्य को थोड़ा-सा करते तो हैं, लेकिन प्रजा को तालीम अनुवाद से नहीं मिल सकती है। हमारी अदालतों में जरूर राष्ट्रीय भाषा और प्रान्तीय भाषा का प्रचार होना चाहिए। न्यायाधीशों की मार्फत जो तालीम हमको सहज ही मिल सकती है, उस तालीम से आज प्रजा वंचित रहती है।

भाषा की जैसी सेवा हमारे राजा-महाराजा लोग कर सकते हैं, वैसी अंग्रेज सरकार नहीं कर सकती। महाराजा होल्कर की काउंसिल में, कचहरी में और हर एक काम में हिन्दी का और प्रान्तीय बोली का ही प्रयोग होना चाहिए। उनके उत्तेजन से भाषा और बहुत ही बढ़ सकती है। इस राज्य की पाठशालाओं में शुरू से आखिर तक सब तालीम मादरी जबान में देने का प्रयोग होना चाहिए। हमारे राजा-महाराजाओं से भाषा की बड़ी-भारी सेवा हो सकती है। मैं उम्मीद रखता हूँ कि होल्कर महाराज और उनके अधिकारी वर्ग इस महान कार्य को उत्साह से उठा लेंगे।

ऐसे सम्मेलन से हमारा सब कार्य सफल होगा, ऐसी समझ भ्रम ही है। जब हम प्रतिदिन इसी कार्य की धुन में लगे रहेंगे, तभी इस कार्य की सिद्धि हो सकेगी। सैकड़ों स्वार्थत्यागी विद्वान जब इस कार्य को अपनाएँगे तभी सिद्धि सम्भव है।

मुझे खेद तो यह है कि जिन प्रान्तों की मातृभाषा हिन्दी है, वहाँ भी उस भाषा की उन्नति करने का उत्साह नहीं दिखाई देता है। उन प्रान्तों में हर शिक्षित वर्ग आपस में पत्र-व्यवहार और बातचीत अंग्रेजी में करते हैं। एक भाई लिखते हैं कि हमारे अखबार चलानेवाले अपना व्यवहार अंग्रेजी की मार्फत करते हैं। अपने हिसाब-किताब वे अंग्रेजी में ही रखते हैं। फ्रांस में रहनेवाले अंग्रेज अपना सब व्यवहार अंग्रेजी में रखते हैं। हम अपने देश में अपने महत कार्य विदेशी भाषा में करते हैं। मेरा नम्र लेकिन दृढ़ अभिप्राय है कि जब तक हम हिन्दी भाषा को राष्ट्रीय और अपनी-अपनी प्रान्तीय भाषाओं को उनका योग्य स्थान नहीं देते, तब तक स्वराज्य की सब बातें निरर्थक

हैं। इस सम्मेलन द्वारा भारतवर्ष के इस बड़े प्रश्न का निराकरण हो जाए, ऐसी मेरी आशा है और प्रभु के प्रति प्रार्थना है।

[भाषण, 1918]

अस्पृश्यता महापाप है

[13 अप्रैल, 1921 को अहमदाबाद के दलित सम्मेलन में दिया गया भाषण जिसमें गांधी ने भारतीय सामाजिक व्यवस्था में घर कर गई कुरीतियों पर चौतरफा हमला किया। धर्मशास्त्रों से उदाहरण देते हुए इस व्यवस्था को समाप्त करने की अपील की और दलित लोगों का आह्वान किया वे स्वयं आगे आएँ और इन कुरीतियों को मानने से इनकार कर दें।]

श्री गांधी जी ने आरम्भ में इस पर खेद प्रकट किया कि सम्मेलन में उपस्थिति बहुत कम है। उन्होंने कहा : इस सम्मेलन में इतनी कम उपस्थिति देखकर इस बात में मेरा रहा-सहा विश्वास भी जाता रहा कि ऐसे सम्मेलन सामाजिक सुधार के प्रभावकारी साधन हो सकते हैं। आप लोग मुझसे जितनी देर तक बोलने की आज्ञा कर रहे हैं उससे यदि कम देर बोलूँ तो इसका कारण यही होगा कि मेरा भाषण जिन लोगों के लिए अभिप्रेत है, वे सब लोग यहाँ नहीं हैं; यह नहीं कि इस काम के प्रति मेरा उत्साह तनिक भी ठंडा पड़ा है। मैं इस बात के लिए भी कृतज्ञ हूँ कि इस सम्मेलन की बदौलत मुझे एक ही मंच पर अनेक मित्रों से भेंट करने का आनन्द मिला। मेरे लिए आजकल ऐसे मित्रों से मिलना भी साधारण बात नहीं रह गई है जिनका सहयोग पाकर मैं सुख और सम्मान का अनुभव किया करता था, किन्तु जिनसे वर्तमान स्थितियों के कारण मैं दुर्भाग्यवश अलग हो गया हूँ। फिर भी यह हर्ष की बात है कि अस्पृश्यता के प्रश्न पर मेरी और उनकी स्थिति एक जैसी है।

अपने विषय पर आते हुए उन्होंने कहा :

मुझे नहीं मालूम कि सुधार के विरोधी सज्जनों के गले यह बात कैसे उतारें कि उन्होंने जो स्थिति अपनाई है वह गलत है। मैं उन लोगों को कैसे समझाऊँ जो दलित समाज के लोगों से किसी प्रकार का स्पर्श भ्रष्टकारी मानते हैं और समझते हैं कि बिना स्नान किए वे उस अपवित्रता से मुक्त नहीं हो सकते और इस प्रकार स्नान से चूकना पाप समझते हैं? मैं तो केवल अपने हार्दिक विश्वास को ही उनके सामने प्रकट कर सकता हूँ।

मैं अस्पृश्यता को हिन्दू धर्म का सबसे बड़ा कलंक मानता हूँ। मेरे मन में इस विचार का प्रादुर्भाव दक्षिण अफ्रीकी संघर्ष के दिनों में हुए कटु अनुभवों से हुआ था। इसका कारण यह नहीं कि मैं कोई नास्तिक था। और यह सोचना भी उतना ही अनुचित है जैसा कि कुछ लोग समझते हैं कि मुझे यह विचार ईसाई धार्मिक साहित्य के अध्ययन से मिला है। मेरी यह धारणा उस समय की है जब 'बाइबिल' या 'बाइबिल' मतानुयायियों से न तो मेरा कोई प्रेम था और न परिचय ही।

मेरे मन में जब यह धारणा उत्पन्न हुई थी तब मैं मुश्किल से 12 साल का था। ऊका नाम का एक भंगी हमारे घर की टट्टियाँ साफ किया करता था। मैं अपनी माँ से यह प्राय: पूछा करता कि उसे छूना क्यों बुरा है, उसे छूने से मुझे क्यों रोका जाता है। यदि संयोग से उसे छू जाता तो मुझे नहाने के लिए कहा जाता था। मैं इसे मान तो लेता था, फिर भी मुस्कराते हुए आपत्ति जरूर करता और कहता था कि अछूतपन धर्मसम्मत नहीं है, उसका धर्मसम्मत होना असम्भव है। मैं एक बहुत ही कर्तव्यपरायण और आज्ञाकारी बालक था। माता-पिता के प्रति आदरभाव का खयाल रखते हुए इस मामले में जहाँ तक उनसे झगड़ सकता था अकसर उनसे झगड़ पड़ता था। मैं अपनी माँ से कहा करता कि उनका यह खयाल कि ऊका से छू जाना पाप है, बिलकुल गलत है।

मैं जब स्कूल में होता तो प्राय: संयोग से 'अछूत' को छू लेता और चूँकि इस बात को मैं अपने माता-पिता से छिपाता नहीं था अत: मेरी माँ मुझसे कहती कि इस छू जाने पर अपवित्र हो जाने के पश्चात् पवित्र होने का सबसे सीधा तरीका यह है कि यदि कोई मुसलमान पास से जा रहा हो तो उसे छू लिया जाए। छूत अपने आप मिट जाएगी। मुझे केवल इसलिए कि अपनी माँ के प्रति मेरे मन में श्रद्धा थी और मैं उनसे प्रेम करता था, प्राय: ऐसा करना पड़ता था, लेकिन मैं यह काम इस विश्वास के साथ नहीं करता था कि स्नान करना धर्म की दृष्टि से अनिवार्य है। कुछ समय बाद हम लोग पोरबन्दर चले गए जहाँ संस्कृत से मेरा प्रथम परिचय हुआ। तब तक मेरा अंग्रेजी स्कूल में दाखिला नहीं कराया गया था। मेरे भाई को और मुझे एक ब्राह्मण के संरक्षण में रख दिया गया था जो हमें 'रामरक्षा' और 'विष्णुपूजा' पढ़ाया करता था। उनके 'जले विष्णु: थले विष्णु:' श्लोक मुझे कभी नहीं भूले। हमारे घर के पास ही एक ममतालु बूढ़ी अम्मा रहा करती थीं। मैं संयोगवश उन दिनों एक बहुत ही डरपोक बालक था और जब दीपक बुझा दिए जाते और अँधेरा हो जाता, तब मेरे मन में भूतों और प्रेतों की कल्पना आया करती थी। बूढ़ी अम्मा ने मेरा भय दूर करने के लिए कहा कि जब मुझे कोई भय लगे तब 'रामरक्षा स्तोत्र' का पाठ करना चाहिए। उससे सब भूत-प्रेत जाएँगे। मैं ऐसा ही करता और मेरा खयाल है कि उसका नतीजा अच्छा ही निकलता। 'रामरक्षा' के किसी श्लोक में अछूतों का छूना पाप बताया गया हो ऐसा मुझे नहीं लगा। मैं तब उसका मतलब नहीं समझता था

और यदि समझता भी था तो बहुत ही कम लेकिन मुझे इस बात का पूरा विश्वास हो गया था कि जिस 'रामरक्षा' से भूतों का सम्पूर्ण भय नष्ट हो जाता है, उसमें अछूतों से स्पर्श के भय का समर्थन कैसे हो सकता है।

हमारे परिवार में 'रामायण' का पाठ नित्य होता था। लाघा महाराज नाम के एक ब्राह्मण उसे पढ़ा करते थे। उन्हें कोढ़ हो गया था और उनकी ऐसी श्रद्धा थी कि 'रामायण' का नियमित पाठ करने से उनका कोढ़ दूर हो जाएगा और सचमुच उनका कोढ़ दूर हो गया। मैं अपने मन में सोचता कि आज जिसे हम अछूत कहते हैं वह राम को गंगा पार ले गया यह प्रसंग जिस 'रामायण' में है, उस 'रामायण' में किसी भी मनुष्य को भ्रष्टात्मा कहकर उसके अस्पृश्य माने जाने की भावना का समर्थन कैसे हो सकता है? ईश्वर को हम पतित पावन या ऐसे ही अन्य नामों से पुकारते हैं, इस बात से तो यही सिद्ध होता है कि भारत में जन्मे किसी भी व्यक्ति को पतित या अछूत कहना पाप है—दानवता है। मैं तभी से यह कहते नहीं थकता कि अस्पृश्यता एक महापाप है। मैं यह ढोंग नहीं रचता कि यह बात बारह साल की आयु में मेरे दिल में पूरे तौर से बैठ चुकी थी। किन्तु मैं यह अवश्य कहता हूँ कि मैं तब भी अछूतपन को पाप समझता था। यह बात मैं वैष्णव और सनातनी हिन्दुओं की जानकारी के लिए कह रहा हूँ।

मैंने सदा ही सनातनी हिन्दू होने का दावा किया है। मुझे हिन्दू धर्मशास्त्र का बिलकुल ही ज्ञान न हो, सो बात नहीं है। मैं संस्कृत का कोई बड़ा पंडित नहीं हूँ। मैंने 'वेदों' और 'उपनिषदों' के केवल अनुवाद ही पढ़े हैं, इसलिए स्वभावत: इन ग्रन्थों का मेरा अध्ययन पांडित्यपूर्ण नहीं है। मुझे उनका जो ज्ञान है वह किसी प्रकार से गम्भीर नहीं कहा जा सकता, लेकिन एक हिन्दू को उनका जितना अध्ययन करना चाहिए वैसा मैंने कर लिया है और मेरा दावा है कि मैं उनके मर्म से परिचित हो गया हूँ। 21 वर्ष का होते-होते तो मैं दूसरे धर्मों के ग्रन्थों का अध्ययन भी कर चुका था।

एक समय था जब मैं हिन्दू धर्म और ईसाई धर्म के बीच डगमगा रहा था। जब मेरा मानसिक सन्तुलन ठीक हुआ तब मैंने अनुभव किया कि मेरी मुक्ति तो हिन्दू धर्म में रहकर ही सम्भव है और तब से हिन्दू धर्म में मेरी श्रद्धा अधिक गहरी और ज्ञानमय होती गई है।

लेकिन उन दिनों मेरा विश्वास था कि अस्पृश्यता हिन्दू धर्म का अंग नहीं है और यदि वह उसका अंग है तो ऐसा हिन्दू धर्म मेरे काम का नहीं। यह सच है कि हिन्दू धर्म में अस्पृश्यता पाप नहीं समझी जाती। मैं शास्त्रों की व्याख्या के सम्बन्ध में किसी वाद-विवाद में नहीं पड़ना चाहता। 'भागवत' या 'मनुस्मृति' से प्रमाण प्रस्तुत करके अपनी बात को सिद्ध करना शायद मेरे लिए कठिन भी हो। लेकिन मैं हिन्दू धर्म के तत्त्व को समझ चुकने का दावा करता हूँ। अस्पृश्यता की अनुमति देकर हिन्दू धर्म ने पाप किया है। इससे हमारा पतन हुआ है और हम साम्राज्य में शूद्र-जैसे

माने जाते हैं। हमसे यह छूत मुसलमानों को भी लग गई है और दक्षिण अफ्रीका, पूर्वी अफ्रीका और कनाडा में हिन्दुओं की तरह वे भी शूद्र माने जाने लगे हैं। यह सब दोष अस्पृश्यता के पाप से उत्पन्न हुए हैं।

अब मैं आपका ध्यान अपने मन्तव्य की ओर ले जाना चाहता हूँ। वह इस तरह है; जब तक हिन्दू लोग जान-बूझकर अछूतपन को अपने धर्म का अंग मानते रहेंगे, जब तक हिन्दू जनसाधारण अपने समाज के एक भाग को छूना पाप समझते रहेंगे तब तक स्वराज्य की प्राप्ति असम्भव है। युधिष्ठिर अपने कुत्ते को साथ लिए बिना स्वर्ग में नहीं गए तब उन्हीं युधिष्ठिर के वंशज अछूतों को छोड़कर स्वराज्य पाने की आशा कैसे कर सकते हैं? जिन अपराधों के लिए हम इस सरकार की निन्दा करते हैं और उसे दानवी सरकार कहते हैं, उन अपराधों में से ऐसा कौन-सा अपराध है जो हमने अपने इन अछूत भाइयों के प्रति नहीं किया है, और जिसके हम दोषी नहीं हैं?

हम अपने भाइयों को दलित बनाने के दोषी हैं? हम उनको पेट के बल रेंगाते हैं, हमने उनसे जमीन पर नाकें रगड़वाई हैं; हम क्रोध से अपनी आँखें लाल करके उन्हें रेल के डिब्बों में से बाहर ढकेल देते हैं... अंग्रेजी शासन में हमारे साथ इससे ज्यादा क्या किया गया है? हम डायर और डायर पर जो आरोप लगाते हैं उनमें से कौन से आरोप हैं जो दूसरे लोग और हमारे अपने लोग भी, हम पर नहीं लगा सकते? हमें अपनी यह अपवित्रता अपने में से दूर कर देनी चाहिए। जब तक हम कमजोर और असहाय लोगों की रक्षा नहीं करते या जब तक एक भी स्वराज्यवादी किसी व्यक्ति की भावनाओं को चोट पहुँचा सकता है तब तक स्वराज्य की बात करना व्यर्थ है। स्वराज्य का अर्थ तो यह है कि स्वराज्य में कोई भी हिन्दू या मुसलमान एक क्षण के लिए भी गर्वपूर्वक यह नहीं सोच सकता कि वह निर्भय होकर किसी भी हिन्दू या मुसलमान को कुचल सकता है। जब तक यह शर्त पूरी नहीं होती तब तक यदि हमें स्वराज्य मिल भी जाएगा तो वह तुरन्त ही हाथ से निकल जाएगा। हमने अपने इन कमजोर भाइयों के प्रति जो पाप किए हैं उनसे जब तक हम शुद्ध नहीं हो जाते तब तक हम पशुओं के समान ही हैं।

लेकिन मुझे अब भी अपने में विश्वास बना हुआ है। भारत में की गई अपनी यात्राओं में मैंने यह देखा है कि दयाभाव, जिसका तुलसीदास ने अत्यन्त सारगर्भित वर्णन किया है, जो जैन और वैष्णव धर्मों का मुख्य अंग है, जो 'भागवत' का सार है और जो 'गीता' के प्रत्येक श्लोक में विद्यमान है—वह दयाभाव, वह प्रेम, वह औदार्य इस देश के सामान्य जनों के हृदयों में धीरे-धीरे किन्तु दृढ़तापूर्वक बद्धमूल होता जा रहा है।

हम आज भी हिन्दुओं और मुसलमानों के बीच अनेक झगड़ों की बात सुनते रहते हैं। अब भी कुछ हिन्दू और मुसलमान ऐसे हैं जो एक-दूसरे के साथ ज्यादती करने में संकोच नहीं करते। लेकिन यदि पूरे परिणाम को देखें तो मैं अनुभव करता

हूँ कि दयाभाव और उदारता में वृद्धि ही हुई है। हिन्दू और मुसलमान दोनों ही ईश्वर से डरने लगे हैं।

हम अदालतों और सरकारी स्कूलों के मोह से मुक्त हो गए हैं और हमारे मन में अब कोई भ्रम शेष नहीं है। मैंने यह भी अनुभव किया है कि जिन लोगों को हम निरक्षर और अज्ञानी समझते हैं वे लोग ही शिक्षित कहे जाने योग्य हैं। वे हमसे अधिक संस्कृत हैं और उनके जीवन हमारे जीवन से अधिक धर्ममय हैं। यदि हम लोगों को वर्तमान मनोवृत्ति का थोड़ा-सा भी अध्ययन करें तो हमें पता चलेगा कि लोक-कल्पना के अनुसार स्वराज्य रामराज्य का पर्याय है जिसका अर्थ होता है भूतल पर धर्मराज्य की स्थापना।

यदि मेरे अछूत भाइयों को मेरे इस कथन से कुछ सन्तोष मिल सके तो मैं कहूँगा कि आपके मामले में जितनी बेचैनी मुझे पहले हुआ करती थी उतनी अब नहीं होती। इसका अर्थ यह नहीं कि मैं आपसे यह आशा करता हूँ कि आप सवर्ण हिन्दुओं के प्रति सन्देहशील होना बन्द कर दें। आपके साथ इतने अन्याय किए जाने के बाद यह कैसे हो सकता है कि आप उन पर अविश्वास न करें? स्वामी विवेकानन्द कहा करते थे कि अछूत पतित नहीं बल्कि हिन्दुओं द्वारा दलित हैं। और इस प्रकार उनको दलित बनाकर हिन्दू स्वयं दलित बने हैं।

मेरा खयाल है कि 6 अप्रैल को मैं नेल्लौर में था। मैं वहाँ अछूतों से मिला था और मैंने यहाँ जैसे आज प्रार्थना की है वैसे ही वहाँ भी उस दिन की थी। मैं मोक्ष प्राप्त करना अवश्य चाहता हूँ। मैं पुनर्जन्म नहीं चाहता। लेकिन यदि मेरा पुनर्जन्म हो तो वह अछूत के घर हो, जिससे मैं स्वयं मुक्त होने और उनको इस दु:खजनक स्थिति से मुक्त करने का प्रयत्न कर सकने के उद्देश्य से उनके दु:खों, कष्टों और उनके प्रति किए गए अपमानों में हिस्सेदार हो सकूँ। इसलिए मैंने यह प्रार्थना की थी कि यदि मेरा पुनर्जन्म हो तो ब्राह्मण, क्षत्रिय, वैश्य या शूद्र के रूप में न होकर अतिशूद्र के रूप में हो।

आज का दिन 6 तारीख के दिन की अपेक्षा अधिक पवित्र है। आज का दिन हजारों निर्दोष लोगों की हत्या की स्मृति से महत्त्वपूर्ण हो गया है। इसलिए मैंने आज भी यही प्रार्थना की है कि यदि मैं अपनी इच्छाएँ पूरी हुए बिना मर जाऊँ, मेरे द्वारा की गई अस्पृश्यों की सेवा अधूरी रह जाए, मेरी कल्पना का हिन्दुत्व निर्मित न हो तो मैं उसे पूरा करने के लिए अस्पृश्यों के घर जन्म लूँ।

मुझे झाड़ने-बुहारने से प्रेम है। मेरे आश्रम में 18 वर्ष का एक ब्राह्मण लड़का है जो आश्रम के भंगी को सफाई दिखाने के उद्देश्य से भंगी का काम कर रहा है। यह लड़का कोई सुधारक नहीं है। वह जन्म से सनातनी है और सनातन धर्म में ही पला-पुसा है। वह 'गीता' का पाठ नियम से करता है और श्रद्धापूर्वक सन्ध्या वन्दन करता है। उसका संस्कृत श्लोकों का उच्चारण मुझसे अधिक शुद्ध है। जब वह अपने

मृदुल और मधुर स्वरों में प्रार्थना करता है तब उससे सबके मन में प्रेम का संचार होता है। लेकिन वह अनुभव करता है कि जब तक वह पूरा भंगी नहीं बन जाता तब तक वह पूर्ण नहीं है। वह यह भी समझता है कि यदि वह आश्रम के भंगी से अपना काम अच्छी तरह करने को कहता है तो उसे यह काम स्वयं करके आदर्श उपस्थित करना चाहिए।

आपको समझना चाहिए कि आप हिन्दू समाज की गन्दगी दूर कर रहे हैं। इसलिए आपको अपने जीवन पवित्र बनाने हैं। आपको सफाई की आदत डालनी चाहिए ताकि आप पर कोई भी उँगली न उठा सके। यदि आप साबुन का उपयोग नहीं कर सकते तो आप अपने शरीर को क्षारयुक्त राख या मिट्टी का उपयोग करके स्वच्छ बनाएँ। आपमें से कई लोगों को शराब पीने और जुआ खेलने की लत है यह आपको छोड़ देनी चाहिए। आप ब्राह्मणों की ओर संकेत करेंगे और यह कहेंगे कि वे भी तो इन बुराइयों के शिकार हैं, लेकिन वे अपवित्र नहीं माने जाते परन्तु हम माने जाते हैं। आपको हिन्दुओं से यह न कहना चाहिए कि वे बजाय मेहरबानी आपको आजाद करें। यदि हिन्दू आपको मुक्त करना चाहते हैं तो उन्हें अपने हित के लिए आपको मुक्त करना ही होगा। इसलिए आप स्वयं पवित्र और स्वच्छ रहकर उनको लज्जित करके। मेरा विश्वास है कि हम अगले 5 महीनों के अन्दर अपना कलुष धो बहाएँगे। यदि मेरी यह आशा पूरी नहीं हुई तो मैं यह समझूँगा कि यद्यपि मेरा प्रस्ताव बुनियादी तरीके पर सम्भव था, फिर भी मेरा अनुमान गलत था और मैं एक बार फिर कहूँगा कि मैंने अनुमान करने में भूल की थी।

आप अपने को हिन्दू कहने का दावा करते हैं, आप 'भागवत' पढ़ते हैं, इसलिए यदि हिन्दू आप लोगों पर अत्याचार करें तो आपको यह समझना चाहिए कि दोष हिन्दू धर्म में नहीं है, बल्कि उसके अनुयायियों में है। आपको अपनी मुक्ति के लिए अपने आपको शुद्ध करना होगा। आपको शराबखोरी-जैसी बुरी आदतें छोड़ देनी होंगीं यदि आप अपनी अवस्था सुधारना चाहते हैं, यदि आप स्वराज्य लेना चाहते हैं तो आपको अपने पैरों पर खड़ा होना चाहिए। मुझे बम्बई में बताया गया था कि आपमें से कुछ लोग असहयोग के विरोधी हैं और सोचते हैं कि आपकी मुक्ति तो ब्रिटिश सरकार के हाथों से ही सम्भव है। मैं आपसे कहना चाहता हूँ कि हिन्दू धर्म को छोड़कर अन्य किसी पक्ष का अनुग्रह प्राप्त करके आप अपनी शिकायतें कभी दूर नहीं करा सकेंगे। आपकी मुक्ति तो स्वयं आपके अपने ही हाथों में है।

मैं समस्त देश में अछूतों के सम्पर्क में आया हूँ; और मैंने देखा है कि उनमें बहुत सी सम्भावनाएँ छिपी पड़ी हैं जिनका ज्ञान, मुझे ऐसा लगता है, न स्वयं उनको है और न अन्य हिन्दुओं को। उनकी बुद्धि नितान्त शुद्ध है। मैं आपसे प्रार्थना करता हूँ कि आप सूत कातना और कपड़ा बुनना सीख लें और यदि आप इन दोनों कामों को अपना धन्धा बना लेंगे तो गरीबी आपके दरवाजे पर न फटकेगी। भंगियों के

प्रति आपका जो रुख है उसके सम्बन्ध में मैंने गोधरा में जो कुछ कहा था उसे यहाँ दोहराता हूँ। मेरी समझ में नहीं आता कि आप डेढ़ों और भंगियों के बीच भेद कर समर्थन क्यों करते हैं। उनमें तो कोई भेद नहीं है। साधारण समय में भी उनका धन्धा ऐसा ही प्रतिष्ठापूर्ण है, जैसा वकीलों का या सरकारी नौकरों का।

आप अब थालियों का जूठन लेना बन्द कर दें। वह साफ-सुथरी हो तो भी न लें आप केवल अन्न, सो भी अच्छा साफ-सुथरा, ग्रहण करें, सड़ा हुआ नहीं; और वह भी केवल तब, जब वह आपको शिष्टता से दिया जाए। यदि मैंने जो कुछ कहा है सब आप कर सकें तो 4 या 5 महीनों में ही नहीं बल्कि 4-5 दिन में ही आप मुक्त हो जाएँगे।

हिन्दू स्वभावत: पापी नहीं हैं—वे अज्ञान में डूबे हुए हैं। अछूतपन इस साल में ही मिट जाना चाहिए। मेरी दो सबसे बड़ी इच्छाएँ जिनके कारण मैं जीवित हूँ, ये हैं : अछूतों की मुक्ति और गायों की रक्षा। जब मेरी ये दोनों इच्छाएँ पूरी हो जाएँगी तभी स्वराज्य मिल जाएगा और उन्हीं की मुक्ति में मेरा मोक्ष भी निहित है। ईश्वर आपको इतनी शक्ति प्रदान करे, जिसकी सहायता से आप अपने मोक्ष के उपाय का अनुसरण कर सकें।

[भाषण, 1921]

सन्दर्भ

अस्पृश्यता : भारतीय सामाजिक व्यवस्था का एक घृणित रूप।

गोखले (1866-1915) : भारतीय राजनीति के एक प्रतिष्ठित नेता। गोखले को गांधी ने अपना राजनीतिक गुरु माना है। गोखले ने पहली बार शिक्षा के लिए अलग से बजट निर्धारित कराने में महत्त्वपूर्ण योगदान दिया था।

अन्त्यज : भारत में रहनेवाली एक जाति समूह जिसे गाँव में प्रवेश की अनुमति नहीं थी।

उपनिवेश : ब्रिटिश शासन के अन्तर्गत आनेवाले देश।

सनातनी : सनातन धर्म के अनुयायियों को सनातनी कहा जाता है।

वर्णाश्रम धर्म : वर्ण एक अवस्था है। शास्त्रों के अनुसार प्रत्येक व्यक्ति शूद्र पैदा होता है और विकास से अन्य वर्ण अवस्थाओं में पहुँचता है। वास्तव में प्रत्येक में चारों वर्ण स्थापित हैं। इस व्यवस्था को वर्णाश्रम धर्म कहते हैं।

मनुस्मृति : एक आचार संहिता जिसका संकलन मनु महाराज ने किया था।

बढ़ई-लुहार : भारत की एक शिल्प-कामगार जाति।

अंग्रेजी के माध्यम ने मेरे और मेरे कुटुम्बियों के बीच खाई खड़ी कर दी

हरिजन सेवक : 9.7.1938

बारह बरस की उम्र तक मैंने जो भी शिक्षा पाई, वह अपनी मातृभाषा गुजराती में ही पाई थी। उस समय गणित, इतिहास और भूगोल का मुझे थोड़ा-थोड़ा ज्ञान था। इसके बाद मैं एक हाईस्कूल में दाखिल हुआ। इसमें भी पहले तीन साल तक तो मातृभाषा ही शिक्षा का माध्यम रही। लेकिन स्कूल-मास्टर का काम तो विद्यार्थियों के दिमाग में जबर्दस्ती अंग्रेजी ठूँसना था। इसलिए हमारा आधे से अधिक समय अंग्रेजी और उसके मनमाने हिज्जों तथा उच्चारण पर काबू पाने में लगाया जाता था। ऐसी भाषा का पढ़ना हमारे लिए एक कष्टपूर्ण अनुभव था, जिसका उच्चारण ठीक उसी तरह नहीं होता जैसी कि वह लिखी जाती है। हिज्जों को कंठस्थ करना एक अजीब-सा अनुभव था। लेकिन यह तो मैं प्रसंगवश कह गया। वस्तुत: मेरी दलील से इसका कोई सम्बन्ध नहीं है। मगर पहले तीन साल तो तुलना में ठीक ही निकल गए। जिल्लत तो चौथे साल से शुरू हुई। अलजबरा (बीजगणित), कैमिस्ट्री (रसायनशास्त्र), एस्ट्रानॉमी (ज्योतिष), हिस्ट्री (इतिहास), ज्योग्राफी (भूगोल)—हर एक विषय मातृभाषा के बजाय अंग्रेजी में ही पढ़ना पड़ा। कक्षा में अगर कोई विद्यार्थी गुजराती, जिसे कि वह समझता था, बोलता तो उसे सजा दी जाती थी। हाँ, अंग्रेजी को, जिसे न तो वह पूरी तरह समझ सकता था और न शुद्ध बोल सकता था, अगर वह बुरी तरह बोलता तो भी शिक्षक को कोई आपत्ति नहीं होती थी। शिक्षक भला इस बात की फिक्र क्यों करें? क्योंकि खुद उसकी अंग्रेजी निर्दोष नहीं थी, इसके सिवा और हो भी क्या सकता था? क्योंकि अंग्रेजी उनके लिए भी उसी तरह विदेशी भाषा थी, जिस तरह कि उनके विद्यार्थियों के लिए थी। इससे बड़ी गड़बड़ होती थी। हम विद्यार्थियों को अनेक बातें कंठस्थ करनी पड़ती, हालाँकि हम उन्हें पूरी तरह समझ नहीं सकते थे और कभी-कभी तो बिलकुल ही नहीं समझते थे। शिक्षक द्वारा हमें ज्यॉमेट्री (रेखागणित) समझाने की भरपूर कोशिश करने पर मेरा सिर घूमने लगता था। सच तो यह है कि युक्लिड

(रेखागणित) की पहली पुस्तक के 13वें साध्य तक हम न पहुँच गए, तब तक मेरी समझ में ज्यॉमेट्री बिलकुल नहीं आई और पाठकों के सामने मुझे यह मंजूर करना ही चाहिए कि मातृभाषा के अपने सारे प्रेम के बावजूद आज भी मैं यह नहीं जानता कि ज्यॉमेट्री, अलजबरा आदि की पारिभाषिक बातों को गुजराती में क्या कहते हैं। हाँ, यह अब मैं जरूर देखता हूँ कि जितना गणित, रेखागणित, बीजगणित, रसायनशास्त्र और ज्योतिष सीखने में मुझे चार साल लगे, अगर अंग्रेजी के बजाय गुजराती में उन्हें पढ़ा होता तो उतना मैंने एक ही साल में आसानी से सीख लिया होता। उस हालत में मैं आसानी और स्पष्टता के साथ इन विषयों को समझ लेता। गुजराती का मेरा शब्दज्ञान कहीं ज्यादा समृद्ध हो गया होता और उस ज्ञान का मैंने अपने घर में उपयोग किया होता। लेकिन इस अंग्रेजी के माध्यम ने तो मेरे और मेरे कुटुम्बियों के बीच, जो कि अंग्रेजी स्कूलों में नहीं पढ़े थे, एक अगम्य खाई खड़ी कर दी। मेरे पिता को कुछ पता न था कि मैं क्या कर रहा हूँ। मैं चाहता तो भी अपने पिता की इस बात में दिलचस्पी पैदा नहीं कर सकता था कि मैं क्या-क्या पढ़ रहा हूँ, क्योंकि यद्यपि बुद्धि की उनमें कोई कमी न थी, मगर वे अंग्रेजी नहीं जानते थे। इस प्रकार मैं अपने ही घर में बड़ी तेजी के साथ अजनबी बनता जा रहा था। निश्चय ही मैं औरों से ऊँचा आदमी बन गया था। यहाँ तक कि मेरी पोशाक भी अपने आप बदलने लगी। लेकिन मेरा जो हाल हुआ वह कोई असाधारण अनुभव नहीं था बल्कि अधिकांश लोगों का यही हाल होता है। हाईस्कूल के प्रथम तीन वर्षों में मेरे सामान्य ज्ञान में बहुत कम वृद्धि हुई। यह समय तो लड़कों को हर एक चीज अंग्रेजी के जरिये सीखने की तैयारी का था। हाईस्कूल तो अंग्रेजी की सांस्कृतिक विजय के लिए था। मेरे हाईस्कूल के तीन विद्यार्थियों ने जो ज्ञान प्राप्त किया वह तो हमीं तक सीमित रहा, वह सर्वसाधारण तक पहुँचाने के लिए नहीं था।

मातृभाषा से साहित्य की समृद्धि

एक-दो शब्द साहित्य के बारे में भी। अंग्रेजी गद्य और पद्य की हमें कई किताबें पढ़नी पड़ी थीं। इसमें शक नहीं कि यह बढ़िया साहित्य था। लेकिन सर्वसाधारण की सेवा या उसके सम्पर्क में आने में उस ज्ञान का मेरे लिए कोई उपयोग नहीं हुआ है। मैं यह कहने में असमर्थ हूँ कि मैंने अंग्रेजी गद्य और पद्य न पढ़ा होता तो मैं एक बेशकीमती खजाने से वंचित रह जाता। इसके बजाय सच तो यह है कि अगर वे सात साल मैंने गुजराती साहित्य पर प्रभुत्व प्राप्त करने में लगाए होते और गणित, विज्ञान तथा संस्कृत आदि विषयों को गुजराती में पढ़ा होता तो इस तरह प्राप्त किए हुए ज्ञान में अपने अड़ोसी-पड़ोसियों को आसानी से हिस्सेदार बनाया होता। उस हालत में मैंने गुजराती को समृद्ध किया होता और कौन कह सकता है कि अमल में

उतारने की अपनी आदत तथा देश और मातृभाषा के प्रति अपने बेहद प्रेम के कारण सर्वसाधारण की सेवा में और भी अधिक अपनी देन क्यों न दे पाता? यह हरगिज न समझना चाहिए कि अंग्रेजी या उसके श्रेष्ठ साहित्य का मैं विरोधी हूँ। 'हरिजन' मेरे अंग्रेजी-प्रेम का पर्याप्त प्रमाण हैं। लेकिन उसके साहित्य की महत्ता भारतीय राष्ट्र के लिए उससे अधिक उपयोग नहीं, जितना कि इंग्लैंड का समशीतोष्ण जलवायु या वहाँ के सुन्दर दृश्य हो सकते हैं। भारत को तो अपने ही जलवायु, दृश्यों और साहित्य में तरक्की करनी होगी, फिर चाहे वे अंग्रेजी जलवायु, दृश्यों और साहित्य से घटिया दरजे के ही क्यों न हों। हमें और हमारे बच्चों को तो अपनी ही विरासत बनानी चाहिए। अगर हम दूसरों की विरासत लेंगे तो हमारी अपनी नष्ट हो जाएगी। सच तो यह है कि विदेशी सामग्री पर हम कभी उन्नति नहीं कर सकते। मैं तो चाहता हूँ कि राष्ट्र अपनी ही भाषा का भंडार भरे और इसके लिए संसार की अन्य भाषाओं का भंडार भी अपनी ही देशी भाषाओं में संचित करे। रवीन्द्रनाथ की अनुपम कृतियों का सौन्दर्य जानने के लिए मुझे बंगाली पढ़ने की कोई जरूरत नहीं, क्योंकि सुन्दर अनुवादों के द्वारा मैं उसे पा लेता हूँ। इसी तरह टाल्स्टाय की संक्षिप्त कहानियों की कदर करने के लिए गुजराती लड़के-लड़कियों को रूसी भाषा पढ़ने की कोई जरूरत नहीं, क्योंकि अच्छे अनुवादों के जरिये वे उन्हें पढ़ लेते हैं। अंग्रेजों को इस बात का गर्व है कि संसार की सर्वोत्तम साहित्यिक रचनाएँ प्रकाशित होने के एक सप्ताह के अन्दर-अन्दर सरल अंग्रेजी में उनके हाथों में आ पहुँचती है। ऐसी हालत में शेक्सपियर और मिल्टन के सर्वोत्तम विचारों और रचनाओं के लिए मुझे अंग्रेजी पढ़ने की जरूरत क्यों हो? यह एक तरह की अच्छी मितव्ययिता होगी कि ऐसे विद्यार्थियों का अलग ही एक वर्ग कर दिया जाए, जिनका काम यह हो कि संसार की विभिन्न भाषाओं में पढ़ने लायक जो सर्वोत्तम सामग्री हो उसको पढ़ें और देशी भाषाओं में उसका अनुवाद करें। हमारे प्रभुओं ने तो हमारे लिए गलत ही रास्ता चुना है और आदत पड़ जाने के कारण गलती ही हमें ठीक मालूम पड़ने लगी है।

अभारतीय शिक्षा

हमारी इस झूठी अभारतीय शिक्षा से लाखों आदमियों का दिन-दिन जो अधिकाधिक नुकसान हो रहा है, उसका प्रमाण मैं रोज ही पा रहा हूँ। जो ग्रेज्युएट मेरे आदरणीय साथी हैं, उन्हें जब अपने आन्तरिक विचारों को व्यक्त करना पड़ता है, तब वे खुद ही परेशान हो जाते हैं। वे तो अपने ही घरों में अजनबी बन गए हैं। अपनी मातृभाषा के शब्दों का उनका ज्ञान इतना सीमित है कि अंग्रेजी शब्दों और वाक्यों तक का सहारा लिए बगैर वे अपने भाषण को सामाप्त नहीं कर सकते। और न अंग्रेजी किताबों के बगैर वे रह सकते हैं। आपस में भी वे अक्सर अंग्रेजी में ही लिखा-पढ़ी करते हैं।

अपने साथियों का उदाहरण मैं यह बताने के लिए दे रहा हूँ कि इस बुराई ने कितनी गहरी जड़ जमा ली है। क्योंकि हम लोगों ने अपने को सुधारने का खुद जान-बूझकर प्रयत्न नहीं किया है। हमारे कॉलेजों में जो समय की बरबादी होती है, उसके पक्ष में दलील यह दी जाती है कि कॉलेजों में पढ़ने के कारण इतने विद्यार्थियों में से अगर एक जगदीश बसु भी पैदा हो सके, तो हमें बरबादी की चिन्ता करने की जरूरत नहीं। अगर यह बरबादी अनिवार्य होती तो मैं जरूर इस दलील का समर्थन करता, लेकिन मैं आशा करता हूँ कि मैंने यह बतला दिया है कि यह न तो पहले अनिवार्य थी और न आज ही अनिवार्य है। क्योंकि जगदीश बसु कोई वर्तमान शिक्षा की उपज नहीं थे। वे तो भयंकर कठिनाइयों और बाधाओं के बावजूद अपने परिश्रम की बदौलत ऊँचे उठे और उनका ज्ञान लगभग ऐसा बन गया जो सर्वसाधारण तक नहीं पहुँच सकता। बल्कि मालूम ऐसा पड़ता है कि हम यह सोचने लगे हैं कि जब तक कोई अंग्रेजी न जाने, तब तक वह बसु के सदृश महान वैज्ञानिक होने की आशा नहीं कर सकता। यह ऐसी मिथ्या धारणा है, जिससे अधिक बड़ी की मैं कल्पना ही नहीं कर सकता। जिस तरह हम अपने को लाचार समझते मालूम पड़ते हैं, उस तरह एक भी जापानी अपने को नहीं समझता।

दंडनीय बरबादी

शिक्षा का माध्यम तो एकदम और हर हालत में बदला जाना चाहिए और प्रान्तीय भाषाओं को उनका न्यायसंगत स्थान मिलना चाहिए। यह जो दंडनीय बरबादी रोज-ब-रोज हो रही है, इसके बजाय तो मैं अस्थायी रूप से अव्यवस्था हो जाना भी ज्यादा पसन्द करूँगा। प्रान्तीय भाषाओं का दर्जा और व्यावहारिक मूल्य बढ़ाने के लिए मैं चाहूँगा कि अदालतों की कार्यवाही अपने-अपने प्रान्त की भाषा में हो। प्रान्तीय धारा सभाओं की कार्यवाही भी प्रान्तीय भाषा में या जहाँ एक से अधिक भाषाएँ प्रचलित हों, वहाँ उनमें होनी चाहिए। धारासभाओं के सदस्यों से मैं कहना चाहता हूँ कि वे चाहें तो एक महीने के अन्दर-अन्दर अपने प्रान्तों की भाषाएँ भली-भाँति समझ सकते हैं। तमिल-भाषी के लिए ऐसी कोई रुकावट नहीं कि वह तेलुगू, मलयालम और कन्नड़ का, जो कि सब तमिल से मिलती-जुलती ही हैं, मामूली व्याकरण और कुछ सौ शब्द आसानी से न सीख सके। केन्द्र में हिन्दुस्तानी का प्रमुख स्थान रहना चाहिए। मेरी सम्मति में यह कोई ऐसा प्रश्न नहीं, जिसका निर्णय साहित्यिकों के द्वारा हो। वे इस बात का निर्णय नहीं कर सकते कि किस स्थान के लड़के-लड़कियों की पढ़ाई किस भाषा में हो। क्योंकि इस प्रश्न का निर्णय तो हर एक देश में पहले से ही हो चुका है। न वे यही निर्णय कर सकते हैं कि किन विषयों की पढ़ाई हो। क्योंकि यह उस देश की आवश्यकताओं पर निर्भर करता है, जिस देश के बालकों को शिक्षा देनी हो।

उन्हें तो बस यही सुविधा प्राप्त है कि राष्ट्र की इच्छा को यथासम्भव सर्वोत्तम रूप में अमल में लाए। अत: जब हमारा देश वस्तुत: स्वतंत्र होगा, तब शिक्षा के माध्यम का प्रश्न केवल एक ही तरह से हल होगा। साहित्यिक लोग पाठ्यक्रम बनाएँगे और फिर उनके अनुसार पाठ्य-पुस्तकें तैयार करेंगे और स्वतंत्र भारत की शिक्षा पानेवाले लोग देश की जरूरतें उसी तरह पूरी करेंगे, जिस तरह आज वे विदेशी शासकों की जरूरतें पूरी करते हैं। जब तक हम शिक्षित वर्ग इस प्रश्न के साथ खिलवाड़ करते रहेंगे, तब तक मुझे इस बात का बहुत भय है कि हम जिस स्वतंत्र और स्वस्थ भारत का स्वप्न देखते हैं, उसका निर्माण नहीं कर पाएँगे। हमें जी-तोड़ प्रयत्न करके अपने बन्धन से मुक्त होना चाहिए, चाहे वह शिक्षणात्मक हो, आर्थिक हो, सामाजिक हो या राजनीतिक हो। हमारी तीन-चौथाई लड़ाई तो वह प्रयत्न होगा जो कि इसके लिए किया जाएगा।

[हरिजन सेवक, 9.7.1938]

झगड़ा हिन्दी-उर्दू का नहीं बल्कि इन दोनों का अंग्रेजी से है

हरिजन सेवक : 8.2.1942

नीचे लिखा खत एक भाई ने पिछली 29 जनवरी को लिखकर मेरे नाम रजिस्ट्री से भेजा था, जो मुझे सेवाग्राम में 31 जनवरी को मिला।

"काशी विश्वविद्यालय वाले आपके भाषण का मुझ पर गहरा असर पड़ा है। खासतौर पर हमारी शिक्षा-संस्थाओं में हिन्दुस्तानी को पढ़ाई का माध्यम बनाने की बात उस मौके पर बहुत मौजूँ रही। लेकिन क्या सचमुच ही आप यह मानते हैं कि हिन्दुस्तानी नाम की कोई जुबान आज हमारे देश में मौजूद है? दरअसल तो ऐसी कोई जुबान है ही नहीं। मुझे डर है कि काशी में आपने हिन्दुस्तानी की उतनी हिमायत नहीं की जितनी हिन्दी की और यही हाल सब कांग्रेसियों का है। मुझे ताज्जुब होता है कि आप अपने मन की बात खुले तौर पर क्यों नहीं कहते। कहिए कि आप हिन्दी चाहते हैं इस हिन्दी को आप हिन्दुस्तानी और उससे भी बदतर हिन्दी-हिन्दुस्तानी क्यों कहते हैं? कुछ साल पहले आपने उसे यह नाम देना चाहा था, लेकिन किसी ने इसे अपनाया नहीं। महात्मा जी, आप कहते हैं कि आपको उर्दू से कोई द्वेष नहीं। मगर आप तो उसे खुल्लमखुल्ला फारसी लिपि में लिखी जानेवाली मुसलमानों की भाषा कह चुके हैं। आपने यह भी फरमाया है कि अगर मुसलमान चाहें तो भले ही उसकी हिफाजत करें। दूसरी तरफ आप कई बार हिन्दी साहित्य सम्मेलन के सभापति रह चुके हैं, और हिन्दी की हिमायत करते हुए उसके लिए लाखों का चन्दा जुटा चुके हैं। क्या कभी आपने उर्दू-प्रचार करनेवाली किसी सभा की सदारत की है? अब भी आप इस तरह की सदारत मंजूर करेंगे? और क्या कभी उर्दू की तरक्की के लिए आपने एक पाई का भी चन्दा इकट्ठा किया है? मैं तो कांग्रेसवालों के मुँह से यह सुनते-सुनते दिक आ गया हूँ कि मुस्लिम लेखकों को फारसी शब्दों का और हिन्दू लेखकों को संस्कृत शब्दों का इस्तेमाल करने से बचना चाहिए। वे कहते हैं, इस तरह जो जुबान बनेगी वह हिन्दुस्तानी होगी। महात्मा जी, आप खुद

एक बहुत अच्छे लेखक हैं। आपको तो पता होना चाहिए कि मँजे हुए लेखक, जिनकी अपनी एक शैली बन चुकी है, कभी फारसी और संस्कृत के उन शब्दों को छोड़ न सकेंगे जो उनकी भाषा के अंग बन चुके हैं। इसलिए आपकी यह सलाह बिलकुल अव्यावहारिक है।"

हिन्दी-उर्दू का मेल

"मगर एक रास्ता है। वह यह कि यू.पी. जैसे किसी एक सूबे में हाईस्कूल तक की पढ़ाई के लिए उर्दू और हिन्दी दोनों को लाजिमी बना दीजिए। इस तरह जिस सूबे में दोनों जुबानें लाजिमी तौर पर पढ़ाई जाएँगी, वहाँ करीब पचास साल के अन्दर एक आमफहम भाषा तैयार हो जाएगी। जो हमारी अपनी भाषा है, वह हमारी साथ रहेगी और जिसे हम अपने ऊपर जबर्दस्ती लाद रहे हैं, वह हमारे जीवन से हट जाएगी। स्पष्ट ही जब हम दोनों भाषाएँ सीखेंगे, तो अपने आप हम उसी में अपने विचार प्रकट करना पसन्द करेंगे, जो ज्यादा विकसित, ज्यादा खूबसूरत, ज्यादा लुभावनी, ज्यादा मुख्तसर और ज्यादा अर्थसूचक यानी थोड़े में बहुत कहनेवाली होगी। इससे न सिर्फ देशी भाषाओं के प्रचार का मार्ग सरल और गुलाम बनेगा बल्कि हिन्दू-मुसलमानों के सामाजिक जीवन के बीच पड़ी हुई चौड़ी खाई को पाटने में भी मदद मिलेगी। एक-दूसरे के साहित्य को पढ़कर हम एक-दूसरे के आदर्शों और विचारों को समझ सकेंगे और उनके लिए मन में हमदर्दी रख सकेंगे। हो सकता है कि इस तरह हिन्दी और उर्दू के मेल से एक नई जुबान सामने आ जाए, और वह हिन्दुस्तानी कहलाए। चूँकि यह जुबान दोनों जुबानों की जानकारी का नतीजा होगी, इसलिए वह दोनों कौमों की एक कुदरती जुबान बनी रहेगी। महात्मा जी, अगर आप सचमुच अपने इस मुल्क के लिए एक आमफहम कौमी जुबान चाहते हैं, तो मुझे यकीन है कि आप मेरे इस सुझाव को मंजूर कर लेंगे और अपनी सिफारिश के साथ इसे देश के सामने पेश करेंगे। मगर मैं मानता हूँ कि आप ऐसा नहीं करेंगे। क्योंकि आप बराबर हिन्दी की हिमायत करते आए हैं, और उसी को मुल्क पर लादने की भरसक कोशिश करते रहे हैं और आप यह भी जानते होंगे कि अगर हिन्दी व उर्दू दोनों अनिवार्य बना दी गई, तो उर्दू हिन्दी को मैदान से खदेड़ देगी। क्योंकि हिन्दी के मुकाबले उर्दू ज्यादा सही, ज्यादा मँजी हुई, ज्यादा अर्थसूचक और ज्यादा खूबसूरत है। मगर मेरी यह तजवीज दोनों जबानों को यकसाँ मौका देती है। अगर आपका खयाल है कि हिन्दी मुल्क की अपनी कुदरती भाषा है तो आपको यह विश्वास होना चाहिए कि वह उर्दू को खदेड़ देगी, जैसा कि आपने पिछले साल भी मुझे लिखा था। आपका यह कहना कि दोनों जबानों को लाजिमी बनाने की कोई ताकत आपके हाथ में नहीं है, बेमतलब-सा है। अगर

आप इस तजवीज को अपनी सिफारिश के साथ मुल्क के सामने रखना बन्द करेंगे, तो जरूर ही उसका असर भी होगा।"

इन्होंने खत के नीचे अपनी सही तो दी है, लेकिन साथ ही उस पर निजी भी लिखा है। इसलिए यहाँ मैं इनका नाम नहीं दे रहा हूँ। नाम का कोई खास महत्त्व भी नहीं। मैं जानता हूँ कि जो खयाल इन भाई के हैं, वही और भी बहुतेरे मुसलमानों के हैं। मेरे हजार इनकार करने पर भी यह बुराई दूर नहीं हो पाई है। लेकिन जहाँ तक मुझसे ताल्लुक है, इन भाई को मेरे उस लेख से तसल्ली हो जानी चाहिए जो इसी विषय पर 23 जनवरी को लिखा गया था और 1 फरवरी के 'हरिजन सेवक' में छप चुका है। मैं पत्र-लेखक की इस बात से पूरी तरह सहमत हूँ कि जो लोग एक राष्ट्रभाषा के हिमायती हैं, उन्हें उसके हिन्दी और उर्दू दोनों रूप सीखने चाहिए। इन्हीं लोगों की कोशिश से हमें वह भाषा मिलेगी जो सबकी भाषा या लोकभाषा कहलाएगी। भाषा का जो रूप लोगों को, फिर वे हिन्दू हों या मुसलमान, ज्यादा जँचेगा और जिसे लोग ज्यादा समझ सकेंगे, बिला-शक वही देश की लोकभाषा बनेगी। अगर लोग मेरी इस तजवीज को आमतौर पर अपना लें तो फिर भाषा का सवाल न तो राजनीतिक सवाल रह जाएगा, और न वह किसी झगड़े की जड़ ही बन सकेगा।

उर्दू अधिक विकसित नहीं

मैं पत्र-लेखक की इस बात को मानने को तैयार नहीं कि 'उर्दू ज्यादा विकसित, ज्यादा खूबसूरत, ज्यादा लुभावनी, ज्यादा मुख्तसर और ज्यादा अर्थसूचक यानी थोड़े में बहुत कहनेवाली जुबान है।' ये सब चीजें किसी एक भाषा की अपनी बपौती नहीं होतीं। भाषा तो जैसी हम बनाना चाहें, बन जाती है। अंग्रेजी की जो खूबियाँ आज हमें मालूम होती हैं, वे अंग्रेजी की कोशिश से ही उसमें आई हैं। दूसरे शब्दों में, भाषा हमारी ही कृति है, और वह अपने सिरजनहार के रंग में रँगी रहती है। हर एक भाषा में अपना अनन्त विस्तार करने की शक्ति रहती है। आधुनिक बंगला को बनानेवाले बंकिम और रवीन्द्र ही थे न? इसलिए अगर उर्दू आज हिन्दी से हर बात में बढ़ी-चढ़ी है, तो उसकी यह वजह हो सकती है कि उसके विधाता हिन्दी के विधाताओं से ज्यादा लायक रहे हों। मगर इस पर मैं अपनी कोई राय नहीं दे सकता, क्योंकि भाषाशास्त्री की दृष्टि से मैंने दोनों में से किसी एक का भी अध्ययन नहीं किया है। अपने सार्वजनिक काम के लिए जितना जरूरी है, उतना ही मैं इन्हें जानता हूँ। लेकिन क्या उर्दू हिन्दी से उतनी ही भिन्न है, जितनी बंगला मराठी से? क्या उर्दू उसी हिन्दी का नाम नहीं, जो फारसी लिपि में लिखी जाती है और संस्कृत से नए शब्द लेने के बजाय फारसी या अरबी से नए शब्द लेने की तबीयत रखती है? अगर हिन्दू और मुसलमानों के बीच किसी तरह की अनबन न होती, तो लोग इस चीज का स्वागत

खुशी से करते। जब आपस की यह अदावत मिट जाएगी, जैसा कि एक दिन उसे मिटाना ही है, तो हमारी सन्तान हमारे इन झगड़ों पर हँसेंगी और अपनी उस सर्वमान्य भाषा हिन्दुस्तानी पर गर्व करेंगी, जो असंख्य लेखकों और लोगों द्वारा उनकी अपनी आवश्यकता, रुचि और योग्यता के अनुसार कई भाषाओं से खुले दिल के साथ किए गए शब्दों के सुमेल से बनाई जाएगी।

हिन्दुस्तानी अंग्रेजी की जगह ले

यहाँ मैं अपने पत्र-लेखक की एक भूल को दुरुस्त कर देना चाहता हूँ। उनका कुछ ऐसा खयाल मालूम होता है कि आखिरकार हिन्दुस्तानी तमाम प्रान्तीय भाषाओं की जगह ले बैठेगी। यह न तो कभी मेरा सपना रहा और न ही उन लोगों का, जो देश के लिए एक राष्ट्रभाषा की चिन्ता कर रहे हैं। हम सब सपना तो यह देख रहे हैं कि मुल्क में हिन्दुस्तानी उस अंग्रेजी की जगह ले ले, जो आज पढ़े-लिखे लोगों के बीच व्यवहार का एक माध्यम बन गई है। इसका नतीजा यह हुआ कि पढ़े-लिखों के और आम रिआया के बीच आज एक खाई-सी खुद गई है। इस दुर्भाग्य का प्रतिकार तभी हो सकता है, जब अन्तर्प्रान्तीय व्यवहार के लिए हम उस भाषा को अपनाएँ, जो देश की लोकभाषा हो, यानी जिसे देश के ज्यादा-से-ज्यादा लोग बोलते हों। इसलिए दरअसल झगड़ा हिन्दी-उर्दू का नहीं बल्कि हिन्दी और उर्दू का अंग्रेजी से है। नतीजा इसका एक ही हो सकता है—दोनों की फतह, हालाँकि आज ये दोनों बहनें बड़ी भारी अड़चनों के बीच जी रही हैं, और फिलहाल इनमें आपसी अनबन भी है। पत्र-लेखक को हिन्दी साहित्य सम्मेलन के साथ मेरे सम्बन्ध से शिकायत है। मुझे उसके साथ अपने इस सम्बन्ध का अभिमान है। अब तक का उसका इतिहास उज्ज्वल रहा है। 'हिन्दी शब्द से हिन्दू-मुसलमान दोनों का समान रूप से बोध होता था। दोनों ने हिन्दी में लिखकर उसके भंडार को समृद्ध बनाया है। स्पष्ट ही पत्र-लेखक को यह पता नहीं है कि सम्मेलन के साथ मेरे सम्बन्ध का क्या असर हुआ है। सम्मेलन ने मेरी प्रेरणा से न सिर्फ अपनी बुद्धिमानी का, बल्कि देशभक्ति और उदारता का परिचय देते हुए हिन्दी की उस परिभाषा को अपनाया, जिसमें उर्दू भी शामिल है। वह पूछते हैं कि क्या मैं किसी उर्दू अंजुमन में कभी शामिल हूँ? मुझसे किसी ने कभी इसके लिए गम्भीरतापूर्वक कहा ही नहीं। अगर कोई कहता तो मैं उसके साथ भी वही शर्त करता, जो मुझे सम्मेलन का सभापति बनने के लिए कहनेवालों के साथ मैंने की। मैं अपने उर्दू-भाषी मित्रों से, जो मुझे न्योतने आते, कहता कि वे मुझको जनता से यह कहने दें कि वह उर्दू की ऐसी व्याख्या करें, जिसमें देवनागरी लिपि में लिखी हिन्दी भी शुमार हो। लेकिन मुझे ऐसा कोई मौका ही न मिला। अगर अब, जैसा कि मैं अपने पहली फरवरीवाले लेख में इशारा कर चुका हूँ, मैं चाहता हूँ कि किसी

ऐसी संस्था या समिति का संगठन हो, जो अपने सदस्यों के लिए हिन्दी और उर्दू का उनके दोनों रूपों और दोनों लिपियों के साथ, अध्ययन करने को हिमायत करे और इस उम्मीद के साथ इस चीज का प्रचार करे कि आखिरकार किसी दिन ये दोनों कुदरती तौर पर मिलकर एक सर्वसाधारण अन्तरर्प्रान्तीय भाषा का चोला पहन लेंगी और हिन्दुस्तानी कहलाने लग जाएँगी। उस समय इनका समीकरण हिन्दी + उर्दू = हिन्दुस्तानी न होकर हिन्दुस्तानी = हिन्दी = उर्दू होगा।

[हरिजन सेवक, 8.2.1942]

संस्कृति

अशान्ति और असन्तोष

पाठक : तो आपने बंग-भंग को जाग्रति का कारण माना। उससे फैली हुई अशान्ति को ठीक समझा जाए या नहीं?

सम्पादक : इनसान नींद में से उठता है तो अँगड़ाई लेता है, इधर-उधर घूमता है और अशान्त रहता है। उसे पूरा भान आने में कुछ वक्त लगता है। उसी तरह अगरचे बंग-भंग से जाग्रति आई है, फिर भी बेहोशी नहीं गई है। अभी हम अँगड़ाई लेने की हालत में हैं। अभी अशान्ति की हालत है। जैसे नींद और जाग के बीच की हालत जरूरी मानी जानी चाहिए और इसलिए वह ठीक कही जाएगी, वैसे बंगाल में और उस कारण से हिन्दुस्तान में जो अशान्ति फैली है, वह भी ठीक है। अशान्ति है यह हम जानते हैं, इसलिए शान्ति का समय आने की शक्यता है। नींद से उठने के बाद हमेशा अँगड़ाई लेने की हालत में हम नहीं रहते, लेकिन देर-सबेर अपनी शक्ति के मुताबिक पूरे जागते ही हैं। इसी तरह इस अशान्ति में से हम जरूर छूटेंगे। अशान्ति किसी को नहीं भाती।

पाठक : अशान्ति का दूसरा रूप क्या है?

सम्पादक : अशान्ति असल में असन्तोष है। उसे आजकल हम 'अनरेस्ट' कहते हैं। कांग्रेस के जमाने में वह 'डिस्कंटेंट' कहलाता था। मि. ह्यूम हमेशा कहते थे कि हिन्दुस्तान में असन्तोष फैलाने की जरूरत है। यह असन्तोष बहुत उपयोगी चीज है। जब तक आदमी अपनी चालू हालत में खुश रहता है, तब तक उसमें से निकलने के लिए उसे समझाना मुश्किल है। इसलिए हरेक सुधार के पहले असन्तोष होना ही चाहिए। चालू चीज से ऊब जाने पर ही उसे फेंक देने को मन करता है। ऐसा असन्तोष हममें महान हिन्दुस्तानियों की और अंग्रेजों की पुस्तकें पढ़कर पैदा हुआ है। उस असन्तोष से अशान्ति पैदा हुई; और उस अशान्ति में कई लोग मरे, कई बरबाद हुए, कई जेल गए, कई को देशनिकाला हुआ। आगे भी ऐसा होगा; और होना चाहिए। ये सब लक्षण अच्छे माने जा सकते हैं। लेकिन इनका नतीजा बुरा भी आ सकता है।

[हिन्द स्वराज, 1909]

सभ्यता का दर्शन

पाठक : अब तो आपको सभ्यता की भी बात करनी होगी। आपके हिसाब से तो यह सभ्यता बिगाड़ करनेवाली है।

सम्पादक : मेरे हिसाब से ही नहीं, बल्कि अंग्रेज लेखकों के हिसाब से भी यह सभ्यता बिगाड़ करनेवाली है। उसके बारे में बहुत किताबें लिखी गई हैं। वहाँ इस सभ्यता के खिलाफ मंडल भी कायम हो रहे हैं। एक लेखक ने 'सभ्यता, उसके कारण और उसकी दवा' नाम की किताब लिखी है। उसमें उसने यह साबित किया है कि यह सभ्यता एक तरह का रोग है।

पाठक : यह सब हम क्यों नहीं जानते?

सम्पादक : इसका कारण तो साफ है।

कोई भी आदमी अपने खिलाफ जानेवाली बात करे, ऐसा शायद ही होता है। आज की सभ्यता के मोह में फँसे हुए लोग उसके खिलाफ नहीं लिखेंगे, उलटे उसको सहारा मिले, ऐसी ही बातें और दलीलें ढूँढ़ निकालेंगे। यह वे जान-बूझकर करते हैं ऐसा भी नहीं है। वे जो लिखते हैं, उसे खुद सच मानते हैं। नींद में आदमी जो सपना देखता है, उसे वह सही मानता है। जब उसकी नींद खुलती है, तभी उसे अपनी गलती मालूम होती है। ऐसी ही दशा सभ्यता के मोह में फँसे हुए आदमी की होती है। हम जो बातें पढ़ते हैं, वे सभ्यता की हिमायत करनेवालों की लिखी बातें होती हैं। उनमें बहुत होशियार और भले आदमी हैं। उनके लेखों से हम चौंधिया जाते हैं। यों एक के बाद दूसरा आदमी उसमें फँसता जाता है।

पाठक : यह बात आपने ठीक कही। अब आपने जो कुछ पढ़ा और सोचा है, उसका खयाल मुझे दीजिए।

सम्पादक : पहले तो हम यह सोचें कि सभ्यता किस हालत का नाम है। इस सभ्यता की सही पहचान तो यह है कि लोग बाहरी (दुनिया) की खोजों में और शरीर के सुख में धन्यता—सार्थकता और पुरुषार्थ मानते हैं। इसकी कुछ मिसालें लें। सौ साल पहले यूरोप के लोग जैसे घरों में रहते थे, उनसे ज्यादा अच्छे घरों में आज वे रहते हैं; यह सभ्यता की निशानी मानी जाती है। इसमें शरीर के सुख की बात

है। इसके पहले लोग चमड़े के कपड़े पहनते थे और भालों का इस्तेमाल करते थे। अब वे लम्बे पतलून पहनते हैं और शरीर को सजाने के लिए तरह-तरह के कपड़े बनवाते हैं; और भाले के बदले एक के बाद एक पाँच गोलियाँ छोड़ सकें, ऐसी चक्करवाली बन्दूक इस्तेमाल करते हैं। यह सभ्यता की निशानी है। किसी मुल्क के लोग, जो जूते वगैरा नहीं पहनते हों, जब यूरोप के कपड़े पहनना सीखते हैं, तो जंगली हालत में से सभ्य हालत में आए हुए माने जाते हैं। पहले यूरोप में लोग मामूली हल की मदद से अपने लिए जात-मेहनत करके जमीन जोतते थे। उसकी जगह आज भाप के यंत्रों से हल चलाकर एक आदमी बहुत सारी जमीन जोत सकता है और बहुत-सा पैसा जमा कर सकता है। यह सभ्यता की निशानी मानी जाती है। पहले लोग कुछ ही किताबें लिखते थे और वे अनमोल मानी जाती थीं। आज हर कोई चाहे जो लिखता है और छपवाता है और लोगों के मन को भरमाता है। यह सभ्यता की निशानी है। पहले लोग बैलगाड़ी से रोज बारह कोस की मंजिल तय करते थे। आज रेलगाड़ी से चार सौ कोस की मंजिल मारते हैं। यह तो सभ्यता की चोटी मानी गई है। यह सभ्यता जैसे-जैसे आगे बढ़ती जाती है, वैसे-वैसे यह सोचा जाता है कि लोग हवाई जहाज से सफर करेंगे और थोड़े ही घंटों में दुनिया के किसी भी भाग में जा पहुँचेंगे। लोगों को हाथ-पैर हिलाने की जरूरत नहीं रहेगी। एक बटन दबाया कि आदमी के सामने पहनने की पोशाक हाजिर हो जाएगी, दूसरा बटन दबाया कि उसे अखबार मिल जाएँगे, तीसरा दबाया कि उसके लिए गाड़ी तैयार हो जाएगी; हमेशा नए भोजन मिलेंगे, हाथ-पैर का काम ही नहीं पड़ेगा, सारा काम कल से ही किया जाएगा। पहले जब लोग लड़ना चाहते थे तो एक-दूसरे का शरीर-बल आजमाते थे। आज तो तोप के एक गोले से हजारों जानें ली जा सकती हैं। यह सभ्यता की निशानी है। पहले लोग खुली हवा में अपने को ठीक लगे, उतना काम स्वतंत्रता से करते थे। अब हजारों आदमी अपने गुजारे के लिए इकट्ठा होकर बड़े कारखानों में या खानों में काम करते हैं। उनकी हालत जानवर से भी बदतर हो गई है। उन्हें शीशे वगैरह के कारखानों में जान को जोखिम में डालकर काम करना पड़ता है। इसका लाभ पैसेदार लोगों को मिलता है। पहले लोगों को मार-पीटकर गुलाम बनाया जाता था; आज लोगों को पैसे का और भोग का लालच देकर गुलाम बनाया जाता है। पहले जैसे रोग नहीं थे वैसे रोग आज लोगों में पैदा हो गए हैं और उसके साथ डॉक्टर खोज करने लगे हैं कि ये रोग कैसे मिटाए जाएँ। ऐसा करने से अस्पताल बढ़े हैं। यह सभ्यता की निशानी मानी जाती है। पहले लोग पत्र लिखते थे, तब खास कासिद उसे ले जाता था और उसके लिए काफी खर्च लगता था। आज मुझे किसी को गालियाँ देने के लिए पत्र लिखना हो तो एक पैसे में मैं गालियाँ दे सकता हूँ, किसी को मुझे मुबारकबाद देना हो तो भी मैं उसी दाम में पत्र भेज सकता हूँ। यह सभ्यता की निशानी है। पहले लोग दो या तीन बार खाते थे और वह भी खुद हाथ

से पकाई हुई रोटी और थोड़ी तरकारी। अब तो हर दो घंटे पर खाना चाहिए, और वह यहाँ तक कि लोगों को खाने से फुरसत ही नहीं मिलती। और कितना कहूँ? यह सब आप किसी भी पुस्तक में पढ़ सकते हैं। ये सब सभ्यता की सच्ची निशानियाँ मानी जाती हैं। और अगर कोई भी इससे भिन्न बात समझाए, तो वह भोला है, ऐसा निश्चय ही मानिए। सभ्यता तो मैंने जो बताई, वही मानी जाती है। उसमें नीति या धर्म की बात ही नहीं है। सभ्यता के हिमायती साफ कहते हैं कि उनका काम लोगों को धर्म सिखाने का नहीं है। धर्म तो ढोंग है, ऐसा कुछ लोग मानते हैं। और कुछ लोग धर्म का दम्भ करते हैं, नीति की बातें भी करते हैं। फिर भी मैं आपसे बीस बरस के अनुभव के बाद कहता हूँ कि नीति के नाम से अनीति सिखलाई जाती है। ऊपर की बातों में नीति हो ही नहीं सकती, यह कोई बच्चा भी समझ सकता है। शरीर का सुख कैसे मिले, यही आज की सभ्यता ढूँढ़ती है; और यही देने की वह कोशिश करती है। परन्तु वह सुख भी नहीं मिल पाता।

यह सभ्यता तो अधर्म है और यह यूरोप में इतने दरजे तक फैल गई है कि वहाँ के लोग आधे पागल जैसे देखने में आते हैं। उनमें सच्ची कूवत नहीं है; वे नशा करके अपनी ताकत कायम रखते हैं। एकान्त में वे बैठ ही नहीं सकते। जो स्त्रियाँ घर की रानियाँ होनी चाहिए, उन्हें गलियों में भटकना पड़ता है, या कोई मजदूरी करनी पड़ती है। इंग्लैंड में ही चालीस लाख गरीब औरतों को पेट के लिए सख्त मजदूरी करनी पड़ती है, और आजकल इसके कारण 'सफ्रेजेट' का आन्दोलन चल रहा है।

यह सभ्यता ऐसी है कि अगर हम धीरज धरकर बैठे रहेंगे, तो सभ्यता की चपेट में आए हुए लोग खुद की जलाई हुई आग में जल मरेंगे। पैगम्बर मोहम्मद साहब की सीख के मुताबिक यह शैतानी सभ्यता है। हिन्दू धर्म इसे निरा 'कलजुग' कहता है। मैं आपके सामने इस सभ्यता का हूबहू चित्र नहीं खींच सकता। यह मेरी शक्ति के बाहर है। लेकिन आप समझ सकेंगे कि इस सभ्यता के कारण अंग्रेज प्रजा में सड़न ने घर कर लिया है। यह सभ्यता दूसरों का नाश करनेवाली और खुद नाशवान है। इससे दूर रहना चाहिए और इसीलिए ब्रिटिश और दूसरी पार्लियामेंटें बेकार हो गई हैं। ब्रिटिश पार्लियामेंट अंग्रेज प्रजा की गुलामी की निशानी है, यह पक्की बात है। आप पढ़ेंगे और सोचेंगे तो आपको भी ऐसा ही लगेगा। इसमें आप अंग्रेजों का दोष न निकालें। उन पर तो हमें दया आनी चाहिए। वे काबिल प्रजा हैं, इसलिए किसी दिन उस जाल से निकल जाएँगे ऐसा मैं मानता हूँ। वे साहसी और मेहनती हैं। मूल में उनके विचार अनीति-भरे नहीं हैं, इसलिए उनके बारे में मेरे मन में उत्तम खयाल ही है। उनका दिल बुरा नहीं है। यह सभ्यता उनके लिए कोई अमिट रोग नहीं है। लेकिन अभी वे उस रोग में फँसे हुए हैं, यह तो हमें भूलना ही नहीं चाहिए।

[हिन्द स्वराज, 1909]

हिन्दुस्तान की दशा

हिन्दू-मुसलमान

सम्पादक : आपका आखिरी सवाल बड़ा गम्भीर मालूम होता है। लेकिन सोचने पर वह सहल मालूम होगा। यह सवाल उठा है, उसका कारण भी रेल, वकील और डॉक्टर हैं। वकीलों और डॉक्टरों का विचार तो अभी करना बाकी है। रेलों का विचार हम कर चुके। इतना मैं जोड़ता हूँ कि मनुष्य इस तरह पैदा किया गया है कि अपने हाथ-पैर से बने, उतनी ही आने-जाने वगैरह की हलचल उसे करनी चाहिए। अगर हम रेल वगैरह साधनों से दौड़धूप करें ही नहीं, तो बहुत पेचीदे सवाल हमारे सामने आएँगे ही नहीं। हम खुद दुख को न्योतते हैं। भगवान ने मनुष्य की हद उसके शरीर की बनावट से ही बाँध दी, लेकिन मनुष्य ने उस बनावट की हद को लाँघने के उपाय ढूँढ़ निकाले। मनुष्य को अकल इसलिए दी गई है कि उसकी मदद से वह भगवान को पहचाने। पर मनुष्य ने अकल का उपयोग भगवान को भूलने में किया। मैंने तुरन्त अपनी मगरूरी में ढूँढ़ निकाला कि मुझे तो सारी दुनिया की सेवा अपने तन से करनी चाहिए। ऐसा करने में अनेक धर्मों के और कई तरह के लोगों का साथ होगा। यह बोझ मनुष्य उठा ही नहीं सकता और इसलिए अकुलाता है। इस विचार से आप समझ लेंगे कि रेलगाड़ी सचमुच एक तूफानी साधन है। मनुष्य रेलगाड़ी का उपयोग करके भगवान को भूल गया है।

पाठक : पर अब जो सवाल मैंने उठाया है, उसका जवाब सुनने को अधीर हो रहा हूँ। मुसलमानों के आने से हमारा एक-राष्ट्र रहा या मिटा?

सम्पादक : हिन्दुस्तान में चाहे जिस धर्म के आदमी रह सकते हैं; उससे वह एक-राष्ट्र मिटनेवाला नहीं है। जो नए लोग उसमें दाखिल होते हैं, वे उसकी प्रजा को तोड़ नहीं सकते, वे उसकी प्रजा में घुल-मिल जाते हैं। ऐसा हो तभी कोई मुल्क एक-राष्ट्र माना जाएगा। ऐसा मुल्क में दूसरे लोगों का समावेश करने का गुण होना चाहिए। हिन्दुस्तान ऐसा था और आज भी है। यों तो जितने आदमी उतने धर्म ऐसा मान सकते हैं। एक-राष्ट्र होकर रहनेवाले लोग एक-दूसरे के धर्म में दखल नहीं

देते; अगर देते हैं तो समझना चाहिए कि वे एक-राष्ट्र होने लायक नहीं हैं। अगर हिन्दू मानें कि सारा हिन्दुस्तान सिर्फ हिन्दुओं से भरा होना चाहिए, तो यह एक निरा सपना है। मुसलमान अगर ऐसा मानें कि उसमें सिर्फ मुसलमान ही रहें, तो उसे भी सपना ही समझिए। फिर भी हिन्दू, मुसलमान, पारसी, ईसाई, जो इस देश को अपना वतन मानकर बस चुके हैं—एक-देशी, एक-मुल्की हैं, वे देशी-भाई हैं, और उन्हें एक-दूसरे के स्वार्थ के लिए भी एक होकर रहना पड़ेगा।

दुनिया के किसी भी हिस्से में एक-राष्ट्र का अर्थ एक-धर्म नहीं किया गया है; हिन्दुस्तान में तो ऐसा था ही नहीं।

पाठक : लेकिन दोनों कौमों के कट्टर वैर का क्या?

सम्पादक : 'कट्टर वैर' शब्द दोनों के दुश्मन ने खोज निकाला है। जब हिन्दू-मुसलमान झगड़ते थे तब वे ऐसी बातें भी कहते थे। झगड़ा तो हमारा सबका बन्द हो गया है। फिर कट्टर वैर काहे का? और इतना याद रखिए कि अंग्रेजों के आने के बाद ही हमारा झगड़ा बन्द हुआ, ऐसा नहीं है। हिन्दू लोग मुसलमान बादशाहों के मातहत और मुसलमान हिन्दू राजाओं के मातहत रहते आए हैं। दोनों को बाद में समझ में आ गया कि झगड़ने से कोई फायदा नहीं; लड़ाई से कोई अपना धर्म नहीं छोड़ेंगे और कोई अपनी जिद भी नहीं छोड़ेंगे। इसलिए दोनों ने मिलकर रहने का फैसला किया। झगड़े तो फिर से अंग्रेजों ने शुरू करवाए।

'मियाँ और महादेव की नहीं बनती' इस कहावत का भी ऐसा ही समझिए। कुछ कहावतें हमेशा के लिए रह जाती हैं और नुकसान करती ही रहती हैं। हम कहावत की धुन में इतना भी याद नहीं रखते कि बहुतेरे हिन्दुओं और मुसलमानों के बाप-दादे एक ही थे, हमारे अन्दर एक ही खून है। क्या धर्म बदला इसलिए हम आपस में दुश्मन बन गए, धर्म तो एक ही जगह पहुँचने के अलग-अलग रास्ते हैं। हम दोनों अलग-अलग रास्ते लें, इससे क्या हो गया? उसमें लड़ाई काहे की?

और ऐसी कहावतें तो शैवों और वैष्णवों में भी चलती हैं; पर इससे कोई यह नहीं कहेगा कि वे एक-राष्ट्र नहीं हैं। वेदधर्मियों और जैनों के बीच बहुत फर्क माना जाता है, फिर भी इससे वे अलग राष्ट्र नहीं बन जाते। हम गुलाम हो गए हैं, इसीलिए अपने झगड़े हम तीसरे के पास ले जाते हैं।

जैसे मुसलमान मूर्ति का खंडन करनेवाले हैं, वैसे हिन्दुओं में भी मूर्ति का खंडन करनेवाला एक वर्ग देखने में आता है। ज्यों-ज्यों सही ज्ञान बढ़ेगा, त्यों-त्यों हम समझते जाएँगे कि हमें पसन्द न आनेवाला धर्म दूसरा आदमी पालता हो, तो भी उससे वैर-भाव रखना हमारे लिए ठीक नहीं; हम उस पर जबर्दस्ती न करें।

पाठक : अब गोरक्षा के बारे में अपने विचार बताइए।

सम्पादक : मैं खुद गाय को पूजता हूँ यानी मान देता हूँ। गाय हिन्दुस्तान की रक्षा करनेवाली है, क्योंकि उसकी सन्तान पर हिन्दुस्तान का, जो खेती-प्रधान देश

है, आधार है। गाय कई तरह से उपयोगी जानवर है। वह उपयोगी जानवर है, यह तो मुसलमान भाई भी कबूल करेंगे।

लेकिन जैसे मैं गाय को पूजता हूँ वैसे मैं मनुष्य को भी पूजता हूँ। जैसे गाय उपयोगी है वैसे मनुष्य भी—फिर चाहे वह मुसलमान हो या हिन्दू—उपयोगी है। तब क्या गाय को बचाने के लिए मैं मुसलमान से लड़ूँगा? क्या उसे मैं मारूँगा? ऐसा करने से मैं मुसलमान का और गाय का भी दुश्मन बनूँगा। इसलिए मैं कहूँगा कि गाय की रक्षा करने का एक यही उपाय है कि मुझे अपने मुसलमान भाई के सामने हाथ जोड़ने चाहिए और उसे देश के खातिर गाय को बचाने के लिए समझाना चाहिए। अगर वह न समझे तो मुझे गाय को मरने देना चाहिए, क्योंकि वह मेरे बस की बात नहीं। अगर मुझे गाय पर अत्यन्त दया हो तो अपनी जान दे देनी चाहिए, लेकिन मुसलमान की जान नहीं लेनी चाहिए। यही धार्मिक कानून है, ऐसा मैं तो मानता हूँ।

'हाँ' और 'नहीं' के बीच हमेशा वैर रहता है। अगर मैं वाद-विवाद करूँगा, तो मुसलमान भी वाद-विवाद करेगा। अगर मैं टेढ़ा बनूँगा, तो वह भी टेढ़ा बनेगा। अगर मैं बालिश्त-भर झुकूँगा, तो वह हाथ-भर झुकेगा; और अगर वह नहीं भी झुके तो मेरा झुकना गलत नहीं कहलाएगा। जब हमने जिद की तब गोकुशी बढ़ी। मेरी राय है कि गोरक्षा प्रचारिणी सभा गोवध प्रचारिणी सभा मानी जानी चाहिए। ऐसी सभा का होना हमारे लिए बदनामी की बात है। जब गाय की रक्षा करना हम भूल गए तब ऐसी सभा की जरूरत पड़ी होगी।

मेरा भाई गाय को मारने दौड़े, तो मैं उसके साथ कैसा बरताव करूँगा? उसे मारूँगा या उसके पैरों में पड़ूँगा? अगर आप कहें कि मुझे उसके पाँव पड़ना चाहिए, तो मुझे मुसलमान भाई के भी पाँव पड़ना चाहिए।

गाय को दुख देकर हिन्दू गाय का वध करता है; इससे गाय को कौन छुड़ाता है? जो हिन्दू गाय की औलाद को पैना (आर) भोंकता है, उस हिन्दू को कौन समझाता है? इससे हमारे एक-राष्ट्र होने में कोई रुकावट नहीं आई है।

अन्त में, हिन्दू अहिंसक और मुसलमान हिंसक है, यह बात अगर सही हो तो अहिंसक का धर्म क्या है? अहिंसक को आदमी की हिंसा करनी चाहिए, ऐसा कहीं लिखा नहीं है। अहिंसक के लिए तो राह सीधी है। उसे एक को बचाने के लिए दूसरे की हिंसा करनी ही नहीं चाहिए। उसे तो मात्र चरण वन्दना करनी चाहिए, सिर्फ समझाने का काम करना चाहिए। इसी में उसका पुरुषार्थ है।

लेकिन क्या तमाम हिन्दू अहिंसक हैं? सवाल की जड़ में जाकर विचार करने पर मालूम होता है कि कोई भी अहिंसक नहीं है, क्योंकि जीव को तो हम मारते ही हैं। लेकिन इस हिंसा से हम छूटना चाहते हैं, इसलिए अहिंसक (कहलाते) हैं। साधारण विचार करने से मालूम होता है कि बहुत से हिन्दू मांस खानेवाले हैं, इसलिए

वे अहिंसक नहीं माने जा सकते। खींच-तानकर दूसरा अर्थ करना हो तो मुझे कुछ कहना नहीं है। जब ऐसी हालत है तब मुसलमान हिंसक और हिन्दू अहिंसक हैं, इसलिए दोनों की नहीं बनेगी, वह सोचना बिलकुल गलत है।

ऐसे विचार स्वार्थी धर्मशिक्षकों, शास्त्रियों और मुल्लाओं ने हमें दिए हैं। और इसमें जो कमी रह गई थी, उसे अंग्रेजों ने पूरा किया है। उन्हें इतिहास लिखने की आदत है; हरेक जाति के रीति-रिवाज जानने का वे दम्भ करते हैं। ईश्वर ने हमारा मन तो छोटा बनाया है, फिर भी वे ईश्वरी दावा करते आए हैं और तरह-तरह के प्रयोग करते हैं। वे अपने बाजे खुद बजाते हैं और हमारे मन में अपनी बात सही होने का विश्वास जमाते हैं। हम भोलेपन में उस सब पर भरोसा कर लेते हैं।

जो टेढ़ा नहीं देखना चाहते वे देख सकेंगे कि कुरान शरीफ में ऐसे सैकड़ों वचन हैं, जो हिन्दुओं को मान्य हों; भगवद्गीता में ऐसी बातें लिखी हैं कि जिनके खिलाफ मुसलमान को कोई भी एतराज नहीं हो सकता। कुरान शरीफ का कुछ भाग मैं न समझ पाऊँ या कुछ भाग मुझे पसन्द न आए, इस वजह से क्या मैं उसे माननेवाले से नफरत करूँ? झगड़ा दो से ही हो सकता है। मुझे झगड़ा नहीं करना हो, तो मुसलमान क्या करेगा? और मुसलमान को झगड़ा न करना हो, तो मैं क्या कर सकता हूँ? हवा में हाथ उठानेवाले का हाथ उखड़ जाता है। सब अपने-अपने धर्म का स्वरूप समझकर उससे चिपके रहें और शास्त्रियों व मुल्लाओं को बीच में न आने दें, तो झगड़े का मुँह हमेशा के लिए काला ही रहेगा।

पाठक : अंग्रेज दोनों कौमों का मेल होने देंगे?

सम्पादक : यह सवाल डरपोक आदमी का है। यह सवाल हमारी हीनता को दिखाता है। अगर दो भाई चाहते हों कि उनका आपस में मेल बना रहे, तो कौन उनके बीच में आ सकता है? अगर तीसरा आदमी दोनों के बीच झगड़ा पैदा कर सके, तो उन भाइयों को हम कच्चे दिल के कहेंगे। उसी तरह अगर हम—हिन्दू और मुसलमान—कच्चे दिल के होंगे, तो फिर अंग्रेजों का कसूर निकालना बेकार होगा। कच्चा घड़ा एक कंकड़ से नहीं तो दूसरे कंकड़ से फूटेगा ही। घड़े को बचाने का रास्ता यह नहीं है कि उसे कंकड़ से दूर रखा जाए, बल्कि यह है कि उसे पक्का बनाया जाए, जिससे कंकड़ का भय ही न रहे। उसी तरह हमें पक्के दिल का बनना है। हम दोनों में से कोई एक (भी) पक्के दिल के होंगे, तो तीसरे की कुछ नहीं चलेगी। यह काम हिन्दू आसानी से कर सकते हैं। उनकी संख्या बड़ी है, वे अपने को ज्यादा पढ़े-लिखे मानते हैं; इसलिए वे पक्का दिल रख सकते हैं।

दोनों कौमों के बीच अविश्वास है, इसलिए मुसलमान लॉर्ड मॉर्ले से कुछ हक माँगते हैं। इसमें हिन्दू क्यों विरोध करें? अगर हिन्दू विरोध न करें, तो अंग्रेज चौंकेंगे, मुसलमान धीरे-धीरे हिन्दुओं का भरोसा करने लगेंगे और दोनों का भाईचारा बढ़ेगा। अपने झगड़े अंग्रेजों के पास ले जाने में हमें शरमाना चाहिए। ऐसा करने से हिन्दू

कुछ खोनेवाले नहीं हैं इसका हिसाब आप खुद लगा सकेंगे। जिस आदमी ने दूसरे पर विश्वास किया, उसने आज तक कुछ खोया नहीं है।

मैं यह नहीं कहना चाहता कि हिन्दू-मुसलमान कभी झगड़ेंगे ही नहीं। दो भाई साथ रहें तो उनके बीच तकरार होती है। कभी हमारे सिर भी फूटेंगे। ऐसा होना जरूरी नहीं है, लेकिन सब लोग एक-सी अकल के नहीं होते। दोनों जोश में आते हैं, तब अकसर गलत काम कर बैठते हैं। उन्हें हमें सहन करना होगा। लेकिन ऐसी तकरार को भी बड़ी वकालत बघारकर हम अंग्रेजों की अदालत में न ले जाएँ। दो आदमी लड़ें, लड़ाई में दोनों के सिर या एक का सिर फूटे, तो उसमें तीसरा क्या न्याय करेगा? जो लड़ेंगे वे जख्मी भी होंगे। बदन से बदन टकराएगा तब कुछ निशानी तो रहेगी ही। उसमें न्याय क्या हो सकता है?

[हिन्द स्वराज, 1909]

सच्ची सभ्यता कौन-सी?

पाठक : आपने रेल को रद्द कर दिया, वकीलों की निन्दा की, डॉक्टरों को दबा दिया। तमाम कलकाम को भी आप नुकसानदेह मानेंगे, ऐसा मैं देख सकता हूँ। तब सभ्यता कहें तो किसे कहें?

सम्पादक : इस सवाल का जवाब मुश्किल नहीं है। मैं मानता हूँ कि जो सभ्यता हिन्दुस्तान ने दिखाई है, उसको दुनिया में कोई नहीं पहुँचा सकता। जो बीज हमारे पुरखों ने बोए हैं, उनकी बराबरी कर सके ऐसी कोई चीज देखने में नहीं आई। रोम मिट्टी में मिल गया, ग्रीस का सिर्फ नाम ही रह गया, मिस्त्र की बादशाही चली गई? जापान पश्चिम के शिकंजे में फँस गया और चीन का कुछ भी कहा नहीं जा सकता। लेकिन गिरा-टूटा जैसा भी हो, हिन्दुस्तान आज भी अपनी बुनियाद में मजबूत है।

जो रोम और ग्रीस गिर चुके हैं, उनकी किताबों से यूरोप के लोग सीखते हैं। उनकी गलतियाँ वे नहीं करेंगे, ऐसा गुमान रखते हैं। ऐसी उनकी कंगाल हालत है, जबकि हिन्दुस्तान अचल है, अडिग है। यही उसका भूषण है। हिन्दुस्तान पर आरोप लगाया जाता है कि वह ऐसा जंगली, ऐसा अज्ञानी है कि उससे जीवन में कुछ फेरबदल कराए ही नहीं जा सकते। यह आरोप हमारा गुण है, दोष नहीं। अनुभव से जो हमें ठीक लगा है, उसे हम क्यों बदलेंगे? बहुत-से अकल देनेवाले आते-जाते रहते हैं, पर हिन्दुस्तान अडिग रहता है। यह उसकी खूबी यह उसका लंगर है।

सभ्यता वह आचरण है जिससे आदमी अपना फर्ज अदा करता है। फर्ज अदा करने के मानी है नीति का पालन करना। नीति के पालन का मतलब है अपने मन और इन्द्रियों को बस में रखना। ऐसा करते हुए हम अपने को (अपनी असलियत को) पहचानते हैं। यही सभ्यता है। इससे जो उलटा है, वह बिगाड़ करनेवाला है।

बहुत से अंग्रेज लेखक लिख गए हैं कि ऊपर की व्याख्या के मुताबिक हिन्दुस्तान को कुछ भी सीखना बाकी नहीं रहता।

यह बात ठीक है। हमने देखा कि मनुष्य की वृत्तियाँ चंचल हैं। उसका मन बेकार की दौड़धूप किया करता है। उसका शरीर जैसे-जैसे ज्यादा दिया जाए, वैसे-वैसे

ज्यादा माँगता है। ज्यादा लेकर भी वह सुखी नहीं होता। भोग भोगने से भोग की इच्छा बढ़ती जाती है। इसलिए हमारे पुरखों ने भोग की हद बाँध दी। बहुत सोचकर उन्होंने देखा कि सुख-दुःख तो मन के कारण हैं। अमीर अपनी अमीरी की वजह से सुखी नहीं है, गरीब अपनी गरीबी के कारण दुखी नहीं है। अमीर दुखी देखने में आता है और गरीब सुखी देखने में आता है। करोड़ों लोग तो गरीब ही रहेंगे। ऐसा देखकर उन्होंने भोग की वासना छुड़वाई। हजारों साल पहले जो हल काम में लिया जाता था, उससे हमने काम चलाया। हजारों साल पहले जैसे झोंपड़े थे, उन्हें हमने कायम रखा। हजारों साल पहले जैसी हमारी शिक्षा थी, वही चलती आई। हमने नाशकारक होड़ को समाज में जगह नहीं दी; सब अपना-अपना धन्धा करते रहे। उसमें उन्होंने दस्तूर के मुताबिक दाम लिए। ऐसा नहीं था कि हमें यंत्र वगैरह की खोज करना ही नहीं आता था। लेकिन हमारे पूर्वजों ने देखा कि लोग अगर यंत्र वगैरह की झंझट में पड़ेंगे, तो गुलाम बनेंगे और अपनी नीति को छोड़ देंगे। उन्होंने सोच-समझकर कहा कि हमें अपने हाथ-पैरों से जो काम हो सके, वही करना चाहिए। हाथ-पैरों का इस्तेमाल करने में ही सच्चा सुख है, उसी में तन्दुरुस्ती है।

उन्होंने सोचा कि बड़े शहर खड़े करना बेकार की झंझट है। उनमें लोग सुखी नहीं होंगे। उनमें धूर्तों की टोलियाँ और वेश्याओं की गलियाँ पैदा होंगी; गरीब अमीरों से लूटे जाएँगे। इसलिए उन्होंने छोटे देहातों से सन्तोष माना।

उन्होंने देखा कि राजाओं और उनकी तलवार के बनिस्बत नीति का बल ज्यादा बलवान है। इसलिए उन्होंने राजाओं को नीतिवान पुरुषों—ऋषियों और फकीरों—से कम दर्जे का माना।

ऐसी जिस राष्ट्र की गठन है वह राष्ट्र दूसरों को सिखाने लायक है; वह दूसरों से सीखने लायक नहीं है।

इस राष्ट्र में अदालतें थीं, वकील थे, डॉक्टर-वैद्य थे। लेकिन वे सब ठीक ढंग से नियम के मुताबिक चलते थे। सब जानते थे कि ये धन्धे बड़े नहीं हैं। और वकील, डॉक्टर वगैरह लोगों में लूट नहीं चलाते थे; वे तो लोगों के आश्रित थे। वे लोगों के मालिक बनकर नहीं रहते थे। इंसाफ काफी अच्छा होता था। अदालतों में न जाना, यह लोगों का ध्येय था। उन्हें भरमानेवाले स्वार्थी लोग नहीं थे। इतनी सड़न भी सिर्फ राजा और राजधानी के आस-पास ही थी। यों (आम) प्रजा तो उससे स्वतंत्र रहकर अपने खेत का मालिकी हक भोगती थी। उसके पास सच्चा स्वराज्य था।

और जहाँ यह चांडाल सभ्यता नहीं पहुँची है, वहाँ हिन्दुस्तान आज भी वैसा ही है। उसके सामने आप अपने नए ढोंगों की बात करेंगे, तो वह आपकी हँसी उड़ाएगा। उस पर न तो अंग्रेज राज करते हैं, न आप कर सकेंगे।

जिन लोगों के नाम पर हम बात करते हैं, उन्हें हम पहचानते नहीं हैं, न वे हमें पहचानते हैं। आपको और दूसरों को, जिनमें देशप्रेम है, मेरी सलाह है कि आप देश

में—जहाँ रेल की बाढ़ नहीं फैली है, उस भाग में छह माह के लिए घूम आएँ और बाद में देश की लगन लगाएँ, बाद में स्वराज्य की बात करें।

अब आपने देखा कि सच्ची सभ्यता मैं किस चीज को कहता हूँ। ऊपर मैंने जो तसवीर खींची है, वैसा हिन्दुस्तान जहाँ हो वहाँ जो आदमी फेरफार करेगा, उसे आप दुश्मन समझिए। वह मनुष्य पापी है।

पाठक : आपने जैसा बताया वैसा ही हिन्दुस्तान होता तब तो ठीक था। लेकिन जिस देश में हजारों बाल-विधवाएँ हैं, जिस देश में दो बरस की बच्ची की शादी हो जाती है, जिस देश में बारह साल की उम्र के लड़के-लड़कियाँ घर-संसार चलाते हैं, जिस देश में स्त्री एक से ज्यादा पति करती हैं, जिस देश में नियोग की प्रथा है, जिस देश में धर्म के नाम पर कुमारिकाएँ बेसवाएँ बनती हैं, जिस देश में धर्म के नाम पर पाड़ों और बकरों की हत्या होती है, वह देश भी हिन्दुस्तान ही है। ऐसा होने पर भी आपने जो बताया, वह क्या सभ्यता का लक्षण है?

सम्पादक : आप भूलते हैं। आपने जो दोष बताए वे तो सचमुच दोष ही हैं। उन्हें कोई सभ्यता नहीं कहता। वे दोष सभ्यता के बावजूद कायम रहे हैं। उन्हें दूर करने के प्रयत्न हमेशा हुए हैं, और होते ही रहेंगे। हममें जो नया जोश पैदा हुआ है, उसका उपयोग हम इन दोषों को दूर करने में कर सकते हैं।

मैंने आपको आज की सभ्यता की जो निशानी बताई, उसे इस सभ्यता के हिमायती खुद बताते हैं। मैंने हिन्दुस्तान की सभ्यता का जो वर्णन किया, वह वर्णन नई सभ्यता के हिमायतियों ने किया है।

किसी भी देश में किसी भी सभ्यता के मातहत सभी लोग सम्पूर्णता तक नहीं पहुँच पाए हैं। हिन्दुस्तान की सभ्यता का झुकाव नीति को मजबूत करने की ओर है; पश्चिम की सभ्यता का झुकाव अनीति को मजबूत करने की ओर है। इसलिए मैंने उसे हानिकारक कहा है। पश्चिम की सभ्यता निरीश्वरवादी है, हिन्दुस्तान की सभ्यता ईश्वर में माननेवाली है।

यों समझकर, ऐसी श्रद्धा रखकर, हिन्दुस्तान के हितचिन्तकों को चाहिए कि वे हिन्दुस्तान की सभ्यता से, बच्चा जैसे माँ से चिपटा रहता है वैसे, चिपटा रहे।

[हिन्द स्वराज, 1909]

गोला-बारूद

पाठक : डर से दिया हुआ जब तक डर रहे, तभी तक टिक सकता है। यह तो आपने विचित्र बात कही। जो दिया सो दिया। उसमें फिर क्या हेर-फेर हो सकता है?

सम्पादक : ऐसा नहीं है। 1857 की घोषणा बलवे के अन्त में लोगों में शान्ति कायम रखने के लिए की गई थी। जब शान्ति हो गई और लोग भोले दिल के बन गए तब उसका अर्थ बदल गया। अगर मैं सजा के डर से चोरी न करूँ, तो सजा का डर मिट जाने पर चोरी करने की मेरी फिर से इच्छा होगी और मैं चोरी करूँगा। यह तो बहुत ही साधारण अनुभव है; इससे इनकार नहीं किया जा सकता। हमने मान लिया है कि डाँट-डपटकर लोगों से काम लिया जा सकता है और इसलिए हम ऐसा करते आए हैं।

पाठक : आपकी यह बात आपके खिलाफ जाती है, ऐसा आपको नहीं लगता? आपको स्वीकार करना होगा कि अंग्रेजों ने खुद जो कुछ हासिल किया है, वह मार-काट करके ही हासिल किया है। आप कह चुके हैं कि (मार-काट से) उन्होंने जो कुछ हासिल किया है वह बेकार है; यह मुझे याद है। इससे मेरी दलील को धक्का नहीं पहुँचता। उन्होंने बेकार (चीज) पाने का सोचा और उसे पाया। मतलब यह कि उन्होंने अपनी मुराद पूरी की। साधन क्या था, इसकी चिन्ता हम क्यों करें? अगर हमारी मुराद अच्छी हो तो क्या उसे हम चाहे जिस साधन से, मार-काट करके भी, पूरा नहीं करेंगे? चोर मेरे घर में घुसे तब क्या मैं साधन का विचार करूँगा? मेरा धर्म तो उसे किसी भी तरह बाहर निकालने का ही होगा।

ऐसा लगता है कि आप यह तो कबूल करते हैं कि हमें सरकार के पास अरजियाँ भेजने से कुछ नहीं मिला है और न आगे कभी मिलनेवाला है तो फिर उन्हें मारकर हम क्यों न लें? जरूरत हो उतनी मार का डर हम हमेशा बनाए रखेंगे। बच्चा अगर आग में पैर रखे और उसे आग से बचाने के लिए हम उस पर रोक लगाएँ, तो आप भी इसे दोष नहीं मानेंगे। किसी भी तरह हमें अपना काम पूरा कर लेना है।

सम्पादक : आपने दलील तो अच्छी की। वह ऐसी है कि बहुतों ने उससे धोखा खाया है। मैं भी ऐसा ही दलील करता था। लेकिन अब मेरी आँखें खुल

गई हैं और मैं अपनी गलती समझ सकता हूँ। आपको वह गलती बताने की कोशिश करूँगा।

पहले तो इस दलील पर विचार करें कि अंग्रेजों ने जो कुछ पाया वह मार-काट करके पाया, इसलिए हम भी वैसा ही करके मनचाही चीज पाएँ। अंग्रेजों ने मार-काट की और हम भी कर सकते हैं, यह बात तो ठीक है। लेकिन मार-काट से जैसी चीज उन्हें मिली, वैसी ही हम भी ले सकते हैं। आप कबूल करेंगे कि वैसी चीज हमें नहीं चाहिए।

आप मानते हैं कि साधन और साध्य—जरिया और मुराद—के बीच कोई सम्बन्ध नहीं है। यह बहुत बड़ी भूल है। इस भूल के कारण जो लोग धार्मिक कहलाते हैं, उन्होंने घोर कर्म किए हैं। यह तो धतूरे का पौधा लगाकर मोगरे के फूल की इच्छा करने जैसा हुआ। मेरे लिए समुद्र पार करने का साधन जहाज ही हो सकता है। अगर मैं पानी में बैलगाड़ी डाल दूँ तो वह गाड़ी और मैं दोनों समुद्र के तले पहुँच जाएँगे। जैसे देव वैसी पूजा—यह वाक्य बहुत सोचने लायक है। उसका गलत अर्थ करके लोग भुलावे में पड़ गए हैं। साधन बीज है और साध्य—हासिल करने की चीज—पेड़ है। इसलिए जितना सम्बन्ध चीज और पेड़ के बीच है, उतना ही साधन और साध्य के बीच है। शैतान को भजकर मैं ईश्वर-भजन का फल पाऊँ, यह कभी हो ही नहीं सकता। इसलिए यह कहना कि हमें तो ईश्वर को ही भजना है, साधन भले शैतान हो, बिलकुल अज्ञान की बात है। जैसी करनी वैसी भरनी।

अंग्रेजों ने मार-काट करके 1833 में वोट के (मत के) विशेष अधिकार पाए। क्या मार-काट करके वे अपना फर्ज समझ सके? उनकी मुराद अधिकार पाने की थी, इसलिए उन्होंने मार-काट मचाकर अधिकार पा लिए। सच्चे अधिकार तो फर्ज के फल हैं; वे अधिकार उन्होंने नहीं पाए। नतीजा यह हुआ कि सबने अधिकार पाने का प्रयत्न किया, लेकिन फर्ज सो गया। जहाँ सभी अधिकार की बात करें, वही कौन किसको दे? वे कोई भी फर्ज अदा नहीं करते, ऐसा कहने का मतलब यहाँ नहीं है। लेकिन जो अधिकार वे माँगते थे, उन्हें हासिल करके उन्होंने वे फर्ज पूरे नहीं किए जो उन्हें करने चाहिए थे। उन्होंने योग्यता प्राप्त नहीं की, इसलिए उनके अधिकार उनकी गरदन पर जुए की तरह सवार हो बैठे हैं। इसलिए जो कुछ उन्होंने पाया है, वह उनके साधन का ही परिणाम है। जैसी चीज उन्हें चाहिए थी, वैसे साधन उन्होंने काम में लिए।

मुझे अगर आपसे आपकी घड़ी छीन लेनी हो, तो बेशक आपके साथ मुझे मार-पीट करनी होगी। लेकिन अगर मुझे आपकी घड़ी खरीदनी हो, तो आपको दाम देने होंगे। अगर मुझे बख्शिश के तौर पर आपकी घड़ी लेनी होगी, तो मुझे आपसे विनती करनी होगी। घड़ी पाने के लिए मैं जो साधन काम में लूँगा, उसके अनुसार वह चोरी का माल, मेरा माल या बख्शिश की चीज होगी। तीन साधनों के तीन अलग परिणाम आएँगे। तब आप कैसे कह सकते हैं कि साधन की कोई चिन्ता नहीं?

अब चोर को घर में से निकालने की मिसाल लें। मैं आपसे इसमें सहमत नहीं हूँ कि चोर को निकालने के लिए चाहे जो साधन काम में लिया जा सकता है।

अगर मेरे घर में मेरा पिता चोरी करने आएगा, तो मैं एक साधन काम में लूँगा। अगर कोई मेरी पहचान का चोरी करने आएगा, तो मैं वही साधन काम में नहीं लूँगा। और कोई अनजान आदमी आएगा, तो मैं तीसरा साधन काम में लूँगा। अगर वह गोरा हो तो एक साधन और हिन्दुस्तानी हो तो दूसरा साधन काम में लाना चाहिए, ऐसा भी शायद आप कहेंगे। अगर कोई मुर्दार लड़का चोरी करने आया होगा, तो मैं बिलकुल दूसरा ही साधन काम में लूँगा। अगर वह मेरी बराबरी का होगा, तो और ही कोई साधन मैं काम में लूँगा। और अगर वह हथियारबन्द तगड़ा आदमी होगा, तो मैं चुपचाप सो रहूँगा। इसमें पिता से लेकर ताकतवर आदमी तक अलग-अलग साधन इस्तेमाल किए जाएँगे। पिता होगा तो भी मुझे लगता है कि मैं सो रहूँगा और हथियार से लैस कोई होगा तो भी मैं सो रहूँगा। पिता में भी बल है, हथियारबन्द आदमी में भी बल है। दोनों बलों के बस में होकर मैं अपनी चीज को जाने दूँगा। पिता का बल मुझे दया से रुलाएगा। हथियारबन्द आदमी का बल मेरे मन में गुस्सा पैदा करेगा; हम कट्टर दुश्मन हो जाएँगे। ऐसी मुश्किल हालत है। इन मिसालों से हम दोनों साधनों के निर्णय पर तो नहीं पहुँच सकेंगे। मुझे तो सब चोरों के बारे में क्या करना चाहिए, यह सूझता है। लेकिन उस इलाज से आप घबरा जाएँगे, इसलिए मैं आपके सामने उसे नहीं रखता। आप इसे समझ लें; और अगर नहीं समझेंगे तो हर वक्त आपको अलग साधन काम में लेने होंगे। लेकिन आपने इतना तो देखा कि चोर को निकालने के लिए चाहे जो साधन काम नहीं देगा; और जैसा साधन आपका होगा उसके मुताबिक नतीजा आएगा। आपका धर्म किसी भी साधन से चोर को घर से निकालने का हरगिज नहीं है।

जरा आगे बढ़ें। वह हथियारबन्द आदमी आपकी चीज ले गया है। आपने उसे याद रखा है। आपके मन में उस पर गुस्सा भरा है। आप उस लुच्चे को अपने लिए नहीं, लेकिन लोगों के कल्याण के लिए सजा देना चाहते हैं। आपने कुछ आदमी जमा किए। उसके घर पर आपने धावा बोलने का निश्चय किया। उसे मालूम हुआ। वह भागा। उसने दूसरे लुटेरे जमा किए। वह भी खीजा हुआ है। अब तो उसने आपका घर दिन-दहाड़े लूटने का सन्देशा आपको भेजा है। आप उसके मुकाबले के लिए तैयार बैठे हैं। इस बीच लुटेरा आपके आस-पास के लोगों को हैरान करता है। वे आपसे शिकायत करते हैं। आप कहते हैं, "यह सब मैं आप ही के लिए तो करता हूँ। मेरा माल गया, उसकी तो कोई बिसात ही नहीं।" लोग कहते हैं, 'पहले तो वह हमें लूटता नहीं था। आपने जब से उसके साथ लड़ाई शुरू की है, तभी से उसने यह काम शुरू किया है।" आप दुविधा में फँस जाते हैं। गरीबों के ऊपर आपको रहम है। उनकी बात सही है। अब क्या किया जाए? क्या लुटेरे को छोड़ दिया जाए? इससे

तो आपकी इज्जत चली जाएगी। इज्जत सबको प्यारी होती है। आप गरीबों से कहते हैं, "कोई फिक्र नहीं। आइए, मेरा धन आपका ही है। मैं आपको हथियार देता हूँ। मैं आपको उनका उपयोग सिखाऊँगा। आप उस बदमाश को मारिए नहीं।" यों लड़ाई बढ़ी। लुटेरे बढ़े। लोगों ने खुद मुसीबत मोल ली। चोर से बदला लेने का परिणाम यह आया कि नींद बेचकर जागरण मोल लिया। जहाँ शान्ति थी, वहीं अशान्ति पैदा हुई। पहले तो जब मौत आती तभी मरते थे। अब तो सदा ही मरने के दिन आए। लोग हिम्मत हारकर पस्तहिम्मत बने। इसमें मैंने बढ़ा-चढ़ाकर कुछ नहीं कहा है, यह आप धीरज से सोचेंगे तो देख सकेंगे। यह एक साधन हुआ।

अब दूसरे साधन की जाँच करें। चोर को आप अज्ञानी मान लेते हैं। कभी मौका मिलने पर उसे समझाने का आपने सोचा है। आप यह भी सोचते हैं कि वह भी हमारे जैसा आदमी है। उसने किस इरादे से चोरी की, यह आपको क्या मालूम? आपके लिए अच्छा रास्ता तो यही है कि जब मौका मिले तब आप उस आदमी के भीतर से चोरी का बीज ही निकाल दें। ऐसा आप सोच रहे हैं, इतने में वे भाई साहब फिर से चोरी करने आते हैं। आप नाराज नहीं होते। आपको उस पर दया आती है। आप सोचते हैं कि यह आदमी रोगी है। आप खिड़की-दरवाजे खुले कर देते हैं। आप अपनी सोने की जगह बदल देते हैं। आप अपनी चीजें झट ले जाई जा सकें, इस तरह रख देते हैं। चोर आता है। वह घबराता है। यह सब उसे नया ही मालूम होता है। माल तो वह ले जाता है, लेकिन उसका मन चक्कर में पड़ जाता है। वह गाँव में जाँच-पड़ताल करता है। आपकी दया के बारे में उसको मालूम होता है। वह पछताता है और आपसे माफी माँगता है। आपकी चीजें वापस ले आता है। वह चोरी का धन्धा छोड़ देता है। आपका सेवक बन जाता है। आप उसे काम-धन्धे से लगा देते हैं। यह दूसरा साधन है।

आप देखते हैं कि अलग-अलग साधनों के अलग-अलग नतीजे आते हैं। सब चोर ऐसा ही बरताव करेंगे या सबमें आपका-सा दयाभाव होगा, ऐसा मैं इससे साबित नहीं करना चाहता। लेकिन यही दिखाना चाहता हूँ कि अच्छे नतीजे लाने के लिए अच्छे ही साधन चाहिए। और अगर सब नहीं तो ज्यादातर मामलों में हथियार-बल से दया-बल ज्यादा ताकतवर साबित होता है। हथियार में हानि है, दया में कभी नहीं।

अब अरजी की बात लें। जिसके पीछे बल नहीं है वह अरजी निकम्मी है, इसमें कोई शक नहीं। फिर भी स्व. न्यायमूर्ति रानाडे कहते थे कि अरजी लोगों को तालीम देने का एक साधन है। उससे लोगों को अपनी स्थिति का भान कराया जा सकता है और राजकर्ता को चेतावनी दी जा सकती है। यों सोचें तो अरजी निकम्मी चीज है। बराबरी का आदमी अरजी करेगा तो वह उसकी नम्रता की निशानी मानी जाएगी। गुलाम अरजी करेगा तो वह उसकी गुलामी की निशानी होगी। जिस अरजी के पीछे

बल है वह बराबरी के आदमी की अरजी है; और वह अपनी माँग अरजी के रूप में रखता है, यह उसकी खानदानियत को बताता है।

अरजी के पीछे दो तरह के बल होते हैं : "अगर आप नहीं देंगे तो हम आपको मारेंगे।" यह गोला-बारूद का बल है। इसका बुरा नतीजा हम देख चुके। दूसरा बल यह है : "अगर आप नहीं देंगे तो हम आपके अरजदार नहीं रहेंगे। हम अरजदार होंगे तो आप बादशाह बने रहेंगे। हम आपके साथ कोई व्यवहार नहीं रखेंगे।" इस बल को चाहे दया-बल कहें, चाहे आत्म-बल कहें या सत्याग्रह कहें। यह बल अनिवाशी है और इस बल का उपयोग करनेवाला अपनी हालत को बराबर समझता है। इसका समावेश हमारे बुजुर्गों ने 'एक नहीं सब रोगों की दवा' में किया है। यह बल जिसमें है, उसका हथियार-बल कुछ नहीं बिगाड़ सकता।

बच्चा अगर आग में पैर रखे, तो उसको दबाने की मिसाल की छानबीन करने में तो आप हार जाएँगे। बच्चे के साथ आप क्या करेंगे? मान लीजिए कि बच्चा ऐसा जोर करे कि आपको मारकर वह आग में जा पड़े। तब तो आग में पड़े बिना वह रहेगा ही नहीं। इसका उपाय आपके पास यह है; या तो आग में पड़ने से रोकने के लिए आप उसके प्राण ले लें, या उसका आग में पड़ना आपसे देखा नहीं जाता, इसलिए आप स्वयं आग में पड़कर अपनी जान दे दें। आप बच्चे के प्राण तो नहीं ही लेंगे। आप में अगर सम्पूर्ण दयाभाव न हो, तो मुमकिन है कि आप अपने प्राण नहीं देंगे। तो फिर लाचारी से आप बच्चे को आग में कूदने देंगे। इस तरह आप बच्चे पर हथियार-बल का उपयोग नहीं करते हैं। बच्चे को आप और किसी तरह रोक सकें तो रोकेंगे; और वह बल कम दर्जे का लेकिन हथियार-बल ही होगा, ऐसा भी आप न समझ लें। वह बल और ही प्रकार का है। उसी को समझ लेना है।

बच्चे को रोकने में आप सिर्फ बच्चे का स्वार्थ देखते हैं। जिसके ऊपर आप अंकुश रखना चाहते हैं, उस पर उसके स्वार्थ के लिए ही अंकुश रखेंगे। यह मिसाल अंग्रेजों पर जरा भी लागू नहीं होती। आप अंग्रेजों पर जो हथियार-बल का उपयोग करना चाहते हैं, उसमें आप अपना ही यानी प्रजा का स्वार्थ देखते हैं। उसमें दया जरा भी नहीं है। अगर आप यों कहें कि अंग्रेज जो अधम-नीच काम करते हैं वह आग है, वे आग में अज्ञान के कारण जाते हैं और आप दया से अज्ञानी को यानी बच्चे को उससे बचाना चाहते हैं, तो इस प्रयोग को आजमाने के लिए आपको जहाँ-जहाँ जो भी आदमी नीच काम करता होगा, वहाँ-वहाँ पहुँचना होगा और सामनेवाले के बच्चे के प्राण लेने के बजाय अपने प्राणों की आहुति देनी पड़ेगी। इतना पुरुषार्थ आप करना चाहें तो कर सकते हैं, आप स्वतंत्र हैं। पर यह बात बिलकुल असम्भव है।

[हिन्द स्वराज, 1909]

सत्याग्रह-आत्मबल

पाठक : आप जिस सत्याग्रह या आत्मबल की बात करते हैं, उसका इतिहास में कोई प्रमाण है? आज तक दुनिया का एक भी राष्ट्र इस बल से ऊपर चढ़ा हो, ऐसा देखने में नहीं आता। मार-काट के बिना बुरे लोग सीधे रहेंगे ही नहीं, ऐसा विश्वास अभी भी मेरे मन में बना हुआ है।

सम्पादक : कवि तुलसीदास जी ने लिखा है :

दया धरम को मूल है, पापमूल अभिमान,
तुलसी दया न छाँड़िए, जब लग घट में प्रान।

मुझे तो यह वाक्य शास्त्र-वचन जैसा लगता है। जैसे दो और दो चार ही होते हैं, उतना ही भरोसा मुझे ऊपर के वचन पर है। दयाबल आत्मबल है, सत्याग्रह है। और इस बल के प्रमाण पग-पग पर दिखाई देते हैं। अगर यह बल नहीं होता, तो पृथ्वी रसातल (सात पातालों में से एक) में पहुँच गई होती।

लेकिन आप तो इतिहास का प्रमाण चाहते हैं। इसके लिए हमें इतिहास का अर्थ जानना होगा।

'इतिहास' का शब्दार्थ है : 'ऐसा हो गया।' ऐसा अर्थ करें तो आपको सत्याग्रह के कई प्रमाण दिए जा सकेंगे। 'इतिहास' जिस अंग्रेजी शब्द का तरजुमा है और जिस शब्द का अर्थ बादशाहों या राजाओं की तवारीख होता है, उसका अर्थ लेने से सत्याग्रह का प्रमाण नहीं मिल सकता। जस्ते की खान में आप अगर चाँदी ढूँढ़ने जाएँ, तो वह कैसे मिलेगी? 'हिस्ट्री' में दुनिया के कोलाहल की ही कहानी मिलेगी। इसलिए गोरे लोगों में कहावत है कि जिस राष्ट्र की 'हिस्ट्री' (कोलाहल) नहीं है, वह राष्ट्र सुखी है। राजा लोग कैसे खेलते थे, कैसे खून करते थे, कैसे बैर रखते थे, यह सब 'हिस्ट्री' में मिलता है। अगर यही इतिहास होता, अगर इतना ही हुआ होता, तब तो यह दुनिया कब की डूब गई होती। अगर दुनिया की कथा लड़ाई से शुरू हुई होती, तो आज एक भी आदमी जिन्दा नहीं रहता। जो प्रजा लड़ाई का ही भोग (शिकार) बन गई, उसकी ऐसी ही दशा हुई है। आस्ट्रेलिया के हब्शी लोगों का

नामोनिशान मिट गया है। आस्ट्रेलिया के गोरों ने उनमें से शायद ही किसी को जीने दिया है। जिनकी जड़ ही खतम हो गई, वे लोग सत्याग्रही नहीं थे। जो जिन्दा रहेंगे वे देखेंगे कि आस्ट्रेलिया के गोरे लोगों के भी यही हाल होंगे। "जो तलवार चलाते हैं, उनकी मौत तलवार से ही होती है।" हमारे यहाँ ऐसी कहावत है कि "तैराक की मौत पानी में।"

दुनिया में इतने लोग आज भी जिन्दा हैं, यह बताता है कि दुनिया का आधार हथियार-बल पर नहीं है, परन्तु सत्य, दया या आत्मबल पर है। इसका सबसे बड़ा प्रमाण तो यही है कि दुनिया लड़ाई के हंगामों के बावजूद टिकी हुई है। इसलिए लड़ाई के बल के बजाय दूसरा ही बल उसका आधार है।

हजारों बल्कि लाखों लोग प्रेम के बस रहकर अपना जीवन बसर करते हैं। करोड़ों कुटुम्बों का क्लेश प्रेम की भावना में समा जाता है, डूब जाता है। सैकड़ों राष्ट्र मेलजोल से रहे हैं, इसको 'हिस्ट्री' नोट नहीं करती; 'हिस्ट्री' कर भी नहीं सकती। जब इस दया की, प्रेम की और सत्य की धारा रुकती है, टूटती है, तभी इतिहास में वह लिया जाता है। एक कुटुम्ब के दो भाई लड़े। इसमें एक ने दूसरे के खिलाफ सत्याग्रह का बल काम में लिखा। दोनों फिर से मिल-जुलकर रहने लगे। इसका नोट कौन लेता है? अगर दोनों भाइयों में वकीलों की मदद से या दूसरे कारणों से वैरभाव बढ़ता और वे हथियारों या अदालतों (अदालत एक तरह का हथियार-बल, शरीर-बल ही है) के जरिये लड़ते, तो उनके नाम अखबारों में छपते, अड़ोस-पड़ोस के लोग जानते और शायद इतिहास में भी लिखे जाते। जो बात कुटुम्बों, जमातों और इतिहास के बारे में सच है, वही राष्ट्रों के बारे में भी समझ लेना चाहिए। कुटुम्ब के लिए एक कानून और राष्ट्र के लिए दूसरा, ऐसा मानने का कोई कारण नहीं है। 'हिस्ट्री' अस्वाभाविक बातों को दर्ज करती है। सत्याग्रह स्वाभाविक है, इसलिए उसे दर्ज करने की जरूरत ही नहीं है।

पाठक : आपके कहे मुताबिक तो यही समझ में आता है कि सत्याग्रह की मिसालें इतिहास में नहीं लिखी जा सकतीं। इस सत्याग्रह को ज्यादा समझने की जरूरत है। आप जो कुछ कहना चाहते हैं, उसे ज्यादा साफ शब्दों में कहेंगे तो अच्छा होगा।

सम्पादक : सत्याग्रह या आत्मबल को अंग्रेजी में 'पैसिव रेजिस्टेंस' कहा जाता है। जिन लोगों ने अपने अधिकार पाने के लिए खुद दुख सहन किया था, उनके दुख सहने के ढंग के लिए यह शब्द बरता गया है। उसका ध्येय लड़ाई के ध्येय से उलटा है। जब मुझे कोई काम पसन्द न आए और वह काम मैं न करूँ, तो उसमें मैं सत्याग्रह या आत्मबल का उपयोग करता हूँ।

मिसाल के तौर पर, मुझे लागू होनेवाला कोई कानून सरकार ने पास किया। वह कानून मुझे पसन्द नहीं है। अब अगर मैं सरकार पर हमला करके यह कानून रद्द करवाता हूँ, तो कहा जाएगा कि मैंने शरीर-बल का उपयोग किया। अगर मैं

उस कानून को मंजूर ही न करूँ और उस कारण से होनेवाली सजा भुगत लूँ, तो कहा जाएगा कि मैंने आत्मबल या सत्याग्रह से काम लिया। सत्याग्रह में मैं अपना ही बलिदान देता हूँ।

यह तो सब कोई कहेंगे कि दूसरे का भोग—बलिदान लेने से अपना भोग देना ज्यादा अच्छा है। इसके सिवा, सत्याग्रह से लड़ते हुए अगर लड़ाई गलत ठहरी, तो सिर्फ लड़ाई छेड़नेवाला ही दुख भोगता है। यानी अपनी भूल की सजा वह खुद भोगता है। ऐसी कई घटनाएँ हुई हैं, जिनमें लोग गलती से शामिल हुए थे। कोई भी आदमी दावे से यह नहीं कह सकता कि फलाँ काम खराब ही है। लेकिन जिसे वह खराब लगा, उसके लिए तो वह खराब ही है। अगर ऐसा ही है तो फिर उसे वह काम नहीं करना चाहिए और उसके लिए दुख भोगना, कष्ट सहन करना चाहिए। यही सत्याग्रह की कुंजी है।

पाठक : तब तो आप कानून के खिलाफ होते हैं! यह बेवफाई कही जाएगी। हमारी गिनती हमेशा कानून को माननेवाली प्रजा में होती है। आप तो 'एक्स्ट्रीमिस्ट' से भी आगे बढ़ते दीखते हैं। 'एक्स्ट्रीमिस्ट' कहता है कि जो कानून बन चुके हैं, उन्हें तो मानना ही चाहिए; लेकिन कानून खराब हों तो उनके बनानेवालों को मारकर भगा देना चाहिए।

सम्पादक : मैं आगे बढ़ता हूँ या पीछे रहता हूँ, इसकी परवाह न आपको होनी चाहिए, न मुझे। हम तो जो अच्छा है, उसे खोजना चाहते हैं और उसके मुताबिक बरतना चाहते हैं।

हम कानून को माननेवाली प्रजा हैं, इसका सही अर्थ तो यह है कि हम सत्याग्रही प्रजा हैं। कानून जब पसन्द न आए तब हम कानून बनानेवालों का सिर नहीं तोड़ते, बल्कि उन्हें रद्द कराने के लिए खुद उपवास करते हैं, खुद दुख उठाते हैं।

हमें अच्छे या बुरे कानून को मानना चाहिए, ऐसा अर्थ तो आजकल का है। पहले ऐसा नहीं था। तब चाहे जिस कानून को लोग तोड़ते थे और उसकी सजा भोगते थे।

कानून हमें पसन्द न हों तो भी उनके मुताबिक चलना चाहिए, यह सिखावन मर्दानगी के खिलाफ है, धर्म के खिलाफ है और गुलामी की हद है।

सरकार तो कहेगी कि हम उसके सामने नंगे होकर नाचें। तो क्या हम नाचेंगे? अगर मैं सत्याग्रही होऊँ तो सरकार से कहूँगा : "यह कानून आप अपने घर में रखिए। मैं न तो आपके सामने नंगा होनेवाला हूँ और न नाचनेवाला हूँ।" लेकिन हम ऐसे असत्याग्रही हो गए हैं कि सरकार के जुल्म के सामने झुककर नंगे होकर नाचने से भी ज्यादा नीच काम करते हैं।

जिस आदमी में सच्ची इनसानियत है, जो खुदा से ही डरता है, वह और किसी से नहीं डरेगा। दूसरे के बनाए हुए कानून उसके लिए बन्धनकारक नहीं होते। बेचारी सरकार भी नहीं कहती कि 'तुम्हें ऐसा करना ही पड़ेगा।' वह कहती है कि 'तुम ऐसा

नहीं करोगे तो तुम्हें सजा होगी।' हम अपनी अधम दशा के कारण मान लेते हैं कि हमें 'ऐसा ही करना चाहिए', यह हमारा फर्ज है, यह हमारा धर्म है।

अगर लोग एक बार सीख लें कि जो कानून हमें अन्यायी मालूम हो उसे मानना नामर्दगी है, तो हमें किसी का भी जुल्म बाँध नहीं सकता। यही स्वराज्य की कुंजी है।

ज्यादा लोग जो कहें उसे थोड़े लोगों को मान लेना चाहिए, यह तो 'अनीश्वरी' बात है, एक वहम है। ऐसा हजारों मिसालें मिलेंगी, जिनमें बहुतों ने जो कहा वह गलत निकला हो और थोड़े लोगों ने जो कहा वह सही निकला हो। सारे सुधार बहुत-से लोगों के खिलाफ जाकर कुछ लोगों ने ही दाखिल करवाए हैं। ठगों के गाँव में अगर बहुत से लोग यह कहें कि ठगविद्या सीखनी ही चाहिए, तो क्या कोई साधु ठग बन जाएगा? हरगिज नहीं। अन्यायी कानून को मानना चाहिए, यह वहम जब तक दूर नहीं होता तब तक हमारी गुलामी जानेवाली नहीं है। और इस वहम को सिर्फ सत्याग्रही ही दूर कर सकता है।

शरीर-बल का उपयोग करना, गोला-बारूद काम में लाना, हमारे सत्याग्रह के कानून के खिलाफ है। इसका अर्थ तो यह हुआ कि हमें जो पसन्द है, वह दूसरे आदमी से हम (जबरन) करवाना चाहते हैं। अगर यह सही हो तो फिर वह सामनेवाला आदमी भी अपनी पसन्द का काम हमसे करवाने के लिए हम पर गोला-बारूद चलाने का हकदार है। इस तरह तो हम कभी एक राय पर पहुँचेंगे ही नहीं। कोल्हू के बैल की तरह आँखों पर पट्टी बाँधकर भले ही हम मान लें कि हम आगे बढ़ते हैं, लेकिन दरअसल तो बैल की तरह हम गोल-गोल चक्कर ही काटते रहते हैं। जो लोग ऐसा मानते हैं कि जो कानून खुद को नापसन्द है, उसे मानने के लिए आदमी बँधा हुआ नहीं है, उन्हें तो सत्याग्रह को ही सही साधन मानना चाहिए; वरना बड़ा विकट नतीजा आएगा।

पाठक : आप जो कहते हैं, उस पर से मुझे लगता है कि सत्याग्रह कमजोर आदमियों के लिए काफी काम का है। लेकिन जब वे बलवान बन जाएँ तब तो उन्हें तोप (हथियार) ही चलाना चाहिए।

सम्पादक : यह तो आपने बड़े अज्ञान की बात कही। सत्याग्रह सबसे बड़ा सर्वोपरि बल है। वह जब तोपबल से ज्यादा काम करता है, तो फिर कमजोरों का हथियार कैसे माना जाएगा? सत्याग्रह के लिए जो हिम्मत और बहादुरी चाहिए, वह तोप का बल रखनेवाले के पास हो ही नहीं सकती। क्या आप यह मानते हैं कि डरपोक और कमजोर आदमी नापसन्द कानून को तोड़ सकेगा? 'एक्स्ट्रीमिस्ट' तोपबल-पशुबल के हिमायती हैं। वे क्यों कानून को मानने की बात कर रहे हैं? मैं उनका दोष नहीं निकालता। वे दूसरी कोई बात कर ही नहीं सकते। वे खुद जब अंग्रेजों को मारकर राज्य करेंगे तब आपसे और हमसे (जबरन) कानून मनवाना चाहेंगे। उनके तरीके के लिए यही कहना ठीक है। लेकिन सत्याग्रही तो कहेगा कि

जो कानून उसे पसन्द नहीं है, उन्हें वह स्वीकार नहीं करेगा, फिर चाहे उसे तोप के मुँह पर बाँधकर उसकी धज्जियाँ क्यों न उड़ा दी जाएँ!

आप क्या मानते हैं? तोप चलाकर सैकड़ों को मारने में हिम्मत की जरूरत है या हँसते-हँसते तोप के मुँह पर बँधकर धज्जियाँ उड़ने देने में हिम्मत की जरूरत है? खुद मौत को हथेली में रखकर जो चलता-फिरता है, वह रणवीर है या दूसरों की मौत को अपने हाथ में रखता है, वह रणवीर है?

यह निश्चित मानिए कि नामर्द आदमी घड़ी-भर के लिए भी सत्याग्रही नहीं रह सकता।

हाँ, यह सही है कि शरीर से जो दुबला हो वह भी सत्याग्रही हो सकता है। एक आदमी भी (सत्याग्रही) हो सकता है और लाखों लोग भी हो सकते हैं। मर्द भी सत्याग्रही हो सकता है; औरत भी हो सकती है। उसे अपना लश्कर तैयार करने की जरूरत नहीं रहती। उसे पहलवानों की कुश्ती सीखने की जरूरत नहीं रहती। उसने अपने मन को काबू में किया कि फिर वह वनराज—सिंह की तरह गर्जना कर सकता है; और जो उसके दुश्मन बन बैठे हैं; उनके दिल इस गर्जना से फट जाते हैं।

सत्याग्रह ऐसी तलवार है, जिसके दोनों ओर धार है। उसे चाहे जैसे काम में लिया जा सकता है। जो उसे चलाता है और जिस पर वह चलाई जाती है, वे दोनों सुखी होते हैं। वह खून नहीं निकालती, लेकिन उससे भी बड़ा परिणाम ला सकती है। उसको जंग नहीं लग सकती। उसे कोई (चुराकर) ले नहीं जा सकता। अगर सत्याग्रही दूसरे सत्याग्रही के साथ होड़ में उतरता है, तो उसमें उसे थकान लगती ही नहीं। सत्याग्रही की तलवार को म्यान की जरूरत नहीं रहती। उसे कोई छीन नहीं सकता। फिर भी सत्याग्रह को आप कमजोरों का हथियार मानें, तब तो उसे अन्धेर ही कहा जाएगा।

पाठक : आपने कहा कि वह हिन्दुस्तान का खास हथियार है। तो क्या हिन्दुस्तान में तोप के बल का कभी उपयोग नहीं हुआ है?

सम्पादक : आप हिन्दुस्तान का अर्थ मुट्ठी-भर राजा से करते हैं। मेरे मन में तो हिन्दुस्तान का अर्थ वे करोड़ों किसान हैं, जिनके सहारे राजा और हम सब जी रहे हैं।

राजा तो हथियार काम में लाएँगे ही। उनका वह रिवाज ही हो गया है। उन्हें हुक्म चलाना है। लेकिन हुक्म माननेवाले को तोपबल की जरूरत नहीं है। दुनिया के ज्यादातर लोग हुक्म माननेवाले हैं। उन्हें या तो तोपबल या सत्याग्रह का बल सिखाना चाहिए। जहाँ वे तोपबल सीखते हैं वहाँ राजा-प्रजा दोनों पागल जैसे हो जाते हैं। जहाँ हुक्म माननेवालों ने सत्याग्रह करना सीखा है, वहाँ राजा का जुल्म उसकी तीन गज की तलवार से आगे नहीं जा सकता; और हुक्म माननेवालों ने अन्यायी हुक्म की परवाह भी नहीं की है। किसान किसी के तलवार-बल के बस न तो कभी हुए हैं, और न होंगे। वे तलवार चलाना नहीं जानते; न किसी की तलवार से वे डरते

हैं। वे मौत को हमेशा अपना तकिया बनाकर सोनेवाली महान प्रजा हैं। उन्होंने मौत का डर छोड़ दिया है, इसलिए सबका डर छोड़ दिया है। यहाँ मैं कुछ बढ़ा-चढ़ाकर तसवीर खींचता हूँ, यह ठीक है, लेकिन हम जो तलवार के बल से चकित हो गए हैं, उनके लिए यह कुछ ज्यादा नहीं है।

बात यह है कि किसानों ने, प्रजा-मंडलों ने अपने और राज्य के कारोबार में सत्याग्रह को काम में लिया है। जब राजा जुल्म करता है तब प्रजा रूठती है। यह सत्याग्रह ही है।

मुझे याद है कि एक रियासत में रैयत को अमुक हुक्म पसन्द नहीं आया, इसलिए रैयत ने हिजरत करना—गाँव खाली करना—शुरू कर दिया। राजा घबड़ाए। उन्होंने रैयत से माफी माँगी और हुक्म वापस ले लिया। ऐसी मिसालें तो बहुत मिल सकती हैं, लेकिन वे ज्यादातर भारत-भूमि की ही उपज होंगी। ऐसी रैयत जहाँ है, वहीं स्वराज्य है। इसके बिना स्वराज्य कुराज्य है।

पाठक : तो क्या आप यह कहेंगे कि शरीर को कसने की जरूरत ही नहीं है?

सम्पादक : ऐसा मैं कभी नहीं कहूँगा। शरीर को कसे बिना सत्याग्रही होना मुश्किल है। अकसर जिन शरीरों को गलत लाड़-लड़ाकर या सहलाकर कमजोर बना दिया गया है, उनमें रहनेवाला मन भी कमजोर होता है। और जहाँ मन का बल नहीं है, वहाँ आत्मबल कैसे हो सकता है? हमें बाल-विवाह वगैरह के कुरिवाज को और ऐश-आराम की बुराई को छोड़कर शरीर को कसना ही होगा। अगर मैं मरियल और कमजोर आदमी को यकायक तोप के मुँह पर खड़ा हो जाने के लिए कहूँ, तो लोग मेरी हँसी उड़ाएँगे।

पाठक : आपके कहने से तो ऐसा लगता है कि सत्याग्रही होना मामूली बात नहीं है, और अगर ऐसा है तो कोई आदमी सत्याग्रही कैसे बन सकता है, यह आपको समझाना होगा।

सम्पादक : सत्याग्रही होना आसान है। लेकिन जितना वह आसान है, उतना ही मुश्किल भी है। चौदह बरस का एक लड़का सत्याग्रही हुआ है, यह मेरे अनुभव की बात है। रोगी आदमी सत्याग्रही हुए हैं, यह भी मैंने देखा है। मैंने यह भी देखा है कि जो लोग शरीर से बलवान थे और दूसरी बातों में भी सुखी थे, वे सत्याग्रही नहीं हो सके।

अनुभव से मैं देखता हूँ कि जो देश के भले के लिए सत्याग्रही होना चाहता है, उसे ब्रह्मचर्य का पालन करना चाहिए, गरीबी अपनानी चाहिए, सत्य का पालन तो करना ही चाहिए और हर हालत में अभय बनना चाहिए।

ब्रह्मचर्य एक महान व्रत है, जिसके बिना मन मजबूत नहीं होता। ब्रह्मचर्य का पालन न करने से मनुष्य वीर्यवान नहीं रहता, नामर्द और कमजोर हो जाता है। जिसका मन विषय में भटकता है, वह क्या शेर मारेगा? यह बात अनगिनत मिसालों

से साबित की जा सकती है। तब सवाल यह उठता है कि घर-संसारी को क्या करना चाहिए। लेकिन ऐसा सवाल उठने की कोई जरूरत नहीं। घर-संसारी ने जो संग किया (स्त्री की सोहबत की) वह विषय-भोग नहीं है, ऐसा कोई नहीं कहेगा। सन्तान पैदा करने के लिए ही अपनी स्त्री का संग करने की बात कही गई है। और सत्याग्रही को सन्तान पैदा करने की इच्छा नहीं होनी चाहिए। इसलिए संसारी होने पर भी वह ब्रह्मचर्य का पालन कर सकता है। यह बात ज्यादा खोलकर लिखने की जरूरत नहीं। स्त्री का क्या विचार है? यह सब कैसे हो सकता है? ऐसे विचार मन में पैदा होते हैं। फिर भी जिसे महान कार्यों में हिस्सा लेना है, उसे तो ऐसे सवालों का हल ढूँढ़ना ही होगा।

जैसे ब्रह्मचर्य की जरूरत है, वैसे ही गरीबी को अपनाने की भी जरूरत है। पैसे का लोभ और सत्याग्रह का सेवन-पालन (दोनों साथ-साथ) कभी नहीं चल सकते। लेकिन मेरा मतलब यह नहीं है कि जिसके पास पैसा है वह उसे फेंक दे। फिर भी पैसे के बारे में लापरवाह रहने की जरूरत है। सत्याग्रह का सेवन करते हुए अगर पैसा चला जाए, तो चिन्ता नहीं करनी चाहिए।

जो सत्य का सेवन नहीं करता, वह सत्य का बल, सत्य की ताकत कैसे दिखा सकेगा? इसलिए सत्य की तो पूरी-पूरी जरूरत रहेगी ही। बड़े-से-बड़ा नुकसान होने पर भी सत्य को नहीं छोड़ा जा सकता। सत्य के लिए कुछ छिपाने को होता ही नहीं। इसलिए सत्याग्रही के लिए छिपी सेना की जरूरत नहीं होती। जान बचाने के लिए झूठ बोलना चाहिए या नहीं, ऐसा सवाल यहाँ मन में नहीं उठाना चाहिए। जिसे झूठ का बचाव करना है, वही ऐसे बेकार सवाल उठाता है। जिसे सत्य की ही राह लेनी है, उसके सामने ऐसे धर्म-संकट कभी आते ही नहीं। ऐसी मुश्किल हालत में आ पड़े तो भी सत्यवादी उसमें से उबर जाता है।

अभय के बिना तो सत्याग्रही की गाड़ी एक कदम भी आगे नहीं चल सकती। अभय सम्पूर्ण और सब बातों के लिए होना चाहिए। जमीन-जायदाद का, झूठी इज्जत का, सगे-सम्बन्धियों का, राज-दरबार का, शरीर को पहुँचनेवाली चोटों का और मरण का अभय हो, तभी सत्याग्रह का पालन हो सकता है।

यह सब करना मुश्किल है, ऐसा मानकर इसे छोड़ नहीं देना चाहिए। जो सिर पर पड़ता है उसे सह लेने की शक्ति कुदरत ने हर मनुष्य को दी है। जिसे देशसेवा न करनी हो, उसे भी ऐसे गुणों का सेवन करना चाहिए।

इसके सिवा, हम यह भी समझ सकते हैं कि जिसे हथियार-बल पाना होगा, उसे भी इन बातों की जरूरत रहेगी। रणवीर होना कोई ऐसी बात नहीं कि किसी ने इच्छा की और तुरन्त रणवीर हो गया। योद्धा (लड़वैया) को ब्रह्मचर्य का पालन करना होगा, भिखारी बनना होगा। रण में जिसके भीतर अभय न हो, वह लड़ नहीं सकता। उसे (योद्धा को) सत्यव्रत का पालन करने की उतनी जरूरत नहीं है, ऐसा

शायद किसी को लगे। लेकिन जहाँ अभय है, वहाँ सत्य कुदरती तौर पर रहता ही है। मनुष्य जब सत्य को छोड़ता है तब किसी तरह के भय के कारण ही छोड़ता है।

इसलिए इन चार गुणों से डर जाने का कोई कारण नहीं है। फिर, तलवारबाज को और भी कुछ बेकार कोशिशें करनी पड़ती हैं, जो सत्याग्रही को नहीं करनी पड़तीं। तलवारबाज को जो दूसरी कोशिशें करनी पड़ती हैं, उसका कारण भय है। अगर उसमें पूरी निडरता आ जाए, तो उसी पल उसके हाथ से तलवार गिर जाएगी। फिर उसे तलवार के सहारे की जरूरत नहीं रहती। जिसकी किसी से दुश्मनी नहीं है, उसे तलवार की जरूरत ही नहीं है। सिंह के सामने आनेवाले एक आदमी के हाथ की लाठी अपने आप उठ गई। उसने देखा कि अभय का पाठ उसने सिर्फ जबानी ही किया था। उसने लाठी छोड़ी और वह निर्भय-निडर बना।

[हिन्द स्वराज, 1909]

हिन्दू-धर्म

अपनी मद्रास यात्रा के दौरान अस्पृश्यता की समस्या पर बोलते हुए मैंने जितने जोरदार ढंग से अपने को सनातनी हिन्दू बताया है, उतने जोरदार ढंग से ऐसा कोई दावा पहले कभी नहीं किया था। फिर भी हिन्दू-धर्म के नाम पर ऐसे बहुत से काम किए जाते हैं, जो मुझे मंजूर नहीं हैं। अगर मैं सचमुच वैसा नहीं हूँ। तो मुझे सनातनी हिन्दू अथवा अन्य किसी ढंग का हिन्दू कहलाने की कोई ख्वाहिश नहीं है और निश्चय ही मेरी ऐसी कोई ख्वाहिश तो हरगिज नहीं है कि एक महान धर्म का आड़ लेकर मैं कोई सुधार या बुराई दाखिल करूँ।

इसलिए यह आवश्यक है कि सनातन-धर्म का जो अर्थ मैं लगाता हूँ उसे एक बार अन्तिम रूप से स्पष्ट कर दूँ। सनातन शब्द का प्रयोग मैं उसके स्वाभाविक और प्रचलित अर्थ में ही कर रहा हूँ।

मैं अपने को सनातनी हिन्दू इसलिए कहता हूँ कि :

1. मैं वेदों, उपनिषदों, पुराणों और हिन्दू-धर्मग्रन्थों के नाम से प्रचलित सारे साहित्य में विश्वास रखता हूँ, और इसलिए अवतारों और पुनर्जन्म में भी।
2. मैं वर्णाश्रम धर्म के उस रूप में विश्वास रखता हूँ, जो मेरे विचार से विशुद्ध वैदिक है, लेकिन उसके आजकल के लोक-प्रचलित और स्थूल रूप में मेरा विश्वास नहीं है।
3. मैं गो-रक्षा में उसके लोक-प्रचलित रूपों से कहीं अधिक व्यापक रूप में विश्वास करता हूँ।
4. मैं मूर्तिपूजा में अविश्वास नहीं करता।

पाठक इस बात की ओर ध्यान देंगे कि वेदों के सन्दर्भ में मैंने जान-बूझकर अपौरुषेय या ईश्वरीय विशेषण का प्रयोग नहीं किया है। कारण, मैं ऐसा नहीं मानता कि सिर्फ वेद ही अपौरुषेय हैं—ईश्वरीय हैं। 'बाइबिल', 'कुरान' तथा 'जेन्द अवेस्ता' के पीछे भी मैं उतनी ही ईश्वर-प्रेरणा मानता हूँ। इसके अलावा, हिन्दू-धर्मग्रन्थों में मेरा विश्वास मुझे यह नहीं कहता कि मैं उनके एक-एक शब्द, एक-एक पंक्ति को ईश्वर प्रेरित मानूँ। न मैं ऐसा कोई दावा ही करता हूँ कि मैंने इन अद्भुत ग्रन्थों

का मूलरूप में स्वयं अध्ययन किया है लेकिन इतना दावा तो अवश्य करता हूँ कि तत्त्वत: वे जो कुछ सिखाते हैं उसके सत्य को मैं जानता हूँ और उसका अनुभव करता हूँ। उनकी चाहे जितनी पांडित्यपूर्ण व्याख्या की जाए, अगर वह मेरे विवेक और नैतिक बुद्धि को नहीं रुचती तो मैं ऐसी किसी भी व्याख्या का बन्धन स्वीकार करने को तैयार नहीं हूँ। वर्तमान शंकराचार्यों और शास्त्रियों के हिन्दू-धर्मग्रन्थों की सही व्याख्या देने के किसी भी दावे को (अगर ऐसा दावा किया जाता है तो) मैं जोरदार शब्दों में अस्वीकार करता हूँ। इसके विपरीत, मैं ऐसा मानता हूँ कि इन ग्रन्थों का हमारा वर्तमान ज्ञान बहुत ही अव्यवस्थित हालत में है। हिन्दुओं के इस सूत्र में मेरा पूर्ण विश्वास है कि जिसने अहिंसा, सत्य और ब्रह्मचर्य को सिद्ध नहीं कर लिया, जिसने धन-सम्पत्ति की प्राप्ति की आकांक्षा या उसे रखने की लालसा का त्याग नहीं कर दिया, उसे वास्तव में शास्त्रों के रहस्य का ज्ञान नहीं होता। मैं गुरु में विश्वास करता हूँ, किन्तु इस युग में तो लाखों-करोड़ों लोगों को बिना गुरु के ही रहना होगा, क्योंकि पूर्ण पवित्रता और पूर्ण ज्ञान का संयोग किसी भी एक व्यक्ति में मिल पाना आजकल बहुत कठिन हो गया है। किन्तु, इसी से किसी को ऐसा न मान बैठना चाहिए कि वह तो अपने धर्म के सत्य को कभी जान ही नहीं सकता। कारण, अन्य धर्मों की तरह ही हिन्दू-धर्म के भी बुनियादी सिद्धान्त सनातन हैं, और उन्हें आसानी से समझा जा सकता है। हर हिन्दू ईश्वर और उसकी अद्वितीयता में विश्वास करता है, पुनर्जन्म और मोक्ष को मानता है।

जैसे अपनी पत्नी के बारे में अपनी भावना का वर्णन करना मेरे लिए कठिन है वैसे ही हिन्दू-धर्म के बारे में भी। उसका मुझ पर जितना असर होता है, उतना संसार की और किसी स्त्री का नहीं हो सकता। ऐसा नहीं कि उसमें दोष है ही नहीं। मैं तो कहूँगा, मुझे उसमें जितने दोष दिखाई देते हैं, दरअसल उससे भी अधिक दोष उसमें होंगे। लेकिन मुझे उसके साथ एक अटूट बन्धन का अनुभव होता है। मेरी यही भावना हिन्दू-धर्म के बारे में भी है, भले ही उसमें जो दोष हों, उसकी जो सीमाएँ हों। हिन्दू-धर्म की दो ही पुस्तकें हैं, जिन्हें जानने का दावा मैं कर सकता हूँ। वे हैं—'गीता' और तुलसीदासकृत 'रामायण'। इन दोनों का संगीत मेरे मन को जितना आह्लादित करता है उतनी और कोई चीज नहीं करती। एक बार जब मुझे लगा कि मेरी अन्तिम घड़ी आ पहुँची है, तब मुझे 'गीता' से ही सान्त्वना प्राप्त हुई थी। आजकल हिन्दुओं के बड़े-बड़े मन्दिरों में जो बुराई चल रही है उसे मैं जानता हूँ। उनमें ऐसे दोष हैं, जिनका वर्णन भी नहीं किया जा सकता, फिर भी मुझे उनसे प्रेम है। उनमें मैं एक विशेष आकर्षण का अनुभव करता हूँ—ऐसा आकर्षण जैसे आकर्षण का अनुभव मैं और किसी चीज के प्रति नहीं करता। मैं आदि से अन्त तक एक सुधारक हूँ। लेकिन ऐसा नहीं है कि मैं उत्साहातिरेक में हिन्दू-धर्म की असली चीजों को भी छोड़ दूँ। मैंने कहा है, मैं मूर्तिपूजा में अविश्वास नहीं करता। किसी

मूर्ति को देखकर मेरे मन में श्रद्धा का कोई भाव नहीं जगता। लेकिन, मैं समझता हूँ, मूर्तिपूजा मानव स्वभाव का अंग है। प्रतीकों के प्रति हमारा सहज आकर्षण होता है। अन्यथा अन्य स्थानों की अपेक्षा गिरजाघर में कोई अधिक गम्भीर क्यों हो उठता? मूर्तियाँ पूजा में सहायक होती हैं। कोई भी हिन्दू मूर्ति को भगवान नहीं समझता। मैं मूर्तिपूजा को पाप नहीं मानता।

ऊपर जो कुछ कहा गया है उससे स्पष्ट हो गया होगा कि हिन्दू-धर्म कोई वर्जनशील धर्म नहीं है। उसमें दुनिया के सभी नबियों और पैगम्बरों की पूजा के लिए स्थान है। वह साधारण अर्थों में प्रचार का ध्येय रखनेवाला धर्म नहीं है। बेशक, इसके अंचल में कई जातियाँ समा गई हैं। लेकिन यह विकास की स्वाभाविक प्रक्रिया की तरह और अदृश्य रूप से हुआ है। हिन्दू-धर्म सभी लोगों को अपने-अपने धर्म के अनुसार ईश्वर की उपासना करने को कहता है, और इसलिए इसका किसी धर्म से कोई झगड़ा नहीं है।

हिन्दू-धर्म के विषय में मेरी यह धारणा है और इसलिए मैं अस्पृश्यता को मानने के लिए अपने मन को कभी भी तैयार नहीं कर पाया हूँ। मैं बराबर इसे हिन्दू-धर्म का एक भारी दोष मानता आया हूँ। यह सच है कि यह दोष हमारे यहाँ परम्परा से चला आ रहा है, लेकिन यही बात दूसरे बहुत से बुरे रिवाजों के साथ भी लागू होती है। यह सोचकर ही मुझे शर्म आती है कि लड़कियों को लगभग वेश्यावृत्ति के लिए अर्पित कर देना हिन्दू-धर्म का एक अंग था। फिर भी, भारत के कई हिस्सों में यह आज तक प्रचलित है। मैं काली के आगे बकरे की बलि देना अधर्म मानता हूँ और इसे हिन्दू-धर्म का अंग नहीं समझता। हिन्दू-धर्म अनेक युगों का विकास फल है। हिन्दुस्तान के लोगों के धर्म को हिन्दू-धर्म की संज्ञा ही विदेशियों ने दी। इसमें सन्देह नहीं कि किसी समय धर्म के नाम पर पशु-बलि दी जाती थी। लेकिन यह कोई धर्म नहीं है, और हिन्दू-धर्म तो नहीं ही है। और इसी तरह मुझे यह भी लगता है कि जब गो-रक्षा हिन्दुओं का धर्म बन गई तब गोमांस खानेवालों का समाज से बहिष्कार कर दिया गया। इसलिए निश्चय ही समाज में भारी संघर्ष हुआ होगा। यह सामाजिक बहिष्कार सिर्फ इस धार्मिक बन्धन को न माननेवालों पर ही नहीं लागू किया गया, बल्कि उनके पापों का फल उनकी सन्तानों को भी दिया गया। जो रिवाज आरम्भ में शायद अच्छे उद्देश्यों से शुरू किया गया वह बाद में कठोर परिपाटी के रूप में बदल गया और हमारे धर्मग्रन्थों में भी कुछ ऐसे श्लोक जोड़ दिए गए जिनसे यह परिपाटी सर्वथा अनुचित और अन्यायपूर्ण ढंग से स्थायी बन गई। मेरा यह अनुमान सही हो या न हो, अस्पृश्यता बुद्धि के तथा करुणा, दया या प्रेम की भावना के विरुद्ध है। जिस धर्म ने गाय की पूजा का प्रवर्तन किया, वह मनुष्य के निर्दय और अमानवीय बहिष्कार का समर्थन कैसे कर सकता है, उसका औचित्य कैसे ठहरा सकता है? और भले ही कोई मेरे टुकड़े-टुकड़े कर दे, मैं दलित वर्गों का साथ नहीं

छोड़ सकता। जब तक हिन्दू अपने उदात्त धर्म को अस्पृश्यता के कलंक से दूषित रखेंगे तब तक वे कभी भी स्वतंत्रता के पात्र नहीं होंगे और न उसे प्राप्त कर सकेंगे। और चूँकि मैं हिन्दू-धर्म को अपने प्राणों से भी अधिक प्यार करता हूँ। इसलिए यह कलंक सहना मेरे लिए असम्भव हो गया है। अगर हम अपनी जाति के पाँचवें हिस्से को हमसे बराबरी के दर्जे पर मिलने-जुलने के अधिकार से वंचित करते हैं तो उसका मतलब है, हम ईश्वर की सत्ता को अस्वीकार करते हैं।

[यंग इंडिया, 20.10.1927]

हिन्दू क्या करें?

यद्यपि हिन्दुस्तान के अधिकांश मुसलमान और हिन्दू एक ही 'नस्ल' के हैं तो भी धार्मिक वातावरण ने उनको एक-दूसरे से भिन्न बना दिया है। मैं इस बात को मानता हूँ और मैंने देखा भी है कि विचारों के कारण मनुष्य का रूप और स्वभाव बदल जाया करता है। सिक्ख लोग इस बात की ताजा मिसाल हैं। मुसलमान बहुधा अल्पसंख्यक ही हैं और इसलिए समुदाय के रूप में वे आततायी बन गए हैं। फिर वे एक नई परम्परा के वारिस हैं। इससे उनमें जीवन की इस अपेक्षाकृत नई प्रणाली के अनुरूप साहस दिखाई देता है। मेरी राय में तो 'कुरान' में अहिंसा का मुख्य स्थान है; पर 1300 साल से साम्राज्य विस्तार करते आने के कारण मुसलमान जाति लड़ाकू हो गई है। इसलिए उन्हें धींगामस्ती की आदत पड़ गई है। गुंडापन धींगामस्ती का एक स्वाभाविक परिणाम है। हिन्दू लोगों की सभ्यता बहुत प्राचीन है और उनमें अहिंसा समाई हुई है। उनकी सभ्यता उन सारे अनुभवों में से कब की गुजर चुकी है जिनमें से ये दो नई जातियाँ अभी गुजर ही रही हैं। अगर हिन्दू-धर्म में आजकल के अर्थ में कभी साम्राज्यवादिता रही भी हो तो एक तो वह जमाना बीत गया है इसलिए और दूसरे उसने या तो स्वयं सोच-विचारकर या कालचक्र की गति के अधीन होकर उसका त्याग कर दिया है। यहाँ अहिंसा भाव की प्रधानता होने के कारण शास्त्रास्त्रों का प्रयोग कुछ ही जातियों तक सीमित हो गया और इन जातियों ने उच्चकोटि के अध्यात्मवादी विद्वान और त्यागी लोगों के अनुशासन में चलना सदा अपना धर्म माना। इसलिए समाज के रूप में हिन्दुओं के पास वे मानसिक उपकरण नहीं हैं जो लड़ने-भिड़ने के लिए आवश्यक होते हैं। परन्तु अपने आध्यात्मिक प्रशिक्षण को अक्षुण्ण न रख सकने के कारण वे शस्त्र की जगह किसी दूसरे कारगर साधन का प्रयोग करना भूल गए और शस्त्र की उपयोग-विधि के न जानने तथा उसके प्रति झुकाव न होने के कारण उनमें इतनी नम्रता आ गई कि जिसे भीरुता और दब्बूपन भी कहा जा सकता है। इस तरह यह दुर्गुण उनके सौजन्य का एक स्वाभाविक परिणाम बन गया है।

ऐसा मत रखते हुए भी मेरी यह धारणा नहीं है कि हिन्दुओं की हदबन्दी की खासियत का—जो कि बुरी तो है ही—उनकी भीरुता से कोई खास सम्बन्ध है।

आत्मरक्षा के लिए अखाड़ों के उपयोग पर जो मेरा विश्वास नहीं है, उसका कारण भी यही है। शारीरिक बल को बढ़ाने के लिए मैं उनको उपयोगी मानता जरूर हूँ, मगर आत्मरक्षा के लिए तो मैं आध्यात्मिक शिक्षा-दीक्षा को ही पुनरुज्जीवित करना पसन्द करूँगा। आत्मरक्षा का सबसे अच्छा और चिरस्थायी साधन है—आत्मशुद्धि। मैं इन मिथ्या भयों से डरनेवाला नहीं हूँ। अगर हिन्दू लोग सिर्फ आत्म-विश्वास रखें और अपनी परम्परा के अनुसार आचरण करते रहें। तो उन्हें गुंडेपन से डरने की कोई जरूरत ही न रहे। वे जिस घड़ी वास्तविक आध्यात्मिक शिक्षा को फिर से अपना लेंगे, उसी दिन से मुसलमानों के दिल पर उसका असर पड़ने लगेगा और ऐसा हुए बिना रह नहीं सकता। अगर मेरे पास कुछ ऐसे हिन्दू युवकों की एक टोली हो, जो खुद अपने में भरोसा रखते हों और इसलिए मुसलमानों में भी जिनका भरोसा हो तो उनका यह दल कमजोर लोगों के लिए ढाल बन जाएगा। वे (हिन्दू युवक) यह सिखा देंगे कि बिना मारे किस तरह मरा जा सकता है। मेरे विचार से दूसरा रास्ता है ही नहीं। जब हमारे पूर्वज लोगों पर संकट आ पड़ता था तब वे तपस्या-आत्म-शुद्धि करते थे। वे शरीर को असमर्थ समझकर दीनभाव से परमेश्वर से प्रार्थना करते और तब तक प्रार्थना ही करते रहते जब तक वह उनकी पुकार पर दौड़ने के लिए मजबूर नहीं हो जाता था। लेकिन इस पर मेरे हिन्दू मित्र कहेंगे—हाँ, मगर ईश्वर ने तो अवतारों को धनुप-बाण या चक्र-सुदर्शन लेकर ही भेजा। मैं इसकी यथार्थता से इनकार नहीं करता। हिन्दुओं से मेरा कहना सिर्फ इतना ही है कि हिन्दू होने के नाते वे कारण की अवहेलना करके फल प्राप्त नहीं कर सकते। जब हम काफी तपस्या कर चुकेंगे तब कहीं संग्राम के योग्य बन सकते हैं। मैं पूछता हूँ कि क्या हम पर्याप्त मात्रा में शुद्ध बन गए हैं। व्यक्तिगत पवित्रता की बात तो दूर रही, क्या अस्पृश्यता-सम्बन्धी अपने पाप तक का प्रायश्चित्त हमने तत्पर भाव से किया है? क्या हमारे धर्माचार्य और धर्मगुरु ठीक वैसे ही हैं जैसा उन्हें होना चाहिए? जब तक हम मुसलमानों के छिद्र ढूँढ़ने में ही अपनी सारी शक्ति लगाते रहेंगे तब तक मानो हम अपने हाथ-पैर अधर में ही मारते रहेंगे।

[गांधी वांङ्मय, खंड 24]

सच्चा साम्यवादी

[यह भाषण गांधी ने 16 मार्च, 1931 को मुम्बई में मजदूरों की सभा में हिन्दी में दिया था। इस भाषण के सार को गांधी के निजी सचिव महादेव देसाई ने अपने डायरी में 'कम्युनिस्टों से दो शब्द' नामक शीर्षक से जगह दिया है। इस सभा में नौजवान साम्यवादियों ने कुछ गड़बड़ी भी मचाई थी। यहाँ गांधी ने साम्यवाद शब्द के उत्तम अर्थ को स्पष्ट करने की कोशिश की है।]

मैं जानता था कि भारत में साम्यवादी हैं। परन्तु मुझे मेरठ जेल के सिवा बाहर उनसे मिलने का मौका नहीं मिला था और न उनके भाषण ही मैंने सुने थे। दो वर्ष पूर्व संयुक्त प्रान्त के अपने दौरे में मैंने मेरठ के बन्दियों से मिल सकने का खास प्रयत्न किया था और तब उनका कुछ परिचय प्राप्त किया था। आज मैंने उनमें से एक का भाषण सुना। मैं उनसे कह सकता हूँ कि वे मजदूरों के लिए स्वराज्य प्राप्त करने का भले ही बड़ा दावा करते हों, परन्तु मुझे उनकी शक्ति में शंका है। जब इन नौजवान साम्यवादियों में से किसी का जन्म भी नहीं हुआ था, उससे भी बहुत पहले मैंने मजदूरों के काम को अपना लिया था। मैंने दक्षिण अफ्रीका में अपने समय का सर्वोत्तम हिस्सा उनके लिए काम करने में लगाया था। मैं उनके साथ रहता था और उनके सुख-दु:ख में भाग लेता था। इसलिए आपको समझ लेना चाहिए कि मैं श्रमिकों की ओर से बोलने का दावा क्यों करता हूँ। मैं और कुछ नहीं तो कम-से-कम थोड़ा शिष्टतापूर्ण व्यवहार पाने की तो आपसे अम्मीद करता ही हूँ। मैं आपको निमंत्रण देता हूँ कि आप मेरे पास आइए और मुझसे जितने साफ दिल से चर्चा कर सकें, कीजिए।

आप साम्यवादी होने का दावा करते परन्तु साम्यवादी जीवन व्यतीत करते दिखाई नहीं देते। आपको बता दूँ कि मैं साम्यवाद शब्द के उत्तम अर्थ में उसके आदर्श के अनुसार जीने का भरसक प्रयत्न कर रहा हूँ। और मैं सोचता हूँ कि साम्यवाद शिष्टतापूर्ण व्यवहार को तिलांजलि नहीं देता। मैं आज आप लोगों के बीच खड़ा हूँ और कुछ क्षणों के उपरान्त आपसे बिछुड़ जाऊँगा। यदि आप देश को अपने साथ

ले चलना चाहते हैं तो आपमें देश को समझाकर उस पर असर डालने की योग्यता होनी चाहिए। आप दबाव से ऐसा नहीं कर सकते। आप देश को अपने विचारों का अनुगामी बनाने के लिए हिंसा का पथ ग्रहण कर सकते हैं। परन्तु आप कितने लोगों को मारेंगे? करोड़ों का विनाश तो नहीं कर सकते। अगर आपके साथ लाखों लोग हों तो आप कुछ हजार लोगों को मार सकते हैं। परन्तु आज तो आप मुट्ठी-भर से अधिक नहीं हैं। मैं आपसे कहता हूँ कि आप कांग्रेस का मत बदल सकते हों तो बदलकर उसे अपने में ले लीजिए। लेकिन आप शिष्टता के प्राथमिक नियमों को तिलांजलि देकर तो ऐसा नहीं कर सकते। और जब अपने विचारों का पूरी तरह प्रकट करने का आपको अधिकार है और भारतवर्ष में इतनी सहिष्णुता है कि कोई भी अपनी बात तर्कपूर्ण ढंग से कहे तो वह धीरज से सुन लेगा तो फिर कोई कारण नहीं कि आप साधारण शिष्टता छोड़ दें।

अस्थायी सन्धि से मजदूरों का कोई नुकसान नहीं हुआ है। मेरा दावा है कि मेरे किसी भी प्रवृत्ति से मजदूरों को कभी हानि नहीं हुई, कभी हो ही नहीं सकती। यदि कांग्रेस परिषद में अपने प्रतिनिधि भेजेगी तो वे किसानों और मजदूरों के स्वराज्य के सिवा और किसी स्वराज्य के लिए अपना जोर नहीं लगाएँगे। साम्यवादी दल के अस्तित्व में आने से बहुत पहले ही कांग्रेस निश्चय कर चुकी थी कि जो स्वराज्य श्रमिकों और कृषकों के लिए न हो, उसका कोई अर्थ नहीं होगा। शायद यहाँ के मजदूरों में से किसी को भी 20 रुपये मासिक से कम मजदूरी नहीं मिलती। परन्तु मैं न सिर्फ आपके लिए बल्कि उन घोर परिश्रम करनेवाले और बेकार लाखों लोगों के लिए भी स्वराज्य प्राप्ति की कोशिश कर रहा हूँ, जिनको एक जून भी पूरा खाने को नहीं मिलता और जिन्हें बासी रोटी के टुकड़े और चुटकी भर नमक से काम चला लेना पड़ता है परन्तु मैं आपको धोखा नहीं देना चाहता। मुझे आपको अवश्य यह चेतावनी दे देनी चाहिए कि मैं पूँजीपतियों का बुरा नहीं चाहता। मैं उन्हें हानि पहुँचाने का विचार नहीं कर सकता। परन्तु मैं कष्ट-सहन करके उनकी कर्तव्य-भावना को जगाना चाहता हूँ। मैं उनके दिल पिघलाकर अपने कम भाग्यशाली भाइयों के प्रति उनसे न्याय कराना चाहता हूँ। वे मनुष्य हैं और उनसे की गई मेरी अपील व्यर्थ नहीं जाएगी। जापान के इतिहास में त्यागी पूँजीपतियों के बहुत से उदाहरण मिलते हैं। पिछले सत्याग्रह के दिनों में पूँजीपतियों ने खासी संख्या में बड़ा त्याग किया। वे जेलों में गए और उन्होंने बड़े कष्ट उठाए। क्या आप उन्हें अपने से अलग करना चाहते हैं? क्या आप नहीं चाहते कि समान उद्देश्य के लिए वे आपके साथ काम करें?

आपने मुझसे मेरठ के कैदियों के बारे में पूछा है। मैं आपको यह बता देना चाहता हूँ कि यदि मुझमें ताकत होती तो मैं हर अपराधी को देश की जेलों से रिहा कर देता। लेकिन न्यायानुसार उनकी रिहाई को मैं समझौते से पहले की एक शर्त

नहीं बना सकता था। मैं आपको बताना चाहता हूँ कि मैं उन्हें रिहा करवाने की भरसक कोशिश कर रहा हूँ और यदि आप सिर्फ वातावरण शान्त बनाकर मेरा हाथ बँटाएँ तो शायद हम उन सबको और गढ़वालियों को भी रिहा करवा सकें। आप स्वराज्य की बात करते हैं। क्या मैं भी उसे उतना ही नहीं पाना चाहता जितना आप चाहते हैं। ('असली स्वराज्य, असली स्वराज्य' की आवाजें) हाँ, मैं असली स्वराज्य चाहता हूँ, उसकी छाया नहीं। फिलहाल मैं चाहता हूँ कि आप थोड़ा धैर्य रखें और देखें कि वक्त आने पर कांग्रेस अपनी न्यूनतम माँग के रूप में क्या चीज सामने रखती है। मैं आपको भरोसा दिलाता हूँ कि हम कराची में लाहौर प्रस्ताव दुहराएँगे और यदि हमें गोलमेज परिषद में जाने का मौका मिला तो हम या तो जो चाहते हैं वही लेकर लौटेंग, या फिर कुछ भी लेकर नहीं लौटेंगे।

आपने मुझसे पूछा है कि ग्यारह मुद्दों के बारे में क्या परिस्थिति है? मेरी समझ से उन मुद्दों में राज्य का तत्त्व आ जाता है। उनके अन्तर्गत किसान और मजदूर ठीक तरह से सुरक्षित हैं। लेकिन मैं समझौते के समय उन्हें दुहरा नहीं सका, सिर्फ इसलिए कि वे सविनय अवज्ञा शुरू करने के विकल्प के रूप में प्रस्तुत किए गए थे। हम अब सविनय अवज्ञा कर चुके हैं और यदि हमें निमंत्रित किया जाता है तो गोलमेज परिषद में हमें अपनी राष्ट्रीय माँग पर जोर देने के लिए जाना है। यदि हमें वहाँ सफलता मिलती है तो सभी ग्यारह मुद्दे मिल जाते हैं। आपको यह निश्चित समझना चाहिए कि जो स्वराज्य उन ग्यारह मुद्दों को पूरा नहीं कर सकता वह मुझे स्वीकार्य नहीं हो सकता।

ईश्वर ने आपको बुद्धि और प्रतिभा प्रदान की है; उसका सदुपयोग कीजिए। मेरी आपसे विनती है कि अपनी बुद्धि पर ताला न लगाइए। भगवान आपकी सहायता करे।

साम्यवाद : सामाजिक-राजनीतिक दर्शन के अन्तर्गत एक ऐसी विचारधारा के रूप में वर्णित है, जिसमें संरचनात्मक स्तर पर एक समतामूलक वर्गविहीन समाज की स्थापना की अपेक्षा होती है। इसमें निजी सम्पत्ति का पूर्णतया निषेध होता है।

ग्यारह मुद्दे : 30 जनवरी 1930 को गांधी ने लॉर्ड इरविन के समक्ष 11 मुद्दे-सुधारों को लागू करने के लिए रखा था। इसमें मद्य निषेध, नमक कर, मालगुजारी, असलहा रखने, उद्योग संरक्षण, खुफिया पुलिस हटाने आदि जैसे मुद्दे सम्मिलित थे।

लाहौर प्रस्ताव : सन् 1929 के दिसम्बर में लाहौर में भारतीय राष्ट्रीय कांग्रेस का अधिवेशन पं. जवाहरलाल नेहरू की अध्यक्षता में हुआ जिसमें प्रस्ताव पारित कर इस बात की घोषणा की गई कि यदि अंग्रेज सरकार 26 जनवरी, 1930 तक भारत की उपनिवेश का पद 'डोमिनियन स्टेटस' नहीं प्रदान करेगी तो भारत अपने को पूर्ण स्वतंत्र घोषित कर देगा। 26 जनवरी, 1930 तक जब अंग्रेज सरकार ने

कुछ नहीं किया तब कांग्रेस ने उस दिन भारत की पूर्ण स्वतंत्रता के निश्चय की घोषणा की और अपना सक्रिय आन्दोलन आरम्भ किया। उस दिन से 1947 में स्वतंत्रता प्राप्त होने तक 26 जनवरी गणतंत्र-दिवस के रूप में मनाया जाता रहा।

[भाषण, 1931]

पूर्ण स्वराज्य

[15 सितम्बर, 1931 को लन्दन में संघ-संरचना के समक्ष दिए गए अपने भाषण में गांधी ने अत्यन्त विनम्रतापूर्ण ढंग से कांग्रेस के उद्देश्य, उसकी बनावट-बुनावट और उसके द्वारा भारत में फैली अस्पृश्यता जैसी बुराइयों को दूर करने के लिए किए जा रहे प्रयत्नों को सभा के समक्ष रखा। इसी के साथ कांग्रेस के असली उद्देश्य 'पूर्ण स्वराज्य' को भी दुहराया।]

लॉर्ड चान्सलर महोदय, महाराजागण और मित्रो,

प्रारम्भ में ही मुझे यह स्वीकार करना चाहिए कि भारतीय राष्ट्रीय कांग्रेस की स्थिति को आपके सामने रखते हुए मुझे बड़ा अटपटा लग रहा है। मैं यह बता देना चाहूँगा कि मैं जो इस समिति में और यथासमय गोलमेज परिषद में शामिल होने के लिए लन्दन आया हूँ सो अपने मन में यही भावना लेकर आया हूँ कि आप सबके साथ पूरा सहयोग करूँगा और इस बात की भरसक कोशिश करूँगा कि हमारे बीच अधिक-से-अधिक बातों पर सहमति हो सके। मैं महामहिम की सरकार को इस बात के लिए भी आश्वस्त कर देना चाहता हूँ कि किसी भी अवस्था में अधिकारियों को किसी परेशानी में नहीं डालना चाहता और न चाहूँगा। मैं यहाँ एकत्र अपने सहयोगियों को भी यही आश्वासन देना चाहता हूँ—हमारे बीच चाहे जितने मतभेद हों, मैं उनके मार्ग में किसी प्रकार की बाधा नहीं डालूँगा। इसलिए यहाँ मेरी स्थिति पूर्ण रूप से आपको और महामहिम को सरकार की सद्‌भावना पर निर्भर है। यदि किसी अवस्था में मुझे लगा कि मुझसे परिषद को कोई लाभ नहीं होनेवाला है तो मैं उससे अलग हो जाने में कोई संकोच नहीं करूँगा। जिन लोगों के जिम्मे इस समिति और परिषद का व्यवस्थापन भार है, उनसे भी मैं कह सकता हूँ कि वे मुझे संकेत-भर कर देंगे तो मैं बेहिचक इस सारी कार्यवाही से अलग हो जाऊँगा।

मुझे ये सब बातें इसलिए कहनी पड़ रही हैं कि मैं जानता हूँ, कांग्रेस तथा सरकार के बीच बुनियादी मतभेद है, और सम्भव है, मेरे और मेरे सहयागियों के बीच भी कोई बड़े मतभेद हों। इसके अलावा मैं एक मर्यादा के भीतर ही काम कर

सकूँगा—मैं तो भारतीय राष्ट्रीय कांग्रेस की ओर से काम करनेवाला एक मामूली और अदना-सा एजेंट-भर हूँ। और यहाँ यदि हम एक बार फिर इस बात का स्मरण कर लें कि कांग्रेस क्या है और उसका उद्देश्य क्या है तो यह ज्यादा अच्छा रहेगा। उस हालत में आप शायद मुझे अपनी सहानुभूति दे सकेंगे क्योंकि मैं जानता हूँ कि मेरे सिर पर जो जिम्मेदारी आ पड़ी है, वह बहुत भारी है। यदि मैं गलती नहीं करता तो कहूँगा कि कांग्रेस भारत का सबसे पुराना राजनीतिक संगठन है। यह लगभग 50 वर्ष पुरानी है और इस काल में यह बिना किसी व्याघात के हर साल अपना अधिवेशन करती आई है। यह संस्था अपने नाम के अनुरूप एक राष्ट्रीय संस्था है। यह किसी विशेष समुदाय अथवा वर्ग या हित का प्रतिनिधित्व नहीं करती। इसका दावा है कि यह भारत के समस्त हितों और सभी वर्गों का प्रतिनिधित्व करती है। मुझे यह बताते हुए अत्यन्त हर्ष का अनुभव हो रहा है कि कांग्रेस की स्थापना की बात सबसे पहले एक अंग्रेज के मन में उठी। वे अंग्रेज सज्जन थे एलन ऑक्टेवियम ह्यूम, जिन्हें हम कांग्रेस का जनक कहते थे। उस संस्था के पालन-पोषण का श्रेय दो पारसियों को प्राप्त है। एक तो थे फीरोजशाह मेहता। दूसरे थे दादाभाई नौरोजी, जिन्हें सारा भारत सहर्ष अपना बुजुर्ग नेता कहा करता था। प्रारम्भ से ही इस संस्था में मुसलमानों, ईसाइयों, एंग्लो-इंडियनों बल्कि कह सकता हूँ कि सभी धर्मों और सम्प्रदायों को न्यूनाधिक यथेष्ट प्रतिनिधित्व प्राप्त रहा है। स्वर्गीय बदरुद्दीन तैयब जी ने तो कांग्रेस के साथ अपने को एकाकार ही कर दिया था। कांग्रेस के अध्यक्ष मुसलमान भी हुए हैं और पारसी तो हुए ही हैं। और इस समय मुझे कम-से-कम एक भारतीय ईसाई का भी नाम याद आ रहा है। मेरा मतलब डब्ल्यू.सी.बनर्जी से है। फिर, कालीचरण बनर्जी थे, जिनका कांग्रेस से अटूट सम्बन्ध था और जिनसे अधिक सच्चे भारतीय के दर्शन करने का सौभाग्य मुझे कभी नहीं मिला। अभी मुझे श्री के.टी.पाल की अनुपस्थिति बहुत खल रही है और मुझे विश्वास है कि आप सबको भी खल रही होगी। वैसे, मुझे ठीक-ठीक तो मालूम नहीं है, लेकिन जहाँ तक मालूम है उसके आधार पर कह सकता हूँ कि यद्यपि वे औपचारिक रूप से कभी कांग्रेस के सदस्य नहीं रहे, लेकिन वे पक्के राष्ट्रवादी थे। आज हमें अपने बीच स्वर्गीय मुहम्मद अली की कमी उतनी ही खल रही है और आप जानते हैं कि वे भी कांग्रेस के अध्यक्ष थे। इस समय कांग्रेस कार्य-समिति के 15 सदस्यों में से 4 मुसलमान हैं। महिलाओं ने भी कांग्रेस के अध्यक्ष-पद को सुशोभित किया है। एक तो थीं डॉ. एनी बेसेंट और उनके बाद हुईं श्रीमती सरोजिनी नायडू। वे इस समय कार्य-समिति की सदस्या भी हैं। इस प्रकार आप देख सकते हैं कि कांग्रेस में वर्ग या धर्म का कोई अन्तर नहीं किया गया है और न स्त्री-पुरुष का ही कोई भेद बरता गया है।

अपने स्थापना-काल से ही कांग्रेस तथाकथित 'अस्पृश्यों' के लिए काम करती आई है। एक समय ऐसा था जब कांग्रेस अपने प्रत्येक वार्षिक अधिवेशन के साथ

एक सामाजिक कॉन्फ्रेंस का भी आयोजन किया करती थी। यह कॉन्फ्रेंस कांग्रेस का एक अभिन्न अंग थी और स्वर्गीय रानाडे ने अपनी अन्य प्रवृत्तियों के साथ-साथ इस कॉन्फ्रेंस के काम में भी अपनी पूरी शक्ति लगा दी थी। आप देखेंगे कि उनके नेतृत्व में सामाजिक कॉन्फ्रेंस के कार्यक्रम में अस्पृश्यता-निवारण को एक प्रमुख स्थान दिया गया था। लेकिन 1920 में कांग्रेस ने इन दिशाओं में एक बड़ा कदम उठाया और अस्पृश्यता-निवारण के प्रश्न को अपने राजनीतिक कार्यक्रम का एक महत्त्वपूर्ण अंग बना लिया। जिस प्रकार कांग्रेस ने हिन्दू-मुस्लिम एकता को—हिन्दू-मुस्लिम एकता से उसका तात्पर्य सभी वर्गों की एकता से रहा है—स्वराज्य-प्राप्ति के लिए अनिवार्य माना, उसी प्रकार उसने अस्पृश्यता के अभिशाप के निवारण को भी पूर्ण स्वराज्य प्राप्त करने की एक अनिवार्य शर्त माना। कांग्रेस ने जो स्थिति 1920 में अपनाई वह आज भी कायम है। इस तरह आप देख सकते हैं कि कांग्रेस अपने नाम के साथ जुड़े राष्ट्रीय विशेषण को सच्चे अर्थों में चरितार्थ करने के लिए प्रारम्भ से ही प्रयत्नशील रही है। और यदि यहाँ उपस्थित आप महाराजागण मुझे कहने की इजाजत दें तो कहूँगा कि बिलकुल प्रारम्भिक अवस्था में कांग्रेस ने आपके हितों की रक्षा का भी प्रयत्न किया। मैं इस समिति को यह स्मरण करा दूँ कि कश्मीर और मैसूर के मामले को उठाने वाले भारत के वे बुजुर्ग नेता दादाभाई नौरोजी ही थे और मैं सम्पूर्ण विनम्रता के साथ यह कहूँगा कि ये दोनों राजघराने दादाभाई नौरोजी तथा कांग्रेस के सद्प्रयासों के कुछ कम ऋणी नहीं हैं। सच तो यह है कि देशी राज्यों के घरेलू और आन्तरिक मामलों में कोई दखलन्दाजी करने से अपना हाथ रोके रहकर कांग्रेस आज तक भारत के राजाओं की सेवा करने की कोशिश करती रही है।

इसलिए मैं आशा करता हूँ कि मैंने कांग्रेस का यह जो संक्षिप्त परिचय देना ठीक समझा, उसे जान लेने के बाद यह समिति तथा कांग्रेस के दावों में किसी प्रकार की रुचि रखनेवाले अन्य लोग भी यह समझ सकेंगे कि इसने अपने लिए जो दावा किया है उसका औचित्य साबित करने की भी कोशिश की है। मैं जानता हूँ कि यदा-कदा वह अपने दावे को सही साबित करने में विफल भी रही है लेकिन मैं यह कहने का साहस करता हूँ कि यदि आप उसे इतिहास पर गौर करें तो पाएँगे कि वह अधिक अवसरों पर सफल ही रही है और ज्यों-ज्यों समय बीतता गया है, उसकी सफलता बढ़ती गई है और असफलता घटती गई है। सबसे बड़ी बात तो यह है कि कांग्रेस तत्त्वत: उन करोड़ों मूक, अर्द्धबुभुक्षित मानवों का प्रतिनिधित्व करती है जो भारत-भर में बिखरे 7 लाख गाँवों में बसे हुए हैं—फिर चाहे वे, जिसे ब्रिटिश भारत कहते हैं, उस हिस्से के रहनेवाले हों या जिसे भारत के देशी राज्य कहा जाता है, उस क्षेत्र के निवासी हों। ऐसे प्रत्येक हित को, जिसे कांग्रेस रक्षणीय मानती है, इन करोड़ों मूक मानवों के हित-साधन में सहायक रही है; और इसलिए आपको यदा-कदा विभिन्न हितों के बीच ऊपरी तौर पर कुछ टकराव देखने को मिलता है। लेकिन अगर इन

हितों के बीच कोई वास्तविक टकराव हो तो मुझे कांग्रेस की ओर से यह कहने में कोई हिचक नहीं है कि उस हालत में वह इन करोड़ों मूक मानवों के हित-साधन के लिए बाकी सभी हितों का बलिदान कर देगी। अतएव कांग्रेस तत्त्वत: किसानों का संगठन है और वह उत्तरोत्तर किसान-संगठन ही बनती जा रही है। आपको-कार्यसमिति के भारतीय सदस्यों को भी—शायद यह जानकर आश्चर्य होगा कि आज कांग्रेस अपने अखिल भारतीय चरखा संघ नामक संगठन के जरिये लगभग 2,000 गाँवों की कोई 50,000 स्त्रियों को रोजगार दे रही है और इनमें से कदाचित् 50 प्रतिशत मुसलमान हैं तथा कई हजार स्त्रियाँ अस्पृश्य वर्ग की हैं। इस प्रकार हमने रचनात्मक कार्य के सहारे इन गाँवों में प्रवेश किया है। और हम इस बात के लिए प्रयत्नशील हैं कि 7 लाख गाँवों में से प्रत्येक गाँव हमारी इस रचनात्मक प्रवृत्ति की परिधि में आ जाए। यह काम अतिमानवीय है, लेकिन यदि इसे मानवीय प्रयत्नों से सम्पन्न किया जा सकता हो तो आप शीघ्र ही पाएँगे कि कांग्रेस ने अपनी यह प्रवृत्ति इन तमाम गाँवों में शुरू कर दी है और वह उन्हें चरखे का सन्देश दे रही है।

मैं उम्मीद करता हूँ कि कांग्रेस के इस प्रातिनिधिक स्वरूप का परिचय पा लेने के बाद, आप मुझे दिए गए कांग्रेस के आदेश (मेंडेट) को सुनकर आश्चर्य नहीं करेंगे। आशा है, वह आदेश आपके कानों को अप्रिय नहीं लगेगा। आप यह मान सकते हैं कि कांग्रेस ऐसा दावा कर रही है जिसे किसी तरह सिद्ध नहीं किया जा सकता। लेकिन वह दावा जैसा भी है, उसे मैं कांग्रेस की ओर से अधिक-से-अधिक जानदार ढंग से, किन्तु साथ ही पूरी दृढ़ता के साथ आपके सामने प्रस्तुत करने जा रहा हूँ। मैं अपनी पूरी आस्था और शक्ति से उस दावे की पैरवी करने यहाँ आया हूँ। यदि आप मुझे इस बात की प्रतीति करा दें कि मैं जो कुछ कह रहा हूँ, सच्चाई उससे उलटी है और कांग्रेस का दावा इन करोड़ों मूक मानवों के हितों के विरुद्ध है तो मैं अपनी बात पर फिर से विचार करूँगा कि यदि कोई मुझे अपना दृष्टिकोण समझा सके तो उसे समझने को मैं बराबर तैयार रहता हूँ, लेकिन इसके बावजूद यदि मुझे कांग्रेस के एजेंट के रूप में ठीक काम करना है तो अपनी सम्मति में वैसा परिवर्तन करने से पूर्व मुझे अपने कांग्रेस के मालिकों से परामर्श करना होगा।

अब मैं कांग्रेस द्वारा दिया आदेश-पत्र पढ़ूँगा ताकि आप सब मुझ पर लगी मर्यादाओं को साफ-साफ समझ सकें। यह है कराची कांग्रेस द्वारा पास किया गया प्रस्ताव—

कार्य-समिति तथा भारत सरकार के बीच हुए अस्थायी समझौते पर विचार करने के बाद यह सभा उसकी पुष्टि करती है और यह स्पष्ट कर देना चाहती है कि कांग्रेस का पूर्ण स्वराज्य का लक्ष्य ज्यों-का-त्यों कायम है। यदि ब्रिटिश सरकार के प्रतिनिधियों के साथ किसी कॉन्फ्रेंस में कांग्रेस के किसी प्रतिनिधिमंडल के शामिल होने का कोई रास्ता खुला रहता है तो वह प्रतिनिधिमंडल उसी उद्देश्य की पूर्ति के

लिए काम करेगा और विशेष रूप से इस बात को ध्यान में रखकर काम करेगा कि सेना, विदेश-नीति, वित्त और राजस्व तथा अर्थ से सम्बन्धित नीति पर राष्ट्र का नियंत्रण स्थापित हो सके; भारत अथवा इंग्लैंड को अपने सिर कौन-कौन से आर्थिक दायित्व लेने चाहिए, यह तय करने के लिए एक निष्पक्ष न्यायाधिकरण द्वारा भारत में ब्रिटिश सरकार के आर्थिक सौदों की जाँच कराई जा सके; और दोनों में से प्रत्येक पक्ष को यह साझेदारी अपनी इच्छानुसार समाप्त कर देने का अधिकार प्राप्त हो सके। लेकिन कांग्रेस प्रतिनिधिमंडल इन मुद्दों में ऐसे फेर-बदल स्वीकार करने को स्वतंत्र होगा जो भारत के हितों के लिए स्पष्ट रूप से आवश्यक हो।

इसके बाद प्रतिनिधि की नियुक्ति की बात है।

इस आदेश-पत्र के प्रकाश में मैंने गोलमेज परिषद द्वारा नियुक्त अनेक उपसमितियों के अस्थायी निष्कर्षों को यथाशक्ति पूरे ध्यान से पढ़ने की कोशिश की है। मैंने प्रधानमंत्री के उस वक्तव्य को भी ध्यानपूर्वक पढ़ा है जिसमें उन्होंने महामहिम की सरकार की सुविचारित नीति प्रस्तुत की है। वैसे तो मेरे समझने में भूल भी हो सकती है, लेकिन जहाँ तक मैं इस दस्तावेज को समझ पाया हूँ, कांग्रेस का जो लक्ष्य और दावा है, उससे यह बहुत पीछे रह जाता है। यह सच है कि मुझे जरूरत पड़ने पर कांग्रेस के लक्ष्य में ऐसे फेर-बदल स्वीकार करने की छूट दी गई है जो भारत के हित के लिए स्पष्टतः आवश्यक हों, लेकिन ऐसे फेरे-बदल को इस आदेश-पत्र में कही गई बुनियादी बातों से तो मेल खाना ही चाहिए।

यहाँ मैं आपको दिल्ली में सरकार तथा कांग्रेस के बीच हुए उस समझौते की शर्तों का स्मरण कराना चाहता हूँ जिसे मैं एक पवित्र और हर हालत में पालन किया जाने लायक समझौता मानता हूँ। उस समझौते में कांग्रेस ने संघ-शासन के सिद्धान्त को, इस सिद्धान्त को कि जिम्मेदारी केन्द्र के हाथों में हो, स्वीकार किया है और साथ ही यह सिद्धान्त भी मंजूर किया है कि भारत के हितों के लिए जितने जरूरी हों उतने रक्षात्मक पूर्वोपाय भी किए जाने चाहिए।

कल किसी प्रतिनिधि ने—मुझे नाम नहीं याद आ रहा कि किस प्रतिनिधि ने-एक मुहावरे का प्रयोग किया था, जिसका मुझ पर बहुत असर हुआ। उन्होंने कहा था, 'हम केवल राजनीतिक संविधान नहीं चाहते।' मुझे नहीं मालूम कि उस वाक्य को सुनते ही मेरे मन में उसका जो अर्थ उभरा, वही अर्थ वक्ता के मन में भी था या नहीं। लेकिन मैंने मन में तत्काल कहा, इस वाक्य से एक बहुत अच्छा मुहावरा मेरे हाथ लग गया है। वास्तव में स्थिति यही है कि कांग्रेस का और व्यक्तिगत रूप से अपने बारे में कहूँ तो मुझे भी—किसी ऐसे राजनीतिक संविधान-मात्र से सन्तोष नहीं होगा जो देखने को तो भारत को वह सब कुछ दे दे जो वह राजनीतिक दृष्टि से चाह सकता है, किन्तु वास्तव में कुछ भी न दे। यदि हम पूर्ण स्वराज्य प्राप्त करने को कटिबद्ध हैं तो वह किसी प्रकार की अहंकार की भावना के कारण नहीं। हम

पूर्ण स्वराज्य इसलिए नहीं चाहते कि दुनिया के सामने कह सकें कि देखो, हमने ब्रिटेनवालों से अपने सारे सम्बन्ध तोड़ लिए। इसके विपरीत आप खुद इस आदेश-पत्र में ही पाते हैं कि कांग्रेस के मन में साझेदारी, ब्रिटेनवालों के साथ सम्बन्ध रखने की बात है, लेकिन ऐसा सम्बन्ध जैसा दो बिलकुल बराबर के साझीदारों के बीच होता है। एक समय ऐसा था जब मुझे ब्रिटिश प्रजा होने और कहे जाने पर गर्व का अनुभव होता था। अब कई वर्षों से मैंने अपने को ब्रिटिश प्रजा कहना बन्द कर दिया है। ब्रिटिश प्रजा कहे जाने से तो मैं एक बागी कहा जाना बेहतर समझूँगा। लेकिन मेरी यह आकांक्षा अवश्य रही है और आज भी है कि मैं इस साम्राज्य का नागरिक नहीं बल्कि राष्ट्रमंडल का नागरिक बनूँ। सम्भव हो तो किसी साझेदारी की व्यवस्था के अधीन—मैं उसका और ईश्वर की मर्जी ऐसी हो तो एक स्थायी साझेदारी की व्यवस्था के अधीन-नागरिक बनना चाहता हूँ। किन्तु यह साझेदारी एक राष्ट्र द्वारा दूसरे पर थोपी गई साझेदारी नहीं होनी चाहिए। इसीलिए आप यहाँ देखते हैं कि कांग्रेस की माँग यह है कि दोनों में से प्रत्येक पक्ष को एक-दूसरे से अपने सम्बन्ध तोड़ लेने, साझेदारी से अलग हो जाने का अधिकार होना चाहिए। इसलिए स्वभावत: इस साझेदारी को अनिवार्य रूप से दोनों के लिए लाभप्रद होना चाहिए।

एक बात, जो मैंने अन्यत्र भी कही है, यहाँ फिर कहना चाहूँगा। हम जिस समस्या पर विचार करने के लिए एकत्र हुए हों उसकी दृष्टि से भले ही वह अप्रासंगिक हो, लेकिन मेरे लिए अप्रासंगिक नहीं है। मेरा मतलब इस बात से है कि मैं यह अच्छी तरह समझ सकता हूँ कि ब्रिटिश राजनयिक आजकल आर्थिक समस्या, को हल करने में पूरी तरह फँसे हुए हैं। हमें उनसे ऐसी ही आशा भी थी। इसलिए जब मैं जहाज से लन्दन जा रहा था तब स्वभावत: मेरे मन में यह प्रश्न उठा कि क्या इस समय इस परिषद का होना ब्रिटेन के मंत्रियों पर एक बोझ नहीं होगा, क्या हम खामखाह बीच में टपक पड़नेवाले नहीं माने जाएँगे। लेकिन फिर मैंने मन में कहा कि हो सकता है, ऐसी बात न हो, हमें ऐसा आदमी न माना जाए। हो सकता है, खुद ब्रिटेन के मंत्री ही घरेलू मामले की दृष्टि से भी गोलमेज परिषद की कार्यवाही को अत्यन्त महत्त्वपूर्ण मानते हों।

हाँ, भारत को तलवार के बल पर भी कब्जे में रखा जा सकता है। भारत को तलवार के जोर पर अपने कब्जे में रखने की ब्रिटेन की सामर्थ्य में मुझे कभी क्षण-भर का भी सन्देह नहीं हुआ है। लेकिन ग्रेट ब्रिटेन की समृद्धि में, उसकी आर्थिक मुक्ति में कौन सहायक हो सकता है—दासता की बेड़ी में जकड़ा किन्तु विद्रोही भारत या ब्रिटेन के सुख-दु:ख में हाथ बँटानेवाला, बुरे दिनों में उसके कन्धे से कन्धे मिलाकर खड़ा होनेवाला एक सम्मानित साझेदार भारत? हाँ, जरूरत पड़ी तो अपनी मर्जी से ब्रिटेन के कन्धे-से-कन्धे मिलाकर वह भारत उसके दुश्मनों के खिलाफ लड़ने को भी आएगा। लेकिन वह लड़ाई किसी भी जाति अथवा व्यक्ति के शोषण के लिए

नहीं होगी—होगी तो जहाँ तक हम अनुमान कर सकते हैं सारे संसार के कल्याण के लिए ही होगी। मैं अपने देश के लिए आजादी जरूर चाहता हूँ, लेकिन सच मानिए कि अगर मेरा बस चले तो वह आजादी मैं इसलिए नहीं चाहता कि एक ऐसे राष्ट्र का सदस्य होने के नाते, जिसकी जनसंख्या पूरी मानव-जाति का बीस प्रतिशत है, मैं दुनिया के किसी भी अन्य जाति अथवा किसी भी व्यक्ति का शोषण करूँ। यदि मैं अपने देश की वह स्वतंत्रता चाहता हूँ तो मैं तब तक उसका पात्र नहीं हो सकता जब तक कि सबल या दुर्बल दूसरी प्रत्येक जाति के वैसी ही स्वतंत्रता के उपभोग करने के अधिकार को मैं श्रद्धा और सम्मान की दृष्टि से नहीं देखता।

और इसलिए आपने इस सुन्दर द्वीप-समूह के निकट पहुँचते हुए मैंने मन में सोचा कि हो सकता है, मैं ब्रिटिश मंत्रियों को यह बात समझा सकूँ कि एक महत्त्वपूर्ण साझेदार के रूप में, शक्ति के बल पर नहीं बल्कि प्रेम के रेशमी धागे से आपके देश के साथ बँधा भारत आपके बजट का केवल एक ही वर्ष के लिए नहीं बल्कि अनेकानेक वर्षों के लिए—सन्तुलित करने में शायद सच्चा सहायक हो सकता है। ये दो महान राष्ट्र मिल-जुलकर क्या नहीं कर सकते? एक ओर आपका यह राष्ट्र है—संख्या में थोड़े किन्तु बहादुर लोगों का राष्ट्र, जिसकी बहादुरी का इतिहास इतना उज्ज्वल है कि उससे अधिक उज्ज्वल इतिहास शायद दुनिया के किसी भी राष्ट्र का नहीं होगा, जो गुलामी की बुराई के खिलाफ लड़ने के लिए प्रसिद्ध है और जिसने निर्बलों का संरक्षक और सहायक होने का कम-से-कम दावा तो कितनी ही बार किया है, और दूसरी ओर हमारा यह अत्यन्त प्राचीन राष्ट्र है करोड़ों लोगों का यह राष्ट्र, जिसका अपना एक प्राचीन और गरिमामय इतिहास है, जो आज हिन्दू और इस्लाम इन दो महान संस्कृतियों का प्रतिनिधित्व करता है, जिसमें अगर आप इजाजत दें तो कहूँ कि ईसाइयों की भी एक खासी बड़ी तादाद है और जरथुस्त्र धर्म के तो सभी अनुयायी, वे शानदार लोग शामिल हैं, जो संख्या में नगण्य होते हुए भी परमार्थ-वृत्ति अन्तर व्यापारिक साहस-उद्यम से लगभग अद्वितीय हैं—निश्चय ही पीछे तो किसी से नहीं हैं। हमारे देश में ये सारी संस्कृतियाँ केन्द्रित हैं। और मान लीजिए ईश्वर हिन्दुओं और मुसलमानों दोनों को, जिनके प्रतिनिधि उपस्थित हैं, सद्बुद्धि दें और वे अपने मतभेद भुलाकर आपस में एक सम्मानप्रद समझौता कर लें तो फिर आप उस राष्ट्र को और अपने राष्ट्र को एक साथ मिलाकर स्थिति की कल्पना कीजिए। अब मैं एक बार फिर मन में सोचता हूँ और आपसे पूछता हूँ कि स्वतंत्र भारत, ग्रेट ब्रिटेन की ही तरह पूर्ण रूप से स्वतंत्र भारत और ग्रेट ब्रिटेन के बीच कायम सम्मानजनक साझेदारी क्या दोनों के लिए लाभप्रद सिद्ध नहीं हो सकती इस महान राष्ट्र की घरेलू समस्याओं के समाधान की दृष्टि से भी। और अपने मन में इसी स्थान और आशा को सँजोकर मैंने ब्रिटिश द्वीप-समूह पर कदम रखा और आगे भी उस स्वप्न को मन में सँजोए रहूँगा। और इतना कह देने के बाद मैं समझता हूँ, मैंने सब कुछ कह दिया

है। अब तफसील की बातें आप खुद ही तय कर लें, मुझसे उनके बारे में ज्यादा कहने की आशा न रखें, यह बताने की अपेक्षा न करें कि सेना पर नियंत्रण से मेरा क्या मतलब है, विदेशी मामलों, वित्त, राजस्व तथा आर्थिक नीति पर नियंत्रण का मैं क्या अर्थ लगाता हूँ, या कि आर्थिक सौदों से ही मेरा क्या तात्पर्य है। इन आर्थिक सौदों के बारे में कल एक मित्र ने कहा था कि ये तो ऐसे सौदे हैं जिनका सम्मान हर हालत में किया ही जाना चाहिए, ये तो पवित्र सौदे हैं। मैं ऐसा नहीं मानता। अगर किसी साझेदारी में शामिल होनेवाले और उससे अलग होनेवाले साझेदारों के बीच माल-मिल्कियत का हिसाब-किताब होता है तो उनके सौदों की जाँच और उनमें आवश्यक हेर-फेर करना जरूरी होता है। इसलिए यदि कांग्रेस यह कहे कि राष्ट्र को इसका पता होना चाहिए कि उसे कौन-सी जिम्मेदारियाँ लेनी चाहिए और कौन-सी नहीं लेनी चाहिए तो इसके लिए उसे किसी असत्य आचरण या अपराध का दोषी नहीं माना जा सकता। इस लेखा-परीक्षा, इस जाँच की माँग केवल भारत के ही हक में नहीं, बल्कि दोनों के हक में की जा रही है। मेरा यह निश्चित मत है कि अंग्रेज जनता भारत पर ऐसा कोई बोझ नहीं लादना चाहती जिसे ढोने की अपेक्षा उससे औचित्यपूर्वक नहीं की जा सकती। और मैं कांग्रेस की ओर से यह घोषणा करता हूँ कि जिस बोझ को ढोना उसके लिए उचित होगा, उससे इनकार करने की बात वह कभी नहीं सोचेगी। यदि हमें एक ऐसे ईमानदार राष्ट्र के रूप में कायम रहना है जिसकी दुनिया में साख हो तो हम अपना खुद पसीना बहाकर अपने कर्ज का एक-एक पैसा चुकाएँगे।

इस आदेश-पत्र की धाराओं के बारे में आपको आगे कुछ बताने और इन धाराओं का कांग्रेसी लोग जो अर्थ लगाते हैं वह अर्थ आपके सामने स्पष्ट करने की जरूरत मैं नहीं समझता। अगर ईश्वर की यह इच्छा हुई कि मैं इस विचार-विमर्श में, इन चर्चाओं में भाग लेता रहूँ तो इन चर्चाओं के दौरान ही मैं इन धाराओं के फलितार्थ आपके सामने स्पष्ट कर सकने की आशा रखता हूँ। जैसे-जैसे यह विचार-विमर्श आगे चलेगा, मेरे सामने सुरक्षात्मक पूर्वोपायों के सम्बन्ध में भी अपनी बात कहने का अवसर आएगा ही। लेकिन लॉर्ड चान्सलर महोदय, मैं समझता हूँ, इस समय तो आपकी उदारता और अनुग्रह का लाभ उठाकर मैं निश्चित विस्तार से काफी-कुछ कह चुका हूँ। वास्तव में मैं आपका इतना अधिक समय नहीं लेना चाहता था। लेकिन मुझे लगा कि यदि मैं इस अवसर पर भी अपना हृदय खोलकर आपके सामने अपनी चिर-पोषित आकांक्षा न रख दूँ तो मैं उस उद्देश्य के साथ न्याय नहीं कर पाऊँगा जिसका प्रतिपादन आपके, उप-समिति के आप सदस्यों के सामने और हम भारतीय प्रतिनिधियों के मेजबान ब्रिटिश राष्ट्र के सामने करने के लिए मैं यहाँ आया हूँ। मेरी यही लालसा है कि जब मैं ब्रिटिश द्वीप-समूह से प्रस्थान करूँ तो मन में यह निवास लेकर करूँ कि ग्रेट ब्रिटेन और भारत के बीच समान साझेदारी कायम होनेवाली है।

आपके बीच रहते हुए मैं इससे अधिक और क्या कर सकता हूँ कि हृदय में ईश्वर से उस स्थिति के साकार होने की प्रार्थना करता रहूँ। लॉर्ड चान्सलर महोदय, मैंने लगभग पैंतालीस मिनट का समय ले लिया है, किन्तु आपने मुझे बीच में न रोककर मुझ पर जो कृपा की है, उसके लिए मैं आपको धन्यवाद देता हूँ। मैं इतने अनुग्रह के योग्य नहीं था और इसलिए एक बार फिर आपको धन्यवाद देता हूँ।

सन्दर्भ

एलेन ओक्टेवियन ह्यूम (1829-1912) : ब्रिटिशकालीन भारत में सिविल सेवा के अधिकारी एवं राजनैतिक सुधारक थे। वे भारतीय राष्ट्रीय कांग्रेस के संस्थापकों में से एक थे। वे प्रशासनिक अधिकारी और राजनीतिक सुधारक के अलावा माहिर पक्षी विज्ञानी भी थे। इस क्षेत्र में उनके कार्यों की वजह से उन्हें 'भारतीय पक्षी विज्ञान का पितामह' कहा जाता है। हालाँकि इस क्षेत्र में भारतीय लोगों में सलीम अली का नाम आदर के साथ लिया जाता है।

बदरुद्दीन तैयब जी (1844-1909) : प्रसिद्ध अधिवक्ता और कांग्रेस नेता। 1887 में मद्रास में हुए कांग्रेस अधिवेशन के अध्यक्ष।

सरोजिनी नायडू (13 फरवरी, 1879-2 मार्च 1949) : कांग्रेस की महत्त्वपूर्ण नेत्री और प्रसिद्ध कवयित्री। स्वतंत्र भारत में उत्तर प्रदेश की प्रथम राज्यपाल बनीं। पूर्व में भारतीय राष्ट्रीय कांग्रेस के 1925 में कानपुर में हुए अधिवेशन की अध्यक्ष थीं।

एनी बेसेंट (1 अक्टूबर, 1847-20 सितम्बर, 1933) : अग्रणी आध्यात्मिक, थियोसोफिस्ट, महिला अधिकारों की समर्थक। लेखक, वक्ता एवं भारत-प्रेमी महिला थीं। सन् 1917 में वे भारतीय राष्ट्रीय कांग्रेस की अध्यक्ष भी बनीं। काशी हिन्दू विश्वविद्यालय की स्थापना में महत्त्वपूर्ण भूमिका भी निभाई।

महादेव गोविन्द रानाडे (18 जनवरी, 1842—16 जनवरी, 1901) : ब्रिटिश काल के भारतीय न्यायाधीश, लेखक एवं समाज-सुधारक थे।

लॉर्ड इरविन : सन् 1926 से 1931 तक भारत के वायसराय रहे। इनका कार्यकाल कई महत्त्वपूर्ण राजनीतिक घटनाओं के लिए मशहूर है। जिनमें प्रमुख है साइमन आयोग का आना, नेहरू रिपोर्ट, लाला लाजपत राय पर लाठी चार्ज फलस्वरूप उनकी मृत्यु, भगतसिंह, राजगुरु, सुखदेव की फाँसी, दांडी मार्च, नागरिक अवज्ञा आन्दोलन आदि।

तेजबहादुर सप्रू : (8 दिसम्बर, 1875-20 जनवरी, 1949) प्रसिद्ध वकील, राजनेता और समाज सुधारक, गांधी-इरविन समझौते में मध्यस्थता की भूमिका निभाई, 1931 से 1933 तक उन्होंने भारतीय गोलमेज सम्मेलन में भी सक्रिय भूमिका निभाई।

सर सैम्युअल होर (24 फरवरी, 1880-7 मई, 1959) : विदेश सचिव, कंजर्वेटिव पार्टी के नेता।

✪✪✪